1984

GEORGE ORWELL

**TRADUÇÃO
KARLA LIMA**

TriCaju

Esta é uma publicação Tricaju, selo exclusivo da Ciranda Cultural
© 2021 Ciranda Cultural Editora e Distribuidora Ltda.

Traduzido do original em inglês
1984

Texto
George Orwell

Tradução
Karla Lima

Preparação
Maria Stephania da Costa Flores

Revisão
Fernanda R. Braga Simon

Produção editorial e projeto gráfico
Ciranda Cultural

Diagramação
Fernando Laino | Linea Editora

Design de capa
Ana Dobón

Imagens
Serazetdinov/shutterstock.com

Texto publicado integralmente no livro *1984*, em 2021, na edição em brochura pelo selo Principis da Ciranda Cultural. (N.E.)

Dados Internacionais de Catalogação na Publicação (CIP) de acordo com ISBD

O79m   Orwell, George

            1984 / George Orwell ; traduzido por Karla Lima. - Jandira, SP : Tricaju, 2021.
            336 p. ; 15,5cm x 22,6cm. - (Clássicos da literatura mundial)

            Tradução de: 1984
            ISBN: 978-65-8967-800-7

            1. Literatura inglesa. 2. Romance. 4. Ficção. I. Lima, Karla. II. Título. III. Série.

2021-416   CDD 823
                                                             CDU 821.111-31

Elaborado por Vagner Rodolfo da Silva - CRB-8/9410

Índice para catálogo sistemático:
1. Literatura inglesa 823
2. Literatura inglesa 821.111-31

1ª edição em 2021
www.cirandacultural.com.br
Todos os direitos reservados.
Nenhuma parte desta publicação pode ser reproduzida, arquivada em sistema de busca ou transmitida por qualquer meio, seja ele eletrônico, fotocópia, gravação ou outros, sem prévia autorização do detentor dos direitos, e não pode circular encadernada ou encapada de maneira distinta daquela em que foi publicada, ou sem que as mesmas condições sejam impostas aos compradores subsequentes.

SUMÁRIO

PARTE I..7
PARTE II...113
PARTE III...243

PARTE I

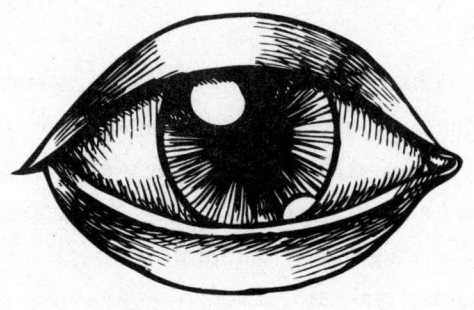

CAPÍTULO 1

Era um dia claro e frio de abril, e os relógios marcavam treze horas. Com o queixo afundado no peito em um esforço para escapar do vento cruel, Winston Smith voou pelas portas de vidro das Mansões Vitória, embora não rápido o suficiente para evitar que um redemoinho de poeira grossa o seguisse.

O corredor cheirava a repolho cozido e a tapetes rotos. Em uma ponta, um cartaz colorido, grande demais para um espaço fechado, estava afixado à parede. Via-se apenas um rosto enorme, com mais de um metro de largura: o retrato de um homem de aproximadamente 45 anos, com um bigode preto grosso e belos traços marcantes. Winston se dirigiu à escada. Era inútil tentar o elevador. Mesmo nas melhores épocas ele raramente funcionava, e naquele momento a corrente elétrica era cortada durante o dia, como parte do esforço econômico de preparação para a Semana do Ódio. O apartamento ficava no sétimo andar, e Winston, que tinha 39 anos e uma úlcera varicosa acima do tornozelo direito, subia devagar, descansando muitas vezes ao longo do caminho. Em cada *hall*, em frente ao poço do elevador, aquele rosto enorme do cartaz na parede o observava. Era um desses retratos feitos de tal modo que os olhos seguem a pessoa quando ela se mexe. A legenda abaixo dele informava: O GRANDE IRMÃO ESTÁ VIGIANDO VOCÊ.

Dentro do apartamento, uma voz grave recitava uma sequência de números que tinham algo a ver com a produção de ferro-gusa. O som vinha de uma placa metálica oval semelhante a um espelho embaçado que formava parte da superfície da parede direita. Winston mexeu em um interruptor, e a voz baixou um pouco, embora ainda fosse possível distinguir as palavras. O dispositivo (a teletela, como era chamado) podia ser pausado, mas não havia como desligá-lo completamente. Ele foi até a janela: uma compleição pequena, frágil, a esqualidez de seu corpo marcada somente pelo macacão azul, o uniforme do Partido. O cabelo era muito claro; o rosto, naturalmente rosado; a pele, áspera pelo sabonete grosseiro, pelas lâminas de barbear sem fio e pelo frio do inverno que mal acabara.

Do lado de fora, mesmo através da janela fechada, o mundo parecia gelado. Lá embaixo, na rua, torvelinhos de vento faziam rodopiar poeira e papel rasgado e, apesar de o Sol brilhar no céu de um azul cortante, tudo parecia sem cor, exceto os cartazes, colados no alto por toda parte. O homem de bigode preto dominava cada canto, apontando o olhar severo para baixo. Havia um na fachada da casa em frente. A legenda dizia O GRANDE IRMÃO ESTÁ VIGIANDO VOCÊ, e os olhos escuros penetravam fundo nos de Winston. Abaixo, no nível da rua, outro cartaz, rasgado em uma das pontas, batia com força ao ritmo da ventania, cobrindo e descobrindo a única palavra, SOCING. Ao longe, um helicóptero voou baixo por entre os telhados, pairou por um instante como uma mosca varejeira e partiu de novo fazendo uma curva. Era a Patrulha da Polícia bisbilhotando, pelas janelas, as pessoas. As patrulhas não tinham importância, porém. Só a Polícia do Pensamento importava.

Pelas costas de Winston, a voz da teletela seguia tagarelando sobre o ferro-gusa e o excedente produtivo do Nono Plano Trienal. A teletela recebia e transmitia simultaneamente. Qualquer barulho que Winston fizesse, acima do nível de um sussurro muito baixo, era captado por ela; ademais, enquanto ele permanecesse no campo de visão alcançado pela placa metálica, seria visto e também ouvido. Obviamente, não havia como saber se você estava sendo observado em dado momento nem com que frequência, ou por qual sistema, pois a Polícia do Pensamento se conectava a um cabo específico. Era provável que eles observassem todas as pessoas o tempo todo, já que poderiam se conectar a seu cabo quando quisessem. Você era obrigado a viver (e realmente vivia, pois o hábito se tornara instinto) supondo que cada ruído que fizesse seria ouvido, e todo movimento, rastreado, menos na escuridão.

Winston ficou de costas para a teletela. Era mais seguro, embora, como ele bem sabia, até mesmo as costas pudessem revelar algo. A um quilômetro dali, o Ministério da Verdade, seu local de trabalho, destacava-se com sua fachada grande e branca na paisagem escurecida pela fuligem. Aquilo, pensou com certa repugnância, era Londres, a principal cidade da Faixa Aérea Um, a terceira mais populosa das províncias da Oceania. Ele tentou buscar alguma recordação da infância para confirmar se Londres realmente nunca mudara. Aquela vista de casas do século XIX apodrecendo, com as laterais escoradas por vigas de madeira, as janelas tapadas com papelão, e os telhados, com ferro corrugado, e o muro rachado dos jardins cedendo em toda parte, sempre tinham sido assim? Os locais bombardeados onde o pó de gesso rodopiava no ar e brotos de salgueiro cresciam sobre pilhas de entulho, onde as bombas abriram uma clareira maior, em que brotavam colônias precárias de casas de madeira que mais pareciam galinheiros? Mas era inútil, ele não conseguia se lembrar: nada restava de sua infância, exceto um conjunto de *flashes* que apareciam sem contexto, a maioria sem nexo algum.

O Ministério da Verdade (Miniver, em Novidioma[1]) era muito diferente de qualquer outro prédio à vista. Uma estrutura piramidal

---
[1] Novidioma era a língua oficial da Oceania. Para informações detalhadas sobre sua estrutura e etimologia, consultar o Apêndice.

enorme, de concreto branco reluzente, que, pavimento após pavimento, subia a trezentos metros do chão. De onde Winston estava era possível ler, destacados contra a fachada branca e em tipologia elegante, os três lemas do Partido:

GUERRA É PAZ
LIBERDADE É ESCRAVIDÃO
IGNORÂNCIA É FORÇA

O Ministério da Verdade controlava, dizia-se, três mil salas acima do nível do chão e as respectivas galerias abaixo. Espalhados por Londres havia três outros edifícios de aparência e tamanho parecidos que praticamente apagavam as construções ao redor. Do topo das Mansões Vitória podia-se enxergar os quatro ao mesmo tempo; eram as sedes dos quatro ministérios entre os quais se dividia o aparato completo do governo: o Ministério da Verdade, que se ocupava de notícias, diversão, educação e artes; o Ministério da Paz, que se ocupava da guerra; o Ministério do Amor, que mantinha a lei e a ordem; e o Ministério da Fartura, que era responsável pelos assuntos econômicos. Seus nomes, em Novidioma: Miniver, Minipaz, Miniamor, Minifar.

O Ministério do Amor era o mais temido. Nele não havia nenhuma janela. Winston nunca tinha estado lá dentro, nem a meio quilômetro de distância. Era um lugar de acesso impossível, a não ser em compromissos oficiais, e ainda assim só se entrava após atravessar um labirinto de arame farpado emaranhado, portas de aço e nichos com metralhadoras escondidas. Mesmo as ruas que conduziam até suas barreiras externas eram patrulhadas por guardas com cara de gorila em uniformes pretos, armados de cassetetes articulados.

Winston se virou abruptamente. Havia programado seu perfil no modo de exibição otimismo tranquilo, aconselhável quando estivesse de frente para a teletela. Cruzou a sala rumo à cozinha minúscula. Ao sair do Ministério naquele horário, ele havia sacrificado o almoço na cantina, e estava ciente de não haver na cozinha nenhuma comida além de um naco de pão embolorado que precisava ser poupado para o café da manhã seguinte. Tirou do armário uma garrafa de líquido incolor com um rótulo branco, onde se lia GIM VITÓRIA. Exalava um cheiro enjoativo, gorduroso, que lembrava o arroz chinês. Winston encheu um copo com cuidado, preparou-se para o baque e engoliu de uma vez, como uma dose de remédio.

Seu rosto enrubesceu na hora, e lágrimas escorreram. O líquido parecia ácido nítrico e, além disso, ao passar pela garganta, a pessoa tinha a sensação de levar uma pancada com porrete de borracha na parte de trás da cabeça. Em seguida, porém, a queimação na barriga sumia, e o mundo começava a parecer mais alegre. Ele tirou um cigarro de um maço amarfanhado escrito CIGARROS VITÓRIA e sem querer virou a abertura para baixo, derrubando o tabaco no chão. Com o seguinte, teve mais sucesso. Voltou à sala e se sentou à mesinha que ficava à esquerda da teletela. Da gaveta da mesa tirou um porta-penas, um tinteiro e um caderno tamanho *in-quarto*, grosso, sem pauta, vermelho no verso e com capa marmorizada.

Por algum motivo, essa teletela ficava em uma posição incomum. Em vez de ser colocada, como era normal, na parede dos fundos, de onde poderia vigiar todo o ambiente, ficava na parede mais longa, em frente à janela. De um dos lados havia um recuo discreto, onde Winston estava sentado agora e que, quando os apartamentos foram construídos, provavelmente tinha sido projetado para conter prateleiras de livros. Ao sentar-se nesse canto, no ponto mais fundo possível, Winston conseguia escapar do alcance da teletela no que dizia respeito à imagem. Podia ser ouvido, claro; no entanto, enquanto ficasse na posição em que se encontrava naquele momento, não poderia ser visto. Em parte, a disposição incomum do cômodo dera a ele a ideia do que estava prestes a fazer.

Mas a ideia tinha sido sugerida também pelo caderno que acabara de tirar da gaveta e que era especialmente bonito. O papel suave cor de creme, um pouco amarelado pelo tempo, era de um tipo que já não se fabricava ao menos há quarenta anos. Entretanto, ele sabia que o caderno era muito mais velho; tinha-o visto na vitrine de uma lojinha de antiguidades em algum bairro pobre da cidade (em qual, exatamente, ele não conseguia lembrar) e foi tomado por um desejo avassalador de possuí-lo. Não era rotineiro que membros do Partido frequentassem lojas comuns ("negociações no mercado livre", era o nome), mas a norma não era cumprida com muito rigor, porque havia diversos itens, como cadarços e lâminas de barbear, os quais era impossível obter por outro meio. Winston olhara rápido para os dois lados da rua antes de entrar e comprar o caderno por dois dólares e cinquenta. Na hora, não sabia se o usaria para algum propósito específico; levou-o para casa dentro da pasta, sentindo-se muito culpado. Mesmo não havendo nada escrito, era uma posse comprometedora.

Ele estava prestes a inaugurar um diário, o que não era ilegal (na verdade, tudo era legal, uma vez que já não existiam leis). Porém, se fosse descoberto, seria com razoável grau de certeza punido com a morte ou ao menos vinte e cinco anos em um campo de trabalhos forçados. Winston encaixou um bico no porta-penas e sugou para remover a graxa. A pena era um instrumento arcaico, raramente usado até em assinaturas, e ele havia conseguido uma, no sigilo e com alguma dificuldade, apenas pela sensação de que o belo papel cor de creme merecia receber uma escrita feita com bico de verdade em vez de ser rabiscado por uma caneta. Na verdade, Winston não estava habituado a escrever à mão. Exceto por notas muito breves, o costume era ditar tudo na falaescreve, o que era evidentemente impossível, dada sua presente intenção. Ele mergulhou o bico da pena na tinta e hesitou por um segundo. Um tremor invadira suas entranhas. Marcar o papel era um ato decisivo. Em letras pequenas e desajeitadas, escreveu:

4 de abril de 1984.

1984

Recostou-se. Um sentimento de completo desamparo o invadiu. Para começar, não sabia com certeza se era mesmo 1984. Devia ser por volta disso, já que ele estava bastante seguro de sua idade ser 39 anos, e acreditava ter nascido em 1944 ou 1945; mas atualmente não era possível precisar uma data no intervalo de um ou dois anos.

Para quem, ocorreu-lhe de súbito perguntar, ele estava escrevendo o diário? Para o futuro, para os ainda não nascidos. Sua mente pairou por um momento sobre a data duvidosa na página e depois, com um solavanco, topou com a palavra em Novidioma "duplopensar". Pela primeira vez foi atingido em cheio pela magnitude do que havia feito. Como alguém poderia se comunicar com o futuro? Era impossível pela própria natureza. Talvez o futuro se parecesse com o presente (e nesse caso não lhe daria ouvidos), ou seria diferente, e seu dilema não faria sentido.

Durante um tempo Winston ficou ali, encarando o papel, sem saber o que fazer. A teletela havia mudado para uma música militar estridente. Era curioso como ele parecia não apenas ter perdido a capacidade de se expressar, mas também haver esquecido até mesmo o que originalmente pretendia dizer. Por semanas tinha se preparado para aquele momento, e jamais lhe ocorrera que algo além de coragem fosse necessário. A escrita em si seria fácil. Tudo o que tinha a fazer era transferir para o papel o monólogo sem descanso, interminável, que ocupava sua cabeça há, literalmente, anos e que agora parecia ter silenciado. Além do mais, a úlcera varicosa tinha começado a comichar insuportavelmente. Não se atrevia a coçar, porque quando o fazia ela sempre inflamava. Os segundos passavam. Winston não tinha consciência de nada além do vazio da página à frente, da coceira na pele acima do tornozelo, da estridência da música e da ligeira tontura causada pelo gim.

De repente, começou a escrever em absoluto pânico, não muito ciente do que estava pondo no papel. A caligrafia pequena e infantil subia e descia pela página, abandonando primeiro as maiúsculas e depois até os pontos finais.

4 de abril de 1984. Ontem à noite na projeção. Todos os filmes de guerra. Um muito bom um de um barco cheio de refugiados sendo bombardeados em algum lugar do Mediterrâneo. Plateia adorou cenas de um homem imenso de gordo tentando fugir a nado com um helicóptero perseguindo ele. primeiro você via o homem mergulhando na água como uma toninha, depois você via ele através da mira das armas dos helicópteros e depois o homem ficou cheio de furos e a água do mar em volta dele ficou rosa e ele afundou tão de repente como se os buracos tivessem deixado a água entrar, a plateia gritando de tanto rir quando ele afogou, depois você via um bote salva-vidas cheio de crianças e um helicóptero sobrevoando. tinha uma mulher de meia-idade que podia ser judia sentada na proa com um menininho de uns três anos no braço, menininho berrando de medo e escondendo a cabeça entre os peitos dela como se tentasse se entocar dentro dela e a mulher colocando os braços em volta dele e confortando ele apesar de ela mesma estar azul de pavor e o tempo todo cobrindo ele tanto quanto possível como se achasse que os braços dela podiam evitar os tiros nele. depois o helicóptero jogou uma bomba de vinte quilos no meio deles clarão terrível e o barco explodiu e ficou como palitos de fósforo e daí veio uma cena maravilhosa de braços de criança subindo pro alto e alto e alto voando pelos ares e um helicóptero com uma câmera no nariz deve ter acompanhado enquanto subiam e teve um monte de aplauso dos assentos do partido mas uma mulher na parte dos proletários de repente começou a armar uma confusão gritando que eles não deviam ter mostrado aquilo não na frente de crianças que não era certo não na frente de crianças e que não era certo até que a polícia levou ela levou ela pra fora e eu não faço ideia do que aconteceu com ela ninguém liga pro que os proletas falam é uma reação típica de proleta eles nunca

Winston parou de escrever, em parte porque estava com câimbra. Não sabia o que o levara a despejar aquela torrente de bobagens, mas curiosamente, enquanto fazia aquilo, uma lembrança totalmente diferente havia se tornado nítida em sua cabeça, a ponto de quase se sentir inclinado a registrá-la. Percebia agora que, por causa desse outro incidente, havia decidido de repente vir para casa e começar o diário.

Tinha acontecido naquela manhã no Ministério, como se fosse possível ter certeza sobre algo tão nebuloso.

Eram quase onze horas e no Departamento de Registros, onde Winston trabalhava, estavam arrastando as cadeiras para fora dos cubículos e agrupando-as no centro do salão, em frente à grande teletela, em preparação para os Dois Minutos de Ódio. Winston estava prestes a assumir seu lugar em uma das fileiras do meio quando duas pessoas que ele conhecia de vista, mas com quem nunca tinha conversado, entraram subitamente. Uma delas era a moça por quem ele sempre passava nos corredores. Não sabia o seu nome, lembrava apenas que trabalhava no Departamento de Ficção. Presumivelmente, já que algumas vezes a tinha visto com as mãos sujas de óleo, levando uma chave inglesa, ela desempenhava alguma tarefa mecânica em uma das máquinas escrevedoras de romances. Era uma moça de aparência provocante, de seus 27 anos, com cabelo preto grosso, rosto sardento e movimentos ágeis, atléticos. Tinha uma faixa escarlate estreita, emblema da Liga Juvenil Antissexo, enrolada diversas vezes na cintura por cima do macacão, justa apenas o suficiente para realçar a silhueta dos quadris. Winston não fora com a cara dela desde a primeira vez que a vira. E sabia por quê. Era por causa da atmosfera de campos de hóquei, banhos frios, trilhas comunitárias e pureza mental generalizada que ela carregava. Winston via muitos defeitos em quase todas as mulheres, em especial nas jovens e bonitas. Eram sempre elas, principalmente as jovens, as adeptas mais fanáticas do Partido, as que incorporavam os lemas, as espiãs amadoras que denunciavam o que era inortodoxo. Mas aquela moça em particular lhe dava a impressão de ser mais perigosa do que a maioria. Uma vez, quando ambos se cruzaram no corredor, ela lhe lançou um breve olhar de esguelha que pareceu perfurá-lo e, por um instante, preenchê-lo de absoluto terror. Winston chegou a pensar que ela pudesse ser uma agente da Polícia do Pensamento, o que, verdade seja dita, era muito improvável. Mesmo assim, continuou a sentir um desconforto peculiar, misto de medo e hostilidade, sempre que a moça estava por perto.

A outra pessoa era um homem chamado O'Brien, membro do Núcleo do Partido e titular de um cargo tão importante e afastado que Winston tinha apenas uma vaga ideia sobre sua natureza. Um silêncio momentâneo perpassou o grupo de pessoas em volta das cadeiras quando viram o macacão preto de um membro do Núcleo do Partido se aproximar. O'Brien era um homem grande, corpulento, de pescoço largo e rosto grosseiro, irônico, brutal. A despeito de sua aparência terrível, havia certo charme em suas maneiras. Possuía um tique, ajustar os óculos sobre o nariz, que curiosamente desarmava as pessoas, de um modo estranho, mas civilizado. Esse gesto, se alguém ainda raciocinasse em tais termos, poderia lembrar um nobre cavalheiro do século XVIII oferecendo sua caixa de rapé. Winston tinha visto O'Brien talvez umas doze vezes em quase igual número de anos. Sentia-se profundamente atraído por ele, e não apenas porque se sentia intrigado pelo contraste entre os modos polidos e o físico de lutador. Era mais por causa de uma crença secreta; ou talvez não chegasse a acreditar e fosse tão-somente uma esperança, a de que a ortodoxia política de O'Brien não era perfeita. Algo em seu rosto sugeria isso. No entanto, talvez não fosse a inortodoxia estampada em seu rosto, mas apenas sua inteligência. De todo modo, ele parecia ser alguém com quem se poderia conversar, se de algum jeito você conseguisse ludibriar a teletela e encontrá-lo sozinho. Winston jamais fizera o mínimo esforço no sentido de testar seu palpite; não havia como fazer isso, de fato. Nesse momento, O'Brien consultou o relógio de pulso, viu que eram quase onze horas e então decidiu ficar no Departamento de Registros até que os Dois Minutos de Ódio terminassem. Ocupou um assento na mesma fileira de Winston, dois lugares depois. Uma mulher baixa de cabelo cor de areia que trabalhava no cubículo vizinho ao de Winston estava entre eles. A moça de cabelo preto sentara-se imediatamente atrás.

No instante seguinte, um discurso hediondo, estrondoso, como se saísse de uma máquina monstruosa sem lubrificação, explodiu da grande teletela no fim da sala. O ruído fazia uma pessoa ranger os dentes e arrepiava os pelos da nuca. O Ódio tinha começado.

Como sempre, o rosto de Emmanuel Goldstein, o Inimigo do Povo, apareceu na tela. Houve assovios esparsos na plateia. A baixinha de cabelo cor de areia guinchou de medo e repulsa. Goldstein era o renegado decadente que, muito tempo atrás (ninguém lembrava direito quando), fora um dos líderes do Partido, quase no mesmo nível do próprio Grande Irmão, e depois se envolveu em atividades contrarrevolucionárias, foi condenado à morte, escapou misteriosamente e desapareceu. O programa dos Dois Minutos de Ódio variava de um dia para o outro, mas não havia nenhum em que Goldstein não fosse a principal figura. Era o traidor original, o primeiro negador da pureza do Partido. Todos os crimes subsequentes contra o Partido, todas as deslealdades, os atos de sabotagem, heresias e desvios surgiram diretamente dos ensinamentos dele. Em algum lugar ele ainda estava vivo, maquinando suas conspirações: talvez além do mar, sob a proteção de seus financiadores; talvez, até, de acordo com rumores ocasionais, em um esconderijo na própria Oceania.

O diafragma de Winston contraiu-se. Ele nunca via a cara de Goldstein sem ter uma sofrida mistura de emoções. Era uma cara judia magra, com uma grande auréola de cabelos brancos volumosos e uma barbicha de bode; uma cara esperta e, ainda assim, de algum modo, tão desprezível, com um tipo de imbecilidade senil no nariz comprido e fino em que se apoiava um par de óculos. Sua cara lembrava a de uma ovelha, assim como a voz. Goldstein fazia seu costumeiro ataque peçonhento contra as doutrinas do Partido – tão exagerado e perverso que nem uma criança acreditaria; apesar disso, seria capaz de alarmar uma pessoa com a sensação de que outros, menos sensatos, poderiam ser enganados. Ele insultava o Grande Irmão, denunciava a ditadura do Partido, exigia o fim imediato da paz com a Eurásia, defendia liberdade de discurso, de imprensa, de reunião e de pensamento. Gritava histericamente que a revolução fora sabotada, e tudo isso em um discurso acelerado e polissilábico, um tipo de paródia do estilo habitual dos oradores do Partido e até com palavras em Novidioma; inclusive, mais do que qualquer membro do Partido usaria normalmente na vida real. E o tempo todo, para que ninguém duvidasse da realidade que a armadilha capciosa de Goldstein encobria, atrás da cabeça dele na teletela marchavam as colunas infindáveis do exército eurasiano, fileiras após fileiras de homens de aparência equilibrada e rostos asiáticos sem expressão, que vinham à superfície da tela e depois recuavam, para serem substituídos por outros extremamente parecidos. O ritmo monótono do impacto das botas dos soldados formava o pano de fundo para o balido de Goldstein.

Antes que o Ódio chegasse a trinta segundos, exclamações incontroláveis de raiva irromperam de metade das pessoas no salão. A cara de ovelha satisfeita na tela e o poder aterrador do exército eurasiano atrás dela eram mais do que se podia suportar; além disso, a visão de Goldstein ou mesmo pensar nele despertava automaticamente medo e raiva. Era um alvo de ódio mais constante do que a Eurásia e a Lestásia, uma vez que, quando a Oceania ficou em guerra com uma dessas forças, estava em paz com a outra. Mas era estranho que, embora Goldstein fosse odiado e desprezado por todos, embora todos os dias, e mil vezes por dia, em plataformas, na teletela, nos jornais, em livros suas teorias fossem refutadas, esmagadas, ridicularizadas, exibidas para que todos vissem a bobagem patética que eram; apesar disso tudo, sua influência parecia nunca diminuir. Sempre surgiam novos idiotas prontos a serem seduzidos por ele. Não havia um dia sem que espiões e sabotadores, agindo sob suas ordens, fossem desmascarados pela Polícia do Pensamento. Ele era o comandante de um vasto exército sinistro, uma rede subterrânea de conspiradores dedicados a derrubar o Estado; a "Irmandade", supunha-se que fosse esse o nome. Também corriam à boca miúda histórias sobre um livro terrível, um compêndio de todas as heresias, cujo autor era Goldstein e que circulava clandestinamente aqui e ali. Era um livro sem título. As pessoas se referiam a ele, quando se referiam, simplesmente como *o livro*. Mas só se sabia disso por boatos sem fundamento. Nem a Irmandade nem *o livro* eram assunto que algum membro comum do Partido mencionaria se houvesse um modo de evitar.

No segundo minuto, o Ódio chegou ao arrebatamento. As pessoas pulavam em seus lugares e gritavam a plenos pulmões, no esforço de calar a enlouquecedora voz de balido que saía da tela. A mulherzinha dos cabelos cor de areia enrubesceu de fúria, e sua boca se abria e fechava como a de um peixe sem ar. Até o rosto marcante de O'Brien ficara corado. Ele estava sentado bem ereto na cadeira, o peito forte inflado e tremendo como se enfrentasse o ataque de uma onda. A moça de cabelo preto atrás de Winston tinha começado a berrar "Porco! Porco! Porco!", e de repente pegou um exemplar pesado do dicionário de Novidioma e o atirou contra a tela. Atingiu o nariz de Goldstein e quicou de volta; a voz continuou, inabalável. Em um momento de lucidez, Winston percebeu que berrava com os demais e batia os calcanhares violentamente contra o pé da cadeira. A pior coisa em relação aos Dois Minutos de Ódio não era a pessoa ser obrigada a desempenhar um papel, mas o fato de ser impossível não se juntar aos outros. Depois de trinta segundos, qualquer fingimento se tornava desnecessário. Um êxtase hediondo de medo e vingança, um desejo de matar, de torturar, de esmagar cabeças com uma marreta parecia fluir através do grupo como uma corrente elétrica, transformando cada um, mesmo contra a própria vontade, em um lunático deformado e histérico. No entanto, a raiva sentida era uma emoção abstrata, caótica, que poderia mudar de um alvo para outro como a chama de um maçarico. Assim, em dado momento, o ódio de Winston não se voltava em absoluto contra Goldstein, mas, ao contrário, ia contra o Grande Irmão, o Partido e a Polícia do Pensamento; em tais momentos, seu coração se solidarizava com o herege solitário e escarnecido na tela, guardião único da verdade e da sanidade em um mundo de mentiras. E mesmo assim, no instante seguinte, ele estava de novo unido às pessoas que o cercavam, e tudo que era dito sobre Goldstein parecia fazer sentido. Nessas horas, seu desprezo secreto pelo Grande Irmão se transformava em adoração, e o Grande Irmão parecia se agigantar, protetor invencível e destemido, firme como uma rocha contra as hordas da Ásia e de Goldstein, apesar de seu isolamento e desamparo. E a dúvida que pairava sobre a existência dele realmente parecia um feitiço sinistro, capaz de destruir a estrutura da civilização apenas com um comando de voz.

Em certos momentos era até possível, por um ato voluntário, guiar o ódio para uma direção ou outra. De repente, através do tipo de esforço violento com o qual se luta para afastar a cabeça do travesseiro durante um pesadelo, Winston conseguiu redirecionar seu ódio do rosto na tela para a moça de cabelo preto atrás dele. Alucinações belas e vívidas espocaram em sua mente. Ele a açoitaria até a morte com um cassetete de borracha. Iria amarrá-la nua a uma estaca e depois a cravaria de flechas, como São Sebastião. Trataria de violentá-la e cortaria sua garganta no momento do clímax. Além disso, percebia agora, melhor do que antes, *por que* a odiava: a moça era jovem, bonita e assexuada; queria ir para a cama com ela e jamais conseguiria, porque ao redor de sua cintura sinuosa, que parecia pedir que alguém a enlaçasse, havia apenas a odiosa faixa escarlate, símbolo agressivo de celibato.

O Ódio chegou ao ápice. A voz de Goldstein tinha se transformado em um balido ovino e, por um instante, a cara também era de uma ovelha. Depois, a cara se diluiu na imagem de um soldado eurasiano que parecia avançar, enorme e terrível, com a submetralhadora rangendo, prestes a saltar da superfície da tela, a ponto de fazer algumas pessoas na primeira fila se encolher nas cadeiras. Mas no mesmo momento, arrancando um profundo suspiro de alívio da plateia, a imagem hostil se converteu no rosto do Grande Irmão, cabelo preto, bigode preto, cheio de poder e misteriosamente calmo, tão imenso que preenchia a tela quase inteira. Ninguém ouviu o que o Grande Irmão dizia. Eram apenas umas poucas palavras de motivação, do tipo que se pronuncia em meio ao ruído de um combate, sons incompreensíveis separadamente, mas que juntos restauram a confiança pelo fato de serem verbalizados. Em seguida, o rosto do Grande Irmão sumiu e em seu lugar surgiram em letras maiúsculas negritadas os três lemas do Partido:

GUERRA É PAZ
LIBERDADE É ESCRAVIDÃO
IGNORÂNCIA É FORÇA

O rosto do Grande Irmão pareceu continuar por vários segundos na tela, como se o impacto causado nos olhos de todos fosse real demais para esvanecer imediatamente. A mulherzinha de cabelo cor de areia havia se atirado sobre o encosto da cadeira em frente. Com um sussurro trêmulo que soava como "Meu Salvador!", ela estendeu os braços em direção à tela. Depois, enterrou o rosto nas mãos. Parecia balbuciar uma oração.

Neste momento, o grupo começou a entoar um cântico profundo, lento, rítmico, de "G-I!… G-I!… G-I!" de novo e de novo, muito devagar, com uma pausa longa entre o G e o I, um murmúrio denso, sonoro, de algum modo até selvagem, ao fundo do qual parecia que se escutava a batida de pés descalços e a pulsação de gongos. Isso continuou por talvez trinta segundos. Esse refrão sempre era entoado em momentos de emoção avassaladora. Em parte, tratava-se de uma espécie de hino à sabedoria e à majestade do Grande Irmão; mas além disso era um ato de auto-hipnose, uma imersão na consciência por meio desse ritmo marcado. As entranhas de Winston pareceram congelar. Nos Dois Minutos de Ódio, ele não conseguia se desvencilhar do delírio coletivo, mas aquele canto infra-humano de "G-I!… G-I!…" sempre o aterrorizava. É claro que ele cantava com o resto: era impossível fazer o contrário. Dissimular seus sentimentos, controlar a expressão, fazer o que todos os demais faziam eram reações instintivas. Mas houve um intervalo de poucos segundos durante os quais seus olhos poderiam tê-lo traído. E foi exatamente aí que algo significativo aconteceu, se é que, de fato, tinha acontecido.

Por um instante, ele fitou os olhos de O'Brien, que tinha se levantado; havia tirado os óculos e ia recolocá-los no nariz com o gesto característico. Mas houve então uma fração de segundo em que seus olhos se encontraram e, no tempo necessário para isso acontecer, Winston soube (sim, ele *soube*!) que O'Brien estava pensando a mesma coisa que ele. Foi uma telepatia, como se as duas mentes se abrissem e os pensamentos fluíssem de uma para outra através dos olhos de ambos. "Estou com você", O'Brien parecia estar lhe dizendo. "Sei exatamente o que você está sentindo. Sei tudo sobre seu desprezo, seu ódio, sua aversão. Mas não se preocupe, estou do seu lado!". E depois a centelha de inteligência desapareceu, e o rosto de O'Brien ficou tão inexpressivo quanto o de todos os outros.

Era só isso, e ele já estava inseguro sobre ter mesmo acontecido. Tais incidentes nunca tinham algum desdobramento. Só o que eles faziam era manter viva nele a crença, ou a esperança, de que outros também fossem inimigos do Partido. Talvez os rumores sobre amplas conspirações subterrâneas fossem verdadeiros, afinal; talvez a Irmandade existisse mesmo. Apesar das intermináveis prisões, confissões e execuções, era impossível ter certeza de que a Irmandade não era apenas um mito. Alguns dias ele acreditava nela; em outros, não. Não havia evidências, apenas *flashes* que poderiam significar algo ou nada: fragmentos de conversas entreouvidas, rabiscos desbotados nas paredes do banheiro;

e mesmo, uma vez, quando dois estranhos se encontraram, um ligeiro movimento de mãos que talvez fosse um sinal de reconhecimento. Era apenas um exercício de adivinhação e muito provavelmente ele tinha imaginado tudo. Depois voltou a seu cubículo sem olhar para O'Brien outra vez. A ideia de dar sequência ao contato momentâneo nem lhe passou pela cabeça. Teria sido bem perigoso, mesmo que ele soubesse como proceder para fazê-lo. Por um segundo, dois segundos, eles haviam trocado um olhar ambíguo, e aquilo era o fim da história. Mas até isso era um evento memorável, na solidão trancafiada em que se vivia.

Winston se levantou e endireitou a coluna. Soltou um arroto. O gim estava provocando um refluxo.

Seus olhos voltaram à página. Ele descobriu que, enquanto estava sentado, refletindo em desamparo, havia também escrito, como em um ato automático. E já não era a mesma caligrafia estranha e desajeitada de antes. A pena deslizou fácil sobre o papel macio, registrando em caprichadas letras maiúsculas:

ABAIXO O GRANDE IRMÃO
ABAIXO O GRANDE IRMÃO
ABAIXO O GRANDE IRMÃO
ABAIXO O GRANDE IRMÃO
ABAIXO O GRANDE IRMÃO

e assim sucessivamente, preenchendo metade de uma página.

Ele não conseguiu evitar uma pontada de pânico. Era absurdo, já que escrever aquelas palavras em particular não era mais perigoso do que o ato de começar um diário; mas, por um instante, viu-se tentado a rasgar as páginas estragadas e abandonar de uma vez a empreitada.

Não fez isso porque sabia que era inútil. Se escrevesse ABAIXO O GRANDE IRMÃO ou se se abstivesse de escrever, era indiferente. Quer ele prosseguisse com o diário, quer não, era indiferente. A Polícia do

Pensamento iria pegá-lo do mesmo jeito. Ele havia cometido (e teria cometido de qualquer maneira, ainda que nunca tivesse pousado a caneta no papel) o crime essencial que continha em si todos os demais. Pensamentocrime, eles chamavam. O crime de pensamento não era algo que se pudesse ocultar para sempre. Você podia conseguir se esconder por um período, até mesmo por anos, mas cedo ou tarde seria descoberto.

Era sempre à noite; as prisões eram invariavelmente noturnas. O súbito arrancar do sono, a mão bruta sacudindo seu ombro, as luzes ofuscando seus olhos, o círculo de rostos duros em volta da cama. Na maioria dos casos não havia julgamento nem notícia da prisão. As pessoas simplesmente desapareciam no breu. Seu nome era removido dos documentos, todos os registros eram eliminados, sua antiga existência era negada e, depois, esquecida. Você era abolido, aniquilado; "vaporizado" era a palavra usual.

Por um momento ele foi dominado por uma histeria. Começou a escrever em garatujas apressadas e confusas:

eles vão atirar em mim eu não ligo eles vão me dar um tiro na nuca eu não ligo abaixo o grande irmão eles sempre atiram na sua nuca eu não ligo abaixo o grande irmão

Endireitou-se na cadeira, ligeiramente envergonhado de si mesmo, e pousou a pena. No instante seguinte, deu um pulo. Estavam batendo à porta.

Já! Winston ficou sentado, imóvel como um rato, na esperança vã de que a pessoa, não importa quem fosse, partisse depois de uma única tentativa. Mas não, a batida se repetiu. A demora era a pior coisa. Seu coração batia como um tambor, mas o rosto, como sempre, provavelmente estava inexpressivo. Ele se levantou e caminhou devagar em direção à porta.

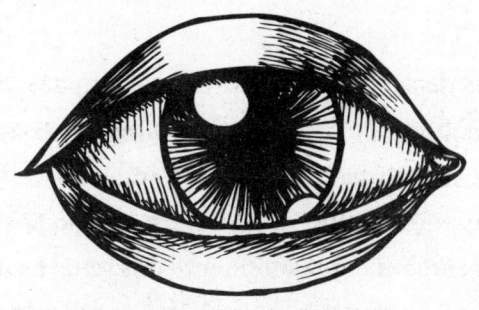

CAPÍTULO 2

Ao colocar a mão na maçaneta, Winston viu que tinha deixado o diário aberto sobre a mesa. ABAIXO O GRANDE IRMÃO estava escrito nele todo, em letras grandes quase o suficiente para serem lidas desde o lado oposto da sala. Foi uma atitude estúpida demais. Porém, ele percebeu, mesmo em pânico, que não quisera borrar o papel creme fechando o caderno enquanto a tinta estava úmida.

Respirou fundo e abriu a porta. Instantaneamente sentiu o calor do alívio. Uma mulher pálida, de aparência abatida, cabelo ralo e rosto enrugado, estava parada do lado de fora.

– Ah, camarada – ela começou, com uma voz triste, meio chorosa. – Eu achei mesmo que tinha ouvido você entrar. Acha que poderia vir dar uma espiada na nossa pia da cozinha? Está entupida e…

Era a senhora Parsons, a esposa de um vizinho do mesmo andar (a palavra "senhora" era um tanto reprovada pelo Partido; presumia-se que todos se tratassem por "camarada", mas com algumas mulheres acabava-se usando por instinto). Tratava-se de uma mulher por volta dos 30 anos, mas que aparentava bem mais. Tinha-se a impressão de haver poeira nos vincos de seu rosto. Winston a acompanhou pelo corredor. Esses serviços amadores de conserto eram uma irritação quase diária; as Mansões Vitória constituíam-se de apartamentos velhos, construídos nos anos 1930 ou por essa época, e estavam caindo aos pedaços. Lascas de gesso se desprendiam constantemente dos tetos e das paredes, o encanamento estourava sempre que congelava, o telhado pingava quando havia neve, e o sistema de aquecimento geralmente funcionava pela metade, isso quando não era cortado por motivos econômicos. Consertos, excetuando-se os que você pudesse fazer por conta própria, precisavam ser sancionados por comitês distantes, capazes de atrasar até o conserto de uma janela por dois anos.

– Só chamei porque o Tom não está em casa – disse a senhora Parsons.

O apartamento dos Parsons era maior do que o de Winston, e sombrio de um jeito diferente. Tudo tinha uma aparência combalida, pisoteada, como se o lugar tivesse acabado de ser visitado por algum animal grande e violento. Indumentária esportiva (tacos de hóquei, luvas de boxe, uma bola de futebol estourada, um par de calções suados e virados do avesso) se espalhava por todo o piso, e sobre a mesa havia uma pilha de louça suja e um livro de exercícios com orelhas nas páginas. Nas paredes, bandeiras escarlate da Liga Jovem e dos Espiões e um grande cartaz do Grande Irmão. Pairava o cheiro habitual de repolho cozido comum ao edifício todo, mas atravessado por um fedor mais intenso de suor. Podia-se saber na primeira farejada, embora fosse difícil dizer como, que se tratava do cheiro de uma pessoa ausente naquele momento. Em outro cômodo, alguém com um pente e um pedaço de papel higiênico tentava manter a sintonia da música militar ainda emitida pela teletela.

– São as crianças – disse a senhora Parsons, lançando um olhar um tanto apreensivo para a porta. – Elas ainda não saíram hoje. E é claro...

A mulher tinha o costume de interromper as frases pela metade. A pia da cozinha estava cheia quase até a borda de uma água verde imunda que fedia até mais do que repolho. Winston se ajoelhou e examinou a junção do cano em ângulo. Detestava usar as mãos e se curvar, coisas que sempre o faziam tossir. A senhora Parsons observava, sem poder ajudar.

– Claro que se o Tom estivesse em casa ele daria um jeito num instante – ela disse. – Ele adora essas coisas; o Tom é ótimo nessas tarefas.

Tom Parsons era colega de Winston no Ministério da Verdade. Homem gordo, mas ativo, de uma burrice paralisante, uma massa de entusiasmos imbecis; um daqueles trabalhadores devotados e absolutamente não questionadores dos quais, mais até do que da Polícia do Pensamento, dependia a estabilidade do Partido. Aos 35 anos e muito contra a sua vontade, tinha acabado de ser expulso da Liga Jovem e, antes de se formar nessa liga, conseguira ficar nos Espiões por um ano além da idade estabelecida no estatuto. No Ministério, trabalhava em um posto subordinado para o qual a inteligência não era requisito. Porém, era figura de destaque no Comitê de Esportes e em todos os outros envolvidos com a organização de caminhadas, demonstrações espontâneas, campanhas de poupança e atividades voluntárias em geral. Parsons comentava com orgulho discreto, entre baforadas no cachimbo, que havia marcado presença no Centro Comunitário todas as noites dos últimos quatro anos. Um cheiro avassalador de suor, uma espécie de testemunho inconsciente da exaustão de sua vida, seguia-o por onde fosse e permanecia no ar depois que ele partia.

– A senhora tem uma chave inglesa? – indagou Winston, lutando com a porca da junção.

– Uma chave inglesa – repetiu a senhora Parsons, tornando-se imediatamente sem energia. – Eu não sei, não tenho certeza. Quem sabe as crianças...

Houve um som pesado de passos e outra descarga no pente enquanto as crianças invadiam a sala de estar. A senhora Parsons trouxe a chave inglesa. Winston deixou sair a água e, enojado, removeu o coágulo de cabelo humano que tinha entupido o cano. Limpou os dedos o melhor que pôde na água fria da torneira e voltou para a sala.

– Mãos pra cima! – gritou uma voz selvagem.

Um menino bonito de 9 anos e aparência durona havia surgido de trás da mesa e o ameaçava com uma pistola automática de brinquedo, enquanto a irmã menor, cerca de dois anos mais nova, fazia o mesmo gesto com um pedaço de madeira. Ambos vestiam as bermudas azuis, camisas cinza e os lenços vermelhos que eram o uniforme dos Espiões. Winston levantou as mãos acima da cabeça, sentindo-se desconfortável, pois o comportamento do menino, muito rancoroso, indicava que aquilo não era absolutamente uma brincadeira.

– Você é um traidor! – o menino gritou. – Você é um criminoso do pensamento! Você é um espião eurasiano! Vou atirar em você, vou vaporizar você, vou mandar você para as minas de sal!

De repente as duas crianças começaram a pular em volta de Winston, gritando "Traidor!" e "Criminoso do pensamento!", a menininha imitando o irmão em todos os movimentos. De certa forma, era um pouco assustador, como as brincadeiras dos filhotes de tigre que logo crescem e se tornam devoradores de homens. Havia uma espécie de ferocidade calculista nos olhos do menino, um desejo muito evidente de bater no visitante ou chutá-lo, e uma consciência de ser quase grande o suficiente para fazê-lo. "Ainda bem que ele não está segurando uma pistola de verdade", pensou Winston.

Os olhos tensos da senhora Parsons iam e voltavam de Winston para as crianças. Na luz mais forte da sala de estar ele confirmou que de fato *havia* poeira nos vincos do rosto dela.

– Esses dois estão muito agitados – ela falou. – Eles se decepcionaram por não poder assistir ao enforcamento, foi isso. Estou muito ocupada para levá-los, e o Tom não vai voltar do trabalho a tempo.

– Por que não podemos ver o enforcamento? – rugiu o menino em voz alta.

– Queremos ver o enforcamento! Queremos ver o enforcamento! – cantou a menininha, ainda saltitando ao redor.

Winston se lembrou de que alguns prisioneiros eurasianos, condenados por crimes de guerra, seriam enforcados no Parque à noite. Isso acontecia cerca de uma vez por mês e era um espetáculo popular. Crianças sempre exigiam ser levadas para assistir. Ele se despediu da senhora Parsons e foi para a porta. Mas ainda não tinha dado seis passos no corredor quando algo o atingiu na nuca, provocando uma explosão agonizante de dor. Era como se fosse espetado por um cabo em brasa. Girou-se bem a tempo de ver a senhora Parsons arrastar o filho de volta para a porta, enquanto o menino guardava uma catapulta no bolso.

– Goldstein! – berrou o menino enquanto a porta se fechava.

No entanto, o que mais espantou Winston foi o olhar de medo impotente no rosto cinzento da mulher.

De volta ao apartamento, ele passou rápido em frente à teletela e se sentou à mesa de novo, ainda esfregando a nuca. A música tinha parado. Em seu lugar, uma voz militar entrecortada lia, com uma espécie de deleite brutal, uma descrição dos armamentos da nova Fortaleza Flutuante que tinha acabado de ancorar entre a Islândia e as Ilhas Faroé.

Com aqueles filhos, Winston pensou, aquela mulher infeliz devia levar uma vida de terror. Mais um ano, dois anos, e eles a observariam dia e noite buscando indícios de inortodoxia. Quase todas as crianças eram horríveis naqueles dias. E o pior de tudo: por meio de organizações como os Espiões, eram sistematicamente transformadas em pequenos selvagens incontroláveis, e mesmo assim isso não despertava nelas a menor tendência para se rebelar contra a disciplina do Partido. Ao contrário, amavam o Partido e tudo relacionado a ele. As músicas, as procissões, as bandeiras, as caminhadas, as perfurações com rifles de mentirinha, o brado de lemas, a adoração ao Grande Irmão, tudo se tornava uma espécie de brincadeira gloriosa para elas. A ferocidade que sentiam era direcionada para fora, contra os inimigos do Estado, contra estrangeiros, traidores, sabotadores e criminosos do pensamento. Era quase normal que pessoas acima de 30 anos tivessem medo dos próprios filhos. E com razão, pois mal se passava uma semana sem que o *Times* trouxesse um parágrafo descrevendo como um pequeno espião furtivo, geralmente chamado "herói infantil", tinha entreouvido algum comentário comprometedor e denunciado os pais à Polícia do Pensamento.

A ardência provocada pela bala da catapulta passara. Winston pegou a pena, desanimado, pensando se teria mais alguma coisa para escrever no diário. De repente, começou a pensar em O'Brien de novo.

Muito tempo antes – quanto? Há uns sete anos –, ele sonhara estar andando em um quarto escuro como breu. E alguém sentado a seu lado havia falado, enquanto ele passava: "Nós vamos nos encontrar em um lugar onde não há escuridão". Aquilo foi dito com muita tranquilidade, quase casualmente; era uma afirmação, não uma ordem. Ele continuou andando. O interessante foi que naquela hora, no sonho, as palavras não haviam causado grande impacto. Só mais tarde e aos poucos elas pareceram adquirir significado. Winston não conseguia se lembrar se vira O'Brien pela primeira vez antes ou depois do sonho, nem da primeira vez que identificara a voz como sendo de O'Brien. Não importa como fosse, a identificação existia. Era de O'Brien a voz que ouvira na escuridão.

Não conseguia ter certeza, mesmo depois do brilho nos olhos, naquela manhã; impossível confirmar se O'Brien era amigo ou inimigo. Também não parecia ter grande importância. Havia um vínculo de compreensão entre eles, mais importante do que afeto ou partidarismo. "Nós vamos nos encontrar em um lugar onde não há escuridão", ele disse. Winston não sabia o que isso significava, apenas que de uma forma ou de outra iria se realizar.

A voz da teletela parou. Um toque de trombeta, límpido e bonito, cortou o ar estagnado. A voz continuou, lancinante:

– Atenção! Sua atenção, por favor! Acabam de chegar notícias do *front* de Malabar. Nossas forças no Sul da Índia conquistaram uma vitória gloriosa. Posso dizer que a ação que agora reportamos poderá levar a guerra, em horizonte visível, a seu fim. Eis as notícias...

Más notícias a caminho, pensou Winston. E, conforme previsto, na sequência de uma descrição sangrenta sobre o aniquilamento de um exército da Eurásia, com imagens chocantes dos mortos e prisioneiros, anunciaram que, a partir da semana seguinte, a ração de chocolate seria reduzida de trinta gramas para vinte.

Winston arrotou de novo. O efeito do gim estava passando, deixando uma sensação de vazio. A teletela, talvez para celebrar a vitória ou desviar a lembrança do chocolate perdido, começou a tocar "Oceania, esta é para você". Winston deveria ficar em posição de sentido. Entretanto, em sua atual posição, estava invisível para a teletela.

"Oceania, esta é para você" deu lugar a uma música mais ligeira. Winston andou até a janela, mantendo-se de costas para a teletela. O dia continuava frio e claro. Em algum lugar ao longe uma bomba explodiu com um bramido lento, reverberante. Cerca de vinte ou trinta delas caíam sobre Londres atualmente.

Mais abaixo na rua, o vento balançava o rasgo do cartaz de um lado para outro, escondendo e exibindo a palavra SOCING. Socing. Os princípios sagrados do Socing. Novidioma, duplopensar, a mutabilidade do passado. Winston sentiu como se estivesse vagando nas florestas do fundo do mar, perdido em um mundo monstruoso em que ele próprio era o monstro. Encontrava-se sozinho. O passado estava morto, o futuro era inimaginável. Que certeza teria de que uma única criatura humana viva estava a seu lado? E como saber que o domínio do Partido não duraria *para sempre*? Como resposta, os três lemas na fachada branca do Ministério da Verdade voltaram à sua mente:

GUERRA É PAZ
LIBERDADE É ESCRAVIDÃO
IGNORÂNCIA É FORÇA

Ele tirou uma moeda de vinte e cinco centavos do bolso. Ali também, em tipologia minúscula e nítida, estavam inscritos os mesmos lemas, e, na face oposta da moeda, a cabeça do Grande Irmão. Até em uma moeda os olhos o perseguiam. Em moedas, em selos, em capas de livros, em bandeiras, em cartazes e em maços de cigarros: em todo lugar. Sempre os olhos vigiando e a voz envolvendo você. Dormindo ou acordado, trabalhando ou comendo, dentro ou fora de casa, no banho ou na cama: sem escapatória. Nada lhe pertencia, a não ser os poucos centímetros cúbicos dentro do crânio.

O sol foi baixando, e a miríade de janelas do Ministério da Verdade, sem refletir a luz solar, parecia sombria como as seteiras de uma fortaleza. Seu coração apertou-se diante da enorme forma piramidal. Era forte demais, não poderia ser derrubada. Mil bombas não a destruiriam. Ele questionou de novo para quem estava escrevendo o diário. Para o futuro, para o passado; para uma época que poderia ser imaginária. E à sua frente se estendia não a morte, mas a aniquilação. O diário seria reduzido a cinzas, e ele, a vapor. Só a Polícia do Pensamento leria o que escrevesse antes de o varrerem da existência e da memória. Como fazer um apelo ao futuro quando nenhum traço de você, nem mesmo uma palavra anônima rabiscada em um pedaço de papel, poderia sobreviver fisicamente?

A teletela bateu as catorze horas. Ele precisava sair em dez minutos – deveria estar de volta ao trabalho antes das catorze e trinta.

Curiosamente, o soar das horas pareceu devolver-lhe o ânimo. Ele era um fantasma solitário expressando uma verdade que ninguém jamais ouviria. Mas, enquanto a expressasse, de algum modo obscuro a continuidade não seria interrompida. Não era se fazendo ouvir, e sim permanecendo lúcido, que você levava adiante a herança humana. Ele voltou à mesa, mergulhou a pena na tinta e escreveu:

Ao futuro ou ao passado, para uma época em que o pensamento seja livre, quando os homens forem diferentes uns dos outros e não viverem sozinhos; para uma época em que a verdade exista e o feito não possa ser desfeito:
Da época da uniformidade, da época da solidão, da época do Grande Irmão, da época do duplopensar: saudações!

Já estava morto, refletiu. Parecia-lhe que só naquele instante, quando passara a ser capaz de formular pensamentos, havia dado o passo decisivo. As consequências de cada ato estavam embutidas no ato em si. Então escreveu:

Pensamentocrime não inclui a morte: pensamentocrime É a morte.

Uma vez que se reconhecia como um homem morto, era urgente permanecer vivo tanto quanto possível. Dois dedos de sua mão direita estavam manchados de tinta; era exatamente o tipo de detalhe que poderia trair você. Algum fanático intrometido do Ministério (uma mulher, provavelmente; alguém como a mulher baixinha de cabelo cor de areia ou a de cabelo preto do Departamento de Ficção) poderia começar a perguntar por que ele tinha andado escrevendo durante o intervalo do almoço e por que teria usado uma pena e *o que* teria escrito, e então fazer uma insinuação no momento adequado. Winston foi ao banheiro e cuidadosamente esfregou a tinta com o sabonete marrom escuro grosseiro que raspava sua pele como lixa e era, portanto, bastante apropriado.

    Guardou o diário na gaveta. Era inútil pensar em escondê-lo, mas assim Winston poderia ao menos ter certeza de sua existência ter sido descoberta ou não. Um fio de cabelo colocado na extremidade da página era óbvio demais. Com a ponta do dedo ele recolheu um grão de poeira identificável e esbranquiçado e o posicionou no canto da capa, de onde certamente se deslocaria se o caderno fosse mexido.

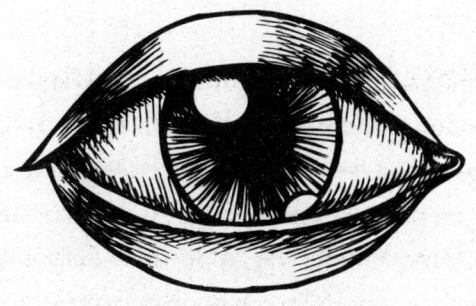

CAPÍTULO 3

Winston sonhava com a mãe.

Devia ter, pensou, 10 ou 11 anos quando sua mãe desapareceu. Era uma mulher alta, escultural, muito calada, de movimentos calmos e cabelos loiros magníficos. Do pai ele se lembrava mais vagamente como sendo moreno e magro, sempre vestido com roupas escuras arrumadas (Winston se lembrava especialmente das solas muito finas dos sapatos do pai) e de óculos. Ambos evidentemente deviam ter sido engolidos em um dos primeiros grandes expurgos dos Anos Cinquenta.

No sonho, sua mãe, sentada em algum lugar nas profundezas abaixo dele, carregava a irmã mais nova nos braços. Ele não se lembrava de nada a respeito dela, exceto que era um bebê miúdo, sempre quieto, com grandes olhos atentos. Ambas olhavam para cima, na direção dele. Estavam em algum lugar subterrâneo – o fundo de um poço, por exemplo, ou um túmulo muito profundo –, mas era um lugar que, embora já muito abaixo dele, se abria ainda mais para baixo. Encontravam-se no salão de um navio que afundava, olhando-o através da água turva, para cima. Ainda havia ar no salão, elas conseguiam vê-lo, e ele a elas, mas continuavam afundando, mergulhando nas profundezas das águas verdes que em instantes as levariam para sempre. Winston estava fora, na luz e no ar, enquanto elas eram sugadas para a morte, e se encontravam lá no fundo *porque* ele estava na parte de cima. Sabia disso e elas também, era nítido em seus olhos. Não havia reprovação no rosto delas nem em seus corações, apenas a ciência de que precisavam morrer para que ele pudesse permanecer vivo, e que isso era parte da ordem inevitável das coisas.

Winston não se lembrava do que tinha acontecido, mas em seu sonho sabia que de alguma forma a vida da mãe e a da irmã foram sacrificadas pela sua. Era um daqueles sonhos que, embora preservassem a atmosfera característica de sonho, constituíam uma continuação da vida intelectual de uma pessoa, em que ela se torna consciente de fatos e ideias que parecem novas e importantes mesmo depois que se acorda. Para Winston, o mais chocante era que a morte da mãe, quase trinta anos antes, tinha sido trágica e dolorosa além do aceitável. A tragédia, ele notou, pertencia aos tempos antigos, a um tempo em que ainda existiam privacidade, amor e amizade, e quando os membros de uma família se apoiavam mutuamente sem precisar saber a razão. A lembrança da mãe lhe doía no coração porque ela morrera amando-o quando ele era jovem e egoísta demais para retribuir esse amor, e, de algum modo, Winston não lembrava como, ela havia se sacrificado por um conceito de lealdade particular e imutável. Ele percebeu que coisas assim não poderiam mais acontecer, pois nos dias em que vivia existiam medo, ódio e sofrimento, mas nenhuma dignidade emocional nem tristezas profundas ou complexas. Tudo isso parecia estar nos grandes olhos da mãe e da irmã que olhavam para cima na direção dele através da água verde, centenas de braças abaixo e ainda afundando.

De repente, ele se viu em pé na relva baixa e viçosa, em uma tarde de verão, quando os raios oblíquos do sol douravam o solo. A paisagem que admirava era tão recorrente em seus sonhos que ele nunca tinha certeza de já tê-la visto ou não no mundo real. Quando pensava nela acordado, chamava-a de Terra Dourada. Era um pasto seco, carcomido por coelhos, atravessado por uma trilha para caminhadas e pontilhado aqui e ali com montículos feitos por toupeiras. Na cerca irregular do lado oposto do terreno, os galhos dos olmos balançavam suavemente à brisa, as folhas se mexendo de leve nas copas como cabelos femininos. Em algum lugar próximo, embora fora do campo de visão, havia um riacho límpido, calmo, onde trutas nadavam nas piscinas formadas sob os salgueiros.

A moça de cabelo preto vinha cruzando o campo na direção dele. Com o que pareceu ser um movimento único, ela arrancou as roupas e as atirou para o lado de qualquer jeito. Seu corpo era branco e suave, mas não lhe despertou nenhum desejo; de fato, ele mal olhou. O que o dominou naquele instante foi a admiração pelo gesto com o qual ela havia jogado longe as roupas. Com sua graça e seu descuido, pareceu ter aniquilado toda uma cultura, todo um sistema de pensamento, como se o Grande Irmão, o Partido e a Polícia do Pensamento pudessem ser todos varridos para o nada somente por um movimento sublime. Aquele gesto também era um costume pertencente aos tempos antigos. Winston acordou com a palavra "Shakespeare" nos lábios.

A teletela soltava um silvo ensurdecedor que permaneceu na mesma nota por trinta segundos. Eram sete e quinze, hora de levantar para os trabalhadores de escritório. Winston arrastou o corpo para fora da cama; nu, pois membros das Margens do Partido recebiam apenas três mil cupons de roupa por ano, e um conjunto de pijamas custava seiscentos; pegou uma camiseta encardida e um calção, jogados em uma cadeira. As Atividades Físicas começariam em três minutos. No momento seguinte, foi prostrado por uma tosse violenta que quase sempre o atacava logo depois de acordar. Esvaziava seus pulmões tão completamente que só conseguia começar a respirar de novo deitando-se de costas e fazendo uma série de inspirações profundas. Suas veias incharam com o esforço de tossir, e a úlcera varicosa começou a coçar.

– Grupo do trinta ao quarenta! – gritou uma voz feminina penetrante. – Grupo do trinta ao quarenta! Em posição, por favor. Trinta ao quarenta!

Winston se colocou em posição de sentido em frente à teletela, onde a imagem de uma mulher jovem, magricela, mas musculosa, vestindo túnica e calçados de ginástica, já tinha aparecido.

– Braços contraindo e estendendo! – ela ordenou. – Acompanhem o meu ritmo. *Um*, dois, três, quatro! *Um*, dois, três, quatro! Vamos lá, camaradas, um pouco de ânimo! *Um*, dois, três, quatro! *Um*, dois, três, quatro!

A dor pelo ataque de tosse não tinha apagado por completo da mente de Winston a impressão causada pelo sonho, e os movimentos rítmicos do exercício em parte a resgatou. Enquanto lançava roboticamente os braços para trás e para a frente, fazendo a expressão de satisfação contida apropriada durante as Atividades Físicas, ele se esforçava para voltar o pensamento até o período nebuloso de sua primeira infância. Era extremamente difícil. Não se lembrava de nada além do final dos Cinquenta. Quando não há registros externos para consultar, até o contorno da sua própria vida perde a nitidez. Você recorda eventos grandiosos que muito provavelmente não ocorreram, detalhes de incidentes sem conseguir resgatar sua atmosfera e longos períodos vazios aos quais você não consegue associar nada. Tudo era diferente, então. Até os nomes dos países, seus formatos no mapa, eram diferentes. A Faixa Aérea Um, por exemplo, não tinha esse nome: era chamada de Inglaterra ou Bretanha, embora Londres, ele tinha quase certeza, tivesse sempre sido chamada de Londres.

Winston não conseguia se lembrar com clareza de um período em que seu país não estivesse em guerra, mas era evidente que teria havido um intervalo razoavelmente longo de paz durante sua infância, porque uma de suas memórias mais antigas era a de um ataque aéreo que pareceu pegar todos de surpresa. Talvez fosse quando a bomba atômica caiu em Colchester. Ele não se lembrava do ataque em si, mas recordava a mão do pai apertando a sua enquanto corriam para baixo, desciam cada vez mais para um lugar profundo na terra, girando e girando por uma escada em caracol que rangia sob seus pés e que, por fim, tanto exauriu suas pernas que ele começou a gemer e eles precisaram parar para descansar. A mãe, com seu jeito sonhador e calmo, ficou muito atrás. Carregava sua irmãzinha, ou talvez fosse apenas um fardo de cobertores: Winston não tinha certeza se a irmã já era nascida naquela época. Finalmente, emergiram em um lugar lotado e barulhento que ele percebeu ser uma estação de metrô.

Havia pessoas sentadas por todo o chão de paralelepípedos e outras, muito próximas, amontoadas em beliches de metal. Winston, a mãe e o pai encontraram um lugar no chão, e perto deles um homem e uma mulher idosos estavam sentados lado a lado em um beliche. O velho vestia um paletó preto decente e um gorro de tecido preto puxado para trás por cima do cabelo muito branco; seu rosto estava escarlate, e os olhos eram azuis e cheios de lágrimas. Ele fedia a gim. A bebida parecia exalar de sua pele em lugar do suor, e alguém poderia imaginar que as lágrimas inundando os olhos fossem gim puro. No entanto, apesar de um pouco bêbado, ele demonstrava uma tristeza genuína e insuportável. A seu modo infantil, Winston percebeu que alguma coisa horrível, que estava além do perdão e jamais poderia ser remediada, tinha acabado de acontecer. Parecia saber de que se tratava. Alguém que o velho amava, um netinho talvez, tinha sido assassinado. A cada poucos minutos ele repetia:

– Não deveríamos ter confiado neles. Eu falei isso, Mãe, não falei? É isso que acontece quando se confia neles. Não deveríamos ter confiado naqueles tipos.

Mas em quais tipos eles não deveriam ter confiado? Winston não conseguia lembrar.

Desde mais ou menos aquela época, a guerra vinha sendo literalmente contínua, embora a rigor não fosse pelo mesmo motivo. Por vários meses ao longo de sua infância, conflitos de rua muito confusos tinham ocorrido na própria Londres, alguns dos quais ele recordava vividamente. Mas rastrear a história do período inteiro, dizer quem lutava contra quem em qualquer momento, teria sido absolutamente impossível, uma vez que nenhum registro escrito ou palavra pronunciada jamais havia feito menção a um alinhamento diferente do atual. Em 1984 (se fosse 1984), por exemplo, a Oceania estava em guerra com a Eurásia e alinhada à Lestásia. Em nenhuma verbalização pública ou privada foi admitido que as três forças, em alguma época, houvessem se agrupado de outro modo. No entanto, como Winston sabia muito bem, fazia apenas quatro anos que a Oceania tinha estado em guerra com a Lestásia e apoiado a Eurásia. Mas isso era apenas um fragmento de conhecimento furtivo que veio ao acaso, porque sua memória não estava em condições satisfatórias. Oficialmente, essa alternância de aliados jamais aconteceu. A Oceania fazia guerra contra a Eurásia: portanto, a Oceania sempre estivera em guerra com a Eurásia. O inimigo do momento era sempre representado como o mal absoluto, o que inviabilizava qualquer acordo passado ou futuro com ele.

O mais assustador, refletiu pela décima milésima vez, enquanto com muita dor forçava os ombros para trás (com as mãos no quadril, ele girava o corpo a partir da cintura, um exercício que supostamente fazia bem para os músculos das costas); o assustador era que podia ser tudo verdade. Se o Partido tinha acesso ao passado e dizia, sobre este ou aquele evento, que *jamais tinha acontecido*, isso, com certeza, era mais aterrador do que a mera tortura e a morte.

O Partido dizia que a Oceania nunca tinha se unido à Eurásia. Ele, Winston Smith, sabia que a Oceania tinha se alinhado com a Eurásia tão recentemente quanto quatro anos antes. Mas onde esse conhecimento existia? Só na consciência dele, que de todo modo haveria de ser aniquilada muito em breve. E se todos os demais aceitavam a mentira que o Partido impunha, se todos os registros contavam a mesma história, então a farsa era incorporada à História e se tornava verdade. "Quem controla o passado", dizia o lema do Partido, "controla o futuro: quem controla o presente controla o passado". E mesmo assim o passado, apesar de sua natureza mutável, nunca tinha sido alterado. Não importa o que fosse verdade agora, era verdade desde sempre e para sempre. Tudo muito simples. O necessário era apenas uma série infinita de vitórias sobre a própria memória. "Controle da realidade", eles chamavam; em Novidioma, "duplopensar".

– Descansar! – vociferou a instrutora com um pouco mais de gentileza.

Winston deixou cair os braços ao longo do corpo e lentamente encheu os pulmões de ar. Sua mente imergiu no mundo labiríntico do duplopensar. Saber e não saber, ter consciência da veracidade completa e ao mesmo tempo contar com cuidado mentiras inventadas, manter simultaneamente duas opiniões que se anulavam, sabendo que eram contraditórias e acreditando em ambas, usar a lógica contra a lógica, repudiar a moralidade enquanto a professava, acreditar que a democracia era impossível e que o Partido era o guardião da democracia, esquecer o que quer que fosse necessário e depois chamá-lo de volta à memória no momento oportuno e depois esquecer de novo e, acima de tudo, fazer o mesmo no processo em si; isso era a sutileza máxima: conscientemente induzir a inconsciência e depois, mais uma vez, tornar-se inconsciente do ato de hipnose que você tinha acabado de executar. Até mesmo entender a palavra "duplopensar" envolvia o uso do duplopensar.

A instrutora havia chamado a atenção deles de novo.

– E agora vamos ver quais de nós conseguem tocar os pés! – disse, entusiasmada. – Partindo do quadril, por favor, camaradas. Um, dois! *Um, dois!*

Winston odiava esse exercício, que provocava pontadas de dor desde seus calcanhares até o traseiro e com frequência terminava desencadeando outro ataque de tosse. O aspecto quase agradável abandonou suas reflexões. O passado, ele ponderou, não tinha sido apenas alterado, tinha sido realmente destruído. Pois como você poderia determinar até o fato mais óbvio quando não existia registro dele fora da sua própria memória? Tentou recordar em que ano havia escutado pela primeira vez uma menção ao Grande Irmão. Talvez em algum momento nos Sessenta, mas era impossível ter certeza. Nas histórias do Partido, é claro, o Grande Irmão aparecia como o líder e guardião da Revolução desde os primeiros dias. Suas proezas tinham sido paulatinamente deslocadas no tempo até que passaram a abranger o maravilhoso mundo dos Quarenta e dos Trinta, quando os capitalistas, com seus estranhos chapéus cilíndricos, ainda percorriam as ruas de Londres em carros a motor grandes e brilhantes ou em carruagens com laterais de vidro puxadas por cavalos. Não havia como saber que parte dessa lenda era verdadeira e que parte era inventada. Winston nem conseguia se lembrar em que data o próprio Partido tinha começado a existir. Ele não acreditava que já tivesse ouvido a palavra Socing antes de 1960, mas era possível que no Velhidioma (ou seja, Socialismo Inglês) ela já fosse corrente mais cedo. Tudo se dissolvia na névoa. Na verdade, algumas vezes você conseguia apontar uma mentira definitiva. Não era verdade, por exemplo, como alegavam os livros de História do Partido, que o Partido tivesse inventado os aviões. Ele se lembrava de aviões desde a tenra infância. Mas não havia como provar nada. Não existia nenhuma evidência. Apenas uma vez em toda a sua vida ele teve em mãos uma prova documental inequívoca da falsificação de um fato histórico. E naquela ocasião...

– Smith! – gritou a voz ranheta na teletela. – 6079 Smith W! Sim, *você*! Curve-se mais, por favor! Você pode fazer melhor do que isso. Não está tentando. Mais baixo, por favor. *Assim* está melhor, camarada. Agora relaxem, o pelotão todo, e olhem para mim.

Um suor quente e súbito irrompeu no corpo inteiro de Winston. O rosto permaneceu completamente apático. Nunca demonstre desânimo! Nunca demonstre ressentimento! Um único brilho nos olhos poderia delatar você. Ele ficou de pé observando enquanto a instrutora levantava os braços acima da cabeça e, não se poderia dizer com graciosidade, mas com notável capricho e eficiência, curvava-se à frente e prendia a primeira articulação dos dedos das mãos sob os dedos dos pés.

– *Aí está*, camaradas. *Isso* é o que quero ver vocês fazendo. Observem mais uma vez. Eu tenho 39 anos e tive quatro filhos. Agora olhem – ela se abaixou de novo. – Vejam que os *meus* joelhos não se dobram. Todos vocês conseguem fazer isso se quiserem – acrescentou, enquanto se endireitava. – Qualquer pessoa com menos de 45 anos é perfeitamente capaz de tocar os pés. Nem todos têm o privilégio de combater na linha de frente, mas ao menos podemos nos manter em forma. Pensem nos nossos rapazes no *front* em Malabar! E nos marinheiros na Fortaleza Flutuante! Imaginem o que *eles* precisam suportar. Agora, tentem de novo. Assim está melhor, camarada, *bem* melhor – disse com motivação enquanto Winston, forçando muito, conseguiu tocar os pés mantendo os joelhos retos, pela primeira vez em muitos anos.

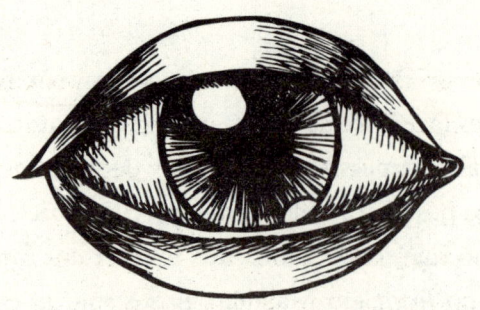

CAPÍTULO 4

Com o suspiro profundo e inconsciente que nem mesmo a proximidade da teletela conseguia impedi-lo de dar quando seu dia de trabalho começava, Winston puxou a falaescreve para perto, soprou a poeira do bocal e pôs os óculos. Em seguida, desenrolou e agrupou com clipes quatro pequenos cilindros de papel que já tinham caído do tubo pneumático do lado direito de sua mesa.

Nas paredes do cubículo havia três orifícios. À direita da falaescreve, um pequeno tubo pneumático para mensagens escritas; à esquerda, um maior para jornais; na parede lateral, ao alcance do braço de Winston, uma grande ranhura oblonga protegida por uma tela de arame. Essa última era para o descarte de papel usado. Ranhuras semelhantes existiam aos milhares ou dezenas de milhares por todo o edifício, não apenas em cada sala, mas a cada pequeno espaço livre em todos os corredores. Por alguma razão, eram apelidadas de buracos da memória. Quando uma pessoa sabia que um documento qualquer estava destinado à destruição, ou quando alguém via um pedaço de papel rabiscado deixado em algum lugar, era um gesto automático levantar a tampa do buraco da memória mais próximo e enfiá-lo ali, para que fosse embora rodopiando em um fluxo de ar quente até as enormes fornalhas que se escondiam em algum ponto nos recessos do edifício.

Winston examinou as quatro tiras de papel que havia desenrolado. Cada uma continha uma mensagem de apenas uma linha ou duas, no jargão abreviado (não exatamente em Novidioma, mas consistindo basicamente de palavras em Novidioma) que era usado no Ministério para objetivos internos. Elas diziam:

```
times 17.3.84 discurso gi mal citado áfrica retificar
times 19.12.83 previsões 3 pt 4o tri 83 erros checar
edição atual
times 14.2.84 minifar mal citado chocolate retificar
times 3.12.83 cita ordendia gi duplomaisdesbom ref
despessoas rerredigir tudo mostrarsup pré-arq
```

Com um sentimento de ligeira satisfação, Winston pôs de lado a quarta mensagem. Era um trabalho intrincado e de responsabilidade, seria melhor lidar com ele por último. As outras três eram questões rotineiras, embora a segunda provavelmente fosse levar a uma busca cansativa em listas de números.

Winston discou "números anteriores" na teletela e pediu as edições apropriadas do *Times*, e elas deslizaram do tubo pneumático após uns poucos minutos. As mensagens que ele recebera se referiam a artigos ou notícias que, por uma razão ou outra, considerava-se necessário alterar, ou, como dito na frase oficial, retificar. Por exemplo, havia aparecido no *Times* de 17 de março que o Grande Irmão, em seu discurso no dia anterior, tinha previsto que o *front* no Sul da Índia permaneceria calmo, mas que uma ofensiva eurasiana ocorreria em breve no Norte da África.

Na verdade, o Alto Comando Eurasiano lançara sua ofensiva no Sul da Índia e deixara o Norte da África em paz. Era, portanto, necessário reescrever o parágrafo do discurso do Grande Irmão de forma a fazê-lo prever o que de fato acontecera. Ou, em outro exemplo, o *Times* de 19 de dezembro publicara as previsões oficiais para a produção de várias categorias de bens de consumo no quarto trimestre de 1983, que era também o sexto trimestre do Nono Plano Trienal. A edição trazia a declaração da produção real, e ela fazia parecer que as previsões estavam grosseiramente erradas em todos os aspectos. O trabalho de Winston era retificar os números originais, para que batessem com os mais recentes. Quanto à terceira mensagem, referia-se a um erro muito simples, que poderia ser corrigido em poucos minutos. Tão recentemente quanto fevereiro, o Ministério da Fartura havia emitido a promessa ("alegação categórica", eram as palavras oficiais) de que não haveria redução da ração de chocolate em 1984. Na verdade, como Winston bem sabia, a ração de chocolate estava prestes a ser reduzida de trinta gramas para vinte no final daquela semana. Só era preciso substituir a promessa original por um alerta de que provavelmente seria necessário reduzir a ração em algum momento em abril.

Assim que Winston acabou de verificar as mensagens, juntou as correções faladaescritas ao respectivo exemplar do *Times* e jogou dentro do tubo pneumático. Depois, com um movimento tão inconsciente quanto possível, amassou a mensagem original e todas as anotações que tinha feito pessoalmente e as jogou no buraco da memória para serem devoradas pelas chamas.

O que acontecia no labirinto invisível para onde os tubos pneumáticos conduziam ele não sabia com detalhes, mas conhecia em linhas gerais. Assim que todas as correções eventualmente necessárias em qualquer edição específica do *Times* fossem executadas e conferidas, aquela edição seria reimpressa; a versão original, destruída; e a nova substituiria a antiga nos arquivos. Esse processo de alteração contínua era aplicado não apenas a jornais, mas a livros, revistas, panfletos, cartazes, folhetos, filmes, músicas, desenho, fotografias; a todos os tipos de literatura ou documentação que pudesse conter alguma significância política ou ideológica. Dia após dia e quase minuto a minuto, o passado era atualizado. Dessa forma, a evidência documental demonstraria que todas as previsões feitas pelo Partido estavam corretas; tampouco alguma notícia ou manifestação de opinião que colidissem com as necessidades do momento poderiam permanecer registradas. A História era um palimpsesto raspado a zero e reinscrito com a frequência exata da necessidade. Em nenhum caso teria sido possível, uma vez executada a ação, provar que houve alguma falsificação. A maior seção do Departamento de Registros, muito maior do que aquela onde Winston trabalhava, era formada simplesmente de pessoas cujo dever era rastrear e recolher todas as cópias de livros, jornais e outros documentos que tivessem sido substituídos e fossem destinados à destruição. Um número do *Times* que, por mudanças no alinhamento político ou projeções erradas divulgadas pelo Grande Irmão, tivesse sido reescrito uma dúzia de vezes ainda era mantido nos arquivos com sua data original, e não havia nenhuma cópia para contradizê-lo. Livros também eram recolhidos e reescritos de novo e de novo e invariavelmente republicados sem nenhum aviso de alteração. Até mesmo as instruções escritas que Winston recebia, e das quais se livrava logo depois de utilizá-las, jamais afirmavam ou sugeriam que um ato de falsificação estava sendo cometido; a referência era sempre a deslizes, erros, problemas de impressão ou citação equivocada que deveriam ser corrigidas em nome da precisão.

Na verdade, ele pensou enquanto reajustava os números do Ministério da Fartura, não chegava a ser uma falsificação. Era a simples substituição de uma bobagem por outra. A maior parte do material com que você lidava não tinha conexão com o mundo real, nem mesmo o tipo de relação contida em uma mentira explícita. As estatísticas eram uma fantasia tanto em sua versão original quanto em sua versão retificada. Em grande parte das vezes esperava-se que você mesmo as inventasse. Por exemplo, a previsão do Ministério da Fartura tinha estimado a produção de botas para o trimestre em cento e quarenta e cinco milhões de pares. A produção real informada foi de sessenta e dois milhões. Winston, porém, ao reescrever a previsão, diminuiu o número para cinquenta e sete milhões, de modo a permitir a alegação habitual sobre a superação de cotas. De todo modo, sessenta e dois milhões não era mais próximo da verdade do que cinquenta e sete milhões ou do que cento e quarenta e cinco milhões. Muito provavelmente, nem um par de botas foi produzido; ou melhor, ninguém sabia quantos tinham sido produzidos, e menos ainda se importava. O que se sabia era que, todo trimestre, uma quantidade astronômica de botas era produzida no papel, enquanto provavelmente metade da população da Oceania andava descalça. E assim era com todas as categorias de fatos registrados, grandes ou pequenos. Tudo sumia em um mundo nebuloso no qual, por fim, até o ano tinha se tornado incerto.

Winston deu uma olhadela pela sala. No cubículo correspondente, do lado oposto, um homem baixo, de aparência digna e queixo escuro chamado Tillotson trabalhava sem parar com um jornal dobrado no colo e a boca muito perto do bocal da falaescreve. Parecia tentar manter o que dizia como um segredo entre si mesmo e a teletela. Ele levantou os olhos e seus óculos lançaram uma faísca hostil na direção de Winston.

Winston mal conhecia Tillotson e não fazia ideia do tipo de trabalho que exercia. As pessoas no Departamento de Registros não conversavam sobre seus trabalhos. Na sala comprida e sem janelas, com sua fila dupla de cubículos e seu infinito farfalhar de papéis e murmúrio de vozes cochichando nas falaescreves, havia bem uma dúzia de pessoas que Winston não conhecia nem de nome, embora as visse diariamente correndo de um lado a outro pelos corredores ou gesticulando nos Dois Minutos de Ódio. Ele sabia que no cubículo vizinho ao seu a mulher baixinha de cabelos cor de areia se esfalfava dia sim, dia também, simplesmente rastreando e deletando da imprensa os nomes das pessoas que foram vaporizadas, como se elas jamais tivessem existido. Fazia certo sentido, uma vez que o marido dela tinha sido vaporizado alguns anos antes. E, alguns cubículos adiante, uma criatura mansa, distraída e sonhadora chamada Ampleforth, de orelhas muito peludas e um talento surpreendente para fazer malabarismos com rimas e métricas, estava envolvida na produção de versões adulteradas (chamadas de textos definitivos) de poemas que haviam se tornado ideologicamente ofensivos, mas que, por uma razão ou outra, deveriam ser mantidos nas antologias. E aquela sala, com seus cerca de cinquenta trabalhadores, era apenas uma subseção, uma única célula, como se dizia, na imensa complexidade do Departamento de Registros. Além, acima, abaixo, havia outros enxames de trabalhadores envolvidos em uma multiplicidade inimaginável de tarefas. Havia oficinas imensas, com seus subeditores, seus especialistas em tipografia e seus estúdios muito equipados para adulterar fotografias. Havia a seção de teleprogramas, com seus engenheiros, produtores e grupos de atores especialmente escolhidos por sua habilidade para imitar vozes. Havia batalhões de escriturários de referência, cujo trabalho era simplesmente fazer as listas de livros e revistas que deveriam ser recolhidos. Havia os vastos depósitos onde os documentos corrigidos eram armazenados e as fornalhas ocultas onde as edições originais eram destruídas. E em um lugar ou outro, em sigilo, havia os cérebros dirigentes, que coordenavam todo o esforço e estabeleciam as diretrizes políticas que decidiam qual fragmento do passado seria preservado, falsificado ou apagado da existência.

E o Departamento de Registros, no fim, era apenas um setor do Ministério da Verdade, cujo trabalho primário não era reconstruir o passado, mas distribuir aos cidadãos da Oceania jornais, filmes, livros, programas de teletela, peças, romances: todo tipo imaginável de informação, ensino ou entretenimento, de uma estátua a um lema, de um poema lírico a um tratado de Biologia, de um livro de ortografia para crianças a um dicionário de Novidioma. E o Ministério não deveria apenas suprir as várias demandas do Partido, mas também reproduzir toda a operação em um nível mais baixo, para o benefício do proletariado. Havia uma cadeia separada de departamentos lidando com literatura, música, teatro e diversão proletária em geral. Ali eram produzidos jornais tacanhos que não continham quase nada exceto esporte, crime e astrologia, folhetins sensacionalistas baratos, filmes com cenas apelativas de sexo e canções sentimentais compostas inteiramente por meios mecânicos em um tipo de caleidoscópio distinto conhecido como versificador. Havia até uma subseção (*Supornô*, em Novidioma) direcionada à produção do tipo mais baixo de pornografia, enviado em pacotes selados e que nenhum membro do Partido, além dos envolvidos, tinha permissão de ver.

Três mensagens deslizaram do tubo pneumático enquanto Winston trabalhava, mas eram questões simples, e ele as verificou antes que os Dois Minutos de Ódio o interrompessem. Quando o Ódio acabou e ele retornou ao cubículo, retirou o dicionário de Novidioma da prateleira, empurrou a falaescreve para o lado, limpou os óculos e se acomodou para o trabalho principal da manhã.

O maior prazer da vida de Winston era seu trabalho. No geral, tratava-se de uma rotina tediosa, mas com algumas tarefas tão difíceis e intrincadas que havia a possibilidade de se perder neles como nas profundezas de um problema matemático: peças delicadas de falsificação em que não havia nada para guiá-lo exceto seu conhecimento dos princípios do Socing e sua percepção do que o Partido queria que você dissesse. Winston era bom nisso. Vez por outra já lhe tinham confiado até a retificação de artigos principais do *Times*, escritos totalmente em Novidioma. Ele desenrolou a mensagem que havia posto de lado mais cedo. Dizia:

```
times 3.12.83 cita ordendia gi duplomaisdesbom ref
despessoas rerredigir tudo mostrarsup pré-arq
```

Em Velhidioma (ou inglês padrão), isso poderia ser:

> *O relato da Ordem do Dia do Grande Irmão no* Times *de 3 de dezembro de 1983 é extremamente insatisfatório e faz referências a pessoas inexistentes. Redija de novo por completo e submeta seu rascunho à autoridade superior antes de arquivar.*

Winston leu a íntegra do artigo ofensivo. A Ordem do Dia do Grande Irmão, pelo visto, fora totalmente dedicada a elogiar o trabalho de uma organização conhecida como FFCC, que fornecia cigarros e outras cortesias para os marinheiros da Fortaleza Flutuante. Um certo camarada Withers, membro proeminente do Núcleo do Partido, foi nomeado com uma menção especial e recebeu uma condecoração, a Ordem do Mérito Conspícuo, Segunda Classe.

Três meses depois, a FFCC foi extinta de repente e sem nenhuma justificativa. Uma pessoa poderia supor que Withers e seus colegas estivessem agora condenados, mas não saíra reportagem a respeito na imprensa nem na teletela. Isso era esperado, já que os criminosos políticos nem sempre eram levados ao tribunal ou nem mesmo denunciados publicamente. Os grandes expurgos envolvendo milhares de pessoas, com julgamentos públicos dos traidores e criminosos do pensamento, que faziam confissões abjetas de seus crimes antes de serem executados, eram espetáculos únicos, que não ocorriam com frequência superior a uma vez a cada poucos anos. Com mais regularidade, pessoas desaprovadas pelo Partido simplesmente desapareciam e nunca mais se ouvia falar delas. Jamais havia a menor pista do que lhes acontecera. Em alguns casos elas poderiam até não estar mortas. Talvez trinta pessoas que Winston conhecera pessoalmente, sem contar seus pais, haviam desaparecido em um momento ou outro.

Winston bateu o clipe de leve no nariz. No cubículo do lado oposto, o camarada Tillotson ainda estava debruçado sobre sua falaescreve, como se escondesse algo. Ergueu a cabeça por um instante: mais uma vez a faísca hostil através dos óculos. Winston pensou se Tillotson estaria envolvido no mesmo tipo de trabalho que ele. Era perfeitamente possível. Um trabalho tão capcioso nunca seria confiado a uma única pessoa; em contrapartida, atribuí-lo a um comitê significaria assumir que um ato de falsificação estava em andamento. Muito provavelmente até uma dúzia de pessoas trabalhava em versões alternativas do que o Grande Irmão tinha dito de fato. E em breve algum cérebro dirigente no Núcleo do Partido escolheria uma versão ou outra, iria reeditá-la e submetê-la aos complexos processos de referência cruzada necessários. Assim, a mentira escolhida passaria para os registros permanentes e se tornaria verdade.

Winston não sabia por que Withers caíra em desgraça. Talvez fosse por corrupção ou incompetência. Talvez o Grande Irmão estivesse apenas se livrando de um subordinado popular demais. Talvez Withers ou alguém próximo tivesse se tornado suspeito de seguir tendências heréticas. Ou talvez, o que parecia mais provável, foi simplesmente porque expurgos e vaporizações constituíam uma parte necessária aos mecanismos de governo. A única pista real estava nas palavras "ref despessoas", que delatava a morte de Withers. Você não podia presumir automaticamente que este fosse sempre o destino dos prisioneiros. Algumas vezes eles eram soltos e tinham permissão para ficar livres por até um ano ou dois antes de serem executados. Muito raramente, uma pessoa que você supunha morta há bastante tempo fazia uma reaparição fantasmagórica em algum julgamento público, no qual constrangia centenas de outras com seu depoimento, antes de desaparecer para sempre. Winston decidiu que não seria suficiente apenas inverter a tendência do discurso do Grande Irmão. Era melhor fazê-lo lidar com algo totalmente desconectado do tema original.

Ele poderia transformar o discurso na denúncia habitual contra traidores e criminosos do pensamento, mas isso era um pouco óbvio demais, ao passo que inventar uma vitória no *front* ou algum tipo de superprodução triunfal do Nono Plano Trienal poderia complicar excessivamente os registros. O que se fazia necessário era um trabalho de pura fantasia. De repente lhe ocorreu, pronta e acabada, a imagem de um certo camarada Ogilvy, que havia recentemente morrido em combate em circunstâncias heroicas. Havia ocasiões em que o Grande Irmão dedicava sua Ordem do Dia a homenagear algum membro humilde do baixo escalão do Partido, cuja vida e morte ele usava como exemplo a ser seguido. Hoje seria o camarada Ogilvy. Era verdade que ele não existia, mas umas poucas linhas impressas e um par de fotografias falsas logo o "ressuscitariam".

Winston refletiu por um momento, depois puxou a falaescreve e começou a ditar no estilo conhecido do Grande Irmão: ao mesmo tempo militar e pedante e, em razão do truque de fazer perguntas e imediatamente responder a elas ("Que lições nós tiramos desse fato, camaradas? As lições, que são também um dos princípios fundamentais do Socing, são...", etc., etc.), fácil de imitar.

Aos 3 anos de idade, o camarada Ogilvy recusara todos os brinquedos exceto um tambor, uma submetralhadora e um simulacro de helicóptero. Aos 6 (um ano mais cedo, por um relaxamento especial das regras), juntara-se aos Espiões; aos 9, fora líder de uma tropa. Aos 11, havia denunciado o tio para a Polícia do Pensamento, depois de entreouvir uma conversa que lhe pareceu mostrar tendências criminosas. Aos 17, tinha sido um organizador distrital da Liga Juvenil Antissexo. Aos 19, projetara uma granada de mão que foi adotada pelo Ministério da Paz e que, no primeiro teste, matou trinta e um prisioneiros eurasianos em uma explosão. Aos 23, morreu em ação. Perseguido por aviões a jato inimigos enquanto sobrevoava o Oceano Índico com envios importantes, ele havia aumentado o peso de seu corpo ao abraçar a submetralhadora e então pulado do helicóptero para as águas profundas, com os insumos e tudo; um fim, disse o Grande Irmão, impossível de contemplar sem sentir inveja. O Grande Irmão acrescentou umas poucas observações sobre a pureza e o ideal do camarada Ogilvy. Era um abstêmio completo e não fumante, não alimentava distrações além da hora diária no ginásio e havia feito votos de castidade, acreditando que o casamento e o cuidado com uma família eram incompatíveis com a devoção de vinte e quatro horas por dia ao dever. Não tinha outro assunto de conversa além dos princípios do Socing e nenhum objetivo na vida além da derrota do inimigo eurasiano e da perseguição a espiões, sabotadores, criminosos do pensamento e traidores em geral.

Winston pensou consigo mesmo se deveria condecorar o camarada Ogilvy com a Ordem do Mérito Conspícuo; no final decidiu que não, por causa da referência cruzada desnecessária que isso acarretaria.

Mais uma vez olhou para seu rival no cubículo oposto. Alguma coisa parecia lhe dizer com certeza que Tillotson estava ocupado com o mesmo trabalho que ele. Não havia como saber qual versão seria aprovada, mas sentia uma convicção profunda de que seria a sua. O camarada Ogilvy, nem sequer imaginado uma hora antes, era agora um fato. Ocorreu-lhe como era interessante criar mortos, mas não vivos. O camarada Ogilvy, que jamais existira no presente, agora existia no passado, e, uma vez que o ato de falsificação fosse esquecido, ele teria existido com a mesma autenticidade, e com base nas mesmas evidências, que Carlos Magno ou Júlio César.

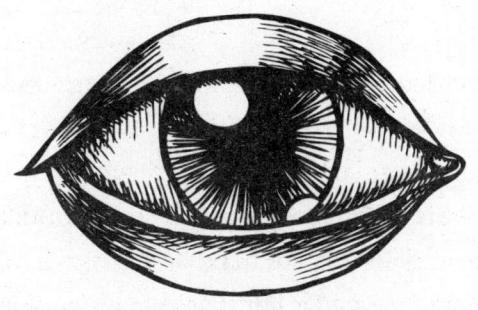

CAPÍTULO 5

Na cantina de teto baixo, no subsolo, a fila do almoço andava devagar. O lugar já estava bem cheio e tinha um barulho ensurdecedor. Da grelha no balcão, o vapor do ensopado subia com um cheiro azedo, metálico, que não chegava a superar o aroma do Gim Vitória. Na ponta mais distante do espaço havia um pequeno bar, ou melhor, um buraco na parede onde o gim podia ser comprado por dez centavos a dose grande.

– Justamente o cara que eu estava procurando – disse uma voz às costas de Winston.

Ele se virou. Era seu amigo Syme, que trabalhava no Departamento de Pesquisa. Talvez "amigo" não fosse exatamente a palavra certa. Já não existia amizade. Você tinha camaradas, mas a companhia de alguns era mais agradável do que a de outros. Syme era filólogo, especialista em Novidioma. Na verdade, ele fazia parte do time enorme de peritos envolvidos na compilação da Décima Primeira Edição do dicionário de Novidioma. Era uma criatura franzina, menor ainda do que Winston, de cabelo preto e olhos grandes e protuberantes, ao mesmo tempo tristes e irônicos, que pareciam investigar a fundo seu rosto enquanto conversava.

– Eu queria perguntar se você tem alguma lâmina – ele falou.

– Nenhuma! – disse Winston, com pressa e alguma culpa. – Já procurei em todo lugar. Não existem mais.

Todo mundo sempre pedia lâminas. Ele ainda guardava duas sem uso; elas estavam em falta nos últimos meses. A todo momento as lojas do Partido paravam de fornecer algum artigo necessário. Às vezes faltavam botões; outrora, não havia lã para cerzir e não havia cadarços; no momento, não se encontravam lâminas de barbear. Você só conseguia uma e, se tivesse sorte, poderia achar alguma garimpando no mercado "livre".

– Estou usando a mesma há seis semanas – ele acrescentou, mentindo.

A fila deu mais um passo à frente. Quando parou, Wiston se virou e encarou Syme de novo. Cada um deles retirou uma bandeja metálica engordurada da pilha na ponta do balcão.

– Você foi ver os prisioneiros ser enforcados ontem? – quis saber Syme.

– Eu estava trabalhando – disse Winston, com indiferença. – Vou ver nas projeções, suponho.

– Um substituto muito inadequado – criticou Syme.

Os olhos gozadores percorreram o rosto de Winston. "Eu o conheço", pareciam dizer, "vejo através de você. Sei muito bem por que você não foi ver aqueles prisioneiros ser enforcados". De um modo intelectual, Syme era ortodoxo ao extremo. Falava com uma alegria sádica sobre ataques de helicóptero contra vilarejos inimigos, julgamentos e confissões de criminosos do pensamento, execuções nos porões do Ministério do Amor. Para conversar com ele era necessário afastá-lo de tais assuntos e envolvê-lo, se possível, nas burocracias do Novidioma, nas quais era competente e entendido. Winston virou um pouco a cabeça para evitar a inspeção dos grandes olhos escuros.

– Foi um bom enforcamento – disse Syme, rememorando. – Eu acho que estraga quando amarram os pés. Gosto quando eles chutam. E mais ainda, no fim, a língua se esticando pra fora, azulada, um azul até bem brilhante. Esse é o detalhe que me atrai.

– Próximo, por favor! – gritou o proleta de avental branco com a concha.

Winston e Syme empurraram suas bandejas sob a grelha. Em cada uma o almoço regulamentar foi logo despejado: uma tigela metálica de ensopado cinza-rosado, um cubo de queijo, uma caneca de Café Vitória sem leite e um tablete de sacarina.

– Tem uma mesa ali, embaixo da teletela – disse Syme. – Vamos pegar um gim no caminho.

O gim lhes foi servido em canecas de porcelana sem alça. Eles abriram caminho pelo ambiente lotado e pousaram os itens da bandeja no tampo metálico da mesa, em um canto onde alguém tinha deixado uma poça de ensopado, uma confusão líquida imunda que tinha a aparência de vômito. Winston pegou sua caneca de gim, parou um instante para reunir coragem e mandou goela abaixo a coisa com gosto de óleo. Depois de piscar para expulsar as lágrimas, descobriu que tinha fome. Começou a engolir colheradas cheias do ensopado, o qual, em meio ao desleixo generalizado, tinha cubos de uma coisa rosada esponjosa que provavelmente era um preparado de carne. Nenhum dos dois falou de novo até ambos terem esvaziado suas tigelas. Em uma mesa à esquerda de Winston, um pouco atrás, alguém falava rápida e continuamente, um grasnado áspero quase como o de um pato, que contrastava com o alarido generalizado do salão.

– Como vai indo o dicionário? – disse Winston, elevando a voz para superar o barulho.

– Devagar – disse Syme. – Estou nos adjetivos. É fascinante.

Ele se empolgou na hora ao falar do Novidioma. Empurrou a tigela para o lado, apanhou o naco de pão com uma das mãos delicadas e o queijo com a outra, e se curvou por cima da mesa para poder falar sem gritar.

– A Décima Primeira Edição é a definitiva – assegurou. – Nós estamos levando a língua à sua forma final, a forma que terá quando ninguém mais falar outra coisa. Quando tivermos acabado, pessoas como você vão precisar aprender tudo de novo. Você pensa, ouso dizer, que nosso principal trabalho é inventar palavras novas. Mas nem perto disso! Nós estamos destruindo palavras, montes delas, centenas delas, todos os dias. Estamos reduzindo a língua ao osso. A Décima Primeira Edição não vai conter uma única palavra que vá se tornar obsoleta antes do ano 2050.

Mordeu o pão com apetite e engoliu alguns bocados. Então continuou a falar, com certo fanatismo. O rosto magro e escuro se iluminou, os olhos haviam perdido a expressão zombeteira e se tornado quase sonhadores.

– É uma coisa linda, a destruição de palavras. Claro que o maior desperdício está nos verbos e adjetivos, mas há centenas de substantivos que podem ser dispensados também. Não se trata só dos sinônimos, tem também os antônimos. Afinal, qual é a justificativa para uma palavra ser apenas o oposto de outra? Uma palavra contém seu oposto em si mesma. Por exemplo, pegue "bom". Se você tem uma palavra como "bom", qual a necessidade de uma palavra como "ruim"? "Desbom" é mais do que suficiente ou até melhor, porque é um oposto exato, e a outra não é. Ou, em outro caso, se você quer uma versão mais forte de "bom", qual o sentido de ter toda uma série de palavras vagas e inúteis como "excelente", "esplêndido" e todo o resto delas? "Maisbom" cobre o significado, ou "duplomaisbom", se você quiser algo ainda mais forte. É claro que nós já usamos essas formas, mas na versão final do Novidioma não haverá mais nada. No fim, a noção completa de bondade e de ruindade será coberta por apenas suas palavras; na realidade, por uma só. Você percebe a beleza disso,

Winston? Originalmente foi uma ideia do G.I., é claro – ele acrescentou, como conclusão.

Uma aflição conformada perpassou o rosto de Winston à menção do Grande Irmão. Ainda assim, Syme detectou imediatamente certa falta de entusiasmo.

– Você não tem real apreço pelo Novidioma, Winston – ele disse quase com tristeza. – Mesmo quando escreve, ainda está pensando em Velhidioma. Li algumas das peças que você escreveu no *Times* algumas vezes. São boas, mas são traduções. No seu coração, você preferiria se agarrar ao Velhidioma, com toda a nebulosidade daquelas gradações inúteis de significado. Você não entende a beleza da eliminação de palavras. Você sabia que o Novidioma é a única língua do mundo cujo vocabulário encolhe dia a dia?

Winston sabia, claro. Sorriu, da forma mais educada que pôde, sem confiar em si mesmo para falar. Syme mordeu outro pedaço do pão mofado, mastigou brevemente e prosseguiu:

– Você não percebe que o verdadeiro objetivo do Novidioma é estreitar o limite do pensamento? No final, vamos tornar o crime de pensamento literalmente impossível, porque não vão existir palavras pelas quais expressá-lo. Cada conceito que alguma vez tenha sido necessário será expresso por *uma* palavra, com seu significado rigidamente definido e todos os seus sinônimos alternativos eliminados e esquecidos. A Décima Primeira Edição não está tão longe desse ponto. Mas o processo ainda vai continuar por muito tempo depois que você e eu tivermos morrido. A cada ano teremos menos palavras, e o alcance da consciência ficará sempre um pouco menor. Mesmo agora, claro, não há razão ou desculpa para cometer pensamentocrime. É apenas uma questão de autodisciplina e controle da realidade. Mas no fim não vai haver necessidade nem disso. A Revolução estará completa quando a linguagem estiver perfeita. O Novidioma é o Socing, e o Socing é o Novidioma – acrescentou, com uma satisfação discreta.

– Nunca lhe ocorreu, Winston, que até o ano 2050, no mais tardar, não haverá um único ser humano vivo capaz de entender uma conversa como a que temos agora?

– Exceto... – começou Winston, em dúvida, e então parou.

Tinha estado na ponta de sua língua dizer "Exceto os proletas", mas ele interrompeu a fala, temendo que aquela observação fosse, de alguma forma, inortodoxa. Syme, entretanto, adivinhou o que ele estivera prestes a dizer.

– Os proletas não são seres humanos – ele disparou. – Até 2050, ou antes, provavelmente, qualquer conhecimento real do Velhidioma terá desaparecido. Toda a literatura do passo terá sido destruída. Chaucer, Shakespeare, Milton, Byron, eles só vão existir em versões em Novidioma, não apenas em uma versão diferente, mas de fato transformados em algo contrário ao que eram. Até os lemas vão mudar. Como você poderia dizer "liberdade é escravidão" quando o próprio conceito de liberdade foi abolido? Toda a atmosfera de pensamento vai ser diferente. Na realidade, não vai *haver* pensamento tal como o entendemos hoje. Ortodoxia significa não pensar, não precisar pensar. Ortodoxia é inconsciência.

"Qualquer dia desses", pensou Winston com súbita convicção profunda, "o Syme vai ser vaporizado. É inteligente demais. Enxerga com clareza demais e fala muito abertamente. O Partido não gosta de gente assim. Um dia, ele vai desaparecer. Está escrito no rosto dele".

Winston tinha terminado o pão e o queijo. Virou-se um pouco de lado para tomar a caneca de café. Na mesa à esquerda, o homem da voz estridente ainda tagarelava sem remorso. Uma mulher jovem que talvez fosse secretária dele, de costas para Winston, ouvia-o e parecia concordar com tudo. De vez em quando, Winston captava algum comentário como "acho que você está *tão* certo, concordo *tanto* com você", verbalizados em uma voz feminina juvenil e um tanto boba. Mas a outra voz não parava nem por um instante, mesmo quando a moça falava.

Winston conhecia o homem de vista, embora não soubesse a respeito dele mais do que o fato de ter um cargo importante no Departamento de Ficção. Tinha cerca de 30 anos, um pescoço musculoso e uma boca grande e arguta. Havia inclinado a cabeça um pouco para trás e, por causa do ângulo em que estava sentado, seus óculos captavam a luz e exibiam para Winston dois discos vazios no lugar dos olhos. O mais bizarro era que, do fluxo contínuo que jorrava de sua boca, era quase impossível distinguir uma única palavra. Apenas uma vez Winston captou uma frase, "a eliminação completa e final do goldsteinismo", dita muito rápido e, pareceu, como uma coisa só, uma fila de tipos gráficos solidamente fundidos. O resto era só barulho, *quac-quac-quac*. E apesar disso, embora não se conseguisse de fato escutar o que o homem dizia, não havia dúvida nenhuma sobre as linhas gerais. Ele poderia estar denunciando Goldstein e exigindo medidas mais duras contra criminosos do pensamento e sabotadores, vociferando contra as atrocidades do exército da Eurásia ou elogiando o Grande Irmão ou os heróis no *front* de Malabar; não fazia a menor diferença. Não importa o que fosse, você podia ter certeza de que cada palavra era pura ortodoxia, puro Socing. Enquanto observava o rosto sem olhos com o queixo subindo e descendo, Winston teve uma sensação estranha de que não se tratava de um ser humano real. Era como se fosse um boneco. Não era o cérebro do homem que falava, e sim a laringe dele. As palavras não consistiam uma fala no sentido real: era um ruído gerado na inconsciência, como o grasnar de um pato.

Syme tinha se calado por um momento e com o cabo da colher riscava padrões da poça de ensopado. A voz da outra mesa seguia grasnando depressa, facilmente audível apesar do ruído em volta.

– Tem uma palavra em Novidioma – disse Syme. – Não sei se você conhece: grasnafala, grasnar como um pato. É uma dessas palavras interessantes que tem dois significados contraditórios. Usada com um oponente, é ataque; usada com alguém com quem você concorda, é elogio.

"Com certeza Syme vai ser vaporizado", Winston pensou de novo com certa tristeza, embora soubesse muito bem que o outro o desprezava e antipatizava um pouco com ele, e seria capaz de denunciá-lo como um criminoso do pensamento se visse algum motivo para fazer isso. Havia alguma coisa errada com Syme. Alguma coisa lhe faltava: discrição, indiferença, algo que tivesse graça. Não se poderia dizer que era inortodoxo. Ele acreditava nos princípios do Socing, venerava o Grande Irmão, alegrava-se com as vitórias, odiava os hereges não apenas com sinceridade, mas com um zelo imprudente e com acesso a informações atuais que um membro comum do Partido em geral não tinha. Entretanto, tinha um ligeiro ar de descrédito. Dizia coisas que não deveriam ser ditas, lia livros demais e frequentava o Café Castanheira, famoso por reunir pintores e músicos. Não existia nenhuma lei, nem mesmo convenção, que proibisse as pessoas de frequentar o Café Castanheira, mas mesmo assim o lugar era malvisto de certa forma. Os antigos e desacreditados líderes do Partido costumavam se reunir ali antes de serem finalmente expurgados. O próprio Goldstein, dizia-se, fora visto lá algumas vezes, anos ou décadas antes. Não era difícil prever o destino de Syme. E ainda assim era fato que, se Syme percebesse, ainda que por três segundos, a natureza das opiniões de Winston, ele o denunciaria na hora à Polícia do Pensamento. Assim como qualquer um, aliás, porém mais do que a maioria. Zelo não era suficiente. Ortodoxia era inconsciência.

Syme olhou para cima.

– Lá vem o Parsons – avisou.

Algo em seu tom de voz pareceu acrescentar "aquele maldito imbecil". Parsons, companheiro de Winston como inquilino nas Mansões Vitória, estava mesmo abrindo caminho e cruzando a cantina: um homem roliço de altura média com cabelo claro e cara de sapo. Aos 35 anos, já acumulava gordura no pescoço e na cintura, mas seus movimentos eram ágeis e infantis. Parecia um menininho subitamente crescido, tanto assim que, embora vestisse o macacão regulamentar, era quase impossível não pensar nele vestindo os calções azuis, a camisa cinza e o lenço vermelho dos Espiões. Ao olhar para ele, sempre se enxergava uma figura com covinhas nos joelhos e mangas arregaçadas sobre braços gorduchos. E, de fato, Parsons sempre usava calções quando uma caminhada comunitária ou outra atividade física lhe davam a desculpa para tal. Ele cumprimentou ambos com um alegre "Olá, olá!" e se sentou à mesa, exalando um cheiro forte de suor. Gotas de umidade se espalhavam por todo o rosto rosado. Seus poderes sudoríparos eram extraordinários. No Centro Comunitário, você sempre sabia quando ele tinha jogado tênis de mesa, pela umidade no cabo da raquete. Syme havia tirado um papel no qual estava escrita uma longa lista de palavras, e lia com uma caneta entre os dedos.

– Olhe só pra ele, trabalhando na hora do almoço – disse Parsons, cutucando Winston. – Espertinho, não? O que é que você tem aí, amigo? Alguma coisa meio difícil demais para mim, espero. Smith, meu velho, vou lhe dizer por que estou atrás de você. É aquela subscrição que você se esqueceu de me dar.

– Que subscrição é essa? – perguntou Winston, pressentindo um pedido de dinheiro. Cerca de um quarto do salário de cada pessoa precisava ser destinado a subscrições voluntárias, tão numerosas que era difícil manter o controle de todas.

– Para a Semana do Ódio. Você sabe, o financiamento casa a casa. Eu sou o tesoureiro do nosso quarteirão. Estamos fazendo um esforço total, vai ser um espetáculo tremendo. Vou lhe dizer, não será culpa minha se as velhas Mansões Vitória não tiverem a maior exibição de bandeiras da rua toda. Você me prometeu dois dólares.

Winston encontrou e entregou duas notas amarrotadas e imundas, que Parsons registrou em uma caderneta, com a caligrafia caprichada dos iletrados.

— A propósito, meu velho, ouvi dizer que o meu pequeno tratante soltou o dedo na catapulta contra você ontem. Dei uma bronca e tanto nele por causa disso. Falei até que ia tirar a catapulta dele se fizesse de novo.

— Acho que ele estava um pouco chateado por não ir à execução — disse Winston.

— Ah, bom... O que quero dizer é: isso mostra o espírito certo, não? Tratantes danadinhos, é isso que são, os dois, mas a inteligência, nem me fale! Eles só pensam nos Espiões; e na guerra, claro. Sabe o que a minha filhinha fez no último sábado, quando a tropa dela marchava para sair de Berkhampstead? Chamou outras duas meninas para irem junto, saiu da trilha e passou a tarde inteira seguindo um homem estranho. Ficou nos calcanhares dele por duas horas, pelo meio do bosque, e depois, quando chegaram a Amersham, entregou o sujeito para a patrulha.

— Por que elas fizeram isso? — indagou Winston, um bocado surpreso.

Parsons continuou, triunfante:

— Minha menina tinha certeza de que ele era um tipo de agente inimigo; podia ter sido jogado de paraquedas, por exemplo. Mas aí é que está, meu velho: o que você acha que chamou a atenção dela, pra começo de conversa? Ela percebeu que ele usava um sapato estranho, nunca tinha visto ninguém usar sapatos daquele jeito. Então, havia a chance de ser um estrangeiro. Bem afiada pra uma espiã de 7 anos, hein?

— Que aconteceu com o homem? — perguntou Winston.

— Ah, isso eu não sei dizer. Mas não me surpreenderia se... — Parsons fez o movimento de apontar um rifle e estalou a língua para indicar o disparo.

— Bom — disse Syme, distraído, sem erguer os olhos de seu pedaço de papel.

— Com certeza não podemos correr riscos — concordou Winston, diligentemente.

– Quer dizer, há uma guerra em andamento – disse Parsons.

Como se confirmasse a frase, um toque de trombeta saiu da teletela bem acima da cabeça deles. Dessa vez não era, porém, a proclamação de uma vitória militar, mas somente um anúncio do Ministério da Fartura.

– Camaradas! – gritou uma voz jovem e impaciente. – Atenção, camaradas! Temos notícias gloriosas para vocês. Nós vencemos a batalha da produção! Cálculos agora concluídos sobre o rendimento da produção de todos os bens de consumo mostram que o padrão de vida subiu nada menos que vinte por cento no último ano. Na manhã de hoje, por toda a Oceania, ocorreram manifestações espontâneas, quando trabalhadores saíram em marcha das fábricas e dos escritórios e desfilaram pelas ruas com bandeiras que expressavam sua gratidão ao Grande Irmão pela nossa vida nova e feliz, que a sábia liderança dele nos concedeu. Aqui vão alguns números completos. Artigos alimentícios...

A frase "nossa vida nova e feliz" se repetiu diversas vezes. Ultimamente, era uma das favoritas do Ministério da Fartura. Parsons, com a atenção capturada pelo toque da trombeta, ficou ouvindo como se estivesse hipnotizado, em uma apatia submissa. Não conseguia acompanhar os números, mas estava ciente de que, de algum modo, eles eram motivo de satisfação. Havia sacado um cachimbo enorme e imundo, com tabaco queimado até a metade. Com a ração de tabaco a cem gramas por semana, dificilmente seria possível encher um cachimbo. Winston fumava um Cigarro Vitória, segurando-o cuidadosamente na horizontal. A nova ração não começaria até o dia seguinte, e ele só tinha mais quatro. Ignorou os ruídos mais remotos e prestou atenção ao que saía da teletela. Aparentemente, tinha havido demonstrações de agradecimento ao Grande Irmão pelo aumento na ração de chocolate para vinte gramas por semana. Mas ontem mesmo, ele refletiu, foi anunciado que a ração ia ser *reduzida* para vinte gramas por semana. Seria possível que eles fossem engolir aquela, depois de míseras vinte e quatro horas? Sim, eles engoliram. Parsons engoliu facilmente, com a estupidez de um animal. A criatura sem olhos na outra mesa também, fanaticamente, com um desejo furioso de perseguir, denunciar e vaporizar qualquer um que sugerisse que uma semana antes a ração era de trinta gramas. Syme também, de um modo complexo, que envolvia o duplopensar, também aceitou. Então, ele estava *sozinho* na posse de uma lembrança?

As estatísticas fabulosas continuaram a jorrar da teletela. Na comparação com o último ano, havia mais comida, mais roupas, mais casas, mais móveis, mais panelas, mais combustível, mais navios, mais helicópteros, mais livros, mais bebês; mais de tudo, exceto doenças, crimes e insanidade. Ano a ano e minuto a minuto, tudo e todos avançavam depressa para cima. Como Syme fizera antes, Winston pegou a colher e brincou com o caldo desbotado que pingava da mesa, desenhando longos riscos que formavam um padrão. Meditou, ressentido, sobre a textura física da vida. Havia sido sempre assim? A comida sempre tivera aquele gosto? Olhou ao redor, para a cantina. Um salão lotado, de teto baixo e paredes encardidas pela passagem de incontáveis corpos; mesas e cadeiras de metal desgastadas, posicionadas tão próximas que você sentava com os cotovelos se encostando; colheres tortas, bandejas dentadas, canecas brancas grosseiras; todas as superfícies gordurosas, fuligem em cada rachadura; e um cheiro azedo, mistura de gim ruim com café ruim com ensopado metálico e roupas sujas. O tempo todo, no seu estômago e na sua pele, havia algum protesto, uma sensação de ter sido enganado em relação a algo a que tinha direito. Era verdade que ele não se lembrava de nada muito diferente. Em nenhum momento que recordasse com precisão tinha havido o suficiente para comer, uma pessoa nunca tinha meias ou roupas de baixo que não fossem cheias de furos, a mobília sempre fora gasta e bamba; os cômodos, sem aquecimento suficiente; o metrô, lotado; as casas, caindo aos pedaços; o pão, escuro; o chá, uma raridade; os cigarros, poucos; o café com gosto de sujeira; nada barato ou abundante exceto gim artificial. E embora, claro, as coisas piorassem conforme o corpo envelhecia, não seria aquilo um sinal de que aquela *não* era a ordem natural das coisas, se o coração de uma pessoa adoecia por desconforto, imundície e escassez, pelos invernos intermitentes, pela viscosidade das meias, pelos elevadores que nunca funcionavam, pela água fria, pelo sabonete áspero, pelos cigarros que se desfaziam, pela comida de gosto estranho e ruim? Por que alguém acharia tudo isso intolerável, a não ser que tivesse algum tipo de memória ancestral de que as coisas, antes, tinham sido diferentes?

Ele olhou ao redor de novo. Quase todo mundo era feio e continuaria assim mesmo que vestisse algo diferente do macacão azul do uniforme. No canto mais distante do salão, sentado sozinho a uma mesa, um homem pequeno, curiosamente parecido com um besouro, tomava uma xícara de café, os olhos miúdos movendo-se, desconfiados, de um lado para outro. Como era fácil, pensou Winston, se você não olhasse em volta, acreditar que o tipo físico determinado pelo Partido como ideal (rapazes altos e musculosos e moças peitudas, loiras, voluptuosas, bronzeadas, despreocupadas) existia e até predominava. De fato, até onde ele podia julgar, a maioria da população na Faixa Aérea Um era baixa, morena e suscetível a doenças. Era curioso como o tipo semelhante a besouro proliferava nos Ministérios: homenzinhos roliços, engordando muito cedo na vida, de pernas curtas, movimentos ágeis e furtivos, rostos inchados e inexpressivos com olhos muito pequenos. Era o tipo que parecia se desenvolver melhor sob o domínio do Partido.

O anúncio do Ministério da Fartura terminou com outro toque de trombeta e foi substituído por música industrial. Parsons, levado a um vago entusiasmo pelo bombardeio de números, tirou o cachimbo da boca.

– O Ministério da Fartura certamente fez um ótimo trabalho este ano – disse, balançando a cabeça com ar entendido. – A propósito, Smith, meu velho, você por acaso não tem nenhuma lâmina de barbear que possa me dar?

– Não tenho – respondeu Winston. – Eu mesmo estou usando a mesma há seis semanas.

– Ah, bom, só estava perguntando, meu velho.

– Lamento – disse Winston.

A voz grasnada da mesa próxima, temporariamente silenciada durante o anúncio do Ministério, tinha recomeçado mais alta do que nunca. Por alguma razão, Winston subitamente se viu pensando na senhora Parsons, com seu cabelo ralo e a poeira nos vincos do rosto. Dali a dois anos, aquelas crianças estariam denunciando a mãe para a Polícia do Pensamento. A senhora Parsons seria vaporizada. Syme seria vaporizado. Winston seria vaporizado. Mas a criatura sem olhos com voz de pato nunca seria vaporizada. O homenzinho parecido com besouro que percorria tão rápido os corredores labirínticos dos Ministérios – ele nunca seria vaporizado. E a moça de cabelo escuro, a do Departamento de Ficção, também nunca seria vaporizada. Winston parecia saber instintivamente quem sobreviveria e quem pereceria, embora não fosse fácil dizer exatamente o que garantia a sobrevivência.

Nesse momento foi arrancado de seu devaneio por um golpe violento. A moça da mesa próxima tinha se virado parcialmente e o encarava. Era a moça de cabelo escuro. Ela o fitava de esguelha, mas intensamente. No momento em que captou o olhar dele, desviou de novo.

O suor correu a espinha de Winston. Uma pontada horrorosa de terror o atravessou. Passou quase imediatamente, mas deixou um desconforto irritante. Por que ela o estaria observando? Por que o seguia por todo lado? Infelizmente, não conseguiu lembrar se a moça já estava à mesa quando ele chegou ou se tinha vindo depois. Não importava. Fosse como fosse, um dia antes, durante os Dois Minutos de Ódio, ela se sentara imediatamente atrás dele, quando não havia necessidade visível de fazer isso. Era bastante provável que o verdadeiro objetivo tinha sido ouvi-lo e ter certeza de que gritava alto o suficiente.

Seu pensamento anterior lhe ocorreu de novo: provavelmente ela não era de fato membro da Polícia do Pensamento, mas nesse caso seria espiã amadora, o maior perigo de todos. Não sabia por quanto tempo ela o estivera observando, mas talvez por até cinco minutos, e quem sabe sua expressão não houvesse estado sob controle. Era terrivelmente perigoso permitir que os pensamentos vagassem quando se estava em um lugar público ou ao alcance de uma teletela. A menor coisa poderia delatá-lo. Um tique nervoso, um olhar inconsciente de ansiedade, o costume de falar sozinho: qualquer coisa que sugerisse anormalidade, ou algo a esconder. De todo modo, ter uma expressão imprópria (parecer incrédulo quando anunciavam uma vitória, por exemplo) era em si uma ofensa passível de punição. Existia até uma palavra para isso em Novidioma: *crimefacial*.

A moça deu-lhe as costas de novo. Talvez não o estivesse realmente seguindo; talvez fosse coincidência ela se sentar tão perto dele por dois dias seguidos. Seu cigarro tinha apagado e ele o pousou com cuidado na borda da mesa. Terminaria de fumá-lo depois do trabalho, se conseguisse manter o tabaco lá dentro. Muito provavelmente a pessoa da mesa ao lado era espiã da Polícia do Pensamento e ele estaria nos porões do Ministério do Amor em três dias, mas o fim de um cigarro não podia ser desperdiçado. Syme dobrara a tira de papel e a enfiara no bolso. Parsons começou a falar de novo.

– Eu já lhe contei, meu velho – começou, cacarejando em volta da haste do cachimbo –, da vez que os meus dois espiõezinhos botaram fogo da saia de uma velha no mercado, porque viram quando ela embrulhou salsichas em um cartaz do G.I.? Eles se esgueiraram atrás dela e botaram fogo com uma caixa de fósforos. Ela se queimou feio, acho. Uns pequenos tratantes, hein? Mas ardidos feito mostarda. É um treinamento de primeira categoria dos Espiões hoje em dia, melhor até do que na minha época. Sabe qual foi a última coisa que ofereceram pra eles? Cornetas acústicas, pra ouvir pelos buracos das fechaduras! Minha menina trouxe uma pra casa, outra noite, e testou na porta da sala de estar. Percebeu que escutava duas vezes mais do que colocando a orelha direto no buraco. Claro que é só um brinquedo, veja bem. Mesmo assim, já passa a ideia certa, né?

Nesse momento, a teletela soltou um assovio agudo. Era o sinal para voltar ao trabalho. Os três homens se puseram de pé para se juntar à luta ao redor dos elevadores, e o resto do tabaco caiu do cigarro de Winston.

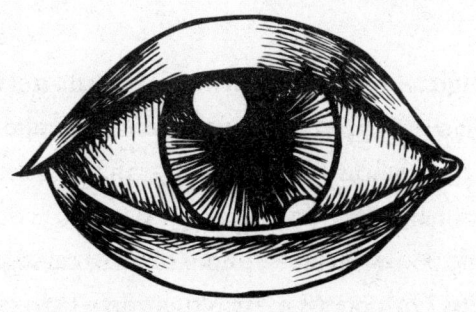

CAPÍTULO 6

Winston estava escrevendo no diário:

Foi três anos atrás. Foi em uma noite escura, em uma rua lateral estreita perto de alguma grande estação de trem. Ela estava parada perto de uma porta na parede, debaixo de um poste de luz que mal iluminava. Tinha um rosto jovem com uma camada espessa de pintura. Foi a pintura que me atraiu, sua brancura, como uma máscara, e os lábios vermelhos brilhantes. Mulheres do Partido nunca pintam o rosto. Não tinha mais ninguém na rua, nenhuma teletela. Ela falou dois dólares. Eu

No momento, era difícil demais prosseguir. Ele fechou os olhos e pressionou os dedos sobre as pálpebras, tentando interromper a visão recorrente. Sentia uma tentação quase esmagadora de berrar uma série de palavras sujas a plenos pulmões. Ou de bater a cabeça na parede, chutar a mesa, atirar o tinteiro pela janela; fazer qualquer coisa violenta ou barulhenta ou dolorosa que pudesse apagar a lembrança que o atormentava.

Seu pior inimigo, pensou, é seu próprio sistema nervoso. A qualquer momento, a tensão era capaz de se manifestar em algum sintoma visível. Lembrou-se de um homem por quem tinha passado na rua algumas semanas antes: um homem de aparência bastante comum, um membro do Partido, de 35 ou 40 anos, alto e magro, carregando uma pasta. Estavam separados por poucos metros quando o lado esquerdo do rosto do homem de repente se deformou em um espasmo. Aconteceu de novo quando passaram um pelo outro: apenas uma fisgada, trêmula e rápida como o clique de uma câmera, mas obviamente habitual. Winston se lembrou de na hora ter pensado: "o pobre-diabo está acabado". E o mais assustador era que o movimento tinha sido, com certeza, inconsciente. O perigo mais mortal era falar no sono. Não havia maneira de se proteger contra isso, até onde ele conseguia entender.

Tomou fôlego e continuou escrevendo:

Eu passei com ela pela porta e atravessei um quintal e entrei em uma cozinha subterrânea. Tinha uma cama encostada na parede e um abajur de luz fraca na mesinha. Ela

Winston estava muito nervoso. Se pudesse cuspir, teria se acalmado. Enquanto se encontrava com a mulher na cozinha subterrânea, pensou em Katharine, sua esposa. Era casado ou, de todo modo, tinha sido; provavelmente ainda o era, pois, até onde sabia, sua esposa não estava morta. Ele pareceu respirar de novo o odor abafado da cozinha subterrânea, um misto de insetos, roupas sujas e perfume falsificado barato, mas ainda assim atraente, porque nenhuma mulher do Partido jamais usava perfume, nem uma pessoa conseguiria imaginá-la usando. Só as proletárias usavam perfume. Em sua mente, o cheiro era inextricavelmente associado à fornicação.

Ir com aquela mulher fora seu primeiro lapso em dois anos. Ou perto disso. Andar com prostitutas era proibido, lógico, mas se tratava de uma daquelas regras que você ocasionalmente conseguia quebrar. Algo arriscado, mas não a ponto de ser uma questão de vida ou morte. Ser pego com uma prostituta poderia significar cinco anos em um campo de trabalho: não mais, se você não tivesse cometido outro erro. E era fácil, desde que você conseguisse evitar ser pego no ato. Os bairros mais pobres eram lotados de mulheres prontas a se vender. Algumas podiam ser compradas com uma garrafa de gim, que os proletas não deveriam beber. Tacitamente, o Partido parecia até encorajar a prostituição, como um escape para instintos que não podiam ser totalmente suprimidos. A mera devassidão não importava muito, contanto que fosse dissimulada e fria e só envolvesse as mulheres de uma classe invisível e desprezada. O crime imperdoável era a promiscuidade entre membros do Partido. Porém, embora fosse um dos crimes que os acusados nos grandes expurgos sempre confessassem, era difícil imaginar que de fato acontecesse.

O objetivo do Partido não era apenas evitar que homens e mulheres criassem vínculos que não pudessem controlar. Seu propósito real e não declarado era eliminar todo o prazer do ato sexual. Nem tanto o amor, mas o erotismo era o inimigo, tanto dentro quanto fora do casamento. Todos os casamentos entre membros do Partido precisavam ser aprovados por um comitê específico, e, apesar de o princípio nunca ter sido claramente declarado, a permissão era sempre recusada se o casal em questão desse a impressão de ter alguma atração física. O único propósito reconhecido do casamento era gerar crianças para servir o Partido. O intercurso sexual devia ser visto como uma operação secundária e ligeiramente repulsiva, como fazer uma lavagem intestinal. Isso nunca fora dito com palavras claras, mas de um modo indireto era estimulado nos membros do Partido desde a infância. Existiam até organizações, como a Liga Juvenil Antissexo, que defendiam o celibato absoluto para os dois sexos. Todas as crianças deviam ser geradas por inseminação artificial (insemar, em Novidioma) e educadas em instituições públicas.

Isso, Winston sabia, não era levado muito a sério, mas de alguma forma se ajustava à ideologia geral do Partido. O Partido tentava aniquilar o instinto sexual ou, se ele não pudesse ser eliminado, distorcê-lo e torná--lo sujo. Winston não sabia por que era assim, mas parecia normal. E, no que dizia respeito às mulheres, os esforços do Partido haviam sido amplamente bem-sucedidos.

Pensou de novo em Katharine. Devia fazer nove, dez, quase onze anos desde que ambos haviam se separado. Era curioso como pensava pouco nela. Por dias a fio nem mesmo se lembrava de que tinha sido casado. Os dois ficaram juntos por cerca de quinze meses. O Partido não permitia o divórcio, mas incentivava a separação nos casos em que não havia filhos.

Katharine era uma moça alta, loira, de postura e gestos bonitos. Tinha um rosto marcante, aquilino, um rosto que uma pessoa chamaria de nobre, até descobrir que não havia praticamente nada atrás dele. Bem cedo em sua vida de casado Winston havia percebido, embora talvez apenas porque a conhecia mais intimamente do que conhecia a maior parte das pessoas, que ela, de longe, tinha a mente mais estúpida, vulgar e vazia que ele já encontrara. Não havia um só pensamento que não fosse um lema e nem uma única cretinice, absolutamente nenhuma, que ela não fosse capaz de engolir se o Partido oferecesse. Ele a apelidou em seu íntimo como "A trilha sonora humana". Ainda assim, poderia ter conseguido viver com ela se não fosse por somente uma coisa: sexo.

Assim que a tocava, ela parecia se contrair e enrijecer, como se abraçasse um boneco articulado de madeira. E o estranho era que, mesmo quando Katharine o puxava para si, ele tinha a sensação de ser ao mesmo tempo empurrado para longe com toda a força. A rigidez dos músculos femininos passava essa impressão. Ela ficava deitada de olhos fechados, nem resistindo nem cooperando, mas se *submetendo*. Era extremamente embaraçoso e, depois de um tempo, péssimo. Mesmo assim, ele teria aguentado viver desse jeito se tivessem combinado permanecer em celibato. Curiosamente, Katharine recusava. Deveriam ter um filho, se pudessem, ela dizia. Então o ato continuou a ocorrer, uma vez por semana, com bastante regularidade, sempre que não fosse impossível. Ela até costumava lembrá-lo a respeito pela manhã, como algo que precisasse ser feito à noite e não pudesse ser esquecido. E dava dois nomes para o ato. Um era "fazer um bebê" e o outro era "nosso dever para com o Partido" (sim, ela realmente usara esta frase). Winston logo desenvolveu um sentimento de pânico quando o dia marcado se aproximava. Mas por sorte nenhum filho apareceu. No fim ela concordou em desistir de tentar e logo depois ambos se separaram.

Winston suspirou em silêncio. Pegou a pena de novo e escreveu:

Ela se atirou na cama e de uma vez, sem nenhum tipo de preliminar, do jeito mais tosco que se pode imaginar, levantou a saia. Eu

Ele viu a si mesmo de pé sob a luz fraca do lampião, com o cheiro de insetos e perfume barato nas narinas, e no coração um sentimento de derrota e remorso que, mesmo naquela hora, se misturava à lembrança do corpo branco de Katharine, congelado para sempre pelo poder hipnótico do Partido. Por que sempre tinha que ser assim? Por que ele não podia ter uma mulher sua, em vez daqueles embates sujos com intervalos de anos? Mas um verdadeiro caso de amor era um evento quase inimaginável. As mulheres do Partido eram todas iguais, com o celibato entranhado tão profundamente quanto a lealdade à agremiação. Por meio de um condicionamento precoce e cuidadoso, por meio de jogos e água fria, pelas bobagens que lhes apresentavam na escola, nos Espiões e na Liga Jovem, por leituras, desfiles, canções, lemas e música marcial, o sentimento natural tinha sido expulso delas. Estavam todas influenciadas, como o Partido queria que estivessem. E o que Winston desejava, mais até do que ser amado, era romper aquela barreira de virtude, ainda que uma única vez na vida. Sexo feito com sucesso era rebelião. Desejo era pensamentocrime. Até mesmo ter despertado Katharine, se tivesse conseguido tal coisa, teria sido como uma sedução, embora ela fosse sua esposa.

Mas o resto da história precisava ser anotado. Ele escreveu:

Aumentei o lampião. Quando eu a vi à luz

Depois da escuridão, a luz tênue do lampião de parafina parecia muito intensa. Pela primeira vez ele conseguiu enxergar direito a mulher. Deu um passo em direção a ela e depois parou, cheio de desejo e terror. Sua consciência pesava ao pensar no risco que havia assumido ao ir até lá. Era bem possível que as patrulhas o capturassem na saída; poderiam inclusive estar à espera do lado de fora naquele preciso instante. E se ele fosse embora sem ter feito o que tinha ido fazer lá?

Precisava ser anotado, precisava ser confessado. Ele havia visto de repente, à luz do lampião, que a mulher era *velha*. A pintura em seu rosto, muito grossa, poderia rachar como máscara de gesso. Havia mechas brancas em seu cabelo; mas o detalhe verdadeiramente assustador era que a boca se abrira um pouco, revelando nada a não ser uma escuridão cavernosa. Ela não tinha um único dente.

Ele escreveu apressadamente, em uma letra rabiscada:

Quando eu a vi à luz, ela era uma mulher bem velha, de 50 anos no mínimo. Mas eu fui em frente e fiz mesmo assim.

Pressionou os dedos contra os olhos de novo. Escrevera, afinal, mas não fez diferença. A terapia não funcionou. A ânsia por berrar palavras sujas a plenos pulmões era a mesma de sempre.

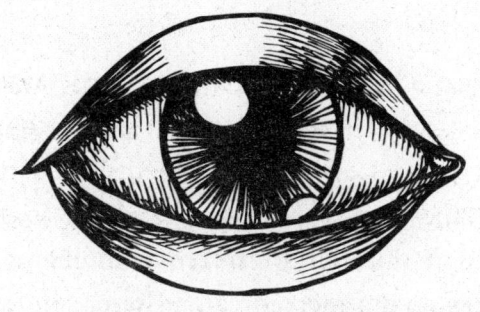

CAPÍTULO 7

Se há esperança [Winston escreveu], *é nos proletas.*

Se havia esperança, *tinha de* ser nos proletas, porque só de lá, nas massas agitadas e menosprezadas, oitenta e cinco por cento da população da Oceania, poderia vir a força que destruiria o Partido. O Partido não poderia ser derrubado por si mesmo. Seus inimigos, se é que existiam, não tinham como se juntar, nem mesmo como se identificar mutuamente. Ainda que a lendária Irmandade existisse, era inconcebível que seus membros alguma vez pudessem se reunir em grupos maiores do que dois ou três. Rebelião significava certo olhar nos olhos, uma inflexão da voz; no máximo, uma palavra ou outra na maior discrição. Mas os proletários, se ao menos se tornassem conscientes da própria força, nem precisariam conspirar. Bastava se levantar e se sacudir como um cavalo espantando as moscas. Se quisessem, poderiam implodir o Partido amanhã de manhã. Cedo ou tarde, com certeza a ideia de fazer isso vai lhe ocorrer. Apesar disso...

Winston se lembrou de como certa vez descia uma ladeira lotada quando o grito de uma turba, vozes de mulher, tinha explodido em uma rua pouco adiante. Era um grito impactante de raiva e desespero, um "oh-o-o-o-ô" profundo, que vibrava como um sino. Seu coração deu um salto. "Começou!", ele pensou. Um motim! Os proletas estavam se libertando, afinal! Chegando ao local, o que ele viu foi uma multidão de duzentas ou trezentas mulheres amontoadas ao redor das barracas de um mercado ao ar livre, com expressões trágicas como se fossem as passageiras condenadas de um navio a pique. Mas naquele momento o desespero generalizado se estilhaçou em uma multiplicidade de brigas individuais. Parecia que uma das barracas estava vendendo caçarolas de latão. Eram coisas ordinárias, frágeis, mas qualquer tipo de panela era sempre difícil de conseguir. Mas o suprimento repentinamente chegava ao fim. As mulheres bem-sucedidas, puxadas e empurradas pelas outras, tentavam escapar com suas panelas, enquanto dúzias de outras gritavam ao redor da barraca, acusando o vendedor de favoritismo e de ter mais panelas de reserva em algum lugar. Houve uma nova explosão de gritos. Duas mulheres inchadas, uma delas perdendo cabelo, haviam agarrado a mesma panela e tentavam arrancá-la das mãos uma da outra. Por um momento, ambas lutaram, e depois o cabo se soltou. Winston as observou com asco. Ainda assim, por apenas um instante, que poder quase assustador tinha soado naqueles gritos de umas poucas centenas de gargantas! Por que é que elas nunca pareciam gritar daquele jeito sobre nada que realmente importasse? Ele escreveu:

Até que elas se tornem conscientes, nunca vão se rebelar, e até depois de se rebelar, não podem se tornar conscientes.

Essa frase, refletiu, quase poderia ser a transcrição de um dos livros do Partido. O Partido alegava, é claro, ter libertado os proletas das amarras. Antes da Revolução, eles foram hediondamente oprimidos pelos capitalistas, tinham passado fome e sido açoitados, mulheres haviam sido forçadas a trabalhar nas minas de carvão (e ainda trabalhavam, aliás), crianças eram vendidas para as fábricas aos 6 anos. Ao mesmo tempo, leal aos princípios do duplopensar, o Partido ensinava que os proletas eram naturalmente inferiores e precisavam ser mantidos nessa condição, como bichos, por meio da aplicação de umas poucas regras simples. Na realidade, bem pouco se sabia sobre os proletas. Não era preciso saber muito. Enquanto eles continuassem a trabalhar e a procriar, suas outras atividades não tinham importância. Deixados à própria sorte, como o gado solto nos prados da Argentina, haviam voltado a um estilo de vida que lhes parecia normal, como se seguissem um padrão da própria ancestralidade. Eles nasciam, cresciam nas sarjetas, iam trabalhar aos 12 anos, passavam por um breve período de florescimento de beleza e desejo sexual, casavam-se aos 20, atingiam a meia-idade aos 30 e morriam, em sua maior parte, aos 60. Trabalho físico pesado, o cuidado com a casa e os filhos, disputas mesquinhas com os vizinhos, filmes, futebol, cerveja e, acima de tudo, jogo preenchiam o horizonte de suas mentes. Mantê-los sob controle não era difícil. Uns poucos agentes da Polícia do Pensamento sempre circulavam no meio deles, espalhando rumores falsos e anotando e eliminando uns poucos indivíduos, julgados capazes de se tornar perigosos; mas não se fazia nenhuma tentativa de doutriná-los com a ideologia do Partido. Não era desejável que os proletas tivessem fortes sentimentos políticos. Só se exigia deles um patriotismo primitivo, ao qual se poderia apelar quando fosse necessário fazê-los aceitar acréscimo de trabalho ou redução das rações. E, mesmo quando contrariados, como às vezes ficavam, esse descontentamento não levava a lugar nenhum, porque, sem ideias, eles só conseguiam se concentrar em disputas mesquinhas e específicas. Os males maiores invariavelmente lhes escapavam. A maioria dos proletas nem tinha teletelas em casa. Até a polícia civil mexia muito pouco com eles. Havia uma vasta criminalidade em Londres, um submundo paralelo de ladrões, bandidos, prostitutas, traficantes e escroques de todo tipo; porém, desde que tudo ficasse entre os proletas, não tinha importância. Em todas as questões morais, eles podiam seguir o próprio código ancestral. O puritanismo sexual do Partido não lhes era imposto. A promiscuidade ocorria sem punição; permitia-se o divórcio. Aliás, até a devoção religiosa teria sido autorizada caso os proletas houvessem demonstrado algum sinal de precisar dela ou querê-la. Estavam abaixo das suspeitas. Como o lema do Partido dizia: "Proletas e animais são livres".

Winston se abaixou e cuidadosamente coçou a úlcera varicosa. Tinha voltado a pinicar. Também sempre voltava a impossibilidade de saber como era a vida de verdade antes da Revolução. Ele tirou da gaveta um exemplar de um livro de História para crianças que havia tomado emprestado da senhora Parsons e começou a copiar um trecho no diário:

> *Nos velhos tempos* [dizia], *antes da Revolução gloriosa, Londres não era a cidade bonita que conhecemos hoje. Era um lugar escuro, sujo e miserável onde quase ninguém tinha o suficiente para comer e onde centenas e milhares de pobres não tinham botas para calçar nem um telhado sob o qual dormir. Crianças, que não eram mais velhas do que você, precisavam trabalhar doze horas por dia para patrões cruéis, que as açoitavam com chicotes se elas trabalhassem devagar e não as alimentavam com nada além de crostas de pão mofado e água. Porém, em meio a essa pobreza terrível, havia umas poucas casas grandes e bonitas, habitadas por homens ricos que tinham até trinta criados para cuidar deles. Esses homens ricos eram chamados de capitalistas. Eles eram homens gordos, feios e de rosto malvado como o da figura na página oposta. Você pode ver que ele está vestindo um casaco preto e comprido, que se chamava sobrecasaca, e um chapéu estranho e brilhante, em forma de chaminé de fogão, que se chamava cartola. Esse era o uniforme dos capitalistas, e ninguém mais tinha permissão para usá-lo. Os capitalistas eram*

donos de todas as coisas do mundo, e todo mundo era escravo deles. Eles possuíam toda a terra, todas as casas, todas as fábricas e todo o dinheiro. Se alguém os desobedecia, eles podiam mandar a pessoa para a prisão, ou tirar o seu emprego e assim matá-la de fome. Quando uma pessoa comum falava com um capitalista, precisava se encolher e se curvar, tirar o chapéu e chamá-lo de "senhor". O chefe de todos os capitalistas era chamado de Rei, e

Ele conhecia o resto do livro. Haveria menção aos bispos em suas vestes de cambraia, aos juízes em suas togas de pele de arminho, ao pelourinho, ao tronco, ao engenho e ao chicote, ao Banquete do Senhor Prefeito e ao costume de beijar os pés do Papa. Existia também uma coisa chamada *jus primae noctis*, que provavelmente não seria citada em um livro para crianças; tratava-se de uma lei pela qual todo capitalista tinha o direito de dormir com qualquer mulher que trabalhasse em uma de suas fábricas.

Como saber qual parte era mentira? *Talvez* fosse verdade que o ser humano médio estivesse melhor agora do que antes da Revolução. A única evidência em contrário era o protesto mudo dos seus próprios ossos, o sentimento instintivo de que as condições em que você vivia eram intoleráveis e que em alguma outra época deveria ter sido diferente. Ocorreu-lhe que a única coisa verdadeiramente característica da vida moderna não eram a crueldade e a insegurança, mas simplesmente a crueza, a sujeira, a apatia. A vida, se você olhasse ao redor, não era diferente apenas das mentiras que saíam das teletelas, mas também dos ideais que o Partido tentava atingir. Grande parte dela, até para um membro do Partido, era neutra e apolítica, uma questão de se acabar em trabalhos extenuantes, lutar por um espaço no metrô, cerzir uma meia gasta, mendigar um tablete de sacarina, economizar uma ponta de cigarro. O ideal estabelecido pelo Partido era grandioso, terrível, genial; um mundo de aço e concreto, de máquinas monstruosas e armas aterradoras; uma nação de guerreiros e fanáticos marchando adiante em perfeita união, todos pensando igual e gritando os mesmos lemas, sempre trabalhando, lutando, triunfando, perseguindo: trezentos milhões de pessoas, todas com o mesmo rosto. A realidade era decadente, cidades imundas onde pessoas subnutridas zanzavam em sapatos furados por casas remendadas do século XIX que sempre fediam a repolho e lavatórios ruins. Winston pareceu ter uma visão de Londres, vasta e arruinada, lar de milhões de latões de lixo, e misturada a isso estava a figura da senhora Parsons, uma mulher de rosto vincado e cabelo ralo, lutando inutilmente com um cano entupido.

Ele se abaixou e coçou o tornozelo de novo. Dia e noite, as teletelas bombardeavam seus ouvidos com estatísticas provando que na atualidade as pessoas tinham mais comida, mais roupas, casas melhores, entretenimento de qualidade; que viviam mais, trabalhavam menos, eram mais altas, mais saudáveis, mais fortes, mais felizes, mais inteligentes, mais estudadas, do que as pessoas de cinquenta anos antes. Nenhuma palavra disso, porém, jamais poderia ser comprovada ou refutada. O Partido alegava, por exemplo, que quarenta por cento dos proletas adultos eram alfabetizados; antes da Revolução, dizia-se, eram apenas quinze por cento; ou que a taxa de mortalidade infantil era de apenas cento e sessenta por mil, enquanto antes da Revolução tinha sido de trezentos mil; e assim por diante. Era como uma equação simples com duas variáveis. Talvez, literalmente, cada palavra nos livros de História, mesmo que uma pessoa aceitasse sem questionar, fosse pura fantasia. Pois, até onde ele sabia, poderia nunca ter existido uma lei como a *jus primae noctis*, criatura como um capitalista ou um adereço como uma cartola.

Tudo se dissolvia na névoa. O passado era apagado, o apagado era esquecido, a mentira se tornava verdade. Apenas uma vez na vida Winston possuíra (*depois* do evento: isso era o que importava) uma evidência concreta e definitiva de um ato de falsificação. Ele a havia segurado entre os dedos por quase trinta segundos. Em 1973, deve ter sido; não importava quando, mais ou menos na época em que ele e Katharine se separaram. Mas a data de fato relevante era sete ou oito anos antes.

A história começara no meio dos anos 1960, o período dos grandes expurgos durante o qual os líderes originais da Revolução foram eliminados de uma vez por todas. Por volta de 1970 não sobrara nenhum, exceto o Grande Irmão. Todo o restante havia sido, àquela altura, exposto como traidor e contrarrevolucionário. Goldstein fugira e ninguém sabia onde estava escondido; quanto aos outros, alguns haviam simplesmente desaparecido, ao passo que a maioria fora executada depois de julgamentos públicos dramáticos nos quais todos confessaram seus crimes. Entre os últimos sobreviventes havia três homens, chamados Jones, Aaronson e Rutherford, que devem ter sido presos em 1965. Como quase sempre acontecia, eles desapareceram por um ano ou mais, de modo que não se sabia se estavam vivos ou mortos, e depois subitamente trazidos a público para incriminar a si mesmos do modo habitual. Eles admitiram colaboração com a inteligência do inimigo (que também era a Eurásia), desfalque de dinheiro público, assassinato de vários membros do Partido, intrigas contra a liderança do Grande Irmão, iniciadas muito antes da Revolução, e atos de sabotagem que causaram centenas de milhares de mortes. Após confessar esses crimes, foram perdoados, reintegrados ao Partido e receberam cargos inúteis, mas que soavam importantes. Todos os três haviam escrito artigos longos, abjetos, no *Times*, analisando os motivos de sua deserção, e prometido se corrigir.

Algum tempo depois da soltura, Winston viu os três no Café Castanheira. Lembrou-se da espécie de fascínio aterrorizado com que os observara pelo canto dos olhos. Eram homens muito mais velhos do que ele, relíquias do mundo antigo, quase as últimas grandes figuras que sobravam dos primeiros dias heroicos do Partido. Ainda carregavam um pouco do *glamour* da luta clandestina e da guerra civil. Winston tinha a sensação, embora já naquela época os fatos e as datas estivessem ficando borrados, de que conhecia os nomes deles desde muito antes do Grande Irmão. Mas ao mesmo tempo aqueles homens eram delinquentes, inimigos, intocáveis, condenados com absoluta certeza à extinção em um ano ou dois. Ninguém que houvesse caído nas garras da Polícia do Pensamento havia escapado no fim. Eram cadáveres esperando ser devolvidos à sepultura.

Não havia ninguém nas mesas mais próximas a eles. Não era sábio nem mesmo ser visto nas cercanias de tais pessoas. Estavam sentados em silêncio diante de copos de gim aromatizado com cravo, especialidade do café. Dos três, foi de Rutherford a aparência que mais impressionou Winston. Ele fora um famoso caricaturista cujos desenhos brutais tinham ajudado a inflamar a opinião pública antes e durante a Revolução. Mesmo agora, a longos intervalos, seus desenhos apareciam no *Times*. Eram mera imitação do estilo anterior, porém sem graça e nada convincentes. Não passavam de uma reconstituição dos antigos temas: favelas, crianças famintas, brigas de rua, capitalistas de cartola (mesmo nas barricadas, os capitalistas ainda pareciam se agarrar às cartolas), um esforço infinito e inútil de voltar ao passado. Rutherford era um homem monstruoso, com uma juba grisalha, o rosto enrugado e vincado, lábios protuberantes. No passado devia ter sido imensamente forte; agora, o grande corpo flácido, caído, curvo, cambaleava em todas as direções. Parecia ruir diante dos olhos de uma pessoa, como uma montanha desmoronando.

Era o horário solitário das quinze. Winston não conseguia se lembrar de como tinha ido parar no café a uma hora daquelas. O lugar estava quase vazio. Uma música digital saía das teletelas. Os três homens, sentados em seu canto quase imóveis, nunca falavam. Sem nenhum pedido, o garçom levou novos copos de gim. Havia um tabuleiro de xadrez na mesa ao lado deles, com as peças posicionadas, mas nenhum jogo iniciado. E depois, por talvez meio minuto no total, algo havia acontecido às teletelas. A música mudou e o volume também. Alguma coisa a invadiu, não sabia explicar o quê. Era uma nota estranha, quebrada, sem melodia, zombeteira; em sua cabeça, Winston a chamou de nota amarela. E depois uma voz na teletela cantou:

> *Sob a castanheira frondosa*
> *Eu vendi você e você me vendeu*
> *Ali estão eles e cá estamos nós*
> *Sob a castanheira frondosa*

Os três homens não moveram um músculo. Mas, quando Winston espiou de novo o rosto envelhecido de Rutherford, viu que seus olhos estavam cheios de lágrimas. E pela primeira vez notou, sentindo um tremor interno, embora ainda não soubesse *por que* tremia, que tanto Aaronson quanto Rutherford tinham o nariz quebrado.

Um pouco mais tarde, os três foram presos de novo. Aparentemente, haviam se envolvido em novas conspirações desde o primeiro instante após a soltura. No segundo julgamento, confessaram os velhos crimes outra vez, com toda uma série de novos delitos. Foram executados, e seu destino, registrado nos anais do Partido como um alerta para a posteridade. Cerca de cinco anos depois disso, em 1973, Winston desenrolava um maço de documentos que acabara de deslizar do tubo pneumático para sua mesa quando topou com um pedaço de papel que havia, evidentemente, sido inserido no meio dos demais e depois esquecido. No momento em que o tocou, percebeu sua importância. Era uma meia página rasgada do *Times* de uns dez anos antes. A metade superior incluía a data e continha a fotografia dos delegados de alguma repartição do Partido em Nova Iorque. Destacados no centro do grupo estavam Jones, Aaronson e Rutherford. Não havia dúvida e, para confirmar, seus nomes estavam na legenda, no rodapé.

O ponto é que, em ambos os julgamentos, todos haviam confessado que naquela data tinham estado em solo eurasiano. Haviam voado de um campo aéreo secreto no Canadá rumo a um encontro em algum lugar na Sibéria, e se reunido com membros do Estado-Maior da Eurásia, a quem revelaram importantes segredos militares. A data ficara marcada na memória de Winston por ser o dia do solstício de verão, mas a história toda devia estar também em inúmeros outros lugares. Havia uma única conclusão possível: as confissões não passavam de mentiras.

Obviamente, isso não era novidade. Mesmo naquela época, Winston não imaginava que as pessoas eliminadas nos expurgos tivessem realmente cometido os crimes de que eram acusadas. Mas se tratava de uma evidência concreta; um fragmento do passado abolido, como um osso fossilizado que surgia no substrato errado e destruía uma teoria geológica. Era suficiente para explodir o Partido em pedacinhos, se de alguma forma pudesse ter sido publicado para o mundo, e seu sentido, divulgado.

Winston retomara o trabalho imediatamente. Assim que identificou a fotografia e seu significado, cobrira-a com outro pedaço de papel. Por sorte, quando a desenrolou, ela havia ficado de ponta-cabeça em relação à teletela.

Ele apoiou a caderneta de rascunhos nos joelhos e afastou a cadeira de modo a ficar o mais distante possível da teletela. Manter o rosto apático não era difícil, e até sua respiração podia ser controlada, com algum esforço; mas os batimentos cardíacos, não, e a teletela era sensível o bastante para captar. Ele deixou passar o que julgou serem dez minutos, atormentado o tempo todo pelo medo de que algum imprevisto, um vento súbito em sua mesa, por exemplo, o delatasse. Depois, sem descobri-la, jogou a fotografia no buraco da memória, junto com outros papéis usados. Dentro de talvez um minuto ela teria virado cinzas.

Isso acontecera dez, onze anos atrás. Hoje, provavelmente, ele teria guardado aquela fotografia. Era curioso que o fato de a ter segurado entre os dedos lhe parecesse fazer diferença mesmo agora, quando a foto, assim como o evento que ela registrava, era apenas uma lembrança.

Seria o controle do Partido sobre o passado menos forte porque um pedaço de evidência inexistente já *tivesse existido*?

Mas, supondo que a fotografia pudesse de alguma forma ser ressuscitada de suas cinzas, ela poderia nem ser uma prova. Na época em que ele fez a descoberta, a Oceania não estava mais em guerra com a Eurásia, e para os agentes da Lestásia os três homens mortos com certeza tinham traído seu país. Desde então, haviam ocorrido outras alterações: duas, três, ele não conseguia recordar quantas. Muito provavelmente as confissões haviam sido reescritas várias vezes até que os fatos e as datas originais já não tivessem a menor importância. O passado não apenas se alterava uma vez, mas continuamente. O que mais o afligia com a sensação de pesadelo era que ele jamais entendera claramente *por que* uma farsa daquelas era levada a cabo. As vantagens imediatas de falsificar o passado eram óbvias, mas a finalidade última continuava misteriosa. Ele apanhou a pena de novo e escreveu:

Eu entendo COMO: eu não entendo POR QUÊ.

Questionou, como tantas vezes antes, se seria um lunático, simplesmente uma minoria de um. Houve uma época em que foi considerado sinal de loucura acreditar que a Terra gira em torno do Sol; hoje, loucura era acreditar na imutabilidade do passado. Ele talvez estivesse *sozinho* ao defender essa teoria; e, se estava sozinho, então era lunático. Mas a ideia de ser um lunático não o perturbava especialmente; o horror era poder também estar errado.

Pegou o livro de História para crianças e olhou para o retrato do Grande Irmão que formava o frontispício. Os olhos hipnóticos encararam os dele. Era como se uma força imensa o reprimisse, algo que penetrava seu crânio, esmurrava seu cérebro e o amedrontava com suas próprias crenças, convencendo-o quase a negar as evidências dos seus sentidos. No final, o Partido anunciaria que dois e dois são cinco e você teria de acreditar. Era inevitável que cedo ou tarde fizessem tal afirmação: a lógica da posição deles assim exigia. Não apenas a validade da experiência, mas a própria existência da realidade externa era tacitamente negada pela filosofia do Partido. A maior das heresias era o senso comum. E o mais aterrador não era que o matassem por pensar de outra forma, mas que eles talvez estivessem certos. Porque, afinal, como nós sabemos que dois e dois são quatro? Ou que a força da gravidade funciona? Ou que o passado é inalterável? Se tanto o passado quanto o mundo externo só existem na mente, e se a mente em si é controlável... como ficam as coisas?

Mas não! Sua coragem pareceu de repente endurecer por vontade própria. O rosto de O'Brien, não convocado por nenhuma associação óbvia, cruzou sua mente. Ele sabia, com mais certeza do que antes, que O'Brien estava ao seu lado. Escrevia o diário por O'Brien, *para* O'Brien; era como uma carta interminável que ninguém jamais leria, mas dirigida a uma pessoa em particular, e isso o motivava.

O Partido lhe dizia para rejeitar a evidência vista e ouvida. Essa era a ordem final e mais importante. O coração de Winston se apertou quando ele pensou no enorme poder formado contra si, a facilidade com que qualquer intelectual do Partido poderia esmagá-lo em um debate, os argumentos sutis que ele não teria capacidade para entender, menos ainda rebater. E mesmo assim estava certo! Eles estavam errados, e ele estava certo. O óbvio, o tolo e o verdadeiro precisavam ser defendidos. Banalidades são verdades, agarre-se a isso! O mundo sólido existe, suas leis não se alteram. Pedras são duras, água molha, objetos sem apoio caem em direção ao centro da Terra. Com a sensação de que falava com O'Brien e estabelecia um axioma importante, escreveu:

Liberdade é ser livre para dizer que dois mais dois são quatro.
Se isso estiver garantido, todo o resto é consequência.

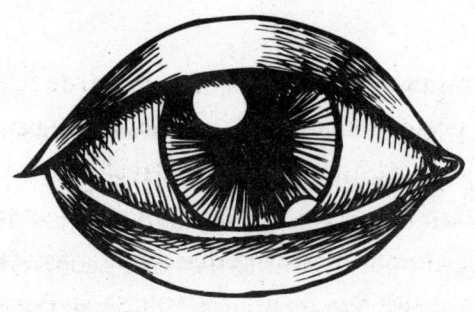

CAPÍTULO 8

De algum lugar no fim de uma viela, o cheiro de café sendo torrado (café de verdade, não Café Vitória) pairava pela rua. Winston parou involuntariamente. Por dois segundos, talvez, rememorou o mundo quase esquecido de sua infância. Então uma porta bateu e interrompeu o cheiro abruptamente.

Ele havia caminhado vários quilômetros por ruas pavimentadas e sua úlcera varicosa latejava. Era a segunda vez em três semanas que deixava de ir ao Centro Comunitário à noite: um ato imprudente, pois na certa a quantidade das idas era cuidadosamente verificada. Em princípio, um membro do Partido não tinha tempo livre e jamais ficava sozinho, a não ser na cama. Supunha-se que, quando não estivesse trabalhando, comendo ou dormindo, deveria participar de alguma recreação comunitária. Fazer alguma coisa que sugerisse gosto pela solidão, até mesmo sair para caminhar sozinho, era sempre um tanto arriscado. Existia uma palavra para isso em Novidioma: *vidaprópria*, que significava individualismo e excentricidade. Mas naquela noite, ao sair do Ministério, o perfume do ar de abril o chamara. O céu exibia o tom de azul mais quente que ele já vira naquele ano, e então a noite longa e barulhenta no Centro Comunitário, com seus jogos tediosos e cansativos, as leituras, a camaradagem rachada unida pelo gim, parecia insuportável. Em um impulso, ele desviou da parada do ônibus e vagou a esmo pelas entranhas labirínticas de Londres; primeiro ao Sul, depois a Leste, então para o Norte, perdendo-se em ruas desconhecidas e mal se importando com a direção que tomava.

"Se há esperança", escrevera no diário, "é nos proletas". As palavras voltavam em *loop*, declarando uma verdade mística e um absurdo palpável. Ele estava em algum lugar das favelas indistintas, escuras, ao Norte e a Leste do que antes era a Estação São Pancrácio. Andava por uma rua de paralelepípedos com pequenos sobrados de portas desgastadas que davam direto para a calçada e curiosamente sugeriam buracos de rato. Havia poças de água suja aqui e ali, entre os paralelepípedos. Para dentro e para fora das portas, e ao longo das vielas que se ramificavam em cada ponta, pessoas se amontoavam em quantidades espantosas: meninas na flor da idade com lábios pintados cruamente e jovens que as perseguiam; mulheres gordas que perambulavam mostrando como as meninas seriam dali a dez anos; velhos encurvados se arrastando, com os pés virados para fora; crianças descalças e esfarrapadas que brincavam nas poças e se dispersavam com os gritos zangados das mães. Cerca de um quarto das janelas da rua estava partido e fechado com papelão. A maior parte das pessoas não dava atenção a Winston; umas poucas o observaram com alguma curiosidade contida. Duas mulheres grandes, com antebraços vermelhos como tijolos cruzados por cima dos aventais, conversavam na calçada. Winston captou fragmentos da conversa conforme se aproximou.

– "É", eu falei pra ela, "tá tudo muito bem", eu falei. "Mas se você tivesse no meu lugar você tinha feito a mesma coisa que eu fiz. Criticar é fácil", eu falei, "mas você não tem os mesmos problemas que eu tenho".

– Ah – disse a outra –, é bem isso. É bem assim mesmo.

As vozes agudas pararam abruptamente. As mulheres o mediram em silêncio hostil enquanto ele passava. Mas não era hostilidade, exatamente, apenas um cansaço, um susto momentâneo, como à passagem de algum animal desconhecido. O macacão azul do Partido não podia ser uma visão comum em uma rua como aquela. Na verdade, não era prudente ser visto em tais lugares, a menos que você tivesse assuntos específicos a tratar. As patrulhas poderiam pará-lo se por acaso o encontrassem. "Posso ver seus documentos, camarada? O que está fazendo aqui? A que horas saiu do trabalho? Este é seu caminho habitual para casa?", e assim por diante. Não existia regra contra andar para casa por uma rota incomum, mas era suficiente para atrair a atenção se a Polícia do Pensamento ficasse sabendo.

De repente, a rua inteira entrou em alvoroço. Houve gritos de alerta de todos os lados. As pessoas corriam para dentro de casa como coelhos. Uma jovem saiu de uma porta um pouco à frente de Winston, agarrou uma criancinha que brincava na poça, envolveu-a com o avental e saltou para dentro de novo, tudo em um só movimento. No mesmo instante, um homem de paletó preto pregueado, saído de uma viela lateral, correu na direção de Winston apontando, agitado, para o céu.

– Vapor! – ele berrou. – Cuidado aí, chefe! Proteja-se! Abaixe rápido!

"Vapor" era o apelido que, por alguma razão, os proletas tinham dado às bombas. Winston imediatamente se jogou ao chão, com o rosto para baixo. Os proletas estavam quase sempre certos quando davam conselhos desse tipo. Pareciam ter algum tipo de instinto que lhes dizia com vários segundos de antecedência quando um foguete viria, embora estes supostamente voassem mais depressa do que o som. Winston protegeu a cabeça com os braços. Houve um estrondo que pareceu levantar o calçamento; ele sentiu algo cair em suas costas. Quando se levantou, descobriu que estava coberto de cacos de vidro da janela mais próxima.

Seguiu andando. A bomba tinha demolido um grupo de casas duzentos metros acima na rua. Uma coluna preta de fumaça pairava no céu, e abaixo dela formara-se uma nuvem de poeira de gesso, em meio à qual uma multidão já se apinhava ao redor das ruínas. Havia uma pequena pilha de reboco na calçada, e no meio dela Winston viu um filete vermelho brilhante. Quando se aproximou, notou que se tratava de uma mão humana seccionada na altura do punho. Exceto pelo cotoco sangrento, a mão estava completamente branca, como se fosse um molde de gesso.

Ele a chutou para a sarjeta e depois, para evitar a multidão, desceu uma rua à direita. Em três ou quatro minutos já estava fora da área que a bomba atingira, e a vida miserável superlotada das ruas seguia como se nada tivesse acontecido. Eram quase vinte horas, e as lojas de bebidas que os proletas frequentavam (e que chamavam de "bares") estavam entupidas de gente. De cada porta vaivém imunda, infinitamente se abrindo e fechando, saía um cheiro de urina, serragem e cerveja azeda. No ângulo formado pela fachada projetada de uma casa, três homens estavam de pé, muito juntos, o do centro segurando um jornal dobrado que os outros dois liam por cima de seu ombro. Mesmo antes de se aproximar o suficiente para decifrar a expressão nos rostos, Winston pôde ver o interesse em cada músculo de seus corpos. O que liam era obviamente alguma notícia muito séria. A alguns passos de distância, ele viu que de repente o grupo se separou e dois dos homens começaram uma altercação violenta. Por um instante, pareceram prestes a trocar sopapos.

– Mas será possível que você não tá me ouvindo? Tô falando que nenhum número que acaba em sete ganhou nos últimos catorze meses!

– Ganhou, sim!

– Não, não ganhou! Em casa eu tenho todos os dos últimos dois anos anotados em um pedaço de papel. Eu anoto com a precisão dum maldito relógio. E tô falando, nenhum número que acaba em sete...

– Ganhou, um sete ganhou! Eu posso até falar o maldito número, ele acabava em quatro zero sete. Foi em fevereiro, na segunda semana de fevereiro.

– Fevereiro a sua mãe! Eu tenho tudo anotado, preto no branco, e tô falando, nenhum número...

– Ah, enfiem! – disse o terceiro homem.

Eles conversavam sobre a loteria. Winston olhou para trás ao se afastar por trinta metros. Ainda os viu discutindo, com rostos vívidos, passionais. A loteria e seu pagamento semanal de prêmios milionários era o único evento público aos quais os proletas davam realmente atenção. Era provável que existissem alguns milhões para quem a loteria era a principal, senão a única, razão para continuarem vivos. Era seu deleite, sua alegria, seu bálsamo, seu estimulante intelectual. Quando se tratava da loteria, até pessoas que mal sabiam ler e escrever pareciam capazes de cálculos complexos e impressionantes prodígios de memória. Havia toda uma classe de homens que ganhavam a vida simplesmente vendendo métodos, previsões e amuletos da sorte. Winston não tinha nada a ver com a administração da loteria, gerenciada pelo Ministério da Fartura, mas estava ciente (na verdade, todo mundo no Partido estava ciente) de que os prêmios eram em grande medida imaginários. Pagavam-se apenas pequenas somas, e os ganhadores dos grandes prêmios não existiam. Na ausência de toda intercomunicação real entre uma parte da Oceania e outra, não era difícil fazer isso.

Mas, se havia esperança, era nos proletas. Você precisava se agarrar a isso. Em palavras, soava razoável; ao olhar para os seres humanos passando na calçada, tornava-se um ato de fé. A rua onde ele virou era uma descida. Tinha a sensação de já ter passado naquele bairro antes e calculou que havia uma rua principal não muito distante. De algum ponto à frente vinha um barulho de vozes gritando. A rua fazia uma curva fechada e terminava em um lance de degraus que desciam a uma viela funda, onde algumas barracas vendiam legumes murchos. Nesse momento, Winston se lembrou de onde estava. A viela conduzia à rua principal, e depois da curva seguinte, a menos de cinco minutos, ficava a lojinha de antiguidades onde ele comprara o caderno sem pauta que era agora seu diário. E em uma pequena papelaria não longe dali adquirira o porta-penas e o tinteiro.

Parou um instante no alto dos degraus. Do lado oposto da viela ficava um pequeno bar imundo cujas janelas pareciam congeladas, mas que na realidade estavam apenas cobertas de poeira. Um homem muito velho, curvado, mas ágil, com bigodes brancos que se mexiam como os de um camarão, empurrou a porta vaivém e entrou. Winston, parado, observando, pensou que aquele velho, decerto com cerca de 80 anos, já estava na meia-idade quando a Revolução aconteceu. Ele e alguns poucos como ele eram os últimos vínculos que existiam agora com o mundo desaparecido do capitalismo. No próprio Partido não havia muita gente cujas ideias tivessem sido formadas antes da Revolução. A geração mais velha tinha sido em grande parte varrida nos grandes expurgos dos Cinquenta e dos Sessenta, e os poucos sobreviventes foram, muito tempo antes, ameaçados até a completa submissão intelectual. Se ainda existia alguma pessoa viva capaz de fazer um relato confiável das condições no início do século, só poderia ser um proleta. De repente, o trecho do livro de História para crianças que Winston havia copiado no diário voltou à sua cabeça, e um impulso louco o tomou. Ele entraria no bar, estabeleceria contato com aquele velho e o interrogaria: "Conte-me sobre a vida quando você era menino. Como era naqueles dias? Melhor do que agora ou pior?".

Apressado, se não fosse o tempo para sentir medo, ele desceu os degraus e atravessou a rua estreita. Era uma loucura, sabia. Como sempre, não havia uma regra clara que proibisse conversar com proletas e frequentar os bares deles, mas tratava-se de uma ação muitíssimo incomum para passar despercebida. Se as patrulhas aparecessem, ele poderia justificar com um ataque de fraqueza, mas não era provável que acreditassem. Ao entrar, um cheiro enjoativo de cerveja azeda o atingiu. O volume das vozes baixou pela metade. Sentia todos olhando para seu macacão azul. Um jogo de dardos na ponta oposta do salão foi interrompido por uns trinta segundos. O velho que ele seguira estava de pé junto ao balcão discutindo com o *barman*, um jovem parrudo, robusto, com nariz adunco e antebraços enormes. Outro grupo, de pé ao redor, segurava copos e observava a cena.

– Eu falei com educação, não falei? – disse o velho, endireitando os ombros de maneira belicosa. – Tá me dizendo que não tem um maldito quartilho de cerveja?

– E que diabos é um quartilho? – respondeu o *barman*, curvando-se para a frente com a ponta dos dedos sobre o balcão.

– Macacos me mordam! Ele se diz um *barman* e não sabe o que é um quartilho! Ora, um quartilho é metade dum quarto, e tem quatro quartos num galão! Vô ter que lhe ensinar até o A, B, C.

– Nunca ouvi falar – respondeu o homem, seco. – Litro e meio litro, é isso que a gente serve. Ali tão os copos na prateleira à sua frente.

– Eu quero um quartilho – insistiu o velho. – Você podia tirar um quartilho muito fácil. A gente não tinha nada desses malditos litros quando eu era jovem.

– Quando você era jovem, a gente ainda vivia nas árvores – zombou o *barman*, lançando um olhar para os demais clientes.

Houve uma gargalhada geral, e o constrangimento causado pela entrada de Winston pareceu sumir. O rosto branco e sem barba do velho tinha ficado cor-de-rosa. Ele se virou, resmungando sozinho, e deu um encontrão em Winston, que o pegou gentilmente pelo braço.

– Posso lhe oferecer um trago?

– Você é um cavalheiro – disse o velho, endireitando os ombros de novo. Parecia não ter notado o macacão azul de Winston. – Quartilho! – acrescentou de modo agressivo, olhando para o *barman*. – Um quartilho de cerveja suave.

O *barman* serviu dois meios litros de cerveja marrom escura em copos de vidro grosso que enxaguou em um balde sob o balcão. Cerveja era a única bebida que se conseguia em bares proletas. Não se supunha que proletas tomassem gim, embora na prática eles conseguissem obtê-lo com facilidade. O jogo de dardos recomeçara com força total, e o grupo de homens no balcão iniciara uma conversa sobre bilhetes de loteria. A presença de Winston foi esquecida por um momento. Havia uma mesa de jogo sob a janela, onde ele e o velho poderiam falar sem medo de serem ouvidos. Era muito arriscado, mas ao menos não havia teletelas no bar, um aspecto do qual Winston se certificou ao entrar.

– O maldito bem podia ter me dado um quartilho – rosnou o velho quando se acomodou atrás do copo. – Meio litro não é o bastante. Não satisfaz. E um litro todo é muito. Faz minha bexiga vazar. Pra não falar do preço.

– Você deve ter visto grandes mudanças desde que era jovem – comentou Winston, na tentativa de descobrir algo.

Os olhos azuis pálidos do velho foram do alvo de dardos para o balcão e do balcão para a porta do banheiro masculino, como se as mudanças tivessem ocorrido no ambiente do bar.

– A cerveja era melhor – ele disse, afinal. – E mais barata! Quando eu era jovem, cerveja suave, ou chope, como a gente chamava, custava quatro centavos o quartilho. Isso foi antes da guerra, claro.

– Que guerra foi essa?

– As guerras todas – falou o velho, desconversando. Pegou o copo e seus ombros se endireitaram de novo. – Tudo de melhor pra sua saúde!

No pescoço fino, o pomo de adão proeminente fez um movimento bem rápido para cima e para baixo, e a cerveja desapareceu. Winston foi ao balcão e voltou com mais dois meios litros. O velho pareceu se esquecer do preconceito contra beber um litro inteiro.

– Você é muito mais velho do que eu – disse Winston. – Já devia ser adulto antes de eu nascer e consegue lembrar como era nos velhos tempos, antes da Revolução. As pessoas da minha idade não sabem realmente nada sobre aquela época. Só podemos ler nos livros, e o que é dito nos livros pode não ser verdade. Gostaria da sua opinião sobre isso.

Os livros de História dizem que a vida antes da Revolução era completamente diferente do que é hoje. Que havia as mais terríveis opressões, injustiças e pobreza, piores do que qualquer coisa que se possa imaginar. Aqui em Londres, grandes parcelas da população nunca tinham o suficiente para comer, do nascimento até a morte. Metade nem tinha botas para os pés. Trabalhavam doze horas por dia, saíam da escola aos 9 anos, dormiam dez pessoas em um único quarto. E, ao mesmo tempo, havia uns poucos alguns milhares, chamados capitalistas, que eram ricos e poderosos. Possuíam de tudo. Moravam em lindas mansões com trinta criados, circulavam em carros a motor e carruagens de quatro cavalos, tomavam champanhe e usavam cartolas.

De repente o velho se animou.

– Cartolas! Engraçado você mencionar isso. A mesma coisa me veio à cabeça ontem mesmo, não sei por quê. Tava pensando: faz anos que não vejo uma cartola. Ficaram muito ultrapassadas, isso sim. A última vez que usei foi no enterro da minha cunhada. E isso foi em... bem, eu não sei confirmar a data, mas deve ter sido uns cinquenta anos atrás. Claro que aluguei pra ocasião, você entende.

– A questão das cartolas não é muito importante – disse Winston com calma. – O ponto é que esses capitalistas, eles e uns poucos advogados e uns padres que viviam com eles e assim por diante, eram os senhores da terra. Tudo existia para o benefício deles. Vocês, gente comum, os trabalhadores, eram os escravos deles. Eles podiam fazer o que quisessem com vocês, podiam despachá-los de navio para o Canadá como se fossem gado. Podiam dormir com as suas filhas, se quisessem. Podiam ordenar que vocês fossem açoitados com uma coisa chamada chicote. Vocês precisavam tirar o chapéu quando cruzavam com eles. Todo capitalista andava com um bando de lacaios que...

O velho se animou de novo.

– Lacaios! Ora, tá aí uma palavra que eu não ouvia há tempos. Lacaios! Isso me leva de volta, ô, se leva. Eu lembro, nossa, faz um tempão, de vez em quando ia até o Parque Hyde no domingo à tarde pra ouvir os sujeitos fazerem discursos. Exército de Salvação, católicos romanos, judeus, indianos, tinha de todo tipo. E tinha um, bom, eu não consigo te falar o nome, mas que orador impressionante ele era! Não tinha papas na língua, não, senhor! "Lacaios", ele falava, "Lacaios da burguesia! Paus-mandados da classe dominante!". Parasitas, que era outro termo, e também hienas, ele com certeza os chamava de hienas. É claro que ele tava falando do Partido Trabalhista, você entende.

Winston tinha a sensação de que ambos conversavam com objetivos opostos.

– O que eu quero mesmo saber é o seguinte: você acha que tem mais liberdade hoje ou naquela época? Você é mais bem tratado agora? Nos velhos tempos, as pessoas ricas, as pessoas no topo...

– A Câmara dos Lordes! – interrompeu o velho, tomado pelas lembranças.

– Sim, a Câmara dos Lordes, que seja. Mas o que eu pergunto é: essas pessoas podiam tratar vocês como inferiores simplesmente porque eram ricas e vocês, pobres? É verdade, por exemplo, que vocês precisavam chamá-los de "senhor" e tirar os chapéus quando passavam por eles?

O velho pareceu refletir profundamente. Tomou cerca de um quarto da cerveja antes de responder:

– Sim, eles gostavam que você tocasse o chapéu ao passar por eles. Era uma forma de respeito. Eu mesmo não concordava com isso, mas fiz muitas vezes. Tinha que fazer, pode-se dizer.

– E era normal, e só estou repetindo o que li nos livros de História, era normal que essas pessoas e os criados delas empurrassem vocês pra sarjeta?

– Um deles me empurrou uma vez – disse o velho. – Me lembro como se fosse ontem. Era a Noite da Regata, eles ficavam muito agitados e eu trombei com um moço na Avenida Shaftesbury. Um cavalheiro e tanto ele era, de camisa, cartola, sobretudo preto. Tava andando meio em zigue-zague na calçada e trombei com ele por acidente. Ele falou "Por que não olha por onde anda?", e eu falei "Você acha que comprou a maldita da rua?", e ele falou "Vou arrancar fora a sua cabeça, se você continuar impertinente", eu falei "Você tá bêbado, me dá meio minuto que te denuncio pra polícia". Você não vai acreditar, mas ele botou a mão no meu peito e me deu um empurrão que quase me jogou pra debaixo das rodas dum ônibus. Bem, eu era jovem naquela época e ia sentar a mão na cara dele, mas...

Uma sensação de desamparo tomou conta de Winston. A memória do velho não era nada além de um amontoado de detalhes sem importância. Uma pessoa poderia interrogá-lo o dia inteiro sem obter nenhum tipo de informação verdadeira. As histórias do Partido podiam ser reais, de certa forma; até demais. Ele fez uma última tentativa:

– Talvez eu não tenha sido claro. O que estou tentando dizer é o seguinte: você está vivo há muito tempo; passou metade da sua vida antes da Revolução. Em 1925, por exemplo, você já era adulto. Você diria, a partir do que consegue lembrar, que a vida em 1925 era melhor do que é agora, ou pior? Se pudesse escolher, iria preferir viver naquela época ou agora?

O velho olhou, pensativo, para o alvo de dardos. Terminou a cerveja mais devagar do que antes. Quando falou, foi com um ar calmo, filosófico, como se a cerveja o tivesse amansado.

– Eu sei o que você espera que eu fale. Você quer que eu diga que gostaria de ser jovem de novo. A maior parte das pessoas diria isso, se você perguntar pra elas. Você tem saúde e força quando é jovem. Quando você chega à minha idade, nunca tá bem. Eu tenho dor nos pés e minha bexiga tá um lixo, seis ou sete vezes ela me tira da cama toda noite. Mas tem também vantagem em ser velho. Você não tem as mesmas preocupações. Não se enrola com mulher, e isso já é muita coisa. Eu tô sem mulher há quase trinta anos, acredite se quiser. E digo mais: sem querer ter.

Winston se apoiou no parapeito da janela. Era inútil prosseguir. Estava prestes a comprar mais cerveja quando o velho se levantou e foi depressa para o urinol fedorento na lateral do salão. O meio litro extra já fazia efeito nele. Winston ficou sentado por um ou dois minutos observando o copo vazio e mal percebeu quando seus pés o levaram para a rua. Dali a no máximo vinte anos, refletiu, a pergunta grandiosa e simples "A vida era melhor antes da Revolução do que agora?" não teria mais resposta. Mas de fato era irrespondível mesmo agora, uma vez que os poucos e dispersos sobreviventes do mundo antigo eram incapazes de comparar uma época com a outra. Lembravam-se de um milhão de coisas inúteis, uma discussão com um colega de trabalho, a procura por uma bomba de bicicleta perdida, o rosto de uma irmã falecida há muito tempo, os redemoinhos de poeira em uma manhã de ventania setenta anos antes; mas todos os fatos relevantes estavam fora do alcance de sua mente. Eram como formigas, que enxergam objetos pequenos, mas não grandes. E, quando a memória falhava e os registros escritos eram falsificados, quando isso acontecia, a alegação do Partido sobre ter melhorado as condições da vida humana teriam de ser aceitas, porque não existia, nem jamais poderia voltar a existir, nenhum padrão contra o qual elas pudessem ser comparadas.

Nesse momento, sua linha de raciocínio foi interrompida bruscamente. Ele parou e olhou para cima. Estava em uma rua estreita com poucas lojinhas mal iluminadas intercaladas entre casas residenciais. Logo acima de sua cabeça pendiam três bolas de metal desbotadas que pareciam, antes, ter sido douradas. Ele pareceu conhecer o lugar. Claro! Estava parado na frente da loja de antiguidades onde comprara o diário.

Uma pontada de medo o percorreu. Tinha sido bem arriscado comprar o caderno, para começar, e ele havia jurado jamais chegar perto daquele lugar de novo. Mesmo assim, no instante em que se permitiu pensar livremente, seus pés o haviam levado até lá por vontade própria. Era precisamente contra impulsos suicidas desse tipo que ele esperava se proteger quando inaugurou o diário. Ao mesmo tempo reparou que, apesar de serem quase vinte e uma horas, a loja ainda estava aberta. Sentindo que estaria menos vulnerável lá dentro do que à toa na calçada, entrou. Se alguém lhe perguntasse, poderia responder que tentava comprar lâminas de barbear.

O proprietário tinha acabado de acender um lampião a óleo que soltava uma fumaça suja, porém acolhedora. Era um homem de seus 60 anos, frágil e curvado, com um nariz longo e benevolente e olhos suaves distorcidos por óculos grossos. Seu cabelo era quase branco, mas as sobrancelhas eram grossas e ainda pretas. Os óculos, os movimentos ágeis e gentis e o fato de usar uma velha jaqueta de veludo preto davam-lhe um vago ar intelectual, como se ele tivesse sido um literato ou talvez um músico. Sua voz era suave, como se abafada, e sua pronúncia, menos degradada do que a da maioria dos proletas.

– Eu o reconheci da calçada – ele falou. – Você é o cavalheiro que comprou aquele álbum de recordações muito bonito para moças. Belo papel, ah, se era. Texturizado creme, era como chamava. Já não existe papel como aquele há, ouso dizer, cinquenta anos. – Olhou para Winston por cima das lentes. – Existe alguma coisa especial que eu possa fazer por você? Ou quer apenas dar uma olhada?

– Eu só estava passando – desconversou Winston. – Apenas dando uma espiada, não quero nada em particular.

– Tudo bem – disse o outro –, porque não acho que conseguiria satisfazê-lo. – Fez um gesto de desculpas com a mão delicada. – Você vê como está; é uma loja vazia, pode-se dizer. Aqui entre nós, o comércio de antiguidades acabou. Não tem mais demanda nem estoque. Móveis, porcelana, vidro, foi tudo se quebrando aos poucos. E é claro que a maioria das coisas de metal derreteu. Eu não vejo um castiçal de latão há anos.

O pequeno espaço interno da loja estava de fato amontoado, mas não havia quase nada de valor. Era difícil andar, porque em todas as paredes estavam empilhadas incontáveis molduras. Na janela havia bandejas com porcas e parafusos, cinzéis gastos, canivetes com lâminas quebradas, relógios com mostradores embaçados que nem fingiam ainda funcionar, e bugigangas diversas. Só em uma mesinha no canto havia uma pilha de quinquilharias (caixas de rapé laqueadas, broches de ágata e coisas do tipo) que parecia interessante. Conforme Winston se aproximava da mesa, seu olhar foi capturado por uma coisa redonda, lisa, que brilhava discretamente à luz do lampião, e ele a apanhou.

Era um pedaço pesado de vidro, curvo de um lado, achatado do outro, formando quase um hemisfério. Havia uma maciez peculiar, como a da chuva, tanto na cor quanto na textura do vidro. No centro dele, ampliado pela curvatura da superfície, havia um objeto estranho, rosado, cilíndrico, que lembrava uma rosa ou uma anêmona-do-mar.

– O que é isto? – perguntou ele, fascinado.

– É um coral – disse o velho. – Deve ter vindo do Oceano Índico. Eles costumavam embutir em vidro. Esse não foi feito há menos de cem anos. Mais, até, a julgar pela aparência.

– É muito lindo.

– É lindo mesmo – concordou o outro. – Mas poucos diriam isso hoje em dia. – Ele tossiu. – Agora, se você quisesse comprá-lo, iria lhe custar quatro dólares. Eu me lembro de quando uma coisa dessas teria valido oito libras, e oito libras eram… bom, eu não sei, mas era muito dinheiro. Mas quem se importa com antiguidades originais nos dias de hoje, mesmo restando tão poucas?

Winston imediatamente pagou os quatro dólares e deslizou o objeto cobiçado para dentro do bolso. O que o atraíra não fora tanto a beleza, mas o fato de pertencer a uma era muito diferente da atual. O vidro suave e com aparência de chuva não se parecia com nada que já tivesse visto. Era mais interessante ainda por causa de sua aparente inutilidade, embora ele pudesse adivinhar que no passado servira como peso de papel. Pesava bastante em seu bolso, mas por sorte não fazia muito volume. Era uma coisa estranha, até comprometedora, para um membro do Partido ter em seu poder. Qualquer coisa velha ou, aliás, qualquer coisa bonita, era sempre vagamente suspeita. O velho se tornara nitidamente mais alegre depois de receber os quatro dólares. Winston se deu conta de que ele teria aceitado três ou até dois.

– Tem outra sala lá em cima que você talvez queira ver – ele sugeriu. – Não tem muita coisa. Só umas poucas peças. Uma luz vai bastar, se subirmos.

Ele acendeu outro lampião e, curvando as costas, liderou o caminho devagar ao longo dos degraus íngremes desgastados e depois por uma passagem estreita, até chegarem a um cômodo que não dava vista para a rua, e sim para um quintal com piso de pedras e uma floresta de chaminés. Winston notou que a mobília estava disposta como se o lugar ainda fosse habitado. Havia uma faixa de carpete no chão, um ou dois quadros nas paredes e uma poltrona funda, desmazelada, puxada para perto da lareira. Um antigo relógio de vidro, com um mostrador de doze horas, tiquetaqueava na cornija. Sob a janela, e ocupando quase um quarto do cômodo, ficava uma cama enorme, ainda com colchão.

– Nós morávamos aqui até minha esposa falecer – justificou-se o velho. – Estou vendendo a mobília aos poucos. Aí está uma linda cama de mogno, ou ao menos seria se você conseguisse tirar os percevejos dela. Mas ouso dizer que você acharia isso um tanto incômodo.

Segurou o lampião no alto, para iluminar o ambiente todo, e na atmosfera fraca e quente o lugar pareceu até convidativo. Passou pela cabeça de Winston a ideia de que não seria difícil alugar o quarto por uns poucos dólares por semana, se ele se atrevesse a correr o risco. Era um pensamento louco, impossível, que deveria ser reprimido; mas o quarto havia despertado nele uma espécie de nostalgia, de memória ancestral. Parecia-lhe saber exatamente como era sentar-se em um quarto como aquele, em uma poltrona perto de uma lareira aberta, com os pés no anteparo e uma chaleira no fogo, totalmente sozinho e seguro, sem ninguém a vigiá-lo, sem nenhuma voz a persegui-lo, sem nenhum ruído exceto o chiado da chaleira e o tique-taque amigável do relógio.

– E sem teletela! – ele não pôde evitar murmurar.

– Ah – disse o velho –, eu nunca tive essas coisas. Caras demais. E, por algum motivo, nunca senti necessidade. Agora, aquela é uma boa mesa expansível, ali no canto. Embora, claro, você fosse precisar de dobradiças novas se quisesse usar as abas.

Havia uma pequena estante de livros no outro canto, e Winston já estava interessado nela, mas não tinha nada de bom. A caça e a destruição de livros foram executadas nos bairros proletas com o mesmo rigor de todos os demais lugares. Era muito improvável que ainda existisse em algum lugar da Oceania um exemplar de livro impresso antes de 1960. O velho, ainda segurando o lampião, estava de pé na frente de um quadro com uma moldura de jacarandá que pendia do outro lado da lareira, em frente à cama.

– Agora, se por acaso você estiver interessado em imagens antigas – ele começou, delicadamente.

Winston se aproximou para examinar. Era uma gravura em aço de um edifício oval com janelas retangulares e uma pequena torre na frente. Havia um corrimão em toda a volta do edifício e, nos fundos, o que parecia ser uma estátua. Ele observou por alguns instantes. Parecia vagamente familiar, embora não se lembrasse da estátua.

– A moldura está presa à parede – disse o velho –, mas eu posso desparafusar para você ver, se quiser.

– Eu conheço esse prédio – comentou Winston, afinal. – Agora é uma ruína. Fica no meio da rua, na frente do Palácio da Justiça.

– Isso mesmo. Na frente da Corte. Foi bombardeada em... ah, muitos anos atrás. Antes tinha sido uma igreja. Igreja de São Clemente

Dinamarquês era o nome. – Ele sorriu, desculpando-se, como se estivesse consciente de dizer algo um tanto ridículo, e acrescentou: – *Laranjas e limões de baixa acidez/ cantam os sinos de São Dinamarquês.*

– O que é isso?

– Ah, *Laranjas e limões de baixa acidez/ cantam os sinos de São Dinamarquês* era uma rimazinha que existia quando eu era criança. Como continua eu não me lembro, mas sei como termina, *Cá está uma vela pra iluminar o seu caminho/ Cá está um machado pra decepar um menininho.* Era um tipo de dança. Eles levantavam os braços e você passava por baixo; quando chegava o *cá está um machado pra decepar um menininho,* eles baixavam os braços e te prendiam. Era só com nomes de igrejas. Todas as igrejas de Londres estavam incluídas, quer dizer, as principais.

Winston tentou cogitar a que século a igreja pertenceria. Era sempre difícil determinar a idade de uma construção de Londres. Qualquer coisa vultosa e impressionante, se fosse razoavelmente nova na aparência, era logo reivindicada como se tivesse sido construída na Revolução, ao passo que qualquer coisa obviamente de uma data anterior era atribuída a um período obscuro chamado Idade Média. Os séculos de capitalismo eram considerados vazios, como se não tivessem produzido nada de valor. Não se aprendia História baseada na arquitetura mais do que se aprendia nos livros. Estátuas, inscrições, memoriais fúnebres, nomes de ruas: tudo que pudesse jogar luz sobre o passado fora sistematicamente alterado.

– Nunca soube que tinha sido uma igreja – disse Winston.

– Ainda existem várias, de fato, apesar de terem ganhado outros usos. Agora, como era mesmo aquela rima? Ah, lembrei! *Laranjas e limões de baixa acidez/ cantam os sinos de São Dinamarquês/ Passe pra cá um dinheirinho/ estamos na igreja de São Martinho...* Pronto, e é só até aí que consigo lembrar. Dinheirinho era como chamávamos uma moeda parecida com um centavo.

– Onde ficava a São Martinho?

– São Martinho? Ainda está de pé. Fica na Praça Vitória, ao lado da galeria de fotos. Um prédio com um tipo de pórtico triangular e pilares na frente, e uma grande escada.

Winston conhecia muito bem o lugar. Era um museu usado para exibição de vários tipos de propaganda, desde modelos em escala de foguetes lançadores de bombas até Fortalezas Flutuantes, reproduções de cera ilustrando as atrocidades inimigas e coisas do gênero.

– São Martinho dos Campos era o nome – complementou o velho –, apesar de eu não me lembrar de campo nenhum naquela área.

Winston não comprou a gravura. Seria a posse de algo ainda mais absurdo que o peso de papel, e impossível de levar para casa, a menos que fosse tirada da moldura. Ele se deixou ficar ali por mais alguns minutos, conversando com o velho cujo nome, descobriu, não era Weeks, como se poderia supor pela inscrição na frente da loja, e sim Charrington. O senhor Charrington, pelo visto, era um viúvo de 63 anos que ocupava aquela loja havia três décadas. Ao longo de todo esse tempo pretendera alterar o nome na vitrine, sem nunca chegar ao ponto de efetivamente fazê-lo. Durante todo o tempo em que conversaram, a rima parcialmente lembrada ficou martelando na cabeça de Winston: *Laranjas e limões de baixa acidez/ cantam os sinos de São Dinamarquês/ Passe pra cá um dinheirinho/ estamos na igreja de São Martinho*. Era curioso como, ao cantá-la para si mesmo, ele tinha a impressão de ouvir os badalos, os sinos de uma Londres perdida que ainda existia em um lugar ou outro, disfarçada e esquecida. De um campanário fantasma a outro, Winston teve a impressão de ouvir sinos repicar. No entanto, até onde conseguia se lembrar, nunca os havia escutado na vida real.

Afastou-se do senhor Charrington e desceu a escada sozinho, para não deixar que o velho o visse escrutinar a rua antes de sair pela porta. Já estava decidido a, depois de um intervalo adequado – de, digamos, um mês –, correr o risco de visitar a loja de novo. Talvez não fosse mais perigoso do que se esquivar de uma noite no Centro Comunitário. A parte mais séria do desatino tinha sido, em primeiro lugar, voltar lá depois de comprar o diário, e sem saber se o proprietário era confiável. Porém o fizera!

Sim, pensou de novo, voltaria à loja. Compraria mais velharias e bobagens bonitas, como a gravura de São Clemente Dinamarquês, que tiraria da moldura e levaria para casa escondida no forro do macacão. Retiraria da memória do senhor Charrington o resto daquele poema. Até o plano louco de alugar o quarto de cima passou de novo por sua cabeça. Por talvez cinco segundos, a alegria o tornou descuidado, e ele pousou o pé na calçada sem mais cautela além de uma espiada preliminar através da vitrine. Havia até começado a murmurar uma melodia improvisada:

> *Laranjas e limões de baixa acidez*
> *cantam os sinos de São Dinamarquês*
> *Passe pra cá um dinheirinho...*

De repente, seu coração pareceu congelar e seus intestinos se encheram de água. Uma pessoa de macacão azul vinha descendo a rua, a menos de dez metros. Era a moça do Departamento de Ficção, a moça de cabelo preto. A iluminação estava falhando, mas não foi difícil reconhecê-la. Ela o fitou diretamente no rosto e depois se afastou depressa, como se não o tivesse visto.

Por alguns segundos, Winston travou. Depois virou à direita e começou a caminhar lentamente, sem perceber de imediato que estava na direção errada. De todo modo, uma questão tinha se resolvido. Já não havia dúvida de que a moça o estava espionando. Decerto o seguira até ali, porque não era crível que, por puro acaso, ela estivesse andando na mesma noite, na mesma viela secundária obscura, a quilômetros de distância das regiões em que membros do Partido moravam. Seria coincidência demais. Se ela era de fato uma agente da Polícia do

Pensamento ou apenas uma espiã amadora agindo como uma oficial, não fazia diferença. Bastava que o vigiasse. Provavelmente ela o vira entrar no bar também.

Andar era um esforço. O peso de vidro no bolso batia contra sua coxa a cada passo, e ele foi estúpido o suficiente para pegá-lo e jogar fora. A pior coisa era a dor de barriga. Por alguns minutos, teve a sensação de que morreria se não conseguisse chegar logo a um banheiro. Mas não haveria um banheiro público em um bairro como aquele. Depois o espasmo cessou, deixando uma dor latente.

A rua era um beco sem saída. Winston estancou, ficou por vários segundos parado, pensando vagamente no que fazer, então virou-se e refez os passos em sentido oposto. Enquanto se virava, ocorreu-lhe que tinha cruzado com a moça apenas três minutos antes e que, se corresse, poderia alcançá-la. Se a seguisse até chegarem a um lugar tranquilo, poderia amassar-lhe o crânio com um paralelepípedo. O pedaço de vidro em seu bolso seria pesado o suficiente para o serviço. Mas logo abandonou a ideia, porque até mesmo pensar em fazer algum esforço físico era insuportável. Ele não conseguiria correr, muito menos desferir um golpe. Além disso, ela era jovem e vigorosa, iria se defender. Winston pensou também em correr até o Centro Comunitário e lá ficar até que o lugar fechasse, de modo a estabelecer um álibi parcial para a noite. Mas isso também era impossível. Uma exaustão mortal tinha tomado conta dele. Só queria chegar logo em casa, sentar-se e ficar quieto.

Passava das vinte e duas horas quando ele voltou ao apartamento. As luzes seriam apagadas na rua principal às vinte e três e trinta. Entrou na cozinha e engoliu um copo quase cheio de Gim Vitória. Depois foi até a mesinha na reentrância, sentou e tirou o diário da gaveta. Mas não o abriu de imediato. Na teletela, uma voz feminina metálica guinchava uma canção patriótica. Ele ficou sentado, encarando a capa marmorizada do caderno, tentando sem sucesso expulsar aquela voz de sua consciência.

Era à noite que eles vinham buscá-lo, sempre à noite. A coisa apropriada a fazer era se matar antes que eles o pegassem. Com certeza algumas pessoas faziam isso. Muitos desaparecimentos eram na verdade suicídios. Mas seria preciso uma coragem desesperada para se matar em um mundo em que armas de fogo, ou algum tipo rápido e seguro de veneno, eram totalmente inacessíveis. Ele pensou, um pouco assustado, na inutilidade biológica da dor e do medo, a traição do corpo humano que sempre se congela na inércia no exato momento em que um esforço extra é necessário. Poderia ter silenciado a moça de cabelo preto se tivesse agido depressa; no entanto, precisamente por causa do perigo extremo que corria, perdera o poder de agir. Ocorreu-lhe que em momentos de crise uma pessoa nunca luta contra um inimigo externo, mas, sim, sempre contra si mesmo. E agora, apesar do gim, a dor galopante em sua barriga tornava impossível algum raciocínio. Isso acontecia, percebeu, em todas as situações aparentemente heroicas ou trágicas. No campo de batalha, na câmara de tortura, no navio que afunda, as questões que você combate são sempre esquecidas, porque o corpo incha até preencher todo o universo, e, mesmo quando você não está paralisado pelo medo ou gritando de dor, a vida a cada momento é uma luta contra a fome ou o frio ou a privação de sono, contra um estômago revirado ou uma dor de dente.

Winston abriu o diário. Era importante anotar alguma coisa. A mulher na teletela começou uma nova música. A voz parecia entrar no cérebro dele como cacos de vidro. Tentou pensar em O'Brien, por quem, ou para quem, o diário era escrito, mas em vez disso começou a pensar nas coisas que lhe aconteceriam depois que a Polícia do Pensamento o levasse. Não teria importância se o matassem imediatamente. Ser morto era o que você esperava. Mas antes da morte (ninguém falava dessas coisas, ainda que todo mundo soubesse) havia a rotina da confissão, que precisava ser cumprida: o retraimento no chão aos gritos por misericórdia, o estalo de ossos partidos, os dentes esmagados, os coágulos sangrentos no cabelo. Por que você precisava passar por aquilo se o fim era sempre o mesmo? Por que não era possível eliminar alguns dias ou semanas da sua vida? Ninguém jamais tinha escapado de ser descoberto e deixado de confessar. Uma vez que tivesse sucumbido ao pensamento, era certo que em determinado intervalo você estaria morto. Por que então aquele horror, que nada alterava, precisava ser incorporado ao futuro?

Ele tentou com um pouco mais de sucesso invocar a imagem de O'Brien. "Nós vamos nos encontrar em um lugar onde não há escuridão", O'Brien lhe tinha dito. Winston sabia o que isso significava, ou achava que sabia. Esse lugar era o futuro imaginado, que uma pessoa jamais veria, mas que, através do pressentimento, poderia ser misticamente compartilhado. Porém, com a voz da teletela perturbando seus ouvidos, ele não conseguia manter a linha de raciocínio. Pôs um cigarro na boca. Metade do tabaco caiu prontamente em sua língua, um farelo amargo que era difícil cuspir. O rosto do Grande Irmão invadiu sua mente, tomando o lugar de O'Brien. Tal como havia feito uns poucos dias antes, ele tirou uma moeda do bolso e a observou. O rosto o encarou: sério, calmo, protetor, mas que tipo de sorriso se escondia atrás do bigode preto? Como sinos fúnebres repicando, as palavras lhe voltaram:

GUERRA É PAZ
LIBERDADE É ESCRAVIDÃO
IGNORÂNCIA É FORÇA.

PARTE II

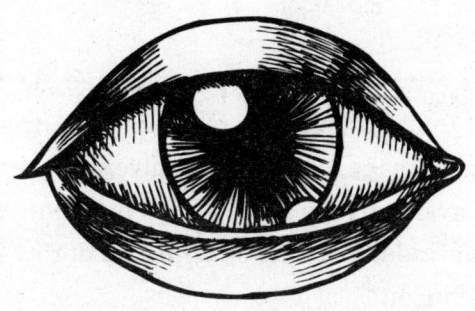

CAPÍTULO 1

Era o meio da manhã, e Winston tinha saído do cubículo para ir ao banheiro.

Uma figura solitária vinha na direção dele da outra ponta do corredor longo e muito iluminado. Tratava-se da moça de cabelo preto. Quatro dias tinham se passado desde a noite em que ele a encontrara ao sair da loja de antiguidades. Viu que o braço direito da moça estava em uma tipoia, imperceptível a distância por ser da mesma cor do macacão. Provavelmente havia comprimido a mão ao girar um dos grandes caleidoscópios em que os argumentos dos romances eram "costurados", um acidente comum no Departamento de Ficção.

Eles estavam a talvez quatro metros de distância quando a moça tropeçou e caiu quase de cara no chão. Soltou um grito agudo de dor, devia ter caído bem em cima do braço machucado. Winston parou. A moça havia se posto de joelhos. O rosto assumira um branco amarelado contra o qual a boca se destacava, mais vermelha do que nunca. Os olhos estavam fixos nos dele, com uma expressão de apelo que parecia ser mais de medo que de dor.

Uma emoção estranha passou pelo coração de Winston. À sua frente estava um inimigo tentando matá-lo; à sua frente, também, estava uma criatura humana, com dores e talvez com um osso quebrado. Instintivamente, avançou para ajudá-la. No momento em que a viu cair sobre o braço enfaixado, foi como se sentisse a dor no próprio corpo.

– Você se machucou?

– Não foi nada. Meu braço. Vou ficar bem num instante.

Ela falou como se seu coração vacilasse. Estava nitidamente mais pálida.

– Não quebrou nada?

– Não, estou bem. Doeu na hora, foi só isso.

A mulher estendeu a mão livre, e ele a ajudou a se levantar. Ela havia recuperado um pouco a cor e parecia bem melhor.

– Não é nada – a moça repetiu. – Só bati o pulso. Obrigada, camarada!

E com isso ela prosseguiu na direção em que estava indo, leve, como se não tivesse sido realmente nada. O incidente não poderia ter levado nem meio minuto. Não permitir que sentimentos transparecessem no rosto era um hábito que tinha adquirido a condição de instinto e, fosse como fosse, os dois encontravam-se bem na frente de uma teletela quando tudo aconteceu. Mesmo assim, pareceu bem difícil não revelar uma surpresa momentânea, pois, nos dois ou três segundos durante os quais ele a ajudara, a moça havia deslizado algo para sua mão. Não havia dúvida de que ela fizera isso intencionalmente. Era uma coisa pequena e achatada. Ao passar pela porta do banheiro, ele a transferiu para o bolso e tateou com a ponta dos dedos. Era um pedaço de papel dobrado em um quadrado.

Enquanto estava de pé em frente ao urinol ele conseguiu, mexendo mais um pouco os dedos, desdobrar o papel. Obviamente deveria haver algum tipo de mensagem escrita nele. Por um instante, Winston se sentiu tentado a levá-lo para dentro de uma das cabines fechadas e ler imediatamente. Mas isso teria sido muita estupidez, como ele bem sabia. Não havia um lugar onde você pudesse ter mais certeza de que as teletelas o observavam o tempo todo.

Ele voltou ao cubículo, sentou, atirou o pedaço de papel casualmente entre outros papéis da mesa, pôs os óculos e puxou a falaescreve para perto. "Cinco minutos", disse a si mesmo, "cinco minutos pelo menos!". Seu coração batia no peito a uma altura assustadora. Felizmente, o trabalho em que estava envolvido era mera rotina, a retificação de longas listas de números, e não exigia muita atenção.

Não importa o que estivesse escrito no papel; com certeza teria algum tipo de significado político. Até onde ele conseguia perceber, havia duas possibilidades. Uma, bem mais provável, era que a moça fosse agente da Polícia do Pensamento, exatamente como desconfiava. Não podia imaginar por que a Polícia do Pensamento optaria por entregar suas mensagens daquele jeito, mas quem sabe haveria algum motivo. A mensagem escrita no papel poderia ser uma ameaça ou uma convocação, ou uma ordem para que cometesse suicídio, algum tipo de armadilha. Mas havia outra possibilidade, muito mais absurda, dando voltas em sua cabeça, embora ele tentasse em vão afastá-la: que a mensagem realmente não vinha da parte da Polícia do Pensamento, e sim de algum tipo de organização clandestina. Talvez a Irmandade existisse, afinal! Talvez a moça fosse parte dela! Sem dúvida a ideia era maluca, mas surgira em sua mente no preciso instante em que sentira o papel na mão. Somente alguns minutos depois outra explicação, muito mais razoável, ocorreu-lhe. E mesmo agora, embora sua razão lhe dissesse que aquela mensagem provavelmente significava morte, não acreditava nisso, e a esperança irracional persistia, seu coração golpeava e com dificuldade ele evitou que a voz tremesse ao murmurar os novos números na falaescreve.

Enrolou o trabalho concluído e o deslizou para dentro do tubo pneumático. Oito minutos haviam se passado. Ajustou os óculos no nariz, suspirou e puxou o próximo lote de trabalho, com o pedaço de papel por cima de tudo. Esticou-o. Nele estava escrito, em caligrafia grande e precária:

Eu amo você.

Por vários segundos Winston esteve chocado demais até para jogar fora a coisa incriminadora no buraco da memória. E, quando jogou, embora conhecesse muito bem os riscos de demonstrar interesse exagerado, não resistiu a ler mais uma vez, apenas para se certificar de que as palavras estavam mesmo ali.

Pelo restante da manhã, foi muito difícil trabalhar. Pior do que precisar concentrar a mente em uma série de tarefas medíocres era a necessidade de esconder sua agitação da teletela. Ele sentia a barriga em chamas. O almoço na cantina abafada, lotada e ruidosa foi um tormento. Esperou ficar um pouco sozinho durante o almoço, mas quis o azar que o imbecil do Parsons se aboletasse a seu lado, o fedor de suor quase superando o cheiro metálico do ensopado, e não parasse de falar sobre os preparativos para a Semana do Ódio. Estava particularmente animado com uma reprodução em papel machê da cabeça do Grande Irmão, com dois metros de largura, que estava sendo preparada pela tropa dos Espiões de sua filha para a ocasião. O irritante era que, em meio à confusão de vozes, Winston mal conseguia ouvir o que Parsons falava, e por isso precisava pedir a todo momento que ele repetisse alguma observação estúpida. Apenas uma vez captou um olhar da moça, à mesa com outras duas, na ponta mais distante do salão. Ela pareceu não tê-lo visto, e ele não voltou a olhar naquela direção.

A tarde foi mais suportável. Imediatamente após o almoço chegou um trabalho delicado, difícil, que ia demandar várias horas e exigir que todo o resto fosse posto de lado. Consistia na falsificação de uma série de relatórios sobre a produção de dois anos antes, para jogar em descrédito um proeminente membro do Núcleo do Partido que estava sob suspeita. Esse era o tipo de coisa em que Winston era bom, e por mais de duas horas ele conseguiu expulsar a moça da cabeça. Mas depois a lembrança do rosto dela voltou, junto com um desejo furioso, intolerável, de ficar isolado. Até estar sozinho, seria impossível refletir sobre aquele desdobramento. Era uma das noites em que precisaria ir ao Centro Comunitário. Ele devorou outra refeição insípida na cantina, correu para o Centro, participou do disparate solene de um "grupo de discussão", jogou duas partidas de tênis de mesa, entornou vários copos de gim e ficou sentado por meia hora ouvindo uma palestra chamada "Socing em relação ao xadrez". Sua alma se contorcia de tédio, mas pela primeira vez não tivera o impulso de se esquivar da noite no Centro. A visão das palavras "eu amo você" tinha feito brotar nele o desejo de permanecer vivo, e correr riscos miúdos subitamente lhe pareceu uma tolice. Somente às vinte e três horas, quando já estava em casa e na cama, no escuro, a salvo até mesmo da teletela, desde que ficasse em silêncio, ele foi capaz de raciocinar direito.

Era um problema físico que precisava ser resolvido: como entrar em contato com a moça e combinar um encontro? Já não levava em conta a possibilidade de que ela estivesse armando algum tipo de armadilha. Sabia que não era isso, por causa da atitude decidida ao lhe entregar o bilhete. Obviamente, tinha ficado fora de si de tanto medo, e com razão. Tampouco a ideia de recusar a iniciativa dela lhe passou pela cabeça. Apenas cinco noites antes ele havia considerado esmagar o crânio da moça com um paralelepípedo, mas isso não tinha importância. Pensou em seu jovem corpo nu como o havia visto em sonhos. Imaginara-a uma tola como o resto delas, a cabeça feita de mentiras e ódio, o ventre repleto de frieza. Foi dominado por um tipo de febre ante a ideia de que poderia perdê-la, de que o corpo jovem e branco lhe escapasse. O que temia mais que tudo era que a jovem simplesmente desistisse caso ele não entrasse logo em contato. Mas a dificuldade física de um encontro era enorme, como tentar fazer um movimento no xadrez depois de levar um xeque-mate. Não importava para onde se virasse, uma teletela estaria olhando. Na verdade, todos os possíveis modos de se comunicar com ela tinham lhe ocorrido cinco minutos após ler o bilhete; mas agora, com tempo para pensar, ele repassou cada um como se dispusesse uma fileira de instrumentos em cima da mesa.

Obviamente, o tipo de encontro ocorrido naquela manhã não poderia acontecer de novo. Se ela trabalhasse no Departamento de Registros seria relativamente mais simples, mas ele tinha apenas uma vaga ideia da localização do Departamento de Ficção no edifício e precisaria de um pretexto para ir até lá. Se soubesse onde ela morava e a que hora saía do trabalho, poderia manobrar para encontrá-la em algum ponto do caminho, mas tentar segui-la não era seguro, pois significaria vagar à espera na saída do Ministério, o que certamente seria notado. Quanto a enviar uma carta pelo correio, estava fora de questão. Não era segredo que, por padrão, todas as correspondências eram abertas quando em trânsito. De fato, raras pessoas escreviam cartas. Para as poucas mensagens que ocasionalmente era necessário mandar, existiam cartões impressos com longas listas de frases, e você inutilizava as que não se aplicavam. De toda maneira, não sabia o nome da moça, que dirá o endereço. Por fim, decidiu que o lugar mais seguro era a cantina. Se conseguisse abordá-la sozinha em uma mesa em algum lugar no meio do salão, não perto demais das teletelas, e com suficiente ruído de conversas ao redor – se essas condições perdurassem por, digamos, trinta segundos, seria possível trocar algumas poucas palavras.

Por uma semana depois disso, a vida foi como um sonho agitado. No dia seguinte, ela não apareceu na cantina até que ele já estivesse partindo, depois que o apito soou. Talvez tivesse sido transferida para o turno seguinte. Os dois se cruzaram sem trocar olhares. No dia seguinte a esse, ela esteve na cantina no horário habitual, mas com três outras moças e bem abaixo de uma teletela. Depois, por três dias péssimos, não apareceu. A mente e o corpo dele pareciam acometidos por uma sensibilidade insuportável, uma transparência que tornava cada momento, cada som, cada contato, cada palavra que precisava dizer ou ouvir, uma agonia. Mesmo dormindo ele não conseguia escapar por completo da imagem daquela moça. Não tocou no diário durante esses dias. Se algum alívio havia, era no trabalho, no qual ele às vezes conseguia se esquecer de si mesmo por dez minutos consecutivos. Não havia absolutamente nenhuma pista do que teria acontecido à jovem, nem pesquisa que ele pudesse fazer. Ela poderia ter sido vaporizada ou cometido suicídio, ter sido transferida para a extremidade oposta da Oceania; e o pior e mais provável de tudo: poderia simplesmente ter mudado de ideia e decidido evitá-lo.

No dia seguinte ela reapareceu. O braço já não estava na tipoia, havia apenas uma tira de esparadrapo em volta do pulso. O alívio por vê-la foi tão grande que ele não resistiu a encará-la por vários segundos. No outro dia, quase conseguiu falar com ela. Quando entrou na cantina, viu-a a uma mesa bem afastada da parede, e sozinha. Era cedo, e o lugar ainda não estava muito cheio. A fila avançou até que Winston estivesse quase no balcão, mas então parou por cerca de dois minutos, porque alguém mais à frente reclamou por não ter recebido seu tablete de sacarina. A moça ainda estava sozinha quando Winston garantiu sua bandeja e começou a se dirigir à mesa. Andou casualmente naquela direção, os olhos vasculhando um lugar em alguma mesa atrás dela. A distância entre eles era de talvez três metros. Mais dois segundos bastariam. Então uma voz atrás dele chamou: "Smith!". Winston fingiu não ouvir. "Smith!", repetiu a voz, mais alto. Era inútil. Ele se virou. Um jovem loiro de rosto abobado chamado Wilsher, que mal conhecia, convidava-o com um sorriso a ocupar um lugar vago em sua mesa. Não era seguro recusar. Depois de ter sido reconhecido, ele não poderia ir sentar-se a uma mesa com uma moça desacompanhada. Seria chamativo demais. Então sentou-se com um sorriso afável. O rosto loiro e bobo se iluminou em reação. Winston teve uma alucinação de si mesmo enfiando uma picareta bem no meio dele. A mesa da moça foi preenchida alguns minutos mais tarde.

Ela, porém, devia tê-lo visto andando em sua direção, e talvez captado a dica. No dia seguinte, Winston tomou o cuidado de chegar cedo. E, como previsto, viu-a a uma mesa mais ou mesmo no mesmo lugar, e de novo sozinha. A pessoa imediatamente à frente dele na fila era um homem pequeno, de movimentos ágeis, semelhante a um besouro, com um rosto achatado e olhos miúdos e desconfiados. Quando Winston se afastou do balcão levando sua bandeja, viu que o homenzinho ia diretamente para a mesa da moça. Suas esperanças sumiram de novo. Havia um lugar vago em uma mesa mais além, mas algo na aparência do homenzinho indicava que ele valorizava o próprio conforto o suficiente para escolher a mais vazia entre as duas mesas. Com o coração gelado, Winston avançou. Era inútil, a menos que conseguisse estar sozinho com a moça. Nesse momento houve um imenso estrondo. O homenzinho estava caído de quatro, a bandeja tinha voado, dois rios de sopa e café escorriam pelo chão. Ele se pôs de pé lançando um olhar maligno para Winston, evidentemente suspeitando que o tinha feito tropeçar. Mas estava tudo bem. Cinco segundos depois, com o coração aos pulos, Winston estava sentado à mesa da moça.

Não olhou para ela. Tirou os itens da bandeja e prontamente começou a comer. Era da maior importância falar logo, antes que alguém mais chegasse, mas agora um medo terrível o havia dominado. Uma semana tinha se passado desde que ela o abordara pela primeira vez. Na certa mudara de ideia. Era impossível que aquele romance terminasse bem, tais coisas não aconteciam na vida real. Ele teria desistido totalmente de falar se, nesse momento, não tivesse visto Ampleforth, o poeta das orelhas peludas, coxeando hesitante pelo salão com uma bandeja, procurando um lugar. À sua maneira vaga, Ampleforth simpatizava com Winston, e certamente se sentaria à mesa dele se o visse. Havia talvez um minuto para agir. Tanto Winston quanto a moça comiam com dedicação um guisado ralo, na verdade uma sopa, de feijão branco. Em um murmúrio baixo, Winston começou a falar. Nenhum dos dois olhou para cima; com diligência, punham na boca colheradas da coisa aguada, e entre as colheradas trocaram as poucas palavras necessárias em tom de voz muito baixo.

– A que hora você sai do trabalho?
– Dezoito e trinta.
– Onde podemos nos encontrar?
– Praça Vitória, perto do monumento.
– É cheio de teletelas.
– Não faz mal se tiver uma multidão.
– Algum sinal?
– Não. Mas não chegue perto até me ver no meio de muita gente. E não me olhe, só fique perto de mim.
– A que hora?
– Às dezenove.
– Tá bom.

Ampleforth não tinha visto Winston e foi se sentar em outra mesa. A moça terminou o almoço e rapidamente partiu, enquanto Winston ficou para fumar um cigarro. Não falaram mais e não olharam um para o outro, na medida em que isso era possível para duas pessoas sentadas frente a frente na mesma mesa.

Winston estava na Praça Vitória antes do horário marcado. Perambulou em volta da base da enorme coluna canelada, no alto da qual uma estátua do Grande Irmão mirava o Sul, na direção dos céus onde derrotara os aviões da Eurásia (tinham sido os aviões da Lestásia, alguns anos antes) na Batalha da Faixa Aérea Um. Na rua em frente havia uma estátua de um homem em um cavalo que supostamente devia representar Oliver Cromwell. Cinco minutos depois da hora, a moça ainda não tinha aparecido. De novo um medo terrível tomou conta de Winston. Ela não apareceria, mudara de ideia! Ele subiu devagar o lado norte da praça e obteve uma espécie de prêmio de consolação ao identificar a igreja de São Martinho, aquela cujos sinos, quando repicavam, entoavam "passe pra cá um dinheirinho". Então localizou a moça parada na base do monumento, lendo ou fingindo ler um cartaz que subia em espiral pela coluna. Não era seguro se aproximar até que mais pessoas se juntassem. Havia teletelas em todas as faces do frontão. Mas nesse momento houve um som de gritos e um zunido de veículos pesados em algum ponto à esquerda. De repente, parecia que todos cruzavam a praça correndo. A moça desviou com agilidade dos leões da base do monumento e se juntou à corrida. Winston foi atrás. Enquanto corria, captou certas observações gritadas que diziam que prisioneiros eurasianos estavam passando.

Uma massa densa de pessoas já ocupava a face sul da praça. Winston, normalmente o tipo de pessoa que está sempre fora de qualquer tipo de confusão, abriu caminho empurrando, golpeando e se contorcendo até o centro da multidão. Logo ficou a um braço de distância da moça, mas a passagem estava bloqueada por um proleta enorme e uma mulher quase igual, que pareciam formar um muro intransponível. Winston se espremeu de lado e, com uma investida violenta, conseguiu enfiar o ombro entre eles. Por um momento, sentiu como se suas entranhas estivessem sendo esmagadas até virarem polpa, entre os dois quadris musculosos, mas afinal atravessou, suando um pouco. Postou-se perto da moça. Estavam ombro a ombro, ambos olhando fixamente para a frente.

Uma longa fila de caminhões, com guardas de expressão pétrea armados de submetralhadoras e em posição de sentido em cada canto, vinha passando lentamente pela rua. Dentro, pequenos homens amarelos em uniformes verdes esfarrapados estavam de cócoras, muito espremidos. Os rostos mongóis tristes olhavam para fora, pelas laterais dos caminhões, com absoluta indiferença. Ocasionalmente, quando um caminhão dava um solavanco, ouvia-se um clangor metálico: todos os prisioneiros usavam algemas de tornozelo. Caminhão após caminhão, os rostos tristes passaram. Winston sabia que eles se encontravam lá, mas só os enxergava de modo intermitente. O ombro da moça, e seu braço até o cotovelo, estavam pressionados contra os dele. A bochecha feminina estava quase perto o suficiente para que Winston sentisse seu calor. Ela assumiu o comando da situação, como tinha feito na cantina.

Começou a falar na mesma voz inexpressiva de antes, mal mexendo os lábios, um mero murmúrio facilmente diluído no barulho de vozes e no estrondo dos caminhões.

– Consegue me ouvir?

– Sim.

– Consegue folgar no domingo à tarde?

– Sim.

– Então escute com atenção, vai precisar se lembrar disso. Vá à Estação Paddington...

Com uma espécie de precisão militar que o assombrou, a jovem delineou a rota que ele deveria seguir. Uma viagem de meia hora de trem; virar à esquerda na saída da estação; andar dois quilômetros pela estrada; um portão com a barra superior faltando; um caminho atravessando um campo; uma alameda de grama alta; uma trilha entre arbustos; uma árvore morta coberta de musgo. Era como se ela tivesse um mapa dentro da cabeça.

– Consegue memorizar tudo isso? – ela murmurou, afinal.

– Sim.

– Você vira à esquerda, depois à direita, depois à esquerda de novo. E o portão não tem a barra de cima.

– Sim. A que hora?

– Umas quinze. Talvez você precise esperar. Vou por outro caminho. Tem certeza de que se lembra de tudo?

– Sim.

– Então agora se afaste o mais rápido possível.

Ela não precisava ter dito isso. Mas ali, entretanto, os dois não tinham como se desvencilhar da multidão. Os caminhões seguiam passando devagar, as pessoas continuavam insaciavelmente boquiabertas. No início ouviram-se umas poucas vaias e assovios, mas partiam apenas dos membros do Partido e logo pararam. A emoção predominante era simples curiosidade. Estrangeiros, fossem da Eurásia ou da Lestásia, eram um tipo de animal raro. Literalmente, nunca se via um deles a não ser na condição de prisioneiros e, mesmo assim, nunca se tinha deles mais do que um vislumbre momentâneo. Tampouco se sabia o que era feito deles, à parte os poucos enforcados como criminosos de guerra; os demais simplesmente desapareciam, provavelmente em campos de trabalhos forçados. Os rostos mongóis redondos tinham cedido lugar a rostos de um tipo mais europeu, sujos, barbudos e exaustos. Sobre as maçãs do rosto esfoladas, olhos encaravam os de Winston, algumas vezes com estranha intensidade, e depois sumiam. O comboio chegava ao fim. No último caminhão, ele viu um homem de bastante idade, o rosto uma maçaroca de pelos grisalhos, de pé muito empertigado, pulsos cruzados à frente como se estivesse acostumado a tê-los amarrados. Estava quase na hora de Winston e a moça se separarem. Mas no último instante, enquanto a multidão ainda os cercava, a mão dela procurou a dele e deu um aperto rápido.

Não poderia ter durado nem dez segundos e, no entanto, pareceu que por muito tempo as mãos estiveram entrelaçadas. Ele teve tempo de aprender cada detalhe da mão da jovem. Explorou os dedos longos, as unhas pontudas, a palma de trabalhadora com sua fila de calosidades, a suavidade da pele junto ao pulso. Apenas por tê-la sentido, ele a reconheceria só de olhar. No mesmo instante, ocorreu-lhe não saber de que cor eram os olhos da moça. Provavelmente castanhos, mas pessoas de cabelos pretos às vezes tinham olhos azuis. Virar a cabeça e olhar para ela teria sido insano demais. De mãos dadas, invisíveis entre a multidão de corpos, eles olhavam fixamente para a frente e, em vez dos olhos da moça, os do prisioneiro idoso miravam tristemente os de Winston, em meio à confusão de pelos.

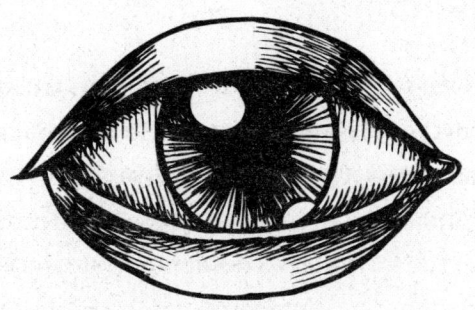

CAPÍTULO 2

Winston tomou seu rumo alameda acima pelo caminho salpicado de luz e sombras, pisando em poças douradas sempre que os galhos se distanciavam. Sob as árvores à esquerda, o chão estava coalhado de jacintos azuis. O ar parecia beijar a pele. Era o dia 2 de maio. De algum ponto mais profundo do bosque, chegava o arrulhar de rolinhas.

Estava um pouco adiantado. Não teve dificuldades na viagem, e a moça parecia tão experiente que ele estava menos amedrontado do que em outra situação. Supostamente, era possível confiar nela para encontrar um lugar seguro. Em geral, você não poderia considerar que estava mais a salvo no campo do que em Londres. Não havia teletelas, claro, mas sempre existia o risco de haver microfones escondidos, pelos quais sua voz poderia ser captada e reconhecida; além disso, não era fácil fazer uma viagem sozinho sem chamar a atenção. Para distâncias inferiores a cem quilômetros, não era necessário obter endosso no passaporte, mas às vezes havia patrulhas circulando pelas estações de trem, examinando os documentos de membros do Partido que encontrassem e fazendo perguntas incômodas. No entanto, nenhuma patrulha apareceu, e ao sair da estação ele se certificou, olhando discretamente para trás, de não estar sendo seguido. O trem estava cheio de proletas animados por causa do clima de verão. O vagão com assentos de madeira no qual ele viajara estava lotado ao ponto do transbordamento por uma única família enorme, desde uma bisavó desdentada até um bebê de um mês. Iam passar a tarde com a parentada no campo e, conforme explicaram sem que Winston perguntasse, conseguir um pouco de manteiga no mercado negro.

A pista se alargou e em um minuto ele encontrou a passagem que a jovem havia mencionado, uma trilha para gado que atravessava o meio dos arbustos. Winston não possuía relógio, mas não poderiam ser quinze horas ainda. Os jacintos formavam uma camada tão espessa sob os pés que era impossível não pisar neles. Ele se ajoelhou e começou a colher alguns, em parte para passar o tempo, mas também pela remota ideia de que gostaria de ter flores para oferecer à moça quando se encontrassem. Colheu um ramalhete grande e sentia o cheiro suave e enjoativo quando um som às suas costas o congelou, o estalo inconfundível de um pé sobre gravetos. Ele continuou colhendo jacintos. Era o melhor a fazer. Poderia ser a moça ou alguém talvez o tivesse seguido. Olhar ao redor seria demonstrar culpa. Pegou mais um e mais um. Uma mão pousou delicadamente em seu ombro.

Winston olhou para cima. Era a moça. Fez um sinal com a cabeça, evidentemente como um alerta para que ele mantivesse silêncio, depois afastou os arbustos e rapidamente avançou pelo caminho estreito que levava ao bosque. Obviamente já estivera ali antes, pois evitava os trechos pantanosos como que por hábito. Winston a seguiu, ainda agarrado ao ramalhete de flores. Seu primeiro sentimento tinha sido de alívio; contudo, conforme observava o corpo forte e esguio movendo-se à frente, com a faixa escarlate justa apenas o suficiente para realçar a curva dos quadris, a sensação da própria inferioridade se abateu pesadamente sobre ele. Mesmo agora, parecia bastante provável que, quando ela girasse o corpo e olhasse para ele, acabaria por desistir. A doçura do ar e as folhas verdejantes o assustavam. Já no caminho desde a estação, o sol de maio o havia feito sentir-se sujo e estiolado, uma criatura abatida, empoeirado da fuligem de Londres em cada poro da pele. Ocorreu-lhe que até aquele momento ela provavelmente nunca o vira à luz do dia e ao ar livre. Ambos chegaram à árvore caída que ela citara. A moça subiu no tronco e separou os arbustos à força, em um ponto onde não parecia haver uma abertura. Quando Winston a seguiu, descobriu que estavam em uma clareira natural, uma elevação minúscula e gramada, cercada por uma vegetação alta que a fechava totalmente.

– Chegamos – ela disse.

Ele a encarava a vários passos de distância. Por ora, não ousava se aproximar.

– Eu não quis falar nada lá no caminho – ela prosseguiu – para o caso de ter um microfone escondido. Não penso que tenha, mas poderia ter. Sempre existe uma chance de que um daqueles porcos reconheça a sua voz. Aqui, estamos bem.

Ele ainda não tinha coragem de se aproximar.

– Aqui, estamos bem? – repetiu, estupidamente.

– Sim. Olhe para as árvores. – Eram pequenas plantas que em algum momento haviam sido cortadas e depois brotaram de novo, formando uma floresta de estacas, nenhuma delas mais grossa do que um punho. – Não há nada grande o suficiente para ter um microfone dentro. Além do mais, eu já estive aqui.

Os dois estavam simplesmente criando assunto. Winston tinha conseguido se aproximar dela, que, parada diante dele muito reta, abrira um sorriso levemente irônico, como se estivesse questionando por que ele era tão lento para agir. Os jacintos cascatearam para o chão. Pareciam ter caído por vontade própria. Winston tomou-lhe a mão.

– Você acredita que até este momento eu não sabia qual a cor de seus olhos? – Eram castanhos, ele notou, de um tom claro de castanho, com cílios pretos. – Agora que você me viu como realmente sou, ainda aguenta olhar para mim?

– Sim, fácil.

– Eu tenho trinta e nove anos. Tenho uma esposa da qual não consigo me livrar. Tenho úlcera varicosa. Tenho cinco dentes postiços.

– Eu não poderia me importar menos – respondeu a moça.

No instante seguinte, era difícil dizer por iniciativa de quem, ela estava nos braços dele. No começo, Winston não sentira nada além de franca incredulidade. O corpo juvenil pressionado contra o dele, a massa de cabelo preto em seu rosto e sim!, ela havia levantado o queixo e ele beijava a boca larga e vermelha. A jovem passou os braços ao redor do pescoço masculino e o chamava de querido, adorado, amado. Winston a deitou no solo sem que ela oferecesse alguma resistência, indicando que ele podia fazer o que quisesse. Mas a verdade era que ele não tinha nenhuma sensação física exceto a do mero contato; sentia apenas incredulidade e orgulho. Sentia-se feliz por aquilo estar acontecendo, mas não tinha desejo físico. Era cedo demais, a juventude e a beleza da moça o assustavam, ele estava acostumado demais a viver sem mulher – não sabia a razão. Ela se recompôs e tirou uma flor do cabelo. Sentou-se, encostada em Winston, e passou o braço pela cintura dele.

– Sem problema, querido. Não há pressa. Temos a tarde toda. Aqui não é um esconderijo esplêndido? Descobri este lugar quando me perdi uma vez durante uma caminhada comunitária. Se alguém estivesse chegando, daria para ouvir a cem metros de distância.

– Qual é o seu nome?

– Júlia. E sei o seu. É Winston, Winston Smith.

– Como você descobriu?

– Espero ser melhor em descobrir coisas do que você, querido. Conte-me: o que pensava de mim antes de eu lhe entregar o bilhete?

Ele não sentiu nenhuma tentação de contar mentiras. Era até uma espécie de oferenda de amor, começar contando o pior.

– Eu odiava ver você. Quis estuprar você e depois assassinar. Duas semanas atrás pensei seriamente em esmagar sua cabeça com um paralelepípedo. Se quer mesmo saber, imaginei que você tinha algo a ver com a Polícia do Pensamento.

A moça riu, deliciada, entendendo aquilo como um reconhecimento à excelência de seu disfarce.

– Não! Logo a Polícia do Pensamento! Você pensou mesmo isso?

– Bem, talvez não exatamente isso. Mas, vendo sua aparência geral, jovem, forte e saudável, entende, pensei que provavelmente...

– Você pensou que eu fosse uma boa membra do Partido. Pura nas palavras e ações. Bandeiras, procissões, lemas, jogos, caminhadas comunitárias, tudo isso. E você pensou que, se eu tivesse a menor chance, iria denunciá-lo como criminoso do pensamento e daí você seria morto?

– Sim, algo do tipo. Muitas moças são assim, você sabe.

– É esta maldita coisa que faz isso – ela disse, arrancando a faixa escarlate da Liga Juvenil Antissexo e atirando-a em um galho. Depois, como se tocar na cintura a tivesse feito lembrar-se de algo, tateou o bolso do macacão e retirou um pequeno tablete de chocolate. Partiu-o em dois e deu um dos pedaços para Winston. Mesmo antes de aceitá-lo, ele soube pelo cheiro que se tratava de um chocolate muito incomum. Era escuro e lustroso e estava embrulhado em papel prateado. Normalmente, o chocolate era uma coisa marrom opaca e quebradiça que tinha gosto de, na medida em que era possível descrever aquilo, fumaça da queima de lixo. Mas em uma época ou outra Winston provara um chocolate como aquele. A primeira inalação daquele cheiro despertou uma memória que ele não conseguia capturar com clareza, mas que era poderosa e perturbadora.

– Onde você conseguiu isso? – quis saber.

– Mercado negro – ela respondeu com indiferença. – Na verdade eu sou essa espécie de mulher, para quem olha. Sou boa em jogos. Fui líder de tropa nos Espiões. Faço trabalho voluntário três noites por semana para a Liga Juvenil Antissexo. Passei horas e horas colando aquela podridão deles por Londres toda. Sempre seguro uma das pontas das bandeiras nas procissões. Sempre pareço alegre e nunca me esquivo de nada. Sempre grite com a multidão, é o que eu digo. É o único jeito de estar segura.

O primeiro pedaço do chocolate tinha derretido na língua de Winston. O sabor era delicioso. Mas ainda restava aquela lembrança girando nas bordas de sua consciência, algo intensamente sentido, mas não reduzível a uma forma definitiva, como um objeto que se enxerga só pelo canto do olho. Ele a afastou, ciente apenas de ser a memória de alguma ação que teria gostado de desfazer, mas que não poderia.

– Você é muito jovem. Deve ser dez ou quinze anos mais nova do que eu. O que viu de atraente em mim?

– Foi alguma coisa no seu rosto. Pensei que arriscaria. Sou boa em identificar pessoas que não pertencem. E, assim que o vi, soube que você era contra *eles*.

Eles, aparentemente, significava Partido, acima de tudo o Núcleo do Partido, sobre o qual ela falava com um ódio declarado e zombeteiro que fazia Winston sentir-se desconfortável, embora ele soubesse que estavam em segurança ali, se é que era possível estar seguro em algum lugar. Uma coisa que o espantava era a grosseria de sua linguagem. Não se supunha que membros do Partido praguejassem, e Winston raramente fazia isso, ao menos em voz alta. Júlia, no entanto, parecia incapaz de mencionar o Partido, e especialmente o Núcleo do Partido, sem usar os tipos de palavras que se encontravam rabiscadas nos muros dos becos. Ele não desgostava daquilo. Era meramente um sintoma da revolta dela contra o Partido e o que seus líderes ordenavam, e de alguma forma parecia natural e saudável, como o espirro de um cavalo após cheirar feno podre. Eles tinham deixado a clareira e estavam de novo caminhando pelos quadrados de luz e sombra, com os braços na cintura um do outro sempre que o caminho fosse largo o bastante para permitir que andassem lado a lado. Winston notou como a cintura feminina parecia mais suave agora que a faixa não estava ali. Ambos não falavam acima de um sussurro. Fora da clareira, Júlia tinha dito, era melhor que ficassem em silêncio. Pouco depois, chegaram aos limites do pequeno bosque. Ela o deteve.

– Não saia para o campo aberto. Pode ter alguém vigiando. Estaremos em segurança se ficarmos atrás dos galhos.

Encontravam-se à sombra dos arbustos de avelã. A luz do sol, filtrada pelas incontáveis folhas, ainda aquecia seus rostos. Winston olhou para o campo que se estendia mais além e teve um choque curioso e vagaroso de reconhecimento. Ele o reconheceu. Um pasto velho e carcomido, atravessado por uma trilha e com montículos de toupeiras aqui e ali. Na sebe irregular do lado oposto, os galhos dos olmos balançavam suavemente à brisa, e as folhas se mexiam de leve em grandes massas, como cabelos femininos. Certamente em algum lugar próximo, mas fora da vista, deveria haver um riacho com grandes poças esverdeadas onde nadavam trutas.

– Não tem um riacho em algum lugar perto daqui? – cochichou.

– Isso mesmo, tem um riacho. Fica no fim do próximo campo, na verdade. Tem peixes nele, trutas enormes. Você consegue vê-los nas piscinas debaixo dos salgueiros, balançando as nadadeiras.

– É a Terra Dourada, quase – ele murmurou.

– A Terra Dourada?

– Não é nada. Uma paisagem que eu vi em sonho algumas vezes.

– Olha! – sussurrou Júlia.

Um tordo pousara em um galho a menos de cinco metros, quase na altura do rosto deles. Talvez não os tivesse visto. A ave estava no sol, e eles, na sombra. Ela abriu as asas, acomodou-as cuidadosamente, baixou a cabeça por um momento, como se fazendo uma espécie de reverência para o sol, e depois começou a despejar uma torrente de melodias. No silêncio da tarde, o volume do som era surpreendente.

Winston e Júlia se abraçaram, fascinados. A música continuou, minuto após minuto, com variações espantosas, jamais se repetindo, quase como se o passarinho estivesse deliberadamente exibindo seu virtuosismo. De vez em quando ele parava por alguns segundos, abria e recolhia as asas, então inflava o peito sarapintado e de novo explodia em uma canção. Winston observava como se fizesse uma reverência. Para quem, ou para quê, aquele pássaro cantava? Nenhum parceiro nem rival o observava. O que o levava a se sentar no limite de um bosque solitário e derramar sua música no vazio? Ele questionou se, afinal, não haveria um microfone escondido em algum lugar próximo. Ele e Júlia só tinham conversado em cochichos abafados, e o que haviam dito não seria captado, mas talvez captasse o tordo. Talvez, na outra ponta do equipamento, algum homenzinho parecido com um besouro ouvisse tudo intencionalmente – ouvisse *aquilo*. Mas aos poucos a torrente de música afastou todas as especulações de sua mente. Era como se houvesse um fluido que brotava em todo o corpo de Winston e se misturava à luz do sol filtrada pelas folhas. Ele parou de pensar e só sentiu. A cintura da moça na dobra de seu braço era suave e morna. Ele a girou para que ficassem frente a frente; o corpo dela parecia fundir-se ao dele. Por onde quer que passasse as mãos, tudo cedia como água. Suas bocas se uniram; foi muito diferente dos beijos duros que haviam trocado mais cedo. Quando afastaram os rostos, ambos suspiraram profundamente. O passarinho se assustou e saiu voando, fazendo barulho com as asas.

Winston aproximou os lábios da orelha dela.

– *Agora* – ele sussurrou.

– Aqui não – ela sussurrou de volta. – Vamos voltar para o esconderijo, é mais seguro.

Rapidamente, com um estalo ocasional de gravetos, percorreram de volta o caminho para a clareira. Quando estavam dentro do círculo da vegetação alta, ela se virou e o encarou. Estavam ambos respirando depressa, mas o sorriso tinha surgido de novo nos cantos da boca de Júlia, que ficou parada, encarando-o por um momento, e então baixou o zíper do macacão. E – sim – foi quase como nos sonhos dele. Quase com a mesma agilidade que ele imaginara, ela havia arrancado as roupas, e, quando as jogou para o lado, foi com o mesmo gesto esplêndido com o qual toda uma civilização pareceu ser aniquilada. O corpo branco brilhava ao sol. Mas por um momento ele não olhou para o corpo; seus olhos estavam ancorados no rosto sardento com seu sorriso discreto e ousado. Ele se ajoelhou diante dela e tomou as mãos nas suas.

– Você já fez isso antes?
– Claro. Centenas de vezes; bem, diversas vezes, de qualquer forma.
– Com membros do Partido?
– Sim, sempre com membros do Partido.
– Com membros do Núcleo do Partido?
– Não, com aqueles porcos, não. Mas tem vários que *fariam*, se tivessem uma oportunidade. Eles não são tão santos quanto demonstram.

O coração de Winston se acelerou. Diversas vezes ela havia feito aquilo; ele desejaria que tivessem sido centenas, milhares. Qualquer coisa indicativa de corrupção sempre o preenchia de uma esperança selvagem. Quem sabe? Talvez o Partido estivesse podre sob a superfície, o culto à exaustão e à autonegação fossem apenas uma farsa ocultando a devassidão. Se pudesse inocular todos eles com lepra ou sífilis, com que prazer faria isso! Qualquer coisa para apodrecer, enfraquecer, minar! Ele a puxou para baixo e ambos ficaram ajoelhados frente a frente.

– Escute. Quantos mais homens você teve, mais eu amarei você. Compreende?
– Sim, perfeitamente.
– Odeio pureza, odeio bondade! Não quero que nenhuma virtude exista em lugar nenhum. Quero que todo mundo seja corrompido até os ossos.
– Bom, então devo servir pra você, querido. Estou corrompida até os ossos.

– Você gosta de fazer isso? Não apenas comigo, estou falando da coisa em si.

– Adoro.

Era isso que ele queria ouvir, acima de tudo. Não somente o amor de uma pessoa, mas o instinto animal, o desejo simples e indistinto: aquela era a força que destruiria o Partido. Ele a pressionou contra a grama, no meio dos jacintos caídos. Dessa vez, não houve dificuldade. Logo o subir e descer de seus corpos voltou à velocidade normal, e sem resistência eles se afastaram. O sol parecia ter ficado mais quente. Ambos se sentiam sonolentos. Winston alcançou o macacão descartado e a cobriu parcialmente com ele. Adormeceram quase imediatamente, e dormiram por cerca de meia hora.

Winston acordou primeiro. Sentou-se e observou o rosto sardento, ainda pacificamente adormecido, apoiado na palma da mão dela como se em um travesseiro. Exceto pela boca, não se poderia dizer que ela fosse bonita. Havia uma ou das rugas ao redor dos olhos, se você olhasse de perto. O cabelo preto curto era extraordinariamente grosso e macio. Ocorreu a Winston que ainda não sabia o sobrenome dela nem onde morava.

O corpo jovem e forte, agora vulnerável pelo sono, despertou nele um sentimento piedoso e protetor. Mas a ternura descuidada que sentira sob a aveleira não tinha voltado. Afastou o macacão para o lado e fitou o quadril branco e suave. Nos velhos tempos, pensou, um homem olhava para o corpo de uma mulher, via que era desejável e pronto. Mas não se podia sentir amor puro ou desejo puro atualmente. Nenhuma emoção era pura, porque tudo estava misturado a medo e ódio. A união deles tinha sido uma batalha; o clímax, uma vitória. Fora um golpe contra o Partido. Um ato político.

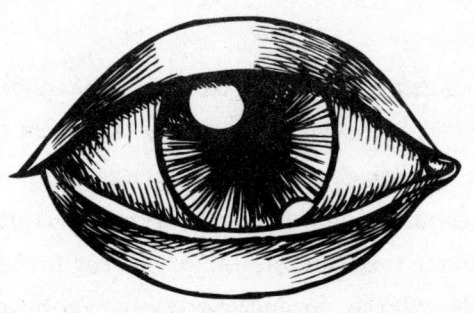

CAPÍTULO 3

– Podemos vir aqui de novo – sugerira Júlia. – Geralmente é seguro usar um esconderijo duas vezes. Mas não durante um ou dois meses, claro.

Assim que ela acordou, seu comportamento mudou. Voltou a ficar alerta e séria, vestiu as roupas, amarrou a faixa escarlate em volta da cintura e começou a preparar os detalhes da viagem para casa. Parecia natural deixar que Júlia cuidasse disso. Ela obviamente tinha uma astúcia que faltava a Winston e parecia ter também um profundo conhecimento da área rural ao redor de Londres, acumulado a partir de inúmeras caminhadas comunitárias. O percurso que ela indicou era bem diferente do percorrido na ida e o levou a uma outra estação de trem.

– Nunca volte para casa pelo mesmo caminho de ida – Júlia disse, como se enunciasse um importante princípio geral.

Ela partiria primeiro, e Winston deveria esperar meia hora antes de ir.

Júlia escolheu o lugar onde os dois poderiam se encontrar depois do trabalho dali a quatro noites: uma rua em um dos bairros mais pobres, onde havia um mercado ao ar livre lotado e barulhento. Ela passearia entre as barracas fingindo procurar cadarços ou linhas de cerzir. Se achasse que a área estava limpa, assoaria o nariz quando ele se aproximasse; do contrário, Winston deveria passar por ela sem dar sinais de reconhecimento. Porém, com sorte, no meio da multidão, seria seguro conversar por um quarto de hora e combinar o encontro seguinte.

– Agora preciso ir – ela disse assim que ele memorizou as instruções. – Preciso estar de volta às dezenove e trinta. Tenho que dedicar duas horas à Liga Juvenil Antissexo, distribuindo panfletos ou algo assim. Não é um horror? Ajude a espanar minha roupa. Tem alguma folha no meu cabelo? Tem certeza? Então tchau, amor! Até!

Atirou-se nos braços dele, beijou-o quase com violência e um instante depois abriu caminho entre a vegetação alta e desapareceu pelo bosque quase em silêncio. Winston ainda não sabia seu sobrenome nem onde morava. Mas não fazia diferença, pois era impensável que alguma vez fossem se encontrar lá ou trocar algum tipo de comunicação escrita.

Acontece que ambos nunca mais voltaram à clareira no bosque. Durante o mês de maio houve apenas mais uma ocasião em que de fato conseguiram fazer amor. Foi em outro esconderijo que Júlia conhecia, a torre do sino de uma igreja destruída em uma parte quase deserta da área rural, onde uma bomba atômica caíra trinta anos antes. Um bom lugar para se esconder uma vez que você chegasse lá, mas o caminho era muito perigoso. Fora isso, só conseguiram se encontrar nas ruas, em um lugar diferente a cada noite, e nunca por mais de meia hora. Na rua era geralmente possível conversar, por assim dizer. Enquanto percorriam as ruas cheias, não muito próximos e jamais olhando um para o outro, mantinham uma estranha conversa intermitente que era interrompida e retomada como a luz de um farol, subitamente calada pelo surgimento de um uniforme do Partido ou a proximidade de uma teletela e resgatada minutos mais tarde no meio de uma frase, então abruptamente interrompida quando eles se separavam no lugar combinado e continuada quase sem preâmbulos no dia seguinte. Júlia parecia bastante acostumada a esse tipo de conversa, que ela chamava de "falar a prestação". Era também muito hábil em falar sem mover os lábios. Somente uma vez, em quase um mês de encontros todas as noites, eles conseguiram trocar um beijo. Estavam passando em silêncio por uma rua lateral (Júlia nunca abria a boca se estavam distantes das ruas principais) quando houve um rugido ensurdecedor, a terra trepidou e o ar escureceu, e Winston se viu deitado de lado, ferido e aterrorizado. Uma bomba devia ter caído bem perto dali. De repente, ele se deu conta do rosto de Júlia a poucos centímetros do seu, mortalmente branco, branco como giz. Até os lábios estavam brancos. Ela estava morta! Winston a agarrou e descobriu que estava beijando um rosto vivo e quente. Mas havia uma coisa poeirenta atrapalhando seus lábios. Ambos tinham o rosto recoberto de gesso.

    Houve noites em que chegaram ao refúgio e precisaram passar um pelo outro sem dar nenhum sinal, porque uma patrulha tinha acabado de dobrar a esquina ou um helicóptero estava sobrevoando o local. Mesmo que fosse menos perigoso, ainda seria difícil achar tempo para encontros. Winston trabalhava sessenta horas por semana, e Júlia ainda mais, os dias livres variavam de acordo com a pressão do trabalho e nem sempre coincidiam. De todo modo, ela raramente dispunha de uma noite totalmente livre. Passava muito tempo participando de palestras e manifestações, distribuindo folhetos para a Liga Juvenil Antissexo, preparando faixas para a Semana do Ódio, fazendo coletas para as campanhas de poupança e atividades semelhantes. Compensava, ela dizia; era camuflagem. Se você seguisse as pequenas regras, podia quebrar as grandes. Ela inclusive convenceu Winston a sacrificar mais uma de suas noites ao se inscrever para trabalhar por algumas horas na fábrica de munição, um serviço voluntário prestado por membros dedicados do Partido. Assim, uma noite por semana, Winston passava quatro horas em um tédio paralisante juntando pedacinhos de metal, provavelmente partes de fusíveis de bombas, em uma oficina mal iluminada onde golpes de martelo se misturavam à música das teletelas.

Quando os dois se encontraram na torre da igreja, os hiatos da conversa fragmentada foram preenchidos. Fazia uma tarde muito quente. O ar, na pequena câmara quadrada acima dos sinos, era abafado e parado, com um cheiro muito forte de fezes de pombos. Eles ficaram sentados por horas no chão sujo e cheio de gravetos, um ou outro se levantando de tempos em tempos para lançar uma espiada pelas fendas e se certificar de que ninguém se aproximava.

Júlia tinha vinte e seis anos. Morava em um alojamento com outras trinta moças ("Sempre no meio daquela inhaca! Como eu odeio mulher!" ela disse, entre parênteses) e trabalhava, como ele havia suposto, nas máquinas escrevedeiras de romances do Departamento de Ficção. Gostava do trabalho, que consistia principalmente no controle e na manutenção de um motor elétrico muito potente, porém complexo. Não era especialista, mas gostava de usar as mãos e se sentia à vontade com equipamentos. Era capaz de descrever todo o processo de composição de um romance, desde as orientações gerais emitidas pelo Comitê de Planejamento até os toques finais do Esquadrão de Reescrita. Mas não tinha interesse no produto final. Não "ligava muito pra leitura", avisou. Livros eram apenas um item que precisava ser produzido, como geleia ou cadarços.

Ela não tinha lembrança de nada anterior ao início dos anos 1960, e a única pessoa que conhecera e com quem havia falado com frequência sobre os dias anteriores à Revolução tinha sido um avô, que sumira quando Júlia tinha 8 anos. Na escola, fora capitã do time de hóquei e conquistara o troféu de ginástica por dois anos consecutivos. Foi líder de tropa nos Espiões e secretária de uma divisão da Liga Juvenil antes de se juntar à Liga Juvenil Antissexo. Demonstrara sempre um excelente temperamento. Havia até (sinal infalível de boa reputação) sido escolhida para trabalhar na Supornô, a subseção do Departamento de Ficção que produzia pornografia barata para distribuição aos proletas. O lugar era chamado de Buraco Sujo por quem trabalhava lá. Ali, permanecera por um ano, ajudando a produzir folhetos em pacotes selados com títulos como *Histórias de espancamento* e *Uma noite no internato feminino*, a serem comprados furtivamente por jovens proletários que tinham a impressão de estar adquirindo algo ilegal.

– E como são esses livros? – perguntou Winston, curioso.

– Ah, são péssimos. São forçados, na verdade. Eles só têm seis argumentos, mas variam um pouco. Claro que eu só ficava nos caleidoscópios. Nunca estive no Esquadrão de Reescrita. Não sou uma literata, querido, não o suficiente nem mesmo para isso.

Ele soube, com grande espanto, que todos os trabalhadores na Supornô, exceto o chefe do departamento, eram moças. A teoria era que homens, cujos instintos sexuais eram menos controláveis do que os das mulheres, correriam um risco maior de serem corrompidos pela sujeira com que lidavam.

– Eles não gostam nem de ter mulheres casadas lá. As moças supostamente são bem puras. Bem, aqui está uma que não é.

Ela teve o primeiro caso amoroso aos 16 anos, com um membro do Partido que tinha 60 e mais tarde cometeu suicídio para evitar ser preso.

– Ele tinha um bom emprego – disse Júlia. – Do contrário, teriam arrancado meu nome quando ele confessou.

Desde então, teve vários outros. A vida que conhecia era bastante simples. Você queria se divertir; "eles", significando o Partido, queriam impedir que você se divertisse; você quebrava as regras como podia. Ela parecia considerar igualmente natural que "eles" quisessem roubar você de seus prazeres e que você quisesse evitar ser pego. Odiava o Partido e dizia isso com as palavras mais cruas, mas não fazia críticas mais gerais. Exceto no que se relacionava diretamente à sua vida, não tinha interesse na doutrina do Partido. Winston notou que ela nunca usava palavras em Novidioma, exceto as que faziam parte do cotidiano. Nunca ouvira falar da Irmandade e se recusava a acreditar que existisse. Qualquer tipo de revolta organizada contra o Partido, sempre determinada a fracassar, parecia-lhe uma estupidez. A melhor coisa a fazer era quebrar as regras e continuar viva apesar disso. Ele pensou vagamente quantas outras como ela existiriam na geração mais nova; pessoas que haviam crescido no mundo da Revolução, ignorando todo o resto, aceitando o Partido como algo imutável, como o azul do céu, sem se revoltar contra sua autoridade, mas apenas desviando dela como um coelho que se esconde de um cão.

Eles não cogitaram a possibilidade de se casar. Era remota demais para valer a reflexão. Nenhum comitê imaginável jamais aprovaria um casamento daqueles, mesmo que Katharine, a esposa de Winston, pudesse de alguma forma ser tirada do caminho. Era uma impossibilidade até como devaneio.

– Como ela era, a sua esposa? – quis saber Júlia.

– Ela era... Você conhece a palavra *bempensar*, em Novidioma? Significando naturalmente ortodoxa, incapaz de ter um pensamento ruim?

– Não, não conheço a palavra, mas conheço esse tipo de gente, sem dúvida.

Winston começou a lhe contar a história de sua vida de casado, mas curiosamente ela já parecia conhecer as partes principais. Descreveu-lhe, quase como se tivesse visto ou sentido, o enrijecimento do corpo de Katharine quando ele a tocava, o modo como ela parecia empurrá-lo para longe, mesmo quando os braços o enlaçavam com força. Com Júlia, ele não tinha dificuldade de falar sobre essas coisas; Katharine, fosse como fosse, há muito tempo tinha deixado de ser uma lembrança dolorosa para se tornar apenas desagradável.

– Eu poderia ter ficado, se não fosse por uma coisa – ele disse. E contou sobre a pequena cerimônia frígida que Katharine o havia forçado a executar na mesma noite, todas as semanas. – Ela detestava aquilo, mas nada a impedia de continuar fazendo. Chamava isso de... Ah, você não vai acreditar.

– Nosso dever para com o Partido – respondeu Júlia prontamente.
– Como sabe?
– Estive na escola também, querido. Conversas sobre sexo uma vez por mês a partir dos 16 anos. E no Movimento Jovem. Eles enfiam isso na sua cabeça por anos. Ouso dizer que funciona em muitos casos. Mas é claro que nunca se sabe; as pessoas são hipócritas.

Ela começou a se estender sobre o assunto. Com Júlia, tudo se reduzia à própria sexualidade. Quando algum aspecto da questão era abordado, era bem esperta. Ao contrário de Winston, havia captado o sentido profundo do puritanismo sexual do Partido. Não era apenas que o instinto sexual criava um mundo próprio que ficava além do controle do Partido e, portanto, precisava ser destruído. O mais importante era que a privação de sexo levava à histeria, que era desejável porque podia ser transformada em força para lutar na guerra e em adoração ao líder. O modo como expôs isso foi:

– Quando você faz amor, está gastando energia; e depois você fica feliz e não dá a menor bola para nada. Eles não admitem que você se sinta assim. Querem que você exploda de energia o tempo todo. Esse monte de marcha para cima e para baixo e gritos e agitar de bandeiras é só sexo que azedou. Se você está feliz consigo mesmo, por que vai se importar com o Grande Irmão e os Planos Trienais e os Dois Minutos de Ódio e todo o resto dessa maldita podridão?

Aquilo era verdade, ele pensou. Havia uma conexão direta, íntima, entre a castidade e a ortodoxia política. Pois como se poderia obter o medo, o ódio e o fanatismo, que o Partido precisava que seus membros sentissem, a não ser reprimindo algum instinto poderoso e depois usando-o como força motriz? O impulso sexual era perigoso para o Partido, e o Partido o usava a seu favor. Executava um truque parecido em relação ao instinto parental. A família não podia de fato ser dissolvida; na verdade, as pessoas eram incentivadas a se manter próximas de seus filhos quase como do modo antigo. As crianças, por outro lado, eram sistematicamente postas contra seus pais, ensinadas a espioná-los e a delatar seus desvios. A família tinha se tornado, com efeito, uma extensão da Polícia do Pensamento. Era um dispositivo por meio do qual toda pessoa estava cercada, noite e dia, por informantes que a conheciam muito de perto.

De repente, seus pensamentos voltaram para Katharine, que sem a menor sombra de dúvida o teria denunciado para a Polícia do Pensamento se não fosse tão burra para perceber a inortodoxia das opiniões do marido. Mas o que a trouxe à sua mente naquele momento foi o calor insuportável da tarde, que fazia o suor brotar em sua testa. Ele começou a contar a Júlia uma coisa acontecida, ou que falhara em acontecer, em outra tarde escaldante de verão, onze anos antes.

Fazia três ou quatro meses que estavam casados. Eles se perderam durante uma caminhada comunitária em algum lugar de Kent. Tinham ficado para trás do grupo apenas por uns poucos minutos, mas depois viraram no lugar errado e logo se viram próximos de uma pedreira de calcário. Era uma queda de dez ou vinte metros, com pedregulhos no fundo. Não havia ninguém a quem pudessem perguntar o caminho. Assim que percebeu que estavam perdidos, Katharine ficou muito incomodada. Ficar longe do grupo barulhento, mesmo que só por um momento, dava-lhe a sensação de estar fazendo coisa errada. Ela queria correr de volta pelo caminho que tinham percorrido e começar a procurar na direção oposta. Mas nesse momento Winston notou uns tufos de salicária crescendo nas fendas do precipício abaixo deles. Um tufo era de duas cores, magenta e vermelho escuro, e parecia vir da mesma raiz. Ele nunca vira nada parecido antes, e chamou Katharine para observar a novidade.

– Veja, Katharine! Olhe para aquelas flores. A moita perto do fundo. Consegue ver que são de duas cores diferentes?

Ela já havia se virado para partir, mas voltou por um instante, irritada. Até se inclinara sobre o precipício para ver o que o marido apontava. Um pouco atrás dela, Winston pôs a mão em sua cintura para lhe dar mais estabilidade. Nesse momento, se deu conta de quanto estavam completamente sozinhos. Não havia uma só criatura humana em parte alguma, nem uma folha se movendo, nem mesmo um passarinho acordado. Em um lugar daqueles, o perigo de haver um microfone escondido era quase nulo e, mesmo que houvesse, só captaria sons. Era a hora mais quente e sonolenta da tarde. O sol abrasador os queimava e o suor pingava de seu rosto. E o pensamento lhe veio.

– Por que você não a empurrou? – disse Júlia. – Eu teria empurrado.

– Sim, querida, você teria empurrado. Eu teria também, se fosse na época a pessoa que sou agora. Ou quem sabe não teria; não tenho certeza.

– Você se arrepende de não ter empurrado?

– Sim. Depois de tudo, eu me arrependo.

Estavam sentados lado a lado no chão sujo. Ele a puxou mais para perto. A cabeça de Júlia se apoiava no ombro masculino, o cheiro agradável dos cabelos dela vencendo as fezes dos pombos. Era muito jovem, ainda esperava algo da vida, não entendia que empurrar uma pessoa inconveniente em um precipício não resolve nada.

– Na verdade, não teria feito diferença – ele disse.

– Então por que você lamenta não ter empurrado?

– Porque prefiro uma ação a uma omissão. Nesse jogo que estamos disputando, não temos como vencer. Algumas derrotas são melhores que outras, e só.

Winston sentiu os ombros dela darem um sacolejo de discordância. Júlia sempre o contradizia quando o ouvia dizer coisas assim. Não aceitava como uma lei da natureza que o indivíduo fosse sempre derrotado. Por um lado, entendia a si mesma como condenada, sabia que cedo ou tarde a Polícia do Pensamento iria prendê-la e matá-la, mas com outra parte da mente acreditava ser de alguma forma possível construir um mundo secreto, no qual você poderia viver como quisesse. Você só precisava de sorte, esperteza e coragem. Ela não entendia que a felicidade não existia, que a única vitória repousava em um futuro muito distante, bem depois que você estivesse morto e que, a partir do momento em que declarasse guerra ao Partido, era melhor você pensar em si mesmo como um cadáver.

– Nós somos os mortos – ele comentou.

– Nós não estamos mortos ainda – disse Júlia, de maneira prosaica.

– Não fisicamente. Seis meses, um ano, talvez cinco, é concebível. Eu tenho medo da morte. Você é jovem, então, supostamente, tem mais medo do que eu. Claro que devemos adiá-la tanto quanto possível. Mas faz pouca diferença. Enquanto os seres humanos permanecerem humanos, morte e vida são a mesma coisa.

– Besteira. Com quem você preferiria dormir, comigo ou com um esqueleto? Não gosta de estar vivo? Não gosta da sensação de: isto sou eu, esta é a minha mão, esta é minha perna, eu sou real, sólido, estou vivo! Não gosta *disso*?

Virou-se e pressionou o peito contra ele. Winston sentiu os seios maduros, mas firmes, através do macacão. O corpo bonito parecia despejar no dele um pouco da juventude e do vigor próprios.

– Sim, eu gosto disso – ele respondeu.

– Então pare com esse papo de morte. Agora, querido, ouça: temos que marcar o próximo encontro. Podemos voltar àquele lugar no bosque. Já demos um intervalo longo o bastante. Mas dessa vez você precisa ir por um caminho diferente. Já tenho tudo planejado. Você pega o trem, olha, vou desenhar para você.

E de seu jeito prático ela formou um pequeno quadrado de poeira, e com um graveto tirado de um ninho de pombos desenhou um mapa no chão.

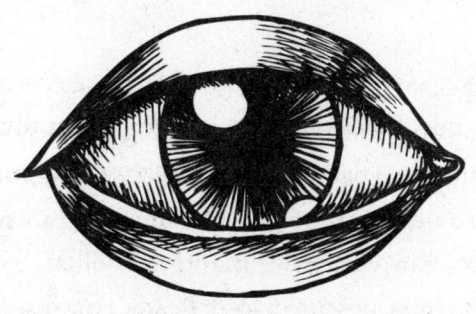

CAPÍTULO 4

Winston passou os olhos pelo quartinho modesto acima da loja do senhor Charrington. Ao lado da janela, a cama enorme estava arrumada com cobertores esfarrapados e um travesseiro sem fronha. O relógio antigo com mostrador de doze horas tiquetaqueava na cornija. No canto, sobre a mesa expansível, o peso de papel de vidro que ele comprara na visita anterior brilhava fracamente na semiescuridão.

No anteparo da lareira havia um fogareiro a óleo, uma panela e duas xícaras fornecidos pelo senhor Charrington. Winston acendeu o queimador e pôs uma panela de água para ferver. Comprara um sachê cheio de Café Vitória e alguns tabletes de sacarina. Os ponteiros do relógio marcavam sete e vinte, mas na verdade eram dezenove e vinte. Ela viria às dezenove e trinta.

Loucura, loucura, o coração dele ficava repetindo: loucura consciente, gratuita, suicida. De todos os crimes que um membro do Partido poderia cometer, este era o mais difícil de ocultar. Na verdade, a ideia tinha cruzado sua mente pela primeira vez na forma de uma visão do peso de papel refletido na superfície da mesa expansível. Conforme previra, o senhor Charrington não havia criado nenhuma dificuldade na locação do quarto – estava obviamente grato pelos poucos dólares que renderia. Tampouco pareceu chocado ou tomou intimidades quando se tornou claro que o propósito de Winston era usar o quarto para um caso amoroso. Em vez disso, manteve o olhar à meia distância e falou banalidades, uma postura tão delicada como se para provocar a impressão de ter se tornado quase invisível. A privacidade, ele disse, era uma coisa muito valiosa. Todo mundo queria um lugar onde pudesse estar sozinho ocasionalmente. E, quando alguém tinha um lugar desses, era mera cortesia que quem soubesse a respeito mantivesse o conhecimento para si mesmo. Ele até, parecendo se apagar da existência ao fazê-lo, acrescentou que a casa dispunha de duas entradas, uma delas pelo quintal, que dava para uma viela.

Sob a janela, alguém cantava. Winston espiou para fora, protegido pela cortina de musselina. O sol de junho ainda estava alto no céu e no pátio ensolarado abaixo uma mulher monstruosa, imponente como um pilar normando, com antebraços ruivos musculosos e um avental de saca amarrado mais ou menos na metade do corpo, marchava de um lado para outro entre uma tina e um varal, pendurando uma série de panos brancos quadrados que Winston reconheceu como fraldas de bebê. Sempre que sua boca não estava cheia de prendedores de roupa, ela cantava, em poderoso contralto:

Foi só uma bobagem, uma fantasia
Que passou como as cores de abril
Mas o olhar, a palavra e os sonhos que ela provocou
Levaram embora toda a minha alegria

Há várias semanas não tocava outra música em Londres. Era uma das inúmeras canções parecidas publicadas para a diversão dos proletas por uma subseção do Departamento de Música. A letra era composta sem nenhuma intervenção humana em um instrumento conhecido como versificador. Mas a mulher cantava tão afinada que quase transformava o lixo pavoroso em um som agradável. Ele conseguia ouvi-la cantando, os calçados rangendo nas lajotas do piso, os gritos das crianças na rua e em algum lugar mais afastado o rugido abafado do trânsito; apesar disso, o quarto parecia silencioso, graças à ausência da teletela.

"Loucura, loucura, loucura!", ele pensou de novo. Era inconcebível que pudessem frequentar aquele lugar por mais de umas poucas semanas sem serem pegos. Mas a tentação de ter um esconderijo que fosse realmente deles, um espaço fechado e disponível, tinha sido demais para ambos. Por algum tempo após a visita à torre da igreja, foi impossível combinar encontros. As horas de trabalho tinham sido drasticamente aumentadas em antecipação à Semana do Ódio. Ainda faltava mais de um mês, mas os preparativos enormes e complexos estavam sobrecarregando todos com mais trabalho. Finalmente, os dois conseguiram garantir uma tarde livre no mesmo dia. Haviam concordado em voltar à clareira no bosque. Na noite anterior, encontraram-se brevemente na rua. Como de hábito, Winston mal olhou para Júlia enquanto avançavam um em direção ao outro no meio da multidão, mas o olhar de relance que lançou deu-lhe a impressão de que ela estava mais pálida do que de costume.

– Tudo cancelado – ela murmurou assim que julgou seguro falar.
– Amanhã, quero dizer.
– O quê?
– Amanhã à tarde. Não posso ir.
– Por que não?
– Pelo motivo de sempre. Começou cedo, desta vez.

Por um instante, ele ficou violentamente zangado. Um mês depois de conhecê-la, a natureza de seu desejo se alterara. No começo, havia bem pouca sensualidade. A primeira vez que fizeram amor tinha sido um mero ato de vontade. Mas depois da segunda vez foi diferente. O cheiro do cabelo de Júlia, o gosto de sua boca, o contato com a pele, tudo parecia ter entrado nele ou preenchido o ar à sua volta. Ela havia se tornado uma necessidade física, algo que Winston não apenas queria, mas a que sentia ter direito. Quando Júlia informou que não poderia ir ao encontro, ele teve a sensação de que estava sendo enganado. Mas bem nesse momento a multidão os pressionou, e suas mãos acidentalmente se tocaram. Ela fez na ponta dos dedos dele uma pressão leve que pareceu transmitir não desejo, mas afeto. Ocorreu-lhe que, quando se vivia com uma mulher, aquela decepção particular deveria ser um evento normal, recorrente; e uma ternura profunda, como nunca tinha sentido antes, de repente tomou conta dele. Winston desejou que fossem um casal com dez anos de relacionamento. Desejou andar pelas ruas com ela como estavam fazendo agora, mas abertamente e sem medo, conversando trivialidades e comprando bugigangas e quinquilharias para a casa. Desejou acima de tudo que tivessem um lugar onde pudessem estar sozinhos juntos, sem ter a obrigação de fazer amor todas as vezes que se encontravam. Não foi bem naquela hora, mas em algum momento no dia seguinte, que a ideia de alugar o quarto do senhor Charrington lhe ocorreu. Quando ele deu a sugestão, Júlia concordou com inesperada prontidão. Ambos sabiam que era loucura. Era como se estivessem intencionalmente dando mais um passo na direção de suas covas. Sentado na beira da cama enquanto esperava, Winston pensou de novo nos porões do Ministério do Amor. Era interessante como o horror predestinado entrava e saía da consciência de uma pessoa. Lá estava ele, fixado no tempo futuro, precedendo a morte tão seguramente quanto noventa e nove precede cem. Não se podia evitá-lo; podia-se, talvez, adiá-lo; e ainda assim, de vez em quando, por um ato consciente e deliberado, uma pessoa escolhia abreviar o intervalo até que ele ocorresse.

Nesse momento houve passos leves na escada. Júlia irrompeu no quarto. Trazia uma sacola de ferramentas de lona marrom grosseira, como a que ele algumas vezes a tinha visto carregar de um lado a outro no Ministério. Winston avançou para tomá-la nos braços, mas ela se desviou com certa pressa, em parte porque ainda estava segurando a sacola.

– Meio segundo – ela disse. – Antes me deixa mostrar o que eu trouxe. Você trouxe um pouco daquele Café Vitória nojento? Bem que eu achei que traria. Pode guardar de volta, porque não vamos precisar. Olha.

Ela se pôs de joelhos, escancarou a sacola e de lá tirou algumas chaves inglesas e de fenda que estavam por cima. Por baixo, havia uma quantidade de pacotes de papel caprichados. O primeiro pacote que ela entregou a Winston provocou uma sensação estranha, porém familiar. Estava cheio de um tipo de coisa pesada e parecida com areia, que cedia onde quer que fosse pressionada.

– Isto é açúcar?

– Açúcar de verdade. Não sacarina, açúcar. Aqui tem um filão de pão. Pão branco, decente, não aquela coisa maldita, e um potinho de geleia. E aqui está uma garrafa de leite. Mas olha! É disso que estou mais orgulhosa: precisei embrulhar com um pouco de pano, porque...

Júlia não precisava explicar por que tinha feito isso. O cheiro já inundava o quarto, um aroma que parecia uma epifania de sua infância, mas que de vez em quando ainda se sentia, mesmo agora, soprando em uma ruela antes que uma porta batesse, ou se espalhando misteriosamente em uma rua lotada, farejado por um instante e depois perdido de novo.

– É café – ele murmurou. – Café de verdade.

– É café do Núcleo do Partido. Tem um quilo inteirinho aí – ela disse.

– Como você conseguiu pôr a mão nessas coisas?

– É tudo do Núcleo do Partido. Não há nada que aqueles porcos não tenham, nada. Mas é claro que garçons, empregados e pessoas furtam coisas, mas olha, tem um pacote de chá também.

Winston se ajoelhara ao lado dela. Rasgou o canto do pacote.

– É chá de verdade. Não folhas de amora.

– Tem tido bastante chá, ultimamente. Eles conquistaram a Índia ou coisa assim – ela disse, vagamente. – Mas ouça, querido, quero que você fique de costas para mim por três minutos. Vá sentar do outro lado da cama. Não fique muito perto da janela. E não vire até eu dizer que pode.

Winston observou abstratamente através da cortina de musselina. Lá embaixo no pátio a mulher dos antebraços vermelhos ainda marchava da tina para o varal e de volta. Tirou mais dois pregadores da boca e cantou, com muito sentimento:

Dizem que tudo passa com o tempo
E que a gente esquece o tormento
Mas sorrisos e lágrimas e alento
Ainda me despertam tanto sentimento

Ela parecia saber de cor a papagaiada toda. Sua voz se elevava com o ar doce do verão, muito melodiosa, carregada de uma melancolia feliz. Dava a impressão de que ela ficaria bem feliz se a noite de junho fosse infinita e o estoque de roupas, infinito, para permanecer ali por mil anos, prendendo fraldas e cantando bobagens. Winston se deu conta do curioso fato de jamais ter ouvido um membro do Partido cantar desacompanhado e espontaneamente. Isso talvez até parecesse ligeiramente inortodoxo, uma excentricidade perigosa, como falar sozinho. Talvez fosse apenas quando as pessoas estavam com fome, em um nível próximo da morte, que tinham algo sobre o que cantar.

– Pode virar agora – disse Júlia.

Ele se virou e por um instante quase não a reconheceu. Esperava vê-la nua. Ela, porém, não estava nua. A transformação ocorrida era muito mais surpreendente do que isso. Júlia havia pintado o rosto.

Devia ter entrado em alguma loja no bairro proletário e comprado um conjunto completo de maquiagem. Os lábios estavam profundamente vermelhos, as bochechas, coradas, o nariz, empoado; havia até um toque de alguma coisa nos olhos que os tornava mais iluminados. Não tinha sido executada com muita habilidade, mas os padrões de Winston para tais questões não eram muito elevados. Nunca tinha visto ou imaginado uma mulher do Partido usando cosméticos no rosto. A melhora na aparência era espantosa. Com uns poucos traços de cor nos lugares certos, ela se tornara não apenas muito mais bonita, mas, acima de tudo, muito mais feminina. O cabelo curto e o macacão masculino só contribuíam para o efeito. Quando a tomou nos braços, uma onda de violetas sintéticas inundou suas narinas. Ele se lembrou da meia escuridão de uma cozinha subterrânea e da boca cavernosa de uma mulher. Era exatamente o mesmo perfume que ela usara; mas na hora isso não pareceu ter importância.

– Perfume também! – ele exclamou.

– Sim, querido, perfume também. E sabe o que vou fazer em seguida? Vou conseguir um pouco de roupa feminina em algum lugar, e vou usá-la em vez destas malditas calças. Vou usar meias de seda e saltos altos! Neste quarto, serei uma mulher, não uma camarada do Partido.

Arrancaram as roupas e subiram na enorme cama de mogno. Era a primeira vez que ele ficava totalmente nu na presença dela. Até agora, estivera envergonhado demais do corpo magro e pálido, das varizes saltadas nas panturrilhas e do trecho descorado acima do tornozelo. Não havia lençóis, mas o cobertor sobre o qual se deitaram era puído e macio, e o tamanho e a elasticidade da cama surpreenderam a ambos.

– Com certeza está cheia de percevejos, mas quem se importa? – disse Júlia.

Não se viam camas de casal atualmente, exceto nas casas dos proletas. Winston tinha algumas vezes dormido em uma, na infância; Júlia jamais estivera em uma antes, até onde conseguia se lembrar.

Adormeceram por uns minutos. Quando Winston acordou, os ponteiros do relógio tinham se arrastado para perto das nove. Não se mexeu, porque Júlia dormia com a cabeça na curva de seu braço. A maior parte da maquiagem tinha se transferido para o rosto dele ou para o travesseiro, mas uma pálida mancha de ruge ainda realçava a beleza do rosto feminino. Um raio amarelado do sol que se punha bateu no pé da cama e iluminou a lareira, onde a água da panela fervia. Lá embaixo no pátio, a mulher tinha parado de cantar, mas os gritos fracos das crianças ainda chegavam da rua. Ele pensou vagamente se no passado abolido tinha sido uma experiência normal ficar deitado na cama daquele jeito, no frescor de uma noite de verão, um homem e uma mulher sem roupas, fazendo amor quando quisessem, falando do que quisessem, sem nenhuma pressa de se levantar, apenas estendidos, escutando os sons tranquilos que vinham de fora. Certamente nunca poderia ter existido uma época em que aquilo teria parecido comum. Júlia acordou, esfregou os olhos e se apoiou em um cotovelo para olhar o fogareiro.

– Metade da água já evaporou – disse. – Vou levantar e fazer o café daqui a pouco. Ainda temos uma hora. A que horas eles apagam a luz do seu apartamento?

– Às vinte e três e trinta.

– É às vinte e três no meu alojamento. Mas você precisa entrar mais cedo, porque... Ei! Fora daqui, bicho nojento!

Ela subitamente se virou na cama, apanhou um sapato do chão e o lançou girando para o canto, com o mesmo movimento de braço que tinha feito ao atirar o dicionário contra Goldstein durante os Dois Minutos de Ódio, naquela manhã.

– O que foi? – ele indagou, surpreso.

– Um rato. Eu vi quando ele botou o nariz asqueroso pra fora do lambril. Tem um buraco ali embaixo. Mas eu dei um bom susto nele.

– Ratos! Neste quarto!

– Estão em todo lugar – disse Júlia, indiferente, deitando-se de novo. – Tem rato até na cozinha do alojamento. Algumas partes de Londres estão cheias de ratos. Você sabia que eles atacam crianças? Pois atacam. São os grandes e marrons que fazem isso. E o mais horrível é que sempre...

— *Pare de falar nisso* — disse Winston, fechando os olhos com força.

— Querido! Você ficou pálido. Qual o problema? Eles fazem você se sentir mal?

— De todos os horrores do mundo... Um rato!

Ela se pressionou contra ele e o envolveu com os membros, como se para tranquilizá-lo com o calor de seu corpo. Ele não reabriu os olhos de imediato. Por vários momentos, teve a sensação de estar de volta a um pesadelo que foi recorrente ao longo de toda a sua vida. Era sempre igual. Ele de pé em frente a um muro de escuridão e do lado oposto alguma coisa insuportável, aterrorizante demais para ser encarada. No sonho, seu sentimento mais profundo era sempre o de autodecepção, porque ele na verdade não sabia o que havia depois do muro de escuridão. Com um esforço mortal, como o de arrancar um pedaço do próprio cérebro, Winston poderia ter arrastado a coisa para a claridade. Sempre acordava sem descobrir do que se tratava, mas de alguma forma estava conectado com o que Júlia dizia quando ele a interrompeu.

— Desculpe. Não é nada. Eu não gosto de ratos, só isso.

— Não se preocupe, querido, não vamos ter essas coisas imundas aqui. Vou tapar o buraco com pano antes de irmos embora. E, da próxima vez que viermos, vou trazer um pouco de gesso e fechar direito.

O momento sombrio de pânico já estava semiesquecido. Sentindo-se um pouco envergonhado, ele se sentou, apoiado na cabeceira. Júlia saiu da cama, vestiu o macacão e fez café. O cheiro que subiu da panela era tão forte e convidativo que os dois fecharam a janela, antes que alguém do lado de fora percebesse e começasse a fazer perguntas. Ainda melhor do que o gosto do café era a textura sedosa que o açúcar lhe dava, uma coisa de que Winston quase não se lembrava mais, depois de anos de sacarina. Com uma das mãos no bolso e um pedaço de pão com geleia na outra, Júlia perambulava pelo quarto, olhando com indiferença para a estante de livros, apontando o melhor jeito de consertar a mesa expansível, jogando-se na poltrona esfarrapada para ver se era confortável e examinando o absurdo relógio com mostrador de doze horas, achando graça. Levou o peso de papel de vidro para a cama, para observá-lo em uma luz melhor. Winston tirou-lhe o objeto da mão, fascinado, como sempre, pela aparência suave e chuvosa do vidro.

– Isso é o quê?

– Não acho que seja alguma coisa, quero dizer, não acho que alguma vez foi posto em uso. É disso que eu gosto. É um pedaço de História que eles se esqueceram de alterar. É uma mensagem de cem anos atrás, se alguém souber interpretar.

– E aquela imagem ali – ela apontou para a gravura na parede oposta –, também teria cem anos?

– Mais. Duzentos, eu arriscaria. Não se pode saber. É impossível descobrir a idade de alguma coisa, hoje em dia.

Ela se aproximou para olhar.

– Foi daqui que saiu o focinho daquele bicho – ela disse, chutando o lambril logo abaixo do quadro. – Aqui é o quê? Já vi isso antes em algum lugar.

– É uma igreja, ou ao menos costumava ser. São Clemente Dinamarquês era o nome.

O fragmento da cantiga que o senhor Charrington tinha ensinado lhe voltou à mente, e um pouco nostálgico ele acrescentou: *"Laranjas e limões de baixa acidez/ cantam os sinos de São Dinamarquês"*.

Para sua imensa surpresa, ela deu sequência à rima:

Passe pra cá um dinheirinho
estamos na igreja de São Martinho,
Quando eu lhe pagarei
cantam os sinos de Old Bailey...

– Não consigo lembrar como continua depois disso. Mas sei como termina, *Cá está uma vela pra iluminar o seu caminho/ Cá está um machado pra decepar um menininho!*

Era como as duas metades de uma contrassenha. Mas precisava haver outro verso depois de *os sinos de Old Bailey*. Talvez a parte faltante pudesse ser arrancada da lembrança do senhor Charrington, se ele fosse estimulado adequadamente.

– Quem ensinou isso pra você?

– Meu avô. Ele recitava pra mim quando era pequena. Foi vaporizado quando eu tinha 8 anos; de toda forma, desapareceu. Eu gostaria de saber o que era um limão – ela acrescentou, inconsequente. – Já vi laranjas. São um tipo de fruta redonda amarela com casca grossa.

– Eu me lembro do limão – disse Winston. – Eram muito comuns nos Cinquenta. Eram tão azedos que provocavam aflição só de você cheirar.

– Aposto que tem traça atrás desse quadro – comentou Júlia. – Vou tirar da parede e dar uma boa limpada, algum dia. Acho que está quase na hora de irmos embora. Preciso começar a tirar essa pintura. Que chatice! Depois, vou tirar o batom do seu rosto.

Winston não se levantou por mais alguns minutos. O quarto estava escurecendo. Ele se virou para a luz e ficou deitado, observando o peso de papel de vidro. A coisa mais interessante não era o fragmento de coral, mas o interior do vidro em si. Havia tanta profundidade nele, e mesmo assim era quase tão invisível quanto o ar. Era como se a superfície do vidro fosse o arco celeste, encerrando um mundo minúsculo com sua atmosfera completa. Ele tinha a sensação de que poderia entrar lá, de que na verdade estava lá dentro, junto com a cama de mogno e a mesa expansível e o relógio e a gravura de aço e o próprio peso de papel. O peso de papel era o quarto onde ele estava, e o coral era a vida dele e a de Júlia, fixadas em uma eternidade no coração do cristal.

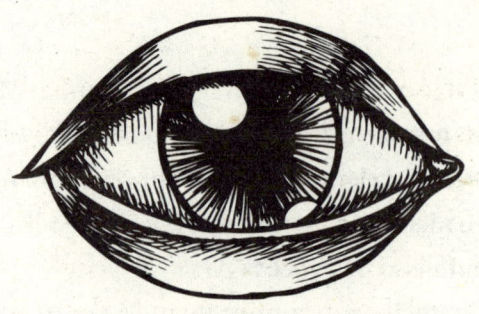

CAPÍTULO 5

Syme tinha desaparecido. Certa manhã, ele faltou ao trabalho; algumas pessoas comentaram sem querer sobre a ausência. No dia seguinte ninguém falou no assunto. No terceiro dia, Winston foi à recepção do Departamento de Registros para olhar o quadro de avisos. Um deles mostrava uma lista impressa dos membros do Comitê de Xadrez, do qual Syme participava. Parecia quase exatamente a mesma de antes, nada estava riscado, mas com um nome a menos. Bastava. Syme tinha cessado de existir; ele nunca existira.

Fazia muito calor. No Ministério labiríntico, as salas sem janelas e com ar-condicionado mantinham a temperatura normal, mas do lado de fora as calçadas chamuscavam os pés, e a catinga no metrô nas horas de pico era um horror. Os preparativos para a Semana do Ódio seguiam a todo vapor, e as equipes de todos os Ministérios faziam hora extra. Procissões, encontros, paradas militares, palestras, trabalhos de cera, exibição de filmes e programas de teletela precisavam ser organizados; estandes deviam ser montados; efígies, construídas; lemas, cunhados; canções, escritas; rumores, lançados; fotografias, falsificadas. A unidade de Júlia no

Departamento de Ficção fora excluída da produção de romances e estava produzindo às pressas uma série de panfletos com atrocidades. Winston, além do trabalho regular, passava longos períodos, todos os dias, pesquisando edições antigas do *Times*, alterando e floreando as notícias que seriam citadas nos discursos. Tarde da noite, quando as multidões desordeiras de proletas enchiam as ruas, a cidade ficava sob certa tensão. As bombas caíam com mais frequência do que nunca e, algumas vezes, ocorriam ao longe explosões tremendas, que ninguém conseguia explicar, e sobre as quais corriam rumores insanos.

A nova melodia, que seria o tema da Semana do Ódio ("Canção do ódio"), já tinha sido composta e era executada sem pausa nas teletelas. Tinha um ritmo selvagem, semelhante a um latido, que não poderia ser exatamente chamado de música, mas lembrava a batida de um tambor. Rugida por centenas de vozes e acompanhando passos em marcha, era aterrorizante. Os proletas gostaram e nas ruas, de madrugada, ela competia com a ainda popular "Foi só uma bobagem, uma fantasia". Os filhos dos Parsons tocavam-na durante todas as horas do dia e da noite, insuportavelmente, usando um pente e um pedaço de papel. As noites de Winston estavam mais cheias do que nunca. Equipes de voluntários, organizadas por Parsons, preparavam a rua para a Semana do Ódio, pregando bandeiras, pintando cartazes, instalando mastros nos telhados e estendendo arames que receberiam as flâmulas de um lado ao outro da rua. Parsons se gabava de que somente as Mansões Vitória exibiriam quatrocentos metros de faixas. Ele estava em seu ambiente natural e feliz como uma cotovia. O calor e o trabalho manual haviam até lhe concedido um pretexto para usar calções e camisa aberta durante as noites. Ele parecia estar em todos os lugares ao mesmo tempo, empurrando, puxando, serrando, martelando, improvisando e animando todo mundo com provocações camaradas, exalando por todas as dobras do corpo o que parecia ser um estoque infinito de suor acre.

Um cartaz novo apareceu de repente em Londres inteira. Não tinha legenda e representava simplesmente a figura monstruosa de um soldado eurasiano, com três ou quatro metros de altura, andando para a frente com o rosto mongol inexpressivo e botas enormes, uma submetralhadora apontada a partir do quadril. De qualquer ângulo que se olhasse para o cartaz, a boca da arma, ampliada pelo sombreamento, parecia estar apontada diretamente para você. Ele foi colado em cada espaço livre de todos os muros, superando até os retratos do Grande Irmão. Os proletas, sempre indiferentes à guerra, estavam sendo arrastados para um de seus periódicos frenesis de patriotismo. Como que para harmonizar com o clima geral, as bombas vinham matando mais gente do que de costume. Uma caiu em um cinema perto de Stepney, enterrando centenas de vítimas entre os escombros. A população inteira do bairro apareceu para o cortejo e o longo funeral, que durou muitas horas, foi, na verdade, um encontro de indignados. Outra bomba caiu em um terreno baldio usado como parquinho, e dúzias de crianças foram carbonizadas. Houve mais demonstrações de revolta, uma efígie de Goldstein foi queimada, centenas de cópias do cartaz do soldado eurasiano foram rasgadas e jogadas às chamas, e uma quantidade de lojas foi saqueada durante os tumultos; depois, correu um boato segundo o qual espiões estavam direcionando as bombas por meio de ondas de rádio, e um casal de idosos suspeito de ascendência estrangeira teve a casa incendiada e morreu asfixiado.

No quarto acima da loja do senhor Charrington, quando conseguiam ir para lá, Júlia e Winston se deitavam lado a lado na cama despojada sob a janela aberta, nus para tentarem se refrescar. O rato nunca mais voltou, mas os percevejos haviam se multiplicado hediondamente no calor. Não parecia importar. Sujo ou limpo, o quarto era o paraíso. Assim que chegavam, eles borrifavam tudo com pimenta comprada no mercado negro, arrancavam as roupas e faziam amor com os corpos suados, depois adormeciam e acordavam para descobrir que os insetos haviam se unido e se preparavam para o contra-ataque.

Quatro, cinco, seis, sete vezes eles se encontraram durante o mês de junho. Winston abandonara o hábito de beber gim a todo momento. Parecia ter perdido a necessidade daquilo. Engordara e a úlcera varicosa cedera, deixando apenas uma cicatriz marrom na pele acima do tornozelo; seus ataques de tosse pela manhã haviam parado. O processo da vida já não era insuportável, ele não tinha mais nenhum ímpeto de fazer caretas para a teletela nem ganas de gritar palavras sujas a plenos pulmões. Com a garantia de um esconderijo, quase um lar, não parecia tão difícil marcar encontros frequentes e demorados. O importante era que o quarto sobre a loja de antiguidades existia. Saber que ele se encontrava ali, inviolável, era quase igual a estar lá dentro. O quarto era outro mundo, uma versão de bolso do passado, onde animais extintos podiam andar. O senhor Charrington, pensou Winston, era outro animal extinto. Normalmente ambos paravam para conversar por uns minutos antes de Winston subir a escada. O velho parecia raramente ou nunca sair e, em contrapartida, tinha pouquíssimos clientes. Levava uma existência fantasma entre a loja minúscula e escura e uma cozinha ainda menor nos fundos, onde preparava as refeições e que continha, entre outras coisas, um gramofone inacreditavelmente antigo, com uma trompa enorme. Ele parecia grato pela oportunidade de conversar. Circulando em meio aos itens sem valor, com o nariz comprido, os óculos de lentes grossas e os ombros curvados na jaqueta de veludo, o senhor Charrington tinha sempre o ar vago de um colecionador, mais do que de um comerciante. Com algum entusiasmo que lhe sobrara ele pinçava uma ou outra porcaria: uma rolha de cerâmica, a tampa pintada de uma caixa de rapé quebrada, um relicário de ouropel contendo mechas de cabelo de um bebê há muito morto, sem jamais pedir a Winston que comprasse, somente que apreciasse. Conversar com ele era como ouvir o tilintar de uma caixinha de música antiga. Ele havia arrancado das profundezas da memória mais alguns fragmentos de rimas esquecidas. Havia uma sobre vinte e quatro melros, outra sobre uma vaca com o chifre torto e ainda outra sobre a morte do pobre Cock Robin.

– Ocorreu-me que você poderia ter interesse – ele dizia, com uma breve risada depreciativa, sempre que mostrava um novo fragmento, mas nunca conseguia se lembrar de mais do que uns poucos versos de cada rima.

Júlia e Winston sabiam, e de certa forma nunca lhes saía da cabeça, que esses acontecimentos não poderiam durar muito. Em certas ocasiões, o fato da morte iminente parecia palpável como a cama onde se deitavam, e então eles se apertavam um contra o outro em uma espécie de sensualidade desesperada, como uma alma condenada que se agarra ao último pedaço de prazer quando o relógio está a cinco minutos de bater as horas. Mas havia também ocasiões em que tinham a ilusão não apenas de segurança, mas de permanência. Enquanto estivessem naquele quarto, sentiam que nenhum mal poderia atingi-los. Chegar lá era difícil e perigoso, mas o quarto em si parecia um santuário; como quando Winston vira o coração do peso de papel, com a sensação de que seria possível entrar naquele mundo de vidro e, uma vez lá dentro, deter a passagem do tempo. Com frequência eles se permitiam devaneios sobre fugas. A sorte duraria indefinidamente e ambos levariam adiante a paixão secreta pelo resto de suas vidas naturais. Ou Katharine morreria e, por meio de manobras sutis, Winston e Júlia conseguiriam se casar. Ou cometeriam suicídio juntos. Ou iriam desaparecer, mudar de aparência até ficarem irreconhecíveis, aprender a falar com o sotaque proletário, obter empregos em fábricas e levar a vida despercebidos em uma viela secundária. Tudo isso era bobagem, como ambos sabiam. Na realidade, não havia escapatória. Mesmo o único plano possível, o suicídio, eles não tinham intenção de levar a cabo. Segurar as pontas dia após dia e semana após semana, construindo um presente que não teria futuro, parecia um instinto invencível, assim como os pulmões sempre absorvem a inspiração seguinte, desde que exista ar disponível.

    Algumas vezes falavam também sobre se envolver em rebelião ativa contra o Partido, mas sem nenhuma noção de como dar o primeiro passo. Mesmo que a fabulosa Irmandade fosse real, ainda havia a dificuldade de encontrar o caminho até ela. Winston contou sobre a estranha intimidade que existia, ou parecia existir, entre ele e O'Brien, e sobre o impulso que às vezes tinha de simplesmente andar até O'Brien, anunciar que era inimigo do Partido e pedir a ajuda dele. Curiosamente, isso não a espantou como uma coisa precipitada e fora de cogitação a fazer. Estava acostumada a julgar as pessoas pelo rosto, e lhe pareceu natural que Winston acreditasse que O'Brien era confiável com base em uma única centelha dos olhos. Além disso, dava como certo que todo mundo, ou quase todo mundo, odiava o Partido em segredo e quebraria as regras se achasse seguro fazê-lo. Mas se recusava a acreditar que uma oposição organizada e difusa pudesse existir. As histórias sobre Goldstein e seu exército clandestino, ela falou, eram simplesmente um monte de lixo que o Partido tinha inventado para os próprios objetivos e nas quais você precisava fingir que acreditava. Perdeu a conta de quantas vezes, nos comícios do Partido e em demonstrações espontâneas, gritara com toda a força pela execução de pessoas cujos nomes nunca tinha ouvido e em cujos supostos crimes jamais acreditou. Quando havia julgamentos públicos, Júlia assumia seu lugar no destacamento da Liga Jovem, que rodeava os tribunais desde cedo até à noite, entoando a intervalos "Morte aos traidores!". Durante os Dois Minutos de Ódio, sempre superava os demais nos gritos insultuosos contra Goldstein. Ainda assim, tinha apenas uma pálida ideia de quem fosse Goldstein e de quais doutrinas ele supostamente representava. Ela crescera depois da Revolução e era jovem demais para se lembrar das batalhas ideológicas dos Cinquenta e Sessenta. Um movimento político independente estava fora de sua capacidade de imaginação e, de todo modo, o Partido era invencível. Existiria sempre e seria sempre o mesmo. Você só podia se rebelar contra ele por meio de desobediências secretas ou, no máximo, por atos isolados de violência, como matar alguém ou explodir alguma coisa.

Em alguns aspectos, Júlia era muito mais perspicaz do que Winston, e muito menos influenciável pela propaganda do Partido. Uma vez, quando ele por acaso mencionou a guerra contra a Eurásia, ela o assombrou dizendo casualmente que em sua opinião não estava ocorrendo uma guerra. As bombas que todos os dias caíam em Londres eram provavelmente disparadas pelo próprio governo da Oceania, "só para manter o povo com medo". Aquela era uma ideia que literalmente jamais ocorrera a Winston. Júlia também despertou uma certa inveja nele ao contar que, durante os Dois Minutos de Ódio, sua maior dificuldade era evitar explodir em uma gargalhada. Mas questionava os ensinamentos do Partido apenas quando eles de algum jeito impactavam sua própria vida. Com frequência estava pronta a aceitar a mitologia oficial, apenas porque a diferença entre verdade e falsidade não lhe parecia importante. Acreditava, por ter aprendido na escola, que o Partido inventara os aviões. (Em seus dias de escola, Winston se lembrava, no final dos Cinquenta, era apenas o helicóptero que o Partido alegava ter inventado; uma dúzia de anos mais tarde, quando Júlia estava na escola, o Partido já reivindicava o avião; dali a mais uma geração, estaria reivindicando a invenção do motor a vapor.) E, quando Winston contou que os aviões já existiam muito antes que ele próprio nascesse e bem antes da Revolução, o fato pareceu indiferente a Júlia. Afinal, que importava quem tinha inventado o avião? O choque foi maior quando ele descobriu, através de um comentário casual, que ela não se lembrava de que a Oceania, quatro anos antes, tinha estado em guerra com a Lestásia e em paz com a Eurásia. Era verdade que Júlia considerava a história da guerra uma farsa; mas aparentemente nem mesmo notara que o nome do inimigo tinha mudado.

— Pensei que sempre estivemos em guerra com a Eurásia — ela disse vagamente.

Isso o assustou um pouco. A invenção do avião datava de muito antes do nascimento dela, mas a troca do inimigo na guerra ocorrera apenas quatro anos antes, bem depois de Júlia já ser adulta. Debateu com ela sobre isso por talvez um quarto de hora. No fim, conseguiu forçar a memória de Júlia para o passado, até ela se lembrar indistintamente de uma época em que a Lestásia, e não a Eurásia, tinha sido o inimigo. Mas o assunto ainda lhe parecia desimportante.

— Quem se importa? — comentou, impaciente. — É sempre uma maldita guerra depois da outra e, seja como for, todo mundo sabe que as notícias são todas mentirosas.

Algumas vezes ele conversava sobre o Departamento de Registros e as falsidades descaradas que cometia ali. Coisas assim não pareciam horrorizá-la. Ela não sentia o abismo se abrindo sob seus pés ao pensar em mentiras se tornando verdades. Winston contou a história de Jones, Aaronson e Rutherford e o pedaço de papel importantíssimo que certa vez tivera entre os dedos. Não a impressionou muito. No começo, inclusive, ela não captou o fato.

— Eles eram seus amigos?

— Não, nunca os conheci. Eram membros do Núcleo do Partido. Além disso, eram homens muito mais velhos do que eu. Pertenciam aos velhos tempos, antes da Revolução. Eu mal os conhecia de vista.

— Mas, então, por que se preocupar? Pessoas são assassinadas a toda hora, não são?

Ele tentou fazê-la compreender.

— Esse foi um caso excepcional. Não era só uma questão de alguém ser morto. Você percebe que o passado vem sendo extinto? Se algo sobrevive em algum lugar, é em uns poucos objetos sólidos sem palavras associadas a eles, como aquele pedaço de vidro. Nós não sabemos quase nada sobre a Revolução e os anos antes da Revolução. Cada registro foi destruído ou falsificado, cada livro foi reescrito, cada quadro foi repintado, cada estátua, rua e edifício teve seu nome trocado, cada data foi alterada. E esse processo continua dia a dia e minuto a minuto. A História parou. Nada existe, exceto um presente infinito no qual o Partido está sempre certo. Sei, é claro, que o passado é falsificado, mas nunca me seria possível provar isso, mesmo sendo eu a fazer pessoalmente a falsificação. Depois que a coisa é feita, jamais resta alguma evidência. A única prova está dentro da minha cabeça, e não tenho a menor certeza de que outro ser humano compartilhe minhas lembranças. Apenas naquela única circunstância, em toda a minha vida, tive uma evidência concreta e real *depois* do evento, anos depois dele.

– E que bem isso fez?

– Bem nenhum, porque joguei o documento fora alguns minutos depois. Mas se a mesma coisa acontecesse hoje, eu guardaria.

– Bem, eu não! Estou mais do que disposta a correr riscos, mas apenas por uma coisa que valha a pena, não por pedaços de jornal velho. O que você poderia ter feito, mesmo que tivesse guardado?

– Não muito, talvez. Mas era uma evidência. Poderia ter plantado algumas dúvidas aqui e ali, supondo que eu tivesse ousado mostrar para alguém. Penso que não poderemos alterar alguma coisa durante nossa vida. Mas podemos imaginar pequenos focos de resistência brotando, pequenos grupos de pessoas se unindo, crescendo aos poucos, e até deixando para trás alguns registros, de modo que a próxima geração possa continuar de onde nós paramos.

– Não estou interessada na próxima geração, querido. Estou interessada em *nós*.

– Você só é rebelde da cintura para baixo – ele zombou.

Júlia considerou aquilo brilhante e sagaz, e atirou os braços em volta dele, deliciada.

Nos desdobramentos da doutrina do Partido ela não tinha o menor interesse. Sempre que Winston começava a falar sobre os princípios do Socing, o duplopensar, a mutabilidade do passado e a negação da realidade objetiva e a usar palavras em Novidioma, ficava entediada e confusa e dizia que nunca tinha prestado nenhuma atenção a nada daquilo. Já se sabia que era tudo besteira, então por que se preocupar? Ela tinha noção de quando aplaudir e de quando vaiar, e era só disso que precisava. Se ele insistia em falar desses assuntos, Júlia tinha o hábito desconcertante de adormecer. Era uma dessas pessoas que conseguem dormir a qualquer hora e em qualquer posição. Conversando com ela, Winston percebeu como era fácil exibir uma aparência de ortodoxia e ao mesmo tempo não ter a menor noção do que a ortodoxia significava. De certa maneira, a visão de mundo do Partido se impunha com mais sucesso sobre pessoas incapazes de entendê-la. Essas pessoas podiam ser levadas a aceitar as mais flagrantes violações da realidade porque nunca compreendiam totalmente a enormidade do que era exigido delas, e não estavam interessadas o bastante nos acontecimentos públicos para perceber o que acontecia. Pela falta de entendimento, elas permaneciam sãs. Simplesmente aceitavam tudo o que lhes era empurrado goela abaixo, e não lhes fazia mal porque não deixava resíduo, assim como um grão de milho passa sem ser digerido pelo corpo de uma ave.

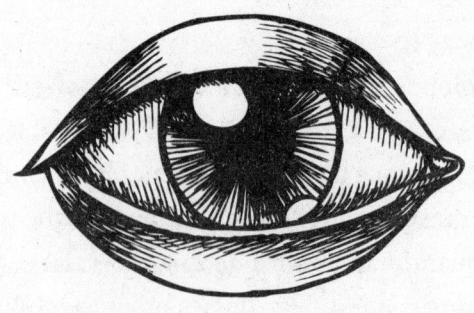

CAPÍTULO 6

Aconteceu, afinal. A mensagem aguardada havia chegado. Por toda a vida, ele pareceu estar à espera de que isso acontecesse.

Winston andava no longo corredor do Ministério, quase no ponto onde Júlia discretamente deslizara o bilhete para sua mão, quando teve consciência de que alguém maior do que ele vinha atrás. A pessoa, não importa quem fosse, tossiu de leve, evidentemente se preparando para o que ia dizer. Winston parou abruptamente e se virou. Era O'Brien.

Finalmente ficaram frente a frente, e parecia que seu único impulso era fugir. Seu coração quase saiu pela boca. Ele teria sido incapaz de falar. O'Brien, entretanto, seguiu em frente sem interromper o movimento, pousando a mão amiga no braço de Winston por um momento, de forma que os dois continuaram andando lado a lado. Começou a falar com a peculiar educação que o distinguia da maioria dos membros do Núcleo do Partido.

– Eu estava esperando uma oportunidade de conversar com você – revelou. – Outro dia li um de seus artigos em Novidioma no *Times*. Você tem um interesse acadêmico em Novidioma, estou certo?

Winston havia recuperado parte do autocontrole.

– Não tão "acadêmico". Sou apenas um amador. Não é minha área. Nunca tive nada a ver com a real construção da língua.

– Mas você escreve com muita elegância – disse O'Brien. – Essa não é apenas minha opinião. Conversei há pouco tempo com um amigo seu que é certamente um especialista. O nome dele agora me escapa.

De novo o coração de Winston se acelerou dolorosamente. Com certeza era uma referência a Syme, que não estava apenas morto, mas havia sido abolido, era uma *despessoa*. Qualquer referência identificável a ele teria sido fatalmente perigosa. O comentário de O'Brien deveria ter sido pensado como um sinal, um código. Ao compartilhar um pequeno ato de pensamentocrime, ele havia transformado ambos em cúmplices. Os dois continuaram a percorrer lentamente o corredor, mas agora O'Brien havia parado. Com a curiosa e desarmadora afabilidade que sempre trazia em seu gesto, ele arrumou os óculos no nariz. E então continuou:

– O que eu pretendia realmente dizer era que, em seu artigo, notei que você usou duas palavras que se tornaram obsoletas. Mas faz pouco tempo que caíram em desuso. Você viu a décima edição do dicionário do Novidioma?

– Não – respondeu Winston. – Não sabia que já tinha sido lançada. Ainda estamos usando a nona no Departamento de Registros.

– A décima edição não será publicada por alguns meses ainda, creio. Mas alguns exemplares tiveram circulação antecipada. Eu mesmo tenho um. Você estaria interessado em dar uma olhada, talvez?

– Certamente – disse Winston, logo entendendo para onde aquilo levaria.

– Alguns dos novos desdobramentos são extremamente complexos. Acredito que a redução da quantidade de verbos é o ponto que mais vai lhe interessar. Deixe-me ver, devo enviar um mensageiro com o dicionário até você? O problema é que sempre me esqueço dessas coisas.

Talvez você possa buscá-lo no meu apartamento em algum horário que lhe fosse conveniente? Espere. Deixe-me lhe dar o meu endereço.

Estavam parados em frente a uma teletela. Um tanto distraído, O'Brien tateou os dois bolsos e então exibiu uma pequena caderneta com capa de couro e um lápis dourado. Imediatamente abaixo da teletela, em uma posição em que qualquer um que estivesse vigiando na outra ponta do equipamento poderia ler o que O'Brien escrevia, ele rabiscou um endereço, depois rasgou a página e a entregou a Winston.

– Geralmente estou em casa à noite. Do contrário, meu empregado lhe entregará o dicionário.

Então partiu, deixando Winston segurando o pedaço de papel que, dessa vez, não precisava ser escondido. Apesar disso, ele memorizou cuidadosamente o endereço e algumas horas depois jogou-o no buraco da memória junto com vários outros papéis.

Os dois haviam conversado, no máximo, por uns poucos minutos. O episódio tinha um único significado: fora planejado para que Winston soubesse o endereço de O'Brien. Isso era necessário porque, excetuando a pergunta direta, nunca era possível descobrir onde alguém morava. Não havia listas de nenhum tipo. "Se algum dia você quiser me ver, eis onde posso ser encontrado", O'Brien dissera. Uma coisa era certa: a conspiração com a qual sonhara existia de fato, e ele tinha chegado a seus limites máximos.

Winston sabia que cedo ou tarde obedeceria à convocação de O'Brien. Talvez no dia seguinte, talvez após uma demora prolongada, não tinha certeza. O que estava acontecendo era apenas o desenvolvimento de um processo iniciado muitos anos antes. O primeiro passo tinha sido um pensamento secreto, involuntário; o segundo, começar um diário. Ele havia se deslocado dos pensamentos para as palavras e agora das palavras para as ações. O último passo era alguma coisa que aconteceria no Ministério do Amor. Ele tinha aceitado isso. O fim estava contido no início. Mas era assustador; ou, mais exatamente, era como um gosto antecipado da morte, como estar um pouco menos vivo. Até mesmo enquanto conversava com O'Brien, quando o significado das palavras se tornou claro, um calafrio invadiu seu corpo. Ele teve a sensação de penetrar na umidade de uma cova, e não tinha sido mais fácil só porque sempre soubera que a cova estava lá, à sua espera.

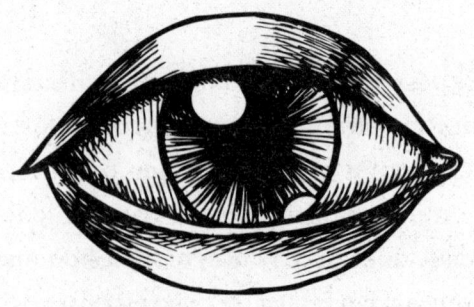

CAPÍTULO 7

Winston acordou com os olhos cheios de lágrimas. Júlia rolou sonolenta em sua direção, murmurando algo que poderia ter sido "O que foi?".
– Eu sonhei – ele começou, mas se interrompeu.
Era complexo demais para expressar com palavras. Havia o sonho em si e a lembrança, relacionada a ele, que invadira sua mente poucos segundos após o despertar.
Ficou deitado de olhos fechados, ainda mergulhado na atmosfera do sonho. Era um lugar amplo e luminoso no qual toda a sua vida se estendia à frente como uma paisagem em um entardecer de verão depois da chuva. Tudo havia acontecido dentro do peso de vidro, mas a superfície do vidro era a abóbada celeste e dentro dela tudo estava inundado por uma luz clara e suave, por meio da qual se conseguia enxergar distâncias intermináveis. O sonho também incluía – na verdade, em certo sentido era apenas – um gesto de braço feito por sua mãe e repetido, trinta anos depois, pela mulher judia que ele tinha visto no filme noticioso, tentando proteger o menininho dos tiros antes que o helicóptero explodisse a ambos.

– Você sabia – Winston começou – que até este momento eu acreditava que tinha assassinado minha mãe?

– Por que você fez isso? – disse Júlia, meio adormecida.

– Eu não a assassinei. Não fisicamente.

No sonho, ele se lembrou do último vislumbre que teve da mãe e, nos poucos momentos seguintes ao despertar, a sequência de pequenos eventos que encadeava o fato havia retornado. Era uma lembrança que ele devia ter empurrado, deliberadamente, para fora da consciência por muitos anos. Não tinha certeza da data, mas não tinha menos de 10 anos, talvez 12, quando aconteceu.

O pai desaparecera algum tempo antes; não conseguia se lembrar exatamente. Recordava melhor as circunstâncias turbulentas e ruidosas da época: os surtos periódicos de pânico em relação a ataques aéreos e a busca por abrigo nas estações do metrô, os montes de entulho por todo lado, as declarações incompreensíveis afixadas nas esquinas, as gangues de jovens usando camisas da mesma cor, as filas imensas na frente das padarias, o disparar intermitente de submetralhadoras ao longe e, acima de tudo, o fato de que nunca havia o suficiente para comer. Lembrava-se de passar longas tardes revirando lixeiras e pilhas de detritos com outros meninos, caçando talos de repolho, cascas de batata e até, de vez em quando, restos de pão mofado, dos quais cuidadosamente raspavam as cinzas; e de esperar pela passagem de caminhões que percorriam determinada rota e eram conhecidos por transportar ração de gado. Os veículos, dando solavancos nos trechos ruins da estrada, às vezes deixavam cair pequenas partes do bagaço de plantas.

Quando o pai desapareceu, a mãe não demonstrou nenhuma surpresa ou tristeza profunda, mas uma mudança súbita se abateu sobre ela, que pareceu ter se tornado completamente apática. Era evidente, para Winston, que esperava algo que sabia que aconteceria. Fazia tudo o que era necessário: cozinhava, lavava, remendava, arrumava a cama, varria o chão, espanava a lareira, sempre muito devagar e com uma estranha ausência de movimentos supérfluos, como um modelo vivo de pintor, que se mexia por vontade própria. O corpo volumoso e bem torneado pareceu cair naturalmente na imobilidade. Durante horas e horas, ela se sentava quase imóvel na cama, embalando a filha mais nova, uma criança miúda, doente e muito quieta de 2 ou 3 anos, com um rosto quase símio pela magreza. Muito raramente tomava Winston nos braços e o pressionava contra si por bastante tempo, sem dizer nada. Ele tinha consciência, apesar da juventude e do egoísmo, de que aquilo estava de alguma forma ligado à coisa nunca mencionada que iria acontecer.

Lembrava-se do cômodo onde a família morava, um quarto escuro, com cheiro de guardado, que parecia lotado apenas com uma cama e um cobertor branco. Havia um fogareiro no anteparo da lareira, uma prateleira onde ficava guardada a comida e, do lado de fora, uma pia marrom de barro, comum a vários quartos. Ele se lembrava do corpo bem delineado da mãe debruçado sobre o fogareiro para mexer alguma coisa dentro de uma panela. Acima de tudo, lembrava-se da fome contínua e das batalhas ferozes, sórdidas, durante as refeições. Perguntava à mãe de maneira irritante, de novo e de novo, por que não havia mais comida; gritava e avançava contra ela (até se lembrava do tom da própria voz, que estava mudando precocemente e às vezes retumbava de um modo peculiar), ou fazia uma tentativa chorosa em seus esforços para obter mais do que a parte que lhe cabia. A mãe sempre estava pronta a lhe dar mais. Considerava natural que ele, "o menino", recebesse a maior porção; porém, não importava o que ela lhe desse, Winston sempre exigia mais. Em toda refeição, a mãe lhe implorava que não fosse egoísta e se lembrasse de que a irmãzinha estava doente e também precisava de comida, mas era inútil. Ele gritava enfurecido quando ela parava de servir, tentava arrancar a panela e a colher das mãos dela, pegava bocados do prato da irmã. Sabia que assim deixaria as duas com fome, mas não conseguia evitar; até se sentia no direito de fazer aquilo. Os clamores de seu estômago faminto justificavam seu comportamento. Entre as refeições, se a mãe não ficasse alerta, ele furtava constantemente o mísero estoque de comida da prateleira.

Um dia, o racionamento de chocolate foi oficializado. Não tinha havido questões do tipo por semanas ou meses. Winston se lembrava bem daquele pequeno pedaço do precioso chocolate, um tablete de duas onças (eles ainda usavam onças como medida de peso, naquele tempo) a ser dividido entre os três. Era óbvio que deveria ser dividido em três partes iguais. Mas ele, como se estivesse ouvindo outra pessoa, exigiu em altos brados receber o pedaço inteiro. A mãe lhe disse para não ser guloso. Houve uma discussão longa, irritante, infinita, com gritos, gemidos, lágrimas, protestos, barganhas. A irmãzinha, agarrada à mãe com ambas as mãos, exatamente como um bebê macaco, observou-o por cima dos grandes ombros dela, com olhos arregalados e tristes. No fim, a mãe partiu três quartos do chocolate e deu a Winston, e o quarto restante para a bebezinha. Ela o pegou e o olhou tolamente, talvez sem saber o que era. Winston a encarou por um momento. Então, com um salto ágil e súbito, arrancou o pedaço de chocolate da mão da irmã e saiu correndo pela porta.

– Winston! Winston! – a mãe gritou, atrás dele. – Volte aqui! Devolva o chocolate da sua irmã!

Ele parou, mas não voltou. Os olhos aflitos da mãe estavam fixos em seu rosto. Mesmo assim, ainda pensava sobre o acontecimento, e ele não sabia o que estava a ponto de acontecer. A irmã, consciente de ter sido roubada, iniciou um protesto débil. A mãe passou o braço em volta da criança e pressionou o rosto dela contra o peito. Alguma coisa naquele gesto informou a Winston que sua irmã estava morrendo. Ele se virou e voou escada abaixo, enquanto o chocolate se tornava viscoso em sua mão.

Nunca mais viu a mãe. Depois de devorar o chocolate, sentiu-se um tanto envergonhado de si mesmo e perambulou pelas ruas durante várias horas, até que a fome o conduziu para casa. Quando voltou, a mãe tinha desaparecido. Isso já estava se tornando comum, na época. Nada faltava ao quarto a não ser a mãe e a irmã. Não haviam levado nenhuma roupa, nem mesmo o sobretudo da mãe. Até hoje, ele não sabia com certeza se ela estava morta. Era perfeitamente possível que apenas tivesse sido mandada para um campo de trabalhos forçados. Quanto à irmã, poderia ter sido removida, como o próprio Winston, para uma das colônias de crianças sem lar (Centros de Recuperação, chamavam), que tinham se multiplicado como resultado da guerra civil, ou poderia ter sido mandada ao campo de trabalho junto com a mãe, ou simplesmente abandonada em algum canto para morrer.

O sonho ainda estava vivo em sua cabeça, em especial o gesto envolvente e protetor do braço, no qual um significado completo parecia estar contido. Sua memória recuou até outro sonho, de dois meses antes. Exatamente como sua mãe havia se sentado na cama suja com a manta branca, com a criança agarrada a si, da mesma maneira ela estava sentada em um navio que afundava, bem abaixo dele e descendo mais fundo a cada minuto, mas ainda olhando para cima, na direção de Winston, através da água turva.

Ele contou a Júlia a história do desaparecimento de sua mãe. Sem abrir os olhos, ela rolou e se ajeitou em uma posição mais confortável.

– Acho que você era um pequeno porco nojento naquela época – foi a resposta sem emoção. – Todas as crianças são como porcos.

– Sim. Mas o ponto importante da história...

A julgar por sua respiração, era evidente que ela adormecera de novo. Winston teria gostado de continuar falando a respeito da mãe. Não supunha, baseado no que conseguia se lembrar, que fosse uma mulher incomum, muito menos inteligente; ainda assim, tinha um tipo de nobreza, de pureza, simplesmente porque os padrões aos quais obedecia eram privados. Seus sentimentos eram seus, não podiam ser alterados por fatores externos. Não teria ocorrido a ela que uma ação sem efeito se torna, por isso, sem significado. Se você amava alguém, você amava esse alguém e, quando nada mais tinha para lhe dar, você ainda lhe dava o seu amor. Quando o chocolate acabou, a mãe abraçou forte sua filha. Era inútil, não mudava nada, não produzia mais chocolate, não revertia a morte da criança ou a dela; mas lhe parecia natural fazer aquilo. A mulher judia refugiada no barco também tinha coberto o menininho com o braço, gesto que não era mais útil contra a munição do que uma folha de papel. A coisa terrível que o Partido fizera fora persuadir você de que meros impulsos, meros sentimentos, não tinham importância, ao mesmo tempo em que lhe roubava todo o controle sobre o mundo material. Uma vez que estivesse nas garras do Partido, o que você sentisse ou deixasse de sentir, como agisse ou se contivesse para não agir, não fazia, literalmente, a menor diferença. Não importa o que acontecesse, você desaparecia, e nunca mais se ouvia falar de você nem de seus atos. Você era totalmente suprimido do fluxo da História. E ainda assim, para as pessoas de apenas duas gerações antes, isso não teria parecido nem um pouco importante, pois elas não estavam tentando alterar a História. Eram governadas por lealdades particulares e não as questionavam. O que importava eram os relacionamentos individuais, e um gesto totalmente desamparado, um abraço, uma lágrima, uma palavra dita a um moribundo, podia ter valor em si mesmo. Os proletas, ocorreu-lhe subitamente, haviam permanecido nessa condição. Eles não eram leais a um partido ou a um país ou a uma ideia; eram leais uns aos outros. Pela primeira vez em sua vida, Winston não sentiu desprezo pelos proletas nem pensou neles como uma mera força inerte que um dia iria acordar para a vida e regenerar o mundo. Os proletas tinham continuado humanos. Não haviam endurecido por dentro. Apegaram-se a emoções primitivas que o próprio Winston precisava reaprender por meio de esforço consciente. E ao pensar nisso ele se lembrou, sem relevância aparente, de como, poucas semanas antes, vira aquela mão seccionada caída no meio da rua, e de como a chutara para a sarjeta como se fosse um talo de repolho.

— Os proletas são seres humanos — disse em voz alta. — Nós não somos humanos.

— Por que não? — indagou Júlia, que tinha despertado de novo.

Ele pensou por um momento.

— Nunca lhe ocorreu que a melhor coisa que temos a fazer é simplesmente sair andando daqui antes que seja tarde demais, e nunca mais nos vermos?

— Sim, querido, isso me ocorreu diversas vezes. Mas não vou fazer isso, mesmo assim.

— Até agora, tivemos sorte, mas não pode durar muito mais. Você é jovem. Sua aparência é normal, inocente. Se ficar longe de gente como eu, poderá continuar viva por mais cinquenta anos.

— Não. Já pensei em tudo. O que você faz, eu vou fazer. E não fique com essa cara de desânimo. Sou boa em permanecer viva.

— Nós podemos ficar juntos por mais seis meses, um ano, não há como saber. No fim, é certeza que estaremos separados. Você percebe como vamos nos sentir absurdamente sozinhos? Quando eles nos pegarem, não haverá nada, literalmente nada, que um de nós possa fazer pelo outro. Se eu confessar, eles vão atirar em você, e se eu me recusar a confessar, eles vão atirar em você do mesmo jeito. Nada do que eu faça ou diga, ou me impeça de dizer, vai adiar sua morte por mais de cinco minutos. Nenhum de nós vai saber nem mesmo se o outro está vivo ou morto. Ficaremos absolutamente sem poder. O que importa é que não devemos trair um ao outro, mesmo que isso não faça a menor diferença.

— Se você está falando sobre confessar, nós vamos acabar confessando, com certeza. Todo mundo confessa. Não há como evitar. Eles nos torturam.

— Não estou falando de confessar. Confissão não é traição. O que você diz ou faz não importa, apenas sentimentos importam. Se eles pudessem me fazer deixar de amar você, isso seria a verdadeira traição.

Júlia refletiu.

– Eles não têm como fazer isso – disse, finalmente. – É a única coisa que não conseguem. Podem obrigar você a dizer qualquer coisa, *qualquer coisa*, mas não podem obrigar você a acreditar nela. Não têm como entrar na sua mente.

– Não – ele respondeu, um pouco mais esperançoso –, não; isso é bem verdade. Eles não podem entrar na sua mente. Se você conseguir sentir que permanecer humano vale a pena, mesmo não dando nenhum resultado nem fazendo a menor diferença, você venceu.

Winston pensou na teletela e em seu equipamento de espionagem, que jamais descansava. Eles podiam espioná-lo noite e dia, mas, se você tivesse juízo, conseguia enganá-los. Com toda a inteligência que tinham, eles nunca haviam conseguido descobrir o que outro ser humano pensava. Talvez isso fosse menos verdade uma vez que se estivesse sob o poder deles. Não se sabia o que acontecia dentro do Ministério do Amor, mas era possível adivinhar: torturas, drogas, instrumentos sensíveis que registravam suas reações nervosas, um desmoronamento gradual por privação de sono e solidão e interrogatórios persistentes. Fatos, de toda maneira, não podiam ser mantidos em segredo. Podiam ser reconstituídos através de perguntas, podiam ser arrancados de você através de tortura. Mas se o objetivo não era permanecer vivo, e sim permanecer humano, que diferença fazia, em última instância? Eles não podiam alterar seus sentimentos; aliás, nem você teria como alterá-los, mesmo que quisesse. Eles podiam exibir explicitamente e com o máximo detalhamento tudo o que você tinha feito ou dito ou pensado; mas o íntimo do seu coração, cujo funcionamento era misterioso até para você mesmo, continuava inviolável.

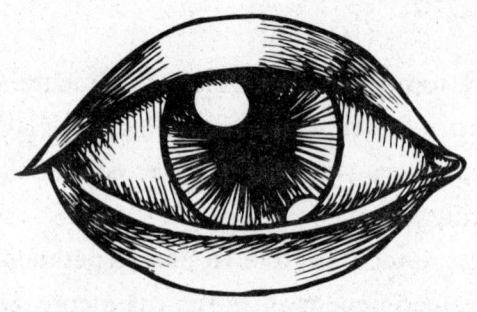

CAPÍTULO 8

Eles conseguiram, finalmente!
A sala onde se encontravam era comprida e suavemente iluminada. A teletela estava reduzida a um volume baixo; a espessura do tapete azul-escuro dava a impressão de se estar pisando em veludo. Na ponta mais distante da sala, O'Brien, sentado à mesa sob uma luz esverdeada, tinha muitos papéis de ambos os lados. Não se dera ao trabalho de levantar o olhar quando o empregado fez Júlia e Winston entrar.

O coração de Winston batia tão forte que ele não sabia se seria capaz de falar. Haviam conseguido, finalmente; era só nisso que conseguia pensar. Foi um ato de imprudência ter ido até ali, e uma insanidade completa chegarem juntos, embora fosse verdade que tinham feito caminhos diferentes e só se encontrado à porta da casa de O'Brien. Entrar em um lugar daqueles exigia controle dos nervos. Apenas em ocasiões muito raras uma pessoa via o interior das casas do Núcleo do Partido ou entrava na região da cidade onde eles viviam. Toda a atmosfera do imenso bloco de apartamentos, a riqueza e a amplitude de tudo, os cheiros nada familiares de boa comida e bom tabaco, os elevadores silenciosos e incrivelmente rápidos deslizando para cima e para baixo, os empregados de casaco branco correndo de um lado para outro, tudo intimidava. Embora Winston tivesse um bom pretexto para estar ali, fora assombrado a cada passo pelo medo de que um guarda em uniforme preto surgisse de repente de uma esquina, exigisse seus documentos e o mandasse ir embora. O empregado de O'Brien, no entanto, havia recebido os dois com boas maneiras. Era um homem baixo, de cabelo escuro e jaqueta branca, com um rosto em forma de diamante completamente inexpressivo, e poderia ser chinês. O corredor pelo qual os conduziu era delicadamente acarpetado, com papel de parede cor creme e lambris brancos, tudo rigorosamente limpo. Aquilo também intimidava. Winston não se lembrava de alguma vez ter visto um corredor cujas paredes não fossem gordurosas pelo contato com corpos humanos.

O'Brien tinha um pedaço de papel entre os dedos e parecia analisá-lo criteriosamente. O rosto forte, curvado para baixo de modo que se via a linha do nariz, parecia ameaçador e inteligente. Por talvez vinte segundos, permaneceu sentado, sem se mover. Então puxou a falaescreve para perto de si e ditou uma mensagem no jargão híbrido dos Ministérios:

– Itens um vírgula cinco vírgula sete aprovados totalmente ponto sugestão contida item seis duplomais ridículo quase pensamentocrime cancelar ponto desprosseguir construção preobter mais estimativas sobrecarga maquinário ponto fim mensagem.

Levantou-se pausadamente da cadeira e foi na direção deles, atravessando o tapete silencioso. Um pouco da atmosfera oficial pareceu ter se dissipado quando ele disse palavras em Novidioma, mas sua expressão estava mais sombria do que o normal, como se não estivesse satisfeito por ser perturbado. O terror que Winston já sentia foi subitamente atravessado por uma torrente de constrangimento. Pareceu-lhe bastante provável que simplesmente tivesse cometido um erro estúpido. Pois que evidência tinha de que O'Brien fosse realmente um conspirador político? Nenhuma, exceto uma centelha nos olhos e uma única observação equivocada; para além disso, restavam apenas suas fabulações secretas, fundadas sobre um sonho. Ele nem poderia usar o pretexto de que tinha ido pegar emprestado o dicionário, porque nesse caso seria impossível explicar a presença de Júlia. Enquanto O'Brien passava em frente à teletela, um pensamento pareceu lhe ocorrer. Ele parou, virou de lado e pressionou um botão na parede. Ouviu-se um estalido agudo. A voz parou.

Júlia soltou um som baixo, uma interjeição de surpresa. Mesmo em meio a seu pânico, Winston ficou chocado demais para conseguir segurar a língua.

– Você pode desligar! – exclamou.

– Sim – respondeu O'Brien. – Nós podemos desligá-la, temos esse privilégio.

Ele se postou diante das visitas. Sua constituição sólida os assombrava e a expressão em seu rosto ainda era indecifrável. Aguardava, com certa teimosia, que Winston falasse, mas sobre o quê? Era bastante provável que ele fosse apenas um homem ocupado questionando, irritado, por que fora interrompido. Ninguém falou. Depois que a teletela foi desligada, um silêncio mortal invadiu a sala. Os segundos passavam lentamente. Com dificuldade, Winston continuou a manter os olhos fixos nos de O'Brien. Depois, de repente, o rosto sombrio se desfez no que poderia ter sido o começo de um sorriso. Com o gesto característico, O'Brien ajeitou os óculos no nariz.

– Devo eu dizer, ou você dirá?

– Eu direi – respondeu Winston prontamente. – A tela está mesmo desligada?

– Sim, tudo está desligado. Nós estamos sozinhos.

– Bem, viemos aqui porque... – Fez uma pausa, dando-se conta pela primeira vez de como seus motivos eram vagos. Como não sabia de fato que tipo de ajuda esperava de O'Brien, não era fácil dizer por que havia ido lá. Mesmo assim prosseguiu, ciente de que sua fala devia soar tanto débil quanto pretensiosa: – Acreditamos que exista um tipo de conspiração, alguma organização secreta, trabalhando contra o Partido, na qual você esteja envolvido. Queremos nos juntar e trabalhar por ela. Somos inimigos do Partido. Nós descremos dos princípios do Socing. Somos criminosos do pensamento, e adúlteros. Estou lhe contando isso porque queremos nos colocar à sua disposição. Se você quiser que nos incriminemos de outra maneira, estamos prontos.

Winston parou e espiou por cima do ombro, com a sensação de que a porta tinha sido aberta. E, de fato, o empregado baixinho de rosto amarelo havia entrado sem bater, carregando uma bandeja com um decantador e copos.

– Martin é dos nossos – disse O'Brien, impassível. – Traga a bebida para cá, Martin. Ponha na mesa redonda. Temos cadeiras suficientes? Então vamos nos sentar e conversar sossegados. Traga uma cadeira para si, Martin. Vamos falar de negócios. Você pode parar de ser um empregado pelos próximos dez minutos.

O homenzinho se sentou, muito à vontade, mas ainda assim com um ar de empregado, de um subalterno desfrutando de um privilégio. Winston o avaliou com o canto dos olhos. Ocorreu-lhe que a vida completa do homem era a interpretação de um papel e que ele achava perigoso sair da personagem mesmo que só por um momento. O'Brien segurou o decantador pela boca e encheu os copos com um líquido vermelho-escuro. Isso despertou em Winston uma memória distante de algo já visto há muito tempo, em um muro ou cartaz publicitário: uma garrafa enorme composta de luzes elétricas que pareciam se mexer para cima e para baixo e despejar o conteúdo em um copo. Visto de cima, o líquido parecia quase preto, mas no decantador brilhava como um rubi. Tinha um cheiro agridoce. Observou Júlia pegar o copo e cheirar com muita curiosidade.

– Chama-se vinho – disse O'Brien com um sorriso pálido. – Você leu a respeito em livros, sem dúvida. Temo que ele quase não chegue às Margens do Partido. – O rosto ficou solene de novo e ele levantou o copo. – Acho que é melhor começar fazendo um brinde. À saúde do nosso Líder. A Emmanuel Goldstein.

Winston apanhou o copo com certa ansiedade. Vinho era algo sobre o que já lera e com o que havia sonhado. Como o peso de papel de vidro e as rimas parcialmente lembradas do senhor Charrington, ele pertencia ao passado extinto e romântico, os velhos tempos, como ele gostava de chamá-lo secretamente, em pensamento. Por algum motivo, sempre pensara que vinho tinha um gosto doce intenso, como o de geleia de amora, e um efeito que intoxicava imediatamente. Na realidade, quando engoliu, achou a coisa francamente decepcionante. A verdade era que, depois de anos bebendo gim, ele mal conseguia sentir o gosto de outra coisa. Pousou o copo vazio.

– Então existe uma pessoa como Goldstein? – perguntou.

– Sim, existe, e ele está vivo. Onde, eu não sei.

– E a conspiração, a organização? É real? Não é só uma invenção da Polícia do Pensamento?

– Não, é real. Nós a chamamos de Irmandade. Você nunca saberá muito mais sobre ela além de sua existência e de que você pertence a ela. Voltarei a isso daqui a pouco. – Consultou o relógio. – Não é inteligente, mesmo para membros do Núcleo do Partido, desligar a teletela por mais do que meia hora. Vocês não deveriam ter vindo juntos, e terão de ir embora separadamente. Você, camarada – inclinou a cabeça para Júlia –, partirá primeiro. Temos cerca de vinte minutos à nossa disposição. Vocês hão de compreender que preciso começar fazendo certas perguntas. Em termos gerais, o que estão preparados para fazer?

– Qualquer coisa de que sejamos capazes – disse Winston.

O'Brien havia se virado um pouco na cadeira e o encarava. Quase ignorou Júlia, parecendo presumir que Winston falava por ela. Por um momento, suas pálpebras baixaram. Ele começou a fazer as perguntas em voz baixa, entediante, como se fossem rotina, uma espécie de catecismo cujas respostas, em sua maioria, já lhe eram conhecidas.

– Estão preparados para dar suas vidas?
– Sim.
– Estão preparados para cometer assassinatos?
– Sim.
– Cometer atos de sabotagem que possam causar a morte de centenas de pessoas inocentes?
– Sim.
– Trair seu país em favor de forças estrangeiras?
– Sim.
– Vocês estão preparados para trapacear, forjar, chantagear, corromper a mente das crianças, distribuir drogas que causam dependência, encorajar a prostituição, disseminar doenças venéreas, fazer qualquer coisa que possa levar à desmoralização e ao enfraquecimento do poder do Partido?
– Sim.
– Se, por exemplo, servisse aos nossos interesses jogar ácido sulfúrico no rosto de uma criança; vocês estão preparados para fazer isso?
– Sim.
– Vocês estão preparados para perder sua identidade e viver o resto da vida como garçons ou trabalhadores das docas?
– Sim.
– Vocês estão preparados para cometer suicídio, se e quando nós assim ordenarmos?
– Sim.
– Vocês estão preparados, os dois, para se separar e nunca mais se verem de novo?
– Não! – interveio Júlia.
Pareceu a Winston que um longo tempo se passou antes que ele respondesse. Por um momento, sentiu que era mudo. Sua língua se agitava em silêncio, formando as primeiras sílabas de uma palavra, depois de outra, de novo e de novo. Até pronunciá-la, não sabia qual palavra iria dizer.

– Não – falou afinal.

– Vocês fizeram bem em me contar – disse O'Brien. – É necessário que nós saibamos tudo.

Virou-se na direção de Júlia e acrescentou, com uma voz ligeiramente mais expressiva:

– Você compreende que, mesmo que ele sobreviva, poderá ser como uma pessoa diferente? Nós talvez sejamos obrigados e dar-lhe uma nova identidade. O rosto, os movimentos, o formato das mãos, a cor do cabelo, até a voz, tudo nele seria diferente. E você mesma talvez também precise se tornar uma pessoa diferente. Nossos cirurgiões podem alterar uma pessoa para além de todo reconhecimento. Às vezes, é necessário. Às vezes, nós até amputamos um membro.

Winston não pôde evitar outro olhar de soslaio para o rosto mongol de Martin. Não viu cicatrizes. Júlia empalideceu um tom, de modo que as sardas estavam realçadas, mas encarou O'Brien corajosamente. Murmurou alguma coisa que parecia uma concordância.

– Bom. Então está combinado.

Havia uma caixa de prata com cigarros em cima da mesa. Com um ar um tanto distraído, O'Brien a empurrou na direção dos outros, pegou um para si, levantou-se e começou a andar lentamente a esmo, como se raciocinasse melhor estando de pé. Os cigarros eram muito bons, grossos e bem embalados, o papel de uma textura sedosa incomum. O'Brien consultou o relógio de novo.

– É melhor você voltar à copa, Martin. Vou ligar a teletela em quinze minutos. Dê uma boa olhada no rosto desses camaradas antes de ir. Você vai vê-los de novo. Eu talvez não.

Exatamente como tinham feito na porta de entrada, os olhos pretos do homenzinho cintilaram nos rostos deles. Não havia um só traço amigável em seus modos. Ele estava memorizando a aparência de ambos, mas não tinha interesse neles, ou não demonstrava ter. Ocorreu a Winston que um rosto sintético talvez fosse incapaz de mudar de expressão. Sem falar nem fazer nenhum tipo de saudação, Martin saiu, fechando a porta silenciosamente atrás de si. O'Brien continuava a andar de um lado para outro, uma das mãos no bolso do macacão preto, a outra segurando o cigarro.

– Vocês compreendem – prosseguiu – que estarão lutando no escuro. Sempre no escuro. Vocês receberão ordens e obedecerão sem saber por quê. Mais tarde eu lhes enviarei um livro, no qual aprenderão a verdadeira natureza da sociedade em que vivemos e a estratégia pela qual haveremos de destruí-la. Quando acabarem de ler, serão membros plenos da Irmandade. Mas entre os objetivos gerais pelos quais estamos lutando, e as tarefas imediatas do momento, vocês jamais saberão de nada. Eu lhes digo que a Irmandade existe, mas não posso contar se ela possui cem membros ou dez milhões. A partir de sua experiência pessoal, vocês nunca serão capazes de dizer se ela chega ao menos a uma dúzia. Receberão três ou quatro contatos, renovados de tempos em tempos, conforme desaparecerem. Como este foi seu primeiro contato, será preservado. Quando vocês receberem ordens, elas partirão de mim. Se julgarmos necessário nos comunicar com vocês, será por meio do Martin. Quando forem pegos, irão confessar. Isso é inevitável. Mas terão pouco a confessar além das próprias ações. Não terão como trair mais do que um punhado de pessoas sem importância. Provavelmente, não trairão nem mesmo a mim. Pode ser que eu esteja morto, ou tenha me tornado uma pessoa diferente, com um rosto diferente.

Ele continuou a andar sobre o tapete macio. A despeito do corpo volumoso, havia uma graça notável em seus movimentos, que aparecia até mesmo no gesto de enfiar a mão no bolso ou manusear o cigarro. Mais até do que força, O'Brien transmitia uma impressão de confiança e de compreensão disfarçada de ironia. Por mais que falasse seriamente, não tinha nada da bitola mental de um fanático. Quando se referia a assassinato, suicídio, doença venérea, membros amputados e rostos alterados, era com um leve ar de galhofa. "Isso é inevitável", sua voz parecia dizer;

"isso é o que precisamos fazer, sem recuo. Mas não é o que faremos quando a vida valer a pena de novo". Uma onda de admiração, quase de adoração, fluiu de Winston em direção a O'Brien. No momento, ele tinha esquecido a figura indistinta de Goldstein. Olhando para os ombros fortes de O'Brien e o rosto de traços francos, feio e ainda assim tão civilizado, era impossível acreditar que ele pudesse ser derrotado. Não havia estratagema ao qual ele não pudesse se igualar, nenhum perigo que não pudesse antever. Até Júlia parecia impressionada. Ela deixara o cigarro queimar e estava escutando atentamente, conforme O'Brien prosseguia:

– Vocês devem ter ouvido rumores sobre a existência da Irmandade. Sem dúvida, formaram a própria imagem dela. Imaginaram, provavelmente, um mundo paralelo de conspiradores que se encontram secretamente em porões, rabiscam mensagens nos muros, reconhecem um ao outro por palavras em código ou por movimentos especiais da mão. Nada do tipo existe. Os membros da Irmandade não têm meios de se reconhecer e é impossível para um membro conhecer a identidade de mais do que alguns poucos. O próprio Goldstein, se caísse nas mãos da Polícia do Pensamento, não poderia fornecer uma lista completa dos membros nem outra informação que os levasse a ela. Tal lista não existe. A Irmandade não pode ser extinta porque não é uma organização no sentido comum. Nada a mantém unida exceto uma ideia, que é indestrutível. Vocês nunca terão nada que os apoie, exceto a ideia, e não receberão vantagens nem encorajamento. Quando finalmente forem pegos, não terão nenhuma ajuda. Nós nunca ajudamos nossos membros. No máximo, quando é absolutamente necessário que alguém seja silenciado, de vez em quando conseguimos contrabandear uma lâmina para dentro da cela de um prisioneiro. Vocês precisarão se acostumar a viver sem resultados e sem esperança. Trabalharão por um período, serão pegos, confessarão e morrerão. Esses são os únicos resultados que irão ver. Não existe possibilidade de alguma mudança perceptível ocorrer durante nossa existência. Nós estamos mortos. Nossa única vida verdadeira está no futuro. Tomaremos parte dele como punhados de pós e lascas de osso. Mas a que distância esse futuro está, não se sabe. Podem ser mil anos. No presente, nada é possível, exceto ampliar aos poucos a zona de sanidade. Não podemos agir de modo coletivo, apenas espalhar nosso conhecimento de indivíduo em indivíduo, geração após geração. Com a Polícia do Pensamento, não há outra maneira.

Parou e consultou o relógio pela terceira vez.

– Está quase na hora de você partir, camarada – disse para Júlia. – Espere. Aquele decantador ainda está cheio até a metade.

Encheu os copos e ergueu o dele pela haste.

– A que brindaremos, desta vez? – indagou, ainda com uma leve ironia. – À confusão da Polícia do Pensamento? À morte do Grande Irmão? À humanidade? Ao futuro?

– Ao passado – disse Winston.

– O passado é mais importante – concordou O'Brien gravemente.

Esvaziaram os copos e um momento depois Júlia se levantou para sair. O'Brien retirou uma pequena caixa do alto de um armário e entregou a ela um tablete branco e achatado, recomendando que o pusesse sob a língua. Era importante, ele falou, não sair cheirando a vinho: os ascensoristas eram muito observadores. Assim que a porta se fechou atrás dela, ele pareceu se esquecer de sua existência. Deu mais alguns passos e então parou.

– Há detalhes a resolver. Presumo que vocês tenham um esconderijo de algum tipo...

Winston explicou sobre o quarto acima da loja do senhor Charrington.

– Isso vai bastar por enquanto. Mais tarde providenciaremos outra coisa para você. É importante mudar o esconderijo com frequência. Enquanto isso, vou lhe mandar uma cópia *do livro*. – O'Brien, Winston reparou, parecia pronunciar as palavras como se elas estivessem em itálico. – O livro de Goldstein, você entende. Assim que possível. Pode levar alguns dias até que eu consiga um exemplar. Não existem muitos, como você pode imaginar. A Polícia do Pensamento os caça e destrói quase tão rápido quanto conseguimos produzi-lo. Faz bem pouca diferença. O livro é indestrutível. Se a última cópia sumisse, nós o reproduziríamos quase palavra a palavra. Você leva alguma pasta para o trabalho?

– Em geral, sim.

– Como ela é?

– Preta, muito gasta. Com duas tiras.

– Preta, duas tiras, muito gasta; bom. Um dia no futuro próximo, não posso lhe dar uma data certa, uma das mensagens em seu trabalho matutino conterá uma palavra impressa com erro e você precisará pedir uma repetição. No dia seguinte, irá trabalhar sem sua pasta. Em algum momento do dia, na rua, um homem vai tocá-lo no braço e dizer: "Acho que você deixou cair sua pasta". A que ele lhe entregar conterá uma cópia do livro de Goldstein. Você devolverá em catorze dias.

Ficaram em silêncio por um momento.

– Restam alguns minutos antes que você tenha de ir – disse O'Brien. – Vamos nos ver de novo, se é que nos encontraremos...

Winston olhou para cima, na direção dele.

– No lugar onde não há escuridão? – indagou, hesitante.

– No lugar onde não há escuridão – respondeu O'Brien, como se reconhecesse a alusão. – E, nesse intervalo, há algo que você queira dizer antes de ir embora? Algum recado? Alguma pergunta?

Winston pensou. Não parecia haver nenhuma pergunta que quisesse fazer, nem o menor impulso de verbalizar alguma frase feita para causar impacto. Em vez de algo diretamente relacionado a O'Brien ou à Irmandade, veio-lhe à mente uma espécie de imagem composta do quarto escuro onde a mãe passara seus últimos dias, o quartinho acima da loja do senhor Charrington, o peso de papel de vidro e a gravura de aço na moldura de jacarandá. Quase aleatoriamente, ele disse:

– Você alguma vez ouviu uma velha rima que começa com *Laranjas e limões de baixa acidez/ cantam os sinos de São Dinamarquês?*

De novo O'Brien assentiu. Com uma espécie de mesura grave, completou a estrofe:

> *Laranjas e limões de baixa acidez,*
> *cantam os sinos de São Dinamarquês*
> *Passe pra cá um dinheirinho,*
> *estamos na igreja de São Martinho*
> *Quando eu lhe pagarei,*
> *cantam os sinos de Old Bailey*
> *Um dia serei rico, acredite,*
> *cantam os sinos de Shoreditch*

– Você conhece o último verso!
– Sim, conheço. E agora, receio que esteja na hora de você partir. Mas espere. É melhor eu lhe dar um daqueles tabletes.

Enquanto Winston se levantava, O'Brien estendeu o braço. O aperto forte esmagou os ossos da mão de Winston. À porta, ele olhou para trás, mas O'Brien já parecia estar no processo de expulsá-lo da mente. Aguardava sua saída com a mão no interruptor que controlava a teletela. Além dele, Winston conseguia ver a escrivaninha com a luz esverdeada e a falaescreve e as lixeiras de arame transbordando de papéis. O episódio estava encerrado. Dali a trinta segundos, ocorreu-lhe, O'Brien retomaria o importante trabalho em benefício do Partido, interrompido momentaneamente.

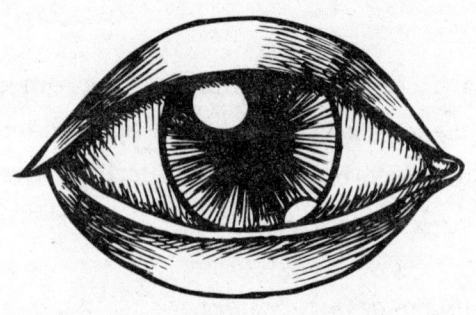

CAPÍTULO 9

Winston estava mole de cansaço. Mole era a palavra certa. Tinha surgido espontaneamente em sua cabeça. Seu corpo parecia ter não só a fraqueza de uma geleia, mas sua translucidez. Sentia que, se erguesse a mão, seria capaz de ver a luz através dela. Todo o sangue e toda a linfa tinham sido drenados para fora dele por uma enorme orgia de trabalho, deixando apenas uma frágil estrutura de nervos, ossos e pele. Todas as sensações pareciam intensificadas. O macacão pinicava seus ombros, o calçamento fazia cócegas em seus pés, até o abrir e fechar da mão era um esforço que fazia as juntas ranger.

Trabalhara mais de noventa horas em cinco dias, assim como todo mundo no Ministério. Agora estava tudo acabado e ele não tinha literalmente nada a fazer, nenhum trabalho para o Partido, até a manhã seguinte. Podia passar seis horas no esconderijo e mais nove na própria cama. Lentamente, ao sol brando da tarde, subiu uma rua imunda em direção à loja do senhor Charrington, de olhos atentos às patrulhas, mas irracionalmente convencido de que naquela tarde não havia perigo de alguém o perturbar. A pasta pesada que levava batia contra seus joelhos a cada passo, disparando uma sensação de formigamento na perna. Dentro dela repousava *o livro*, que estava com ele fazia seis dias, e que ele ainda não tinha aberto nem olhado.

No sexto dia da Semana do Ódio, depois das procissões, dos discursos, dos gritos, da cantoria, das bandeiras, dos cartazes, dos filmes, dos trabalhos em cera, do bater de tambores e guinchar de trombetas, dos passos pesados dos pés em marcha, do triturar das esteiras rolantes dos tanques, do rugido dos aviões em grupo, do disparar de armas – depois de seis dias disso, quando o grande orgasmo vibrava pela proximidade do clímax, e o ódio generalizado contra a Eurásia tinha fervido até a ebulição, em tamanho delírio que, se a multidão pudesse pôr as mãos nos dois mil criminosos de guerra eurasianos que seriam enforcados em público no último dia dos eventos, teria com certeza feito em pedacinhos cada um deles –, bem nesse momento, fora anunciado que a Oceania não estava em guerra com a Eurásia. A Oceania estava em guerra com a Lestásia. A Eurásia era aliada.

Claro que ninguém admitiu ter feito alguma mudança. Apenas veio a público, de repente e em todos os lugares ao mesmo tempo, que a Lestásia era o inimigo, e não a Eurásia. Winston participava de uma manifestação em uma das praças centrais de Londres quando isso aconteceu. Era noite, e os rostos brancos e as bandeiras escarlate estavam furiosamente iluminados. A praça continha milhares de pessoas, incluindo um bloco de aproximadamente mil crianças em idade escolar usando o uniforme dos Espiões. Em um púlpito forrado de tecido escarlate plissado, um orador do Núcleo do Partido, homem baixo e magro, com longos braços desproporcionais e um crânio grande, careca, do qual pendiam umas poucas mechas cacheadas, discursava para a multidão. Figura miúda como o duende Rumpelstiltskin, contorcido de ódio, ele apertava o microfone com uma das mãos enquanto a outra, enorme na ponta do braço ossudo, esforçava-se para pegar o ar acima de sua cabeça. Sua voz, sintetizada pelos amplificadores, despejava um catálogo interminável de atrocidades, massacres, deportações, saques, estupros, tortura de prisioneiros, bombardeio de civis, notícias falsas, agressões injustas, tratados desrespeitados. Era quase impossível ouvi-lo sem se sentir, primeiro, convencido e depois, enlouquecido. A cada momento, a fúria da multidão aumentava e a voz do orador era abafada pelo rugido bestial que se elevava incontrolavelmente de milhares de gargantas. Os berros mais selvagens vinham das crianças. O discurso prosseguia há talvez vinte minutos quando um mensageiro correu para o púlpito e um pedaço de papel foi discretamente enfiado na mão do orador. Ele desenrolou e leu sem fazer uma só pausa. Nada se alterou em sua voz ou em seus modos ou no conteúdo do que dizia, mas os nomes eram diferentes. Sem que palavras fossem ditas, uma onda de entendimento perpassou a multidão. A Oceania estava em guerra com a Lestásia! No momento seguinte, houve uma comoção tremenda. As bandeiras que decoravam a praça estavam todas erradas! Ao menos metade delas exibia os rostos errados. Era sabotagem! Os agentes de Goldstein estavam trabalhando! Houve um interlúdio turbulento enquanto cartazes eram arrancados dos muros, bandeiras eram retalhadas e esmagadas sob pés. Os Espiões executaram prodígios na atividade de subir aos telhados e cortar as flâmulas que voejavam das chaminés. Mas em dois ou três minutos tudo acabou. O orador, ainda apertando o microfone, os ombros curvados para a frente, a mão livre agarrando o ar, prosseguia inabalável com o discurso. Mais um minuto e os rugidos ferozes de raiva explodiam de novo da multidão. O ódio continuava exatamente como antes; apenas o alvo tinha sido alterado.

O que impressionou Winston, quando olhou para trás, era que o orador tinha mudado de uma linha para a seguinte no meio de uma frase, não apenas sem pausa, mas sem interromper a sintaxe. No momento, porém, ele tinha outras coisas com que se preocupar. Foi durante o momento de revolta, enquanto os cartazes eram rasgados, que um homem cujo rosto ele não viu deu um tapinha em seu ombro e disse:

– Com licença, acho que você deixou cair sua pasta.

Winston a pegou distraidamente, sem falar. Sabia que levaria dias até que tivesse uma oportunidade de olhar lá dentro. No instante em que a demonstração acabou, ele foi diretamente para o Ministério da Verdade, embora já fossem quase vinte e três horas. A equipe toda do Ministério tinha feito o mesmo. As ordens que já saíam da teletela, chamando-os a seus postos, nem eram mais necessárias.

A Oceania estava em guerra com a Lestásia – na verdade, sempre estivera. Grande parte da literatura política dos cinco anos anteriores estava completamente obsoleta. Relatórios e registros de todos os tipos, jornais, livros, panfletos, filmes, trilhas sonoras, fotografias, tudo precisava ser retificado à velocidade da luz. Embora nenhuma instrução tivesse sido emitida, era sabido que os chefes do Departamento pretendiam que, em uma semana, nenhuma referência à guerra com a Eurásia, ou à aliança com a Lestásia, restasse em lugar nenhum. O trabalho era esmagador, tanto mais porque os processos envolvidos não podiam ser chamados por seus nomes verdadeiros. Todo mundo no Departamento de Registros trabalhou dezoito horas a cada vinte e quatro, com intervalos de duas ou três horas de sono. Colchões foram trazidos dos porões e dispostos nos corredores; refeições consistindo de sanduíches e Café Vitória foram servidas em carrinhos por atendentes da cantina. Cada vez que Winston interrompia o trabalho para um de seus intervalos de sono, tentava deixar a mesa limpa e sem trabalho, e a cada vez que se arrastava de volta, com os olhos grudentos e doloridos, descobria que outra chuva de papéis caíra sobre a mesa como neve, soterrando parcialmente a falaescreve e transbordando para o chão, de modo que o primeiro passo era sempre arrumar tudo em uma pilha organizada o suficiente para lhe dar espaço para trabalhar. O pior de tudo era que o trabalho não era de forma nenhuma puramente mecânico. Com frequência dava para apenas substituir um nome por outro, mas cada registro detalhado dos eventos exigia cuidado e criatividade. Até mesmo o conhecimento de geografia de que uma pessoa precisava para transferir a guerra de uma parte do mundo para outra era considerável.

No terceiro dia, seus olhos doíam insuportavelmente, e os óculos precisavam ser limpos a cada poucos minutos. Era como enfrentar uma tarefa física extenuante, algo que uma pessoa tinha o direito de recusar, mas que, apesar disso, se sentia neuroticamente ansiosa por concluir. Na medida em que teve tempo para se lembrar do fato, ele não se incomodava que cada palavra murmurada na falaescreve e cada golpe de sua caneta fosse uma mentira deliberada. Estava tão ansioso quanto os outros do Departamento para que a falsificação ficasse perfeita. Na manhã do sexto dia, a torrente dos cilindros foi aliviada. Por até trinta minutos, nada saiu do tubo; depois veio mais um cilindro, depois nada. Em todos os lugares, aproximadamente ao mesmo tempo, o trabalho diminuía. Um suspiro profundo e, como precisava ser, secreto percorreu o Departamento. Um feito notável, que jamais poderia ser mencionado, tinha sido alcançado. Agora, era impossível a qualquer ser humano provar, por evidência documental, que a guerra com a Eurásia tivesse acontecido. Às doze horas, foi inesperadamente anunciado que todos os trabalhadores do Ministério estavam liberados até a manhã seguinte. Winston, ainda carregando a pasta contendo *o livro*, que tinha permanecido entre seus pés enquanto ele trabalhava e sob seu corpo enquanto dormia, foi para casa, fez a barba e quase adormeceu no banho, embora a água estivesse pouco mais que morna.

Com um impulso de ânimo, subiu a escada para a parte superior da loja do senhor Charrington. Estava cansado, mas já não tinha sono. Abriu a janela, acendeu o pequeno fogareiro sujo e pôs uma panela de água para o café. Júlia chegaria dali a pouco; enquanto isso, havia *o livro*. Ele se acomodou na poltrona desmazelada e abriu as tiras da pasta.

Um volume preto e pesado, rusticamente encadernado, sem nome nem título na capa. A impressão também parecia ligeiramente irregular.

As páginas estavam gastas nos cantos e soltavam com facilidade, como se o livro tivesse passado por muitas mãos. A inscrição na folha de rosto dizia:

A TEORIA E A PRÁTICA
DO COLETIVISMO OLIGÁRQUICO
de
Emmanuel Goldstein

Winston começou a ler.

Capítulo 1
IGNORÂNCIA É FORÇA

Ao longo de todo o tempo registrado, e provavelmente desde o fim do Período Neolítico, existem três grupos humanos no mundo: os Altos, os Médios e os Baixos. Eles foram subdivididos de muitos modos, receberam vários nomes diferentes, e sua quantidade, assim como suas atitudes de convivência, variaram de época a época; mas a estrutura principal da sociedade nunca se alterou. Mesmo depois de enormes convulsões e de mudanças aparentemente irrevogáveis, o mesmo padrão sempre se restabeleceu, assim como um giroscópio sempre volta ao equilíbrio, não importa quanto seja inclinado para um lado ou para outro.

Os objetivos desses grupos são totalmente incompatíveis.

Winston parou de ler, principalmente para desfrutar do fato de que *estava* lendo, em conforto e segurança. Encontrava-se sozinho: nenhuma teletela, nenhuma orelha na fechadura, nenhum impulso nervoso de espiar por cima dos ombros ou cobrir a página com a mão. A brisa suave do verão soprava em seu rosto. De algum lugar ao longe vinham gritos fracos de crianças; no quarto propriamente dito não havia nenhum som, exceto o zunido do relógio. Ele afundou mais na poltrona e pôs os pés no anteparo da lareira. Era uma bênção, era a eternidade. De repente, como as pessoas às vezes fazem com um livro que, em última instância, sabem que vão ler e reler, ele o abriu em um lugar diferente e caiu no terceiro capítulo. Prosseguiu na leitura:

Capítulo 3
GUERRA É PAZ

A divisão do mundo em três grandes superestados era um evento que poderia ser antevisto, e de fato foi, antes da metade do século XX. Com a absorção da Europa pela Rússia e do Império Britânico pelos Estados Unidos, duas das três potências estabelecidas hoje, Eurásia e Oceania, passaram a existir. A terceira, a Lestásia, só emergiu como unidade distinta depois de mais uma década de lutas confusas. As fronteiras entre os três superestados são arbitrárias em alguns pontos e, em outros, flutuam ao sabor dos acasos da guerra, mas no geral acompanham os limites geográficos. A Eurásia compreende toda a parte norte dos continentes europeu e asiático, desde Portugal até o Estreito de Bering. A Oceania compreende as Américas, as ilhas do Atlântico, incluindo as britânicas, Australásia e a porção sul da África. A Lestásia, menor do que as outras e com uma fronteira oeste menos definida, compreende a China e os países ao sul dela, com as ilhas japonesas e uma porção grande, porém instável, da Manchúria, da Mongólia e do Tibete.

Em uma combinação ou outra, esses três superestados vêm guerreando de modo permanente nos últimos vinte e cinco anos.

A guerra, entretanto, já não é a luta desesperada e aniquiladora que foi nas primeiras décadas do século XX. É um confronto de objetivos limitados entre combatentes incapazes de se destruir mutuamente, não têm uma causa material pela qual lutar e não se dividem por nenhuma diferença ideológica genuína. Isso não é dizer que a condução da guerra, ou a atitude predominante em relação a ela, tenha se tornado menos sanguinária ou mais diplomática. Ao contrário, a histeria é contínua e universal em todos os países, assim como estupro e saques, massacre de crianças, redução de populações inteiras à condição de escravos e represálias contra prisioneiros, que chegam ao ponto de carbonizá-los e enterrá-los vivos. Essas são atitudes vistas como normais e, quando cometidas pelo nosso lado e não pelo inimigo, meritórias. Mas, no aspecto físico, a guerra envolve um contingente muito pequeno, com a maioria sendo especialistas altamente treinados, e provoca relativamente poucas baixas. Os combates, quando ocorrem, são em fronteiras remotas cuja localização o homem médio mal adivinha, ou ao redor da Fortaleza Flutuante, que vigia pontos estratégicos em trechos marinhos. Nos centros urbanos, a guerra não acarreta mais do que uma carência contínua de bens de consumo e a queda ocasional de uma bomba, que pode causar umas poucas mortes. Na verdade, o caráter da guerra mudou. Mais exatamente, as razões pelas quais a guerra é empreendida mudaram em ordem de importância. Motivos que, em alguma pequena medida, já estavam presentes nas grandes guerras do início do século XX, agora se tornaram dominantes, são reconhecidos conscientemente e a eles se reage de acordo.

Para entender a natureza da guerra atual – pois, a despeito dos reagrupamentos que ocorrem a cada poucos anos, trata-se sempre da mesma guerra –, deve-se compreender em primeiro lugar que é impossível torná-la decisiva. Nenhum dos três superestados poderia ser conquistado em definitivo, nem mesmo se os outros dois se unissem. Os três são muito equivalentes, e suas defesas naturais, igualmente temíveis. A Eurásia é protegida pelo território vasto. A Oceania, pela largura do Atlântico e do Pacífico; a Lestásia, pela fecundidade e pela diligência de seus habitantes. Em segundo lugar, no aspecto material, já não existe pelo que lutar. Com o estabelecimento de economias autônomas, nas quais a produção e o consumo são direcionados um ao outro, a disputa por mercados, que era uma causa importante das guerras anteriores, chegou ao fim, ao passo que a competição por matérias-primas não é mais uma questão de vida ou morte. De todo modo, cada um dos três superestados é tão vasto que pode obter dentro das próprias fronteiras quase todos os materiais de que precisa. Na medida em que a guerra tem um propósito econômico direto, trata-se de uma guerra por força de trabalho. Entre as fronteiras dos superestados, e sem pertencer definitivamente a nenhum deles, existe um quase quadrilátero cujos cantos ficam em Tânger, Brazzaville, Darwin e Hong Kong, e que contém cerca de um quinto da população da Terra. É pela posse dessas regiões densamente povoadas, e pela calota de gelo do norte, que as três potências estão constantemente lutando. Na prática, nenhuma delas sozinha jamais controlaria a totalidade da área em disputa. Partes dela estão sempre em transição de governo, e é a oportunidade de dominar este ou aquele pedaço, por meio de um ataque súbito ou de uma traição, que determina as infindáveis mudanças de alinhamento.

Todos os territórios disputados contêm minerais valiosos e alguns deles produzem insumos vegetais importantes, tais como a borracha, que em climas mais frios precisa ser sintetizada por meios relativamente caros. Acima de tudo, no entanto, eles possuem reservas sem fim de mão de obra barata. Qualquer potência que controle a África equatorial ou os países do Oriente Médio, ou o sul da Índia, ou o arquipélago indonésio, vai dispor também dos corpos de centenas de milhões de operários mal remunerados e muito trabalhadores. Os habitantes dessas áreas, reduzidos praticamente à condição de escravos, passam continuamente de conquistador a conquistador, e são gastos tanto quanto carvão ou petróleo na corrida para fabricar mais armamentos, para dominar mais territórios, para controlar mais força de trabalho, para fabricar mais armamentos, para dominar mais territórios e assim sucessivamente. Deve-se observar que os conflitos nunca avançam de fato para além das bordas das áreas disputadas. As fronteiras da Eurásia oscilam entre a bacia do Rio Congo e a costa norte do Mediterrâneo; as ilhas do Oceano Índico e do Pacífico estão constantemente dominadas e empossadas pela Oceania ou pela Lestásia; na Mongólia, a linha que divide a Eurásia e a Lestásia nunca é estável; ao redor do Polo, todas as três potências alegam possuir territórios enormes que, de fato, são amplamente inabitados e não explorados; mas o equilíbrio de forças permanece relativamente equiparado, e o território que constitui o núcleo rígido de cada superestado continua sempre blindado. Além disso, o trabalho dos povos explorados ao redor do Equador não é realmente necessário à economia mundial. Nada acrescentam à riqueza do mundo, uma vez que tudo o que produzem é usado para propósitos de guerra, e o objetivo de empreender uma guerra é sempre estar em uma posição melhor para empreender outra. Por meio de seu trabalho, as populações escravizadas permitem que a velocidade dos conflitos aumente. Porém, se esses povos não existissem, a estrutura da sociedade mundial, e o processo pelo qual ela se mantém, não seria tão diferente.

O objetivo primordial da guerra moderna (de acordo com os princípios do *duplopensar*, esse objetivo é simultaneamente reconhecido e não reconhecido pelos cérebros dirigentes do Núcleo do Partido) é consumir a produção da máquina sem com isso elevar o padrão geral de vida. Desde o fim do século XIX, o problema do que fazer com o excesso dos bens de consumo é latente na sociedade industrial. No momento, quando poucos seres humanos têm o suficiente para comer, esse problema não é urgente e talvez nunca tivesse se tornado, mesmo que nenhum processo artificial de destruição tivesse sido posto em prática. O mundo de hoje é um lugar saqueado, seco e arruinado na comparação com o mundo que existia antes de 1914, e mais ainda se comparado ao futuro imaginário pelo qual as pessoas daquele período ansiavam. No início do século XX, a visão de uma sociedade futura incrivelmente rica, desocupada, ordeira e eficiente (um mundo antisséptico reluzente de vidro, aço e concreto branco como a neve) era parte da consciência de praticamente toda pessoa letrada. A ciência e a tecnologia estavam se desenvolvendo a uma velocidade incrível e parecia natural supor que continuaria assim. Isso não ocorreu, em parte, em razão do empobrecimento causado por uma longa série de guerras e revoluções e, em parte, porque o progresso científico e tecnológico dependia do hábito do pensamento empírico, o qual não poderia sobreviver em uma sociedade estritamente ordenada. Como um todo, o mundo é mais primitivo hoje do que era há cinquenta anos. Certas áreas remotas avançaram, e diversos dispositivos, sempre de algum modo relacionados à guerra e à espionagem policial, foram desenvolvidos, mas o experimento e a invenção foram em larga medida interrompidos, e a devastação da guerra atômica dos anos 1950 nunca foi totalmente compensada. Ainda assim, os riscos inerentes à máquina persistem. Desde o momento em que a máquina fez sua primeira aparição, ficou claro para todas as pessoas pensantes que a necessidade da labuta humana, e, portanto, em grande medida, a necessidade da desigualdade humana, tinha desaparecido. Se a máquina fosse usada deliberadamente para esse fim, a fome, o excesso de trabalho, a sujeira, o analfabetismo e a doença poderiam ser eliminados no intervalo de algumas gerações. E de fato, mesmo sem ser empregada com algum desses propósitos, e sim em uma espécie de processo automático, produzindo uma riqueza que algumas vezes foi impossível não distribuir, a máquina elevou significativamente os padrões de vida do ser humano médio durante cerca de cinquenta anos, no final do século XIX e início do XX.

Mas ficou claro também que um aumento generalizado da riqueza ameaçava destruir a sociedade de hierarquias (de fato, em certo sentido, era sua destruição). Em um mundo no qual todos trabalhassem poucas horas, tivessem o suficiente para comer, morassem em uma casa com banheiro e geladeira, tivessem um carro ou até um avião, a forma mais óbvia de desigualdade, e talvez a mais importante, já teria sumido. Caso se tornasse generalizada, a riqueza já não iria conferir distinção. Seria possível, sem dúvida, imaginar uma sociedade na qual a *riqueza*, no sentido de posses e luxos individuais, fosse distribuída igualmente, enquanto o *poder* permanecesse nas mãos de uma pequena casta privilegiada. Mas, na prática, uma sociedade assim não seria estável por muito tempo. Pois, se o lazer e a segurança fossem desfrutados por todos da mesma forma, a grande massa de seres humanos que normalmente é tornada estúpida pela pobreza seria letrada e aprenderia a pensar por si mesma; e, ao fazer isso, cedo ou tarde perceberia que a minoria privilegiada não tem função, e acabaria com ela. No longo prazo, uma sociedade hierarquizada só seria possível com base em pobreza e ignorância. Voltar ao passado agrícola, como alguns pensadores do início do século XX sonhavam fazer, não era uma solução viável, pois colidia com uma tendência à mecanização que havia se tornado quase instintiva praticamente no mundo todo; além disso, todo país tecnologicamente ultrapassado se tornava vulnerável do ponto de vista militar e estava fadado a se submeter, direta ou indiretamente, a seus rivais mais avançados.

Tampouco era uma solução satisfatória manter as massas na pobreza pela restrição à produção de bens. Isso aconteceu em grande medida na fase final do capitalismo, aproximadamente entre 1920 e 1940. Permitiu-se que a economia de alguns países estagnasse, a terra ficou sem cultivo, não houve acréscimo de bens de capital, grandes parcelas da população foram impedidas de trabalhar e mantidas em modo de sobrevivência pela caridade do Estado. Mas isso também implicava vulnerabilidade militar e, uma vez que as privações infligidas eram obviamente desnecessárias, a oposição se tornou inevitável. O problema era manter as rodas da indústria girando, sem aumentar a riqueza real do mundo. Bens devem ser produzidos, mas não distribuídos. E, na prática, o único modo de alcançar isso era pelo estado contínuo de guerra.

O ato essencial da guerra é a destruição, não necessariamente de vidas humanas, mas dos produtos do trabalho humano. É um modo de estilhaçar, ou lançar na atmosfera, ou jogar nas profundezas do mar, materiais que poderiam ser usados para deixar as massas muito confortáveis e assim, no longo prazo, inteligentes demais. Mesmo quando as armas de guerra não são de fato destruídas, sua fabricação ainda é um modo conveniente de gastar força de trabalho sem produzir nada que possa ser consumido. Uma Fortaleza Flutuante, por exemplo, contém em si um trabalho que teria construído uma centena de navios de carga. Em última análise, ela é sucateada até a obsolescência sem jamais ter trazido nenhum benefício material a ninguém, e com grandes esforços uma futura Fortaleza Voadora é construída. Em princípio, o esforço de guerra é sempre planejado de maneira a consumir todo excedente que possa existir depois que as parcas necessidades da população forem satisfeitas. Na prática, as necessidades da população são sempre subestimadas, resultando em uma carência crônica de metade das necessidades da vida; mas isso é visto como uma vantagem. É uma política deliberada manter até mesmo os grupos favorecidos em algum ponto próximo da dificuldade, porque um estado geral de escassez aumenta a importância dos pequenos privilégios e assim amplia a diferença entre um grupo e outro. Pelos padrões do início do século XX, até um membro do Núcleo do Partido leva um tipo de vida ostensivo e elaborado. Mesmo assim, os poucos luxos de que ele desfruta, o apartamento amplo e bem equipado, o tecido fino de suas roupas, a alta qualidade de sua comida, bebida e tabaco, seus dois ou três empregados, seu carro ou helicóptero particular, o posicionam em um mundo diferente daquele de um membro das Margens do Partido, e os membros das Margens do Partido têm uma vantagem semelhante em comparação às massas submersas que nós chamamos de "proletas". A atmosfera social é a de uma cidade sitiada, em que a posse de um pedaço de carne de cavalo marca a diferença entre a riqueza e a pobreza. Ao mesmo tempo, a consciência de estar em guerra, portanto em perigo, faz a transferência de poder para uma pequena casta parecer uma condição de sobrevivência natural, inevitável.

A guerra, conforme será mostrado, não apenas executa a destruição necessária, mas o faz de um modo psicologicamente aceitável. Em princípio, seria bastante simples desperdiçar o trabalho excedente do mundo na construção de templos e pirâmides, cavando buracos e depois os preenchendo de novo, ou mesmo produzindo vastas quantidades de bens e depois os incinerando. Mas isso apenas forneceria a base econômica, e não a emocional, para uma sociedade hierarquizada. O que está em questão não é a moral das massas, cuja atitude é sem importância desde que continuem firmes no trabalho, mas a moral do próprio Partido. Mesmo do mais humilde membro do Partido espera-se que seja competente, trabalhador e até inteligente, dentro de certos limites estreitos, mas é necessário também que ele seja um fanático crédulo e ignorante, cujos humores predominantes sejam medo, ódio, bajulação e êxtase quase de uma orgia. Em outras palavras, é necessário que ele tenha a mentalidade adequada a um estado de guerra. Não importa se a guerra está de fato acontecendo e, uma vez que nenhuma vitória decisiva é possível, não importa se a guerra está indo bem ou mal – basta que exista um estado de guerra. A fragmentação da inteligência, que o Partido demanda de seus membros e que é mais facilmente atingível em uma atmosfera de guerra, é agora quase universal, mas, quanto mais alto se sobe no escalão, mais acentuada ela se torna. É precisamente no Núcleo do Partido que a histeria de guerra e o ódio ao inimigo são mais fortes. Em sua função como administrador, é frequentemente necessário que um membro do Núcleo do Partido saiba que este ou aquele tópico do noticiário de guerra é inverídico, e ele pode ter ciência de que a guerra toda é espúria e que ou não está acontecendo, ou está sendo empreendida por propósitos diferentes daqueles que são declarados; mas tal ciência é neutralizada pela técnica do duplopensar. Enquanto isso, nenhum membro do Núcleo do Partido hesita nem por um instante em sua crença mística de que a guerra é real e que está fadada a terminar vitoriosamente, com a Oceania como soberana absoluta do mundo todo.

Todos os membros do Núcleo do Partido acreditam nessa conquista vindoura com uma fé inabalável. Ela será atingida ou gradualmente tomará mais e mais territórios, até alcançar um poder avassalador, ou pela descoberta de alguma arma nova, pela qual ninguém possa se responsabilizar. A busca por novas armas continua ininterruptamente e é uma das poucas atividades restantes em que a mente do tipo inventivo ou especulativo pode encontrar alguma via de escape. Em Novidioma, não existe palavra para "ciência". O método empírico de pensamento, no qual todas as conquistas científicas do passado se fundam, é oposto à maioria dos princípios fundamentais do Socing. Mesmo o progresso tecnológico só acontece quando os produtos que gera podem ser de alguma forma usados para a diminuição da liberdade humana. Em todas as artes úteis, o mundo está ou estagnado ou retrocedendo. Os campos são cultivados por arados puxados a cavalo, enquanto livros são escritos por máquinas. Mas em assuntos de importância vital, ou seja, de fato, a guerra e a espionagem policial, a abordagem empírica ainda é incentivada, ou ao menos tolerada. Os dois objetivos do Partido são conquistar toda a superfície da Terra e extinguir de uma vez por todas as possibilidades de pensamento independente. Existem, portanto, dois grandes problemas que o Partido está preocupado em resolver. Um é descobrir o que um ser humano está pensando, mesmo contra a vontade dele, e o outro é como matar várias centenas de milhões de pessoas em alguns poucos segundos sem dar o alarme antes. Na medida em que ainda existe pesquisa científica, é deste tema que ela se ocupa. O cientista de hoje é ou uma mistura de psicólogo e interrogador, que estuda com minúcia extraordinária o significado de expressões faciais, gestos e tons de voz, e testa o efeito de drogas, terapias de choque, hipnose e tortura física na produção de verdades; ou ele é um químico, físico ou biólogo preocupado apenas com as ramificações de sua área principal que tenham relevância na eliminação da vida. Nos vastos laboratórios do Ministério da Paz, em estações experimentais escondidas nas florestas brasileiras ou no deserto australiano ou perdidas em ilhas da Antártica, equipes de especialistas se dedicam, incansáveis, ao trabalho. Algumas se ocupam simplesmente do planejamento logístico das guerras futuras; outras criam bombas cada vez maiores, explosivos cada vez mais poderosos, armaduras cada vez mais impenetráveis; outras pesquisam gases novos e mais letais ou venenos solúveis que possam ser produzidos em quantidades suficientes para destruir toda a vegetação de continentes inteiros ou segmentos de germes imunizados contra todos os anticorpos possíveis; outras lutam para produzir veículos que se moverão como um submarino na água subterrânea ou um avião tão independente de sua base quanto um navio de cruzeiro; outras exploram possibilidades ainda mais remotas, tais como direcionar os raios solares através de lentes suspensas a milhares de quilômetros no espaço ou produzir terremotos e maremotos artificiais pela manipulação do calor do centro da Terra.

Mas nenhum desses projetos jamais chega nem perto da realização e nenhum dos três superestados jamais conquista uma vantagem significativa sobre os outros. O mais notável é que todas as três potências já possuem, na bomba atômica, uma arma muito mais poderosa do que outras que as atuais pesquisas provavelmente vão descobrir. Embora o Partido, conforme seu hábito, reivindique a invenção para si, bombas atômicas apareceram bem antes, nos anos 1940, e foram usadas pela primeira vez cerca de dez anos depois. Na época, algumas centenas de bombas foram lançadas em centros industriais, principalmente na Rússia Europeia, Europa Oriental e América do Norte. O efeito foi convencer os grupos dominantes de todos os países de que mais algumas bombas atômicas significariam o fim da sociedade organizada e, portanto, do poder deles. Depois disso, embora nenhum acordo formal tenha sido feito ou insinuado, nenhuma outra bomba foi lançada. As três potências apenas continuam a produzir bombas atômicas e a estocá-las para o momento decisivo, que todas elas acreditam que virá, mais cedo ou mais tarde. Enquanto isso, a arte da guerra permaneceu quase estacionária por trinta ou quarenta anos. Helicópteros são mais usados do que eram antes, aviões bombardeiros foram amplamente substituídos por artilharia automática, o frágil navio de guerra móvel cedeu lugar à quase invulnerável Fortaleza Voadora; mas, fora isso, houve pouco avanço. O tanque, o submarino, o torpedo, a metralhadora, até o rifle e a granada de mão, ainda estão em uso. E, apesar dos infindáveis massacres relatados na imprensa e nas teletelas, as batalhas desesperadas das guerras de antes, em que centenas de milhares ou mesmo milhões de homens eram com frequência mortos em poucas semanas, nunca mais se repetiram.

Nenhum dos três superestados jamais tenta alguma manobra que envolva o risco de uma derrota comprometedora. Quando uma operação de grande porte ocorre, em geral é um ataque surpresa contra um aliado. A estratégia que as três potências seguem, ou fingem seguir, é a mesma. O plano é, por uma combinação de lutas, negociação e atos de traição no momento certo, estabelecer uma aliança de bases que alcance completamente um ou outro dos estados rivais, e então assinar um pacto de amizade com ele e manter a paz por quantos anos forem necessários para que a desconfiança se dissolva. Durante esse período, foguetes carregados com bombas atômicas podem ser montados em todos os pontos estratégicos; por fim, todos serão disparados simultaneamente, com efeitos tão devastadores que toda retaliação se torna impossível. Será então a hora de assinar um pacto de amizade com a potência mundial restante, em preparação para outro ataque. Esse esquema, infelizmente é necessário dizer, é um mero devaneio, uma utopia. Além do mais, nenhum combate jamais ocorre além das áreas disputadas ao redor do Equador e no Polo: nenhuma invasão do território inimigo jamais ocorre. Isso explica o fato de, em alguns lugares, as fronteiras entre os superestados serem arbitrárias. A Eurásia, por exemplo, poderia facilmente conquistar as Ilhas Britânicas, que geograficamente fazem parte da Europa, ou, em contrapartida, seria possível à Oceania empurrar suas fronteiras até o Rio Reno ou mesmo até o Rio Vístula. Porém, isso violaria o princípio, seguido por todos os lados, mas nunca formulado, da integridade cultural. Se a Oceania conquistasse as áreas antes conhecidas como França e Alemanha, seria necessário exterminar os habitantes, uma tarefa de grande dificuldade, ou incorporar uma população de cerca de cem milhões de pessoas que, em relação ao desenvolvimento técnico, estão aquém do nível da Oceania. O problema é o mesmo para os três superestados. É absolutamente necessário para a estrutura deles que não haja contato com estrangeiros, exceto, em pequena medida, com prisioneiros de guerra e negros escravizados. Mesmo o aliado oficial do momento é sempre considerado com a mais alta suspeita. Prisioneiros de guerra à parte, o cidadão comum da Oceania jamais põe os olhos em um cidadão da Eurásia nem da Lestásia, e lhe é proibido conhecer outros idiomas. Se lhe fosse permitido contato com estrangeiros, ele descobriria que são criaturas semelhantes a si e que a maior parte do que lhe contaram é mentira. O mundo fechado no qual vive sofreria rupturas, e o medo, o ódio e a indignação que fundamentam sua moralidade poderiam evaporar. Assim, todos os lados perceberam que, independentemente de quantas vezes a Pérsia ou o Egito ou Java ou o Ceilão troquem de líderes, as fronteiras principais nunca devem ser cruzadas por nada além de bombas.

Atrelado a isso está um fato jamais mencionado publicamente, mas compreendido e aceito por todos: as condições de vida em todos os três superestados são basicamente as mesmas. Na Oceania, a filosofia predominante se chama Socing, na Eurásia se chama

Neobolchevismo e na Lestásia tem um nome chinês, em geral traduzido como Culto à Morte, mas talvez mais representado como Obliteração do Eu. O cidadão da Oceania não tem permissão para conhecer nenhum princípio das outras duas filosofias, mas é ensinado a execrá-las como violações bárbaras da moralidade e do senso comum. Na realidade, as três filosofias são muito parecidas, e os sistemas sociais que elas sustentam não são distinguíveis em absoluto. Em todos os lugares existe a mesma estrutura piramidal, a mesma adoração a um líder semidivino, a mesma economia a favor do estado permanente de guerra. Disso decorre que os três superestados, além de não conseguirem conquistar um ao outro, também não obteriam vantagem nenhuma se conseguissem. Ao contrário: enquanto permanecem em conflito, apoiam-se mutuamente como três espigas de milho. E, como sempre, os grupos dominantes das três potências estão ao mesmo tempo conscientes e inconscientes do que fazem. Suas vidas são dedicadas à conquista do mundo, mas eles sabem também que é necessário continuar a guerra para sempre e sem vitória. Enquanto isso, o fato de *não* haver perigo real de conquista torna possível a negação da realidade, que é o atributo principal do Socing e de seus sistemas de pensamento rivais. Aqui, é preciso repetir o que foi feito antes: ao se tornar contínua, a guerra mudou fundamentalmente de caráter.

Nos tempos antigos, uma guerra, quase por definição, era algo que cedo ou tarde terminava, geralmente com uma vitória ou uma derrota. No passado, a guerra também era um dos principais instrumentos pelos quais as sociedades humanas eram mantidas em contato com a realidade. Os governantes de todas as épocas tentaram impor aos seus seguidores uma falsa visão do mundo, mas não podiam se dar ao luxo de incentivar uma ilusão que tendesse a prejudicar a eficiência militar. Enquanto a derrota significasse perda de independência, ou algum outro resultado geralmente considerado indesejável, as precauções contra a derrota precisavam ser consistentes. Fatos não podiam ser ignorados. Na filosofia, na religião, na ética ou na política, dois e dois podem ser cinco, mas, quando se está projetando uma arma ou um avião, dois e dois precisavam ser quatro. Nações ineficientes eram conquistadas cedo ou tarde, e a luta por eficiência era inimiga das ilusões. Além disso, para ser eficiente era necessário ser capaz de aprender com o passado, o que significava ter uma ideia relativamente precisa do que tinha acontecido. Jornais e livros de História eram, claro, sempre imprecisos e tendenciosos, mas a falsificação do tipo praticado hoje teria sido impossível. A guerra era um refúgio seguro da sanidade e, no que dizia respeito às classes dominantes, com certeza a mais importante de todas as salvaguardas. Enquanto as guerras pudessem ser vencidas ou perdidas, nenhuma classe dominante poderia ser totalmente irresponsável.

No entanto, quando uma guerra se torna literalmente contínua, deixa de ser perigosa, já que não existe algo como a necessidade militar. O progresso técnico pode cessar, e os fatos mais palpáveis podem ser negados ou desconsiderados. Como vimos, pesquisas que poderiam ser chamadas de científicas ainda são conduzidas para os propósitos da guerra, mas são essencialmente um tipo de devaneio, e seu fracasso em apresentar resultados não importa. A eficiência, mesmo a militar, não é mais necessária. Nada é eficiente na Oceania a não ser a Polícia do Pensamento. Uma vez que cada um dos três superestados seja inconquistável, cada um é, na prática, um universo separado, dentro do qual quase toda perversão do pensamento pode ser praticada em segurança. A realidade só exerce pressão por meio das necessidades da vida cotidiana: comer e beber, ter abrigo e roupas, evitar engolir veneno ou pisar para fora de uma janela de um andar alto e outras semelhantes. Entre a vida e a morte, e entre o prazer e o sofrimento físico, ainda existe uma distinção, mas é só. Interrompa o contato com o mundo externo, e com o passado, e o cidadão da Oceania é como um homem no espaço interestelar, que não tem meios de saber qual direção é acima e qual é abaixo. Os governantes de um Estado como esse são absolutistas como os faraós e os césares não puderam ser. São obrigados a impedir que muitos seguidores morram de fome a ponto de o caso se tornar inconveniente, e são obrigados a permanecer no mesmo nível baixo de técnica militar dos rivais; porém, uma vez que esse mínimo seja atingido, podem distorcer a realidade no formato que escolherem.

A guerra, portanto, se a julgarmos pelos padrões das anteriores, é uma hipocrisia. É como as lutas entre certos animais ruminantes, cujos chifres são posicionados em tal ângulo que eles são incapazes de se ferir. Ela se alimenta do excesso de bens de consumo e ajuda a preservar a atmosfera mental específica que uma sociedade hierárquica exige. A guerra, conforme veremos, é agora um assunto puramente interno. Antigamente, os grupos dominantes de todos os países, embora pudessem reconhecer seu interesse comum e assim limitar a destrutividade da guerra, combatiam de fato um contra o outro, e o vitorioso sempre saqueava o vencido. Atualmente, eles não estão em combate; cada grupo dominante empreende a guerra contra os próprios súditos, e o objetivo não é promover ou impedir a conquista de territórios, e sim manter intacta a estrutura da sociedade. A palavra "guerra", portanto, se tornou enganosa. Seria provavelmente mais exato dizer que, ao se tornar contínua, a guerra deixou de existir. A pressão peculiar que ela exerceu sobre os seres humanos entre o Período Neolítico e o início do século XX desapareceu e foi substituída por outra coisa, muito diferente. O efeito seria praticamente o mesmo se os três superestados, em vez de lutar um contra o outro, concordassem em viver em paz permanente, cada um inviolável dentro das próprias fronteiras. Pois, nesse caso, cada um ainda seria um universo autônomo, liberto para sempre da influência incômoda do perigo externo. Uma paz que fosse verdadeiramente perpétua seria o mesmo que uma guerra perpétua. E isso, embora a vasta maioria dos membros do Partido só compreenda em um sentido muito raso, é o significado profundo do lema do Partido: GUERRA É PAZ.

Winston pausou a leitura por um momento. Em algum ponto remoto ao longe, uma bomba retumbou. A sensação de alívio por estar sozinho com o livro proibido, em um quarto sem teletela, não tinha diminuído. A solidão e a segurança eram sensações físicas, misturadas de alguma forma com o cansaço do corpo, a maciez da poltrona, o toque da brisa suave que vinha pela janela e roçava seu rosto. O livro o fascinava ou, mais exatamente, o reconfortava. Em certo sentido, não lhe contava nada inédito, mas isso era parte do prazer. O livro dizia o que ele teria dito se lhe tivesse sido possível colocar em ordem seus pensamentos dispersos. Era o produto de uma mente semelhante à sua, porém muitíssimo mais poderosa, mais sistemática e menos dominada pelo medo. Os melhores livros, percebeu, eram os que diziam o que você já sabia. Ele tinha acabado de voltar ao capítulo 1 quando ouviu os passos de Júlia na escada e pulou da poltrona para encontrá-la. Fazia mais de uma semana que não se viam.

– Estou com *o livro* – ele disse, quando desfizeram o abraço.

– Ah, você recebeu? Bom – ela comentou sem muito interesse, e quase no mesmo instante se ajoelhou ao lado do fogareiro para preparar café.

Não voltaram ao assunto até terem ficado na cama por meia hora. A noite estava fresca o suficiente para valer a pena abrir a janela. De baixo chegou o som familiar de cantoria e do ranger de calçados nas lajotas.

A mulher musculosa de antebraços ruivos que Winston tinha visto em sua primeira visita era quase um móvel do pátio. Parecia não haver hora do dia em que ela não marchasse de um lado para outro entre a tina e o varal, alternadamente amordaçando a si mesma com os pregadores de roupa e irrompendo em uma canção melosa. Júlia ocupara seu lado e parecia já a ponto de dormir. Ele alcançou o livro, que estava no chão, e sentou-se apoiado à cabeceira da cama.

– Você tem que ler. Todos os membros da Irmandade precisam ler.

– Você lê – ela disse, de olhos fechados. – Leia em voz alta. É o melhor jeito. Daí você pode ir me explicando enquanto avança.

Os ponteiros do relógio indicavam seis, querendo dizer dezoito. Eles tinham três ou quatro horas à frente. Winston apoiou o livro contra os joelhos e começou a ler:

Capítulo 1
IGNORÂNCIA É FORÇA

Ao longo de todo o tempo registrado, e provavelmente desde o fim do Período Neolítico, existem três grupos humanos no mundo: os Altos, os Médios e os Baixos. Eles foram subdivididos de muitos modos, receberam vários nomes diferentes, e sua quantidade, assim como suas atitudes de convivência, variou de época a época; mas a estrutura principal da sociedade nunca se alterou. Mesmo depois de enormes convulsões e de mudanças aparentemente irrevogáveis, o mesmo padrão sempre se restabeleceu, assim como um giroscópio sempre volta ao equilíbrio, não importa quanto seja inclinado para um lado ou para outro.

– Júlia, você está acordada? – perguntou Winston.

– Sim, meu querido, estou ouvindo. Continue. É maravilhoso.

Ele prosseguiu na leitura:

Os objetivos desses três grupos são totalmente incompatíveis. O objetivo dos Altos é permanecer onde estão. O objetivo dos Médios é trocar de lugar com os Altos. O objetivo dos Baixos, quando eles o têm (pois é uma característica permanente dos Baixos que eles estejam oprimidos demais pelo trabalho para ter alguma consciência intermitente de qualquer coisa além de suas vidas diárias), é abolir todas as distinções e criar uma sociedade em que os homens sejam iguais. Assim, ao longo da História, uma luta que em linhas gerais é sempre a mesma ocorre de novo e de novo. Por longos períodos, os Altos pareciam estar seguramente no comando, mas cedo ou tarde sempre chega um momento em que eles perdem ou a confiança em si mesmos, ou a capacidade de governar com eficiência, ou as duas coisas. Então são expulsos pelos Médios, que atraem os Baixos para seu lado fingindo lutar por liberdade e justiça. Assim que os Médios conquistam seu objetivo, empurram os Baixos de volta para a antiga posição de servidão, e eles próprios se tornam os Altos. Não demora até que um novo grupo Médio surja de um dos outros grupos ou de ambos, e a luta recomeça. Dos três, só os Baixos nunca alcançam um sucesso nem mesmo temporário na conquista de seus objetivos. Seria um exagero afirmar que ao longo da História não houve algum tipo de progresso material. Mesmo hoje, um período de declínio, o ser humano mediano está fisicamente melhor do que estava poucos séculos atrás. Mas nenhum aumento da prosperidade, nenhuma suavidade nos modos, nenhuma reforma ou revolução jamais deixou a igualdade um milímetro mais perto. Do ponto de vista dos Baixos, nenhuma mudança histórica significou muita coisa além de uma troca no nome de seus mestres.

No final do século XIX, a recorrência desse padrão tinha se tornado óbvia para muitos observadores. Surgiram então escolas de pensadores que interpretavam a História como um processo cíclico e pretendiam demonstrar que a desigualdade era a lei imutável da vida humana. Essa doutrina, é claro, sempre teve seus adeptos, mas houve uma mudança significativa na maneira como ela é apresentada agora. No passado, a necessidade de uma forma hierárquica de sociedade era uma doutrina específica dos Altos. Foi disseminada por reis, aristocratas, padres, advogados e outros parasitas do mesmo gênero, e de forma geral suavizada por promessas de compensação em um mundo imaginário além-túmulo. Os Médios, enquanto lutavam por poder, sempre fizeram uso de termos como liberdade, justiça e fraternidade. No entanto, o conceito de fraternidade humana começou a ser criticado por pessoas que ainda não ocupavam posições de comando, mas esperavam ocupá-las em breve. No passado, os Médios tinham feito revoluções sob a bandeira da igualdade, e depois estabelecido tiranias novas assim que as anteriores eram derrubadas. Os novos grupos Médios, de fato, proclamavam sua tirania com antecedência. O Socialismo, uma teoria que surgiu no início do século XIX e era o último elo na cadeia de pensamento que recuava até as rebeliões de escravos da Antiguidade, estava ainda profundamente influenciado pelo Utopismo de épocas passadas. Mas em cada variante do Socialismo que surgiu a partir de 1900, o objetivo de estabelecer liberdade e igualdade era cada vez mais abertamente abandonado. Os novos movimentos que apareceram em meados do século, o Socing na Oceania, o Neobolchevismo na Eurásia e o Culto à Morte, como é normalmente chamado, na Lestásia, tinham o objetivo consciente de perpetuar a *não* liberdade e a *não* igualdade. Esses novos movimentos, é claro, cresceram a partir dos antigos, e tendiam a manter seus nomes e, da boca para fora, sua ideologia. Mas o propósito de todos eles era suspender o progresso e congelar a História em um dado momento. O conhecido movimento de pêndulo deveria ocorrer mais uma vez, e então parar.

Como sempre, os Altos seriam expulsos pelos Médios, que então se tornariam os Altos; porém, dessa vez, por meio de uma estratégia consciente, os Altos seriam capazes de manter sua posição para sempre.

As novas doutrinas surgiram, em parte, por causa do acúmulo de conhecimento e pelo crescimento do senso histórico, ambos quase inexistentes antes do século XIX. O movimento cíclico da História havia se tornado então compreensível, ou ao menos assim parecia; e, se era compreensível, então era alterável. Mas a causa principal e velada era que, já no início do século XX, a igualdade humana havia se tornado tecnicamente possível. Ainda era verdade que os homens não eram iguais em seus talentos natos e que certas funções exigiam uma especialização que favorecia alguns indivíduos em detrimento de outros; mas já não existia nenhuma necessidade real para distinções de classe nem para grandes diferenças de riqueza. Em tempos passados, essas distinções foram não só inevitáveis como desejáveis. A desigualdade era o preço da civilização. Com o desenvolvimento da produção mecanizada, porém, a situação mudou. Mesmo que ainda fosse necessário que seres humanos realizassem diferentes tipos de trabalho, já não era mais obrigatório viver em diferentes níveis sociais ou econômicos. Portanto, do ponto de vista dos novos grupos que estavam prestes a tomar o poder, a igualdade humana não era mais um ideal pelo qual lutar, e sim um perigo a ser evitado. Em tempos mais primitivos, quando uma sociedade justa e pacífica não era possível, teria sido relativamente fácil acreditar nisso. A ideia de um paraíso terrestre no qual os homens viveriam juntos em estado de irmandade, sem leis e sem trabalho bruto, havia dominado a imaginação humana por milhares de anos. E essa visão tinha exercido influência até mesmo sobre os grupos que de fato se beneficiavam da mudança histórica. Os herdeiros das revoluções francesa, inglesa e americana haviam em parte acreditado nas próprias frases sobre direitos humanos, liberdade de expressão, igualdade perante a lei e outras parecidas, e tinham inclusive permitido que a própria conduta fosse influenciada por elas, em certa medida. No entanto, por volta da quarta década do século XX, todas as principais correntes de pensamento político eram autoritárias. O paraíso na Terra foi desacreditado exatamente no momento em que se tornava viável. Cada nova teoria política, não importava qual fosse seu nome, conduzia uma volta à hierarquia e ao ordenamento. Na perspectiva cristalizada que se estabeleceu por volta de 1930, práticas que tinham sido abandonadas muito antes, em alguns casos por centenas de anos, como prisões sem julgamento, escravização de prisioneiros de guerra, execuções públicas, tortura para obter confissões, o uso de reféns e a deportação de populações inteiras, não apenas se tornaram comuns de novo, como eram toleradas e até defendidas por pessoas que se consideravam esclarecidas e progressistas.

Foi só depois de uma década de guerras nacionais, guerras civis, revoluções e contrarrevoluções em todas as partes do mundo que o Socing e seus rivais emergiram como teorias políticas totalmente elaboradas. Mas haviam sido prenunciadas por vários sistemas, em geral chamados de totalitários, surgidos mais cedo naquele século, e os principais contornos do mundo que resultaria do caos predominante eram óbvios havia muito tempo. A nova aristocracia era formada na maior parte por burocratas, cientistas, técnicos, líderes sindicais, peritos em publicidade, sociólogos, professores, jornalistas e políticos. Essas pessoas, cujas origens estavam na classe média assalariada e nos escalões superiores da classe trabalhadora, tinham sido formadas e reunidas pelo mundo árido do monopólio industrial e do governo centralizado. Comparadas a seus equivalentes de tempos antigos, elas eram menos miseráveis, menos atraídas pelo luxo, mais sedentas pelo poder puro e, acima de tudo, mais conscientes do que estavam fazendo e deliberadamente esmagando a oposição. Essa última diferença era fundamental. Em comparação ao que existe hoje, todas as tiranias do passado eram hesitantes e frágeis. Em alguma medida, os grupos dominantes eram sempre influenciados por ideias liberais: contentavam-se em deixar pontas soltas por todo lado e considerar apenas atos explícitos, e não tinham interesse no que seus súditos pensavam. Até a Igreja católica da Idade Média era tolerante, pelos padrões modernos. Parte da razão para isso era que, no passado, nenhum governo tinha o poder de manter seus cidadãos sob vigilância constante. O surgimento da imprensa, porém, facilitou a manipulação da opinião pública, e o cinema e o rádio levaram o progresso ainda mais além. Com o desenvolvimento da televisão e o avanço técnico que tornou possível receber e transmitir simultaneamente no mesmo aparelho, a vida privada chegou ao fim. Cada cidadão, ou ao menos cada cidadão importante o suficiente para justificar a vigilância, poderia ser mantido vinte e quatro horas por dia sob o olhar da polícia e ao alcance da propaganda oficial, com todos os outros canais de comunicação interrompidos. A possibilidade de impor não apenas a completa obediência ao desejo do Estado, mas a completa massificação sobre todos os assuntos, passava então a existir pela primeira vez.

Depois do período revolucionário dos Cinquenta e Sessenta, a sociedade se reagrupou, como sempre, em Altos, Médios e Baixos. Mas o novo grupo Alto, ao contrário de seus precursores, não agia por instinto. Sabia exatamente o que fazer para salvaguardar sua posição. Muito tempo antes, percebeu-se que a única base segura para a oligarquia é o coletivismo. A riqueza e o privilégio são mais facilmente defendidos quando possuídos de forma conjunta. A assim chamada "abolição da propriedade privada" que ocorreu em meados do século significou, na verdade, a concentração da propriedade em muito menos mãos do que antes; mas com esta diferença: os novos proprietários eram um grupo, em vez de uma massa de indivíduos. Individualmente, nenhum membro do Partido possui nada, exceto pertences pessoais sem importância. Coletivamente, o Partido domina a Oceania, pois controla tudo e dispõe da produção do modo como julga adequado. Nos anos seguintes à Revolução, era possível assumir essa posição de comando quase sem enfrentar oposição, porque o processo inteiro era representado como um ato de coletivização. Sempre existira a suposição de que, se a classe capitalista fosse expropriada, o Socialismo continuaria; e, sem dúvida, os capitalistas teriam sido expropriados. Fábricas, minas, terras, imóveis, transportes: tudo lhes tinha sido tirado; e, uma vez que essas coisas não eram mais propriedades privadas, deviam ser então propriedade pública. O Socing, que surgiu do movimento socialista anterior e dele herdou a fraseologia, executou de fato o principal item do programa socialista, com o resultado, tanto previsto quanto desejado de antemão, de que a desigualdade econômica havia se tornado permanente.

Mas os problemas de perpetuar uma sociedade hierarquizada vão mais longe do que isso. Existem apenas quatro maneiras pelas quais um grupo dominante é tirado do poder: ou ele é conquistado por um elemento externo, ou governa tão mal que as massas são levadas a se revoltar, ou permite que surja um Grupo Médio forte e insatisfeito, ou perde a autoconfiança e a disposição para governar. Essas causas não operam isoladamente e, como regra, as quatro estão presentes em algum grau. Uma classe dominante que se protegesse contra todas ficaria no poder para sempre. Em última análise, o fator decisivo é o posicionamento intelectual da própria classe dominante.

Depois de meados do presente século, o primeiro risco na verdade desaparecera. Cada um dos três superestados que agora dividem o mundo é de fato inconquistável e só poderia sê-lo através de mudanças demográficas lentas, que um governo com amplos poderes consegue evitar com facilidade. O segundo risco, também, é apenas hipotético. As massas nunca se rebelam por iniciativa própria e apenas por serem oprimidas. De fato, enquanto não lhes for permitido ter padrões de comparação, elas jamais se tornam conscientes nem mesmo da opressão que sofrem. As crises econômicas recorrentes dos tempos antigos eram totalmente desnecessárias e agora não se permite que aconteçam, mas outras rupturas tão grandes quanto podem acontecer sem consequências políticas, porque não existe modo pelo qual os descontentes consigam se articular. Quanto ao problema do excesso de produção, que é latente em nossa sociedade desde o desenvolvimento da técnica mecânica, foi resolvido pelo dispositivo do estado de guerra contínuo (ver capítulo 3), também útil para evitar que a moral pública desse um passo importante. Do ponto de vista dos nossos governantes atuais, portanto, os únicos riscos genuínos são o surgimento de um novo grupo de pessoas capazes, subempregadas e sedentas de poder, e o crescimento do liberalismo e do ceticismo em seus próprios níveis. Isso equivale a dizer que o problema é educacional. É uma questão de moldar continuamente a consciência tanto do grupo dirigente quanto do grupo mais amplo, executivo, que vem imediatamente abaixo. A consciência das massas apenas precisa ser influenciada de modo negativo.

A partir desse contexto seria possível inferir, mesmo que já não se conhecesse, a estrutura geral da sociedade da Oceania. No ápice da pirâmide está o Grande Irmão. O Grande Irmão é infalível e todo-poderoso. Cada sucesso, cada conquista, cada vitória, cada descoberta científica, todo conhecimento, toda sabedoria, toda felicidade, toda virtude são consideradas diretamente emanadas de sua liderança e por sua inspiração. Ninguém jamais viu o Grande Irmão. Ele é um rosto nos cartazes, uma voz na teletela. Podemos estar razoavelmente seguros de que ele nunca morrerá, e não há certeza acerca de quando nasceu. O Grande Irmão é o disfarce sob o qual o Partido decidiu se expor ao mundo. Sua função é agir como ponto focal para o amor, o medo e a reverência, emoções mais facilmente sentidas por um indivíduo do que em relação a uma organização. Abaixo do Grande Irmão vem o Núcleo do Partido, cuja quantidade se limita a seus milhões, ou algo como menos de dois por cento da população da Oceania. Abaixo do Núcleo do Partido vêm as Margens do Partido, as quais, sendo o Núcleo descrito como o cérebro do Estado, podem da mesma forma ser igualadas às mãos. Abaixo disso vêm as massas incultas a quem habitualmente chamamos de "proletas", somando talvez oitenta e cinco por cento da população. Nos termos da nossa antiga classificação, os proletas são os Baixos, pois as populações escravizadas das terras equatoriais, que mudam constantemente de conquistador a conquistador, não são uma parte fixa nem necessária da estrutura.

Em princípio, o pertencimento a um desses três grupos não é hereditário. O filho de pais do Núcleo do Partido, em teoria, não nasce nele. A entrada em cada divisão do Partido se dá por meio de provas que se realizam aos dezesseis anos. Tampouco existe discriminação racial ou domínio acentuado de uma província ou outra. Judeus, negros e latino-americanos de puro sangue indígena podem ser encontrados nos mais altos escalões do Partido, e administradores de qualquer área são sempre escolhidos entre os habitantes daquela área. Em nenhuma parte da Oceania os habitantes se sentem parte de uma população colonizada governada desde uma capital distante. A Oceania não tem capital, e o líder titular é uma pessoa cujo paradeiro ninguém conhece. Excetuando que o inglês é sua língua franca e que o Novidioma é a língua oficial, ela não é centralizada de nenhum modo. Os governantes não se mantêm unidos por laços de sangue, e sim por adesão a uma doutrina comum. É fato que nossa sociedade é estratificada, e muito rigidamente, no que à primeira vista parecem ser linhas hereditárias. Entre os diferentes grupos ocorrem bem menos movimentos para cima e para baixo do que ocorria sob o capitalismo ou mesmo nas eras pré-industriais. Entre as duas divisões do Partido existe certo volume de troca, mas apenas o suficiente para garantir que os fracos sejam excluídos do Núcleo do Partido e que membros ambiciosos das Margens do Partido sejam neutralizados por meio da permissão para subir. Os proletários, na prática, não têm autorização para se graduar no Partido. Os mais talentosos entre eles, que talvez pudessem se tornar focos de descontentamento, são simplesmente marcados pela Polícia do Pensamento e eliminados. Mas esse estado não é necessariamente fixo, nem se trata de questão de princípio. O Partido não é uma classe no antigo sentido da palavra. Não visa a transmitir o poder aos próprios filhos, como costumava ser; e, se não houvesse outro modo de manter os mais capazes no topo, estaria pronto para recrutar uma nova geração inteira nas fileiras de proletariados. Nos anos cruciais, o fato de o Partido não ser uma entidade hierárquica operou maravilhas para neutralizar a oposição. Para o velho tipo de socialista, treinado para combater o chamado "privilégio de classe", o que não é hereditário não pode ser permanente. Ele não enxergou que a continuidade de uma oligarquia não precisa ser física, nem parou para refletir que as aristocracias hereditárias sempre duraram pouco, enquanto organizações adotivas como a Igreja católica algumas vezes duraram por centenas ou milhares de anos. A essência da regra oligárquica não é a herança de pai para filho, mas a persistência de uma determinada visão de mundo e um certo modo de·vida, impostos pelos mortos sobre os viventes. Um grupo dominante continua sendo o mesmo enquanto nomeia seus sucessores. O Partido não está preocupado em perpetuar seu sangue, mas seu legado. *Quem* tem o poder não importa, desde que a estrutura hierárquica permaneça sempre a mesma.

Todos os costumes e gostos, todas as crenças, emoções e posicionamentos intelectuais que caracterizam a nossa época são no fundo planejados para eternizar a mística do Partido e evitar que a verdadeira natureza da sociedade atual seja percebida. Dos proletários, nada há a temer. Deixados à própria sorte, eles vão continuar, de geração em geração e de século em século, a trabalhar, reproduzir-se e morrer, não apenas sem impulso algum para se rebelar, mas sem conseguir entender que o mundo poderia ser diferente. Eles só se tornariam perigosos se o avanço da técnica industrial tornasse necessário educá-los um pouco mais; no entanto, como a concorrência militar e comercial já não importa, o nível da educação popular vem declinando. As opiniões que a massa tem ou deixa de ter são vistas com indiferença. Eles podem receber liberdade intelectual porque não têm intelecto. Em um membro do Partido, ao contrário, nem mesmo o menor desvio de opinião acerca do assunto mais desimportante pode ser tolerado.

Um membro do Partido vive do nascimento à morte sob o olhar da Polícia do Pensamento. Mesmo quando está sozinho, ele nunca pode ter certeza de que está realmente só. Onde quer que esteja, dormindo ou acordado, trabalhando ou descansando, no banho ou na cama, pode ser inspecionado sem aviso e sem consentimento. Nada que faz é indiferente. Suas amizades, seus lazeres, seu comportamento em relação a esposa e filhos, a expressão de seu rosto quando está sozinho, as palavras que balbucia dormindo, até os movimentos característicos de seu corpo são, todos, minuciosamente analisados. Não apenas um mau comportamento, mas qualquer excentricidade, ainda que minúscula, mudança de hábitos ou tique nervoso que poderia em tese ser sintoma de um conflito interno, mais cedo ou mais tarde será detectado. Em contrapartida, suas ações não são regulamentadas por lei nem por qualquer outro código de comportamento claramente estabelecido. Na Oceania não existem leis. Pensamentos e ações que, uma vez detectados, significam morte certa não são formalmente proibidos, e os infindáveis expurgos, detenções, torturas, prisões e vaporizações não são infligidos como punição por crimes que foram de fato cometidos: são apenas a eliminação de pessoas que poderiam talvez vir a cometer um crime em algum momento no futuro. De um membro do Partido exigem-se não só as opiniões certas, mas os instintos certos. Muitas das crenças e das atitudes exigidas dele nunca são ditas abertamente nem poderiam ser verbalizadas sem que expusessem a fundo as contradições inerentes ao Socing. Se ele for uma pessoa naturalmente ortodoxa (em Novidioma, *bempensador*), em todas as circunstâncias saberá, sem titubear, qual é a crença verdadeira ou a emoção desejável. De toda maneira, um treinamento mental elaborado, ocorrido na infância, e organizado em torno das palavras em Novidioma *pararcrime*, *pretobranco* e *duplopensar*, torna-o avesso e incapaz de pensar muito profundamente sobre qualquer que seja o tema.

De um membro do Partido espera-se que não tenha emoções privadas nem trégua no entusiasmo. Ele deve viver em um frenesi contínuo de ódio contra inimigos estrangeiros e traidores internos, de triunfo pelas vitórias e autoanulação diante do poder e da sabedoria do Partido. Os descontentes gerados por esta vida difícil e insatisfatória são deliberadamente expulsos e eliminados por artifícios tais como os Dois Minutos de Ódio, e as especulações que poderiam induzir a uma atitude cética ou rebelde são eliminadas por antecipação por sua disciplina interna precocemente adquirida. O primeiro e mais simples estágio da disciplina, que pode ser ensinado até a crianças, é chamado, em Novidioma, de *pararcrime*. *Pararcrime* significa a capacidade de bloquear, como que por instinto, a fronteira de todo pensamento perigoso. Inclui o poder de não captar analogias, de falhar na percepção de erros de lógica, de entender mal os mais simples argumentos se eles forem adversários do Socing, e de se sentir entediado ou repelido por qualquer linha de raciocínio capaz de conduzir a uma direção herética. *Pararcrime*, em resumo, significa que a ignorância é uma bênção. Mas só isso não basta. Ao contrário: em seu sentido mais amplo, a ortodoxia exige de uma pessoa um nível de autocontrole mental tão alto quanto o de um contorcionista sobre o próprio corpo. A sociedade da Oceania repousa em última instância sob a crença de que o Grande Irmão é onipotente e o Partido é infalível. Porém, já que a realidade é completamente oposta, é preciso haver uma resiliência, em todos os momentos, no tratamento dos fatos. A palavra-chave, aqui, é *pretobranco*. Como tantas palavras em Novidioma, esta tem dois significados mutuamente contraditórios. Aplicada a um oponente, significa o hábito de alegar descaradamente que preto é branco, negando fatos evidentes. Aplicada a um membro do Partido, significa a disposição leal de dizer que preto é branco quando a disciplina do Partido assim exige. Mas significa também a habilidade de *acreditar* que preto é branco, e mais, de *saber* que preto é branco, e de esquecer que jamais se acreditou no contrário. Isso exige uma alteração contínua do passado, proporcionada pelo sistema de pensamento que de fato abrange todo o resto, e que é conhecido em Novidioma como *duplopensar*.

A alteração do passado é necessária por duas razões, uma das quais é secundária e, por assim dizer, preventiva: o membro do Partido, como os proletários, tolera as condições atuais em parte porque não tem base de comparação. Ele precisa se desvincular do passado, e também parar de olhar para países estrangeiros, porque deve acreditar que está melhor do que seus ancestrais e que o nível médio de conforto material está constantemente aumentando. Mas a razão muitíssimo mais importante para o ajuste do passado é a necessidade de salvaguardar a imunidade do Partido. Não são apenas discursos, estatísticas e registros de todo tipo que devem ser sempre atualizados para mostrar que as previsões do Partido estavam certas em todos os casos. Também é importante que nenhuma mudança na doutrina nem no alinhamento político seja admitida. Pois mudar uma opinião ou uma regra denota fraqueza. Se, por exemplo, a Eurásia ou a Lestásia (qualquer que seja) é o inimigo hoje, então esse país precisa sempre ter sido o inimigo. E, se os fatos dizem o contrário, então precisam ser alterados. Assim, a História é continuamente reescrita. Essa falsificação diária do passado, executada pelo Ministério da Verdade, é tão necessária para a estabilidade do regime quanto o trabalho de repressão e espionagem executado pelo Ministério do Amor.

A mutabilidade do passado é o princípio central do Socing. Eventos passados, alega-se, não têm existência objetiva, sobrevivem apenas em registros escritos e nas memórias humanas. O passado é qualquer coisa sobre a qual os registros e a memória concordem. Uma vez que o Partido esteja no pleno controle de todos os registros, e das mentes de seus membros, decorre que o passado é qualquer coisa que o Partido decida que seja. Disso resulta que, embora o passado seja alterável, ele nunca foi alterado em nenhuma instância específica. Pois, uma vez recriada em qualquer aspecto necessário no momento, essa nova versão *é* o passado, e nenhum passado diferente pode ter alguma vez existido. Isso é válido mesmo quando, como frequentemente acontece, o mesmo evento precisa ser alterado, sem que se admita, várias vezes no curso de um ano. Em todos os momentos, o Partido está na posse da verdade absoluta, e é claro que o absoluto nunca pode ter sido diferente do que é agora. Será visto adiante que o controle do passado depende, acima de tudo, do treino da memória. Garantir que todos os registros escritos concordem com a ortodoxia do momento é apenas um ato mecânico. Mas também é necessário *lembrar* que os eventos aconteceram da maneira desejada. E, se é preciso rearranjar as memórias de alguém ou adulterar os registros escritos, então é necessário *esquecer* que se fez aquilo. O truque para fazer isso pode ser aprendido, como qualquer outra técnica mental. Isso é aprendido pela maioria dos membros do Partido, e certamente por todos que são inteligentes, assim como ortodoxos. Em Velhidioma isso se chama, com bastante franqueza, "controle da realidade". Em Novidioma, chama-se *duplopensar*, embora *duplopensar* inclua também várias outras coisas.

Duplopensar significa a capacidade de manter simultaneamente duas crenças contraditórias e aceitar ambas. O intelectual do Partido sabe em qual sentido suas lembranças devem ser alteradas; ele, portanto, sabe que está manipulando a realidade; porém, através do exercício do *duplopensar*, também se convence de que a realidade não é violada. O processo tem de ser consciente, pois do contrário não seria executado com tanta precisão, mas deve ser também inconsciente, pois do contrário traria com ele uma sensação de falsidade e, com isso, de culpa. O *duplopensar* repousa na própria essência do Socing, já que a atitude do Partido é usar o engano consciente ao mesmo tempo em que retém a firmeza de propósito que acompanha a honestidade real. Contar mentiras deliberadas enquanto se acredita genuinamente nelas; esquecer qualquer fato que tenha se tornado inconveniente e depois, quando ele volta a ser necessário, resgatá-lo do esquecimento pelo tempo adequado; negar a existência da realidade objetiva e durante todo o tempo levar em consideração a realidade que se nega: tudo isso é estritamente necessário. Até para usar a palavra *duplopensar* é preciso exercitar o *duplopensar*. Pois, ao usar a palavra, a pessoa está admitindo a manipulação da realidade; mas um novo ato de *duplopensar* apaga essa consciência, e assim por diante, indefinidamente, com a mentira sempre uma volta à frente da verdade. Em última análise, é por meio do *duplopensar* que o Partido tem sido capaz de suspender o curso da História e, até onde sabemos, poderá continuar assim por milhares de anos.

Todas as antigas oligarquias perderam o poder porque ficaram engessadas ou se afrouxaram. Ou se tornaram estúpidas e arrogantes, não se adaptaram às novas circunstâncias e foram desbancadas; ou se tornaram liberais e covardes, fizeram concessões quando deveriam ter usado a força e, de novo, foram desbancadas. Ou seja, elas caíram ou por meio da consciência ou por meio da inconsciência. O trunfo do Partido foi criar um sistema de pensamento em que ambas as condições podem existir simultaneamente. Para governar, e continuar no poder, uma pessoa precisa ser capaz de desconstruir o senso de realidade. Pois o segredo do comando é combinar uma crença em sua própria imutabilidade com a capacidade de aprender com os erros do passado.

Infelizmente é preciso dizer que os mais hábeis praticantes do *duplopensar* são aqueles que o inventaram e sabem que ele é um sistema amplo de fraude mental. Na nossa sociedade, os mais conscientes são também aqueles que mais estão longe de enxergar o mundo como ele é. Em geral, quanto maior a compreensão, maior a ilusão: quanto mais inteligente, menos lúcido. Um claro exemplo disso é o fato de que a histeria de guerra aumenta em intensidade conforme uma pessoa sobe na escala social. Aqueles cujas atitudes em relação à guerra são mais próximas do racional são os povos dominados dos territórios em disputa. Para essas pessoas, a guerra é simplesmente uma calamidade contínua que, como a maré, joga seus corpos de um lado para outro. Não importa qual lado esteja vencendo. Essas pessoas têm ciência de que uma mudança no poder central significa apenas que elas farão o mesmo trabalho de antes para novos mestres, que os tratam da mesma forma que os antigos. Os trabalhadores ligeiramente mais favorecidos, que nós chamamos de "proletas", têm uma consciência apenas intermitente da guerra. Quando necessário, podem ser levados a frenesis de medo e ódio, mas, quando deixados à própria sorte, são capazes de se esquecer por longos períodos de que há uma guerra em curso. É nas fileiras do Partido, e acima de tudo no Núcleo do Partido, que se pode encontrar o verdadeiro entusiasmo com a guerra. A conquista do mundo é uma crença mais sólida entre os que conhecem a sua impossibilidade. Essa peculiar associação de opostos (conhecimento com ignorância, cinismo com fanatismo) é uma das principais marcas que distinguem a sociedade da Oceania. A ideologia oficial é repleta de contradições, mesmo sem uma razão plausível. Assim, o Partido rejeita e deprecia cada princípio pelo qual o movimento socialista original lutava, e resolve fazer isso em nome do socialismo. O Partido prega pela classe trabalhadora um desprezo sem precedentes e veste seus membros com um uniforme que antes era próprio de trabalhadores braçais e foi adotado por essa razão. Ele aniquila sistematicamente a solidariedade na família e chama seu líder por um nome que é um apelo direto ao sentimento de lealdade familiar. Até os nomes dos quatro Ministérios por meio dos quais somos governados retratam o descaramento em sua inversão deliberada dos fatos. O Ministério da Paz se ocupa da guerra; o Ministério da Verdade, das mentiras; o Ministério do Amor, da tortura; e o Ministério da Fartura, da fome. Essas contradições não são acidentais nem resultam da hipocrisia comum: elas são exercícios propositais de *duplopensar*. Pois é apenas harmonizando contradições que se consegue manter o poder indefinidamente. De nenhuma outra forma o ciclo antigo podia ser interrompido. Se a igualdade humana for evitada, se os Altos, como nós os chamamos, estiverem sempre nas mesmas posições, então a condição mental predominante deverá ser uma insanidade controlada.

Mas há uma questão quase ignorada até este momento: *por que* a igualdade humana deveria ser evitada? Supondo que o funcionamento do processo tenha sido descrito corretamente, qual é o motivo desse esforço imenso, minucioso e planejado para congelar a História em um determinado ponto?

Aqui, nós chegamos ao segredo central. Conforme vimos, a mística do Partido, e acima de tudo do Núcleo do Partido, depende do *duplopensar*. Mas em uma profundidade ainda maior repousa o motivo original, o instinto nunca questionado que levou à tomada do poder e depois fez surgir o *duplopensar*, a Polícia do Pensamento, o estado contínuo de guerra e todo o resto da parafernália necessária. Esse motivo consiste, de fato...

Winston percebeu o silêncio como se percebe um novo ruído. Parecia-lhe que Júlia tinha estado imóvel já por algum tempo. Estava deitada de lado, nua da cintura para cima, com a bochecha apoiada na mão e um cacho preto caído sobre os olhos. O peito subia e descia lenta e regularmente.

– Júlia...

Nenhuma resposta.

– Júlia, você está acordada?

Nenhuma resposta. Ela estava dormindo. Winston fechou o livro, pousou-o cuidadosamente no chão, deitou-se e puxou a manta sobre ambos.

Refletiu que ainda não tinha aprendido sobre o segredo principal. Entendia *como*; não entendia *por quê*. O capítulo 1, tal como o capítulo 3, não contou nada que ele já não soubesse. Era apenas uma sistematização do conhecimento que já tinha. Mas depois de ler ele sabia, melhor do que antes, que não estava louco. Ser minoria, mesmo uma minoria de um, não fazia de você um louco. Existiam a verdade e a mentira, e, se você se agarrasse à verdade, mesmo que contra o mundo inteiro, você não seria louco. Um raio dourado do sol poente atravessou a janela e iluminou o travesseiro. Ele fechou os olhos. O sol em seu rosto e o corpo macio da moça contra o seu deu a ele uma sensação forte, sonolenta e confiante. Sentia-se seguro e tudo estava bem. Adormeceu murmurando:

– Sanidade não é estatística – com o sentimento de que essa observação guardava uma sabedoria profunda.

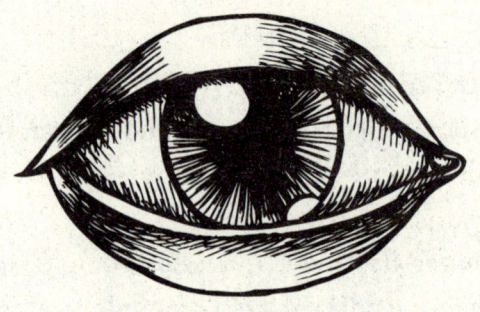

CAPÍTULO 10

Quando ele acordou, foi com a sensação de ter dormido por muito tempo, mas uma olhadela no relógio antigo disse-lhe que ainda eram vinte e trinta. Continuou deitado, sonolento, e então a cantoria familiar, profunda, atingiu-o vinda do pátio abaixo:

Foi só uma bobagem, uma fantasia
Que passou como as cores de abril
Mas o olhar, a palavra e os sonhos que ela provocou
Levaram embora toda a minha alegria

A canção melosa parecia manter sua popularidade. Você ainda a escutava por todo canto. Tinha sobrevivido à "Canção do Ódio". Júlia acordou com o som, espreguiçou-se como um gato e saiu da cama.

– Estou com fome. Vamos fazer mais café. Droga! O fogo apagou e a água está fria. – Ela pegou o fogareiro e o balançou. – Não tem óleo.

– Podemos conseguir um pouco com o velho Charrington, espero.

— O engraçado é que eu me certifiquei de estar cheio. Vou vestir as roupas. Parece que esfriou.

Winston também se levantou e se vestiu. A voz infatigável prosseguiu:

> *Dizem que tudo passa com o tempo*
> *E que a gente esquece o tormento*
> *Mas os sorrisos e lágrimas e o alento*
> *Ainda me despertam tanto sentimento!*

Enquanto fechava o cinto do macacão, ele andou até a janela. O sol se pôs atrás das casas; não brilhava mais no pátio. As lajotas estavam molhadas como se tivessem acabado de ser lavadas, e ele teve a sensação de que o céu havia sido lavado também, de tão fresco e pálido o azul entre as saídas das chaminés. Incansavelmente a mulher marchava de um lado para outro, colocando e retirando a mordaça de pregadores de roupa, cantando e ficando em silêncio e pendurando mais fraldas, cada vez mais. Winston gostaria de saber se ela lavava roupa como modo de ganhar a vida ou se era apenas a escrava de vinte ou trinta netos. Júlia tinha ido para o lado dele; juntos, olharam lá para baixo com um certo fascínio diante da figura robusta. Enquanto ele observava a mulher em seus gestos característicos, os braços fortes se erguendo até o varal, o traseiro poderoso e saliente de uma égua, ocorreu-lhe pela primeira vez que ela era bonita. Nunca antes lhe passara pela cabeça que o corpo de uma mulher de 50 anos, expandido a dimensões monstruosas pela gestação e depois endurecido, embrutecido pelo trabalho até ficar passado como um nabo maduro demais, pudesse ser bonito. Mas assim era e, afinal, ele pensou, por que não? O corpo sólido e sem curvas como um bloco de granito, e a pele avermelhada áspera, tinham com o corpo de uma moça a mesma relação de uma rosa-mosqueta com a rosa. E por que o fruto haveria de ser considerado inferior à flor?

— Ela é bonita — murmurou.

– Ela tem mais de metro de quadril, assim é fácil – disse Júlia.

– É o tipo de beleza dela.

Winston envolveu a cintura suave de Júlia, que cabia fácil em seu braço. Do quadril ao joelho, o flanco dela estava contra o dele. De seus corpos, nenhum filho jamais viria, era uma coisa que eles nunca poderiam fazer. Apenas de boca em boca, de mente em mente, poderiam passar adiante o segredo. A mulher lá embaixo não tinha mente, tinha só braços fortes, um coração afetuoso e um ventre fértil. Ele perguntou silenciosamente quantas crianças ela teria dado à luz. Poderia facilmente chegar a quinze. Tivera seu desabrochar momentâneo, um ano, talvez, de beleza silvestre, e depois havia inchado como uma fruta com agrotóxicos, e se tornado rígida e gasta – depois, sua vida se resumira a lavar, esfregar, cerzir, cozinhar, varrer, polir, remendar, esfregar, lavar, primeiro para os filhos e depois para os netos, ao longo de trinta anos ininterruptos. No final, ainda conseguia cantar. A reverência que ele sentia por ela era de alguma forma misturada ao aspecto pálido do céu sem nuvens, que se estendia para além das chaminés até lonjuras intermináveis. Era curioso pensar que o céu era o mesmo para todo mundo, na Eurásia ou na Lestásia, bem como ali. E as pessoas sob o céu também eram bastante parecidas: em todos os lugares, pelo mundo todo, centenas de milhares de milhões de pessoas daquele jeito — pessoas que ignoravam a existência umas das outras, isoladas por barreiras de ódio e mentira, e ainda assim quase exatamente iguais; pessoas que nunca tinham aprendido a pensar, mas que estavam acumulando em seus corações, estômagos e músculos o poder que um dia viraria o mundo de ponta-cabeça. Se havia esperança, era nos proletas! Sem ter lido *o livro* até o fim, Winston sabia que essa devia ser a mensagem final de Goldstein. O futuro pertencia aos proletas. E será que ele poderia ter certeza de que, quando o tempo dos proletas chegasse, o mundo que eles construiriam não seria tão estranho para ele, Winston Smith, quanto o mundo do Partido? Sim, porque ao menos seria um mundo são.

Onde existe igualdade, pode haver sanidade. Mais cedo ou mais tarde, aconteceria: a força mudaria para consciência. Os proletas eram imortais; não se podia duvidar disso, olhando para a figura valente no pátio. No fim, o despertar deles chegaria. E, até que isso acontecesse, ainda que demorasse mil anos, eles permaneceriam vivos contra todas as probabilidades, como os pássaros, transmitindo de um corpo ao outro a vitalidade da qual o Partido não compartilhava e não podia eliminar.

– Você se lembra – ele disse – do tordo que cantou para nós naquele primeiro dia, no limiar do bosque?

– Ele não estava cantando para nós – remendou Júlia. – Cantava para agradar a si próprio. Nem mesmo isso. Estava só cantando.

Os pássaros cantavam, os proletas cantavam, o Partido não cantava. Ao redor do mundo todo, em Londres e Nova Iorque, na África e no Brasil, nas terras misteriosas e proibidas além das fronteiras, nas ruas de Paris e Berlim, nos vilarejos das planícies sem fim da Rússia, nos bazares da China e do Japão: em todo lugar existia a mesma figura durona e irredutível, tornada monstruosa pelo trabalho e pela criação de filhos, que se esfalfava do nascimento à morte e continuava cantando. Daqueles lombos poderosos surgiria um dia uma raça de seres conscientes. Vocês eram os mortos; deles era o futuro. Mas você poderia compartilhar desse futuro se mantivesse a mente viva como eles mantinham vivo o corpo, e passasse adiante a doutrina secreta de que dois mais dois são quatro.

– Nós somos os mortos – ele comentou.

– Nós somos os mortos – ecoou Júlia, obediente.

– Vocês são os mortos – disse uma voz rascante atrás deles.

Os dois se afastaram com um pulo. As entranhas de Winston pareciam ter congelado. Conseguia ver o branco se espalhando ao redor da íris dos olhos de Júlia. O rosto dela estava pálido. O borrão de ruge que restava em cada bochecha se destacava nitidamente, como se estivesse saindo da pele.

– Vocês são os mortos – repetiu a voz rascante.

– Foi atrás da parede – sussurrou Júlia.

– Foi atrás da parede – disse a voz. – Permaneçam exatamente onde estão. Não façam nenhum movimento até que recebam ordem.

Estava começando, estava começando afinal! Eles não podiam fazer nada além de ficar frente a frente olhando nos olhos um do outro. Correr, fugir, sair da casa antes que fosse tarde demais, nenhum pensamento lhes ocorreu. Era impensável desobedecer à voz rascante da parede. Houve um estalo, como se uma trava tivesse sido aberta, e depois um estrondo de vidro se estilhaçando. O quadro tinha caído no chão, revelando uma teletela atrás.

– Agora eles podem nos ver – disse Júlia.

– Agora nós podemos ver vocês – disse a voz. – Fiquem de pé no meio do quarto. De costas um para o outro. Mãos atrás da cabeça. Não se encostem.

Eles não estavam se encostando, mas pareceu a Winston que podia sentir o corpo de Júlia tremer. Ou talvez fosse meramente o seu. Conseguiu interromper o ranger de dentes, mas os joelhos estavam além de seu controle. Havia um som de botas marchando lá embaixo, dentro e fora da casa. O pátio parecia cheio de homens. Alguma coisa estava sendo arrastada pelas pedras. A cantoria da mulher tinha parado abruptamente. Houve um tinido demorado e giratório, como se a tina tivesse sido arremessada através do pátio, e depois uma confusão de gritos zangados que terminou em um berro de dor.

– A casa está cercada – informou Winston.

– A casa está cercada – repetiu a voz.

Ele ouviu Júlia trincar os dentes.

– Acho que podemos dar tchau – ela disse.

– Vocês podem dar tchau – ecoou a voz.

Depois, uma voz bem diferente, fina e educada, que Winston teve a impressão de ter já ouvido antes, interveio:

— E, a propósito, já que estamos no assunto, *Cá está uma vela pra iluminar o seu caminho/ cá está um machado pra decepar um menininho*!

Alguma coisa despencou na cama atrás das costas de Winston. A ponta de uma escada tinha sido empurrada através da janela e quebrado o batente. Alguém estava subindo pela janela. Houve um bater de botas na escada. O quarto ficou cheio de homens fortes em uniformes pretos, com botas de acabamento metálico nos pés e cassetetes nas mãos.

Winston não estava mais tremendo. Nem seus olhos se mexiam. Só uma coisa importava: manter-se imóvel, manter-se imóvel e não dar a eles uma desculpa para bater em você! Um homem com a mandíbula delicada de um lutador de boxe, na qual a boca era apenas uma fenda, parou na frente dele, balançando o cassetete entre o polegar e o indicador. Winston o olhou nos olhos. A sensação de nudez, com as mãos atrás da cabeça e o rosto e o corpo totalmente expostos, era quase insuportável. O homem esticou a ponta de uma língua branca, lambeu o lugar onde seus lábios deveriam estar e se afastou. Houve outro estrondo. Alguém havia apanhado da mesa o peso de papel de vidro e o esmigalhado contra a lareira.

O fragmento de coral, uma ondulação rosada minúscula como um botão de rosa de bolo, rolou pelo tapete. Que pequeno, pensou Winston, que pequeno ele sempre foi! Houve um arquejo e um baque atrás e ele recebeu no tornozelo um chute violento que quase lhe roubou o equilíbrio. Um dos homens tinha enfiado o punho no plexo solar de Júlia, dobrando-a como uma régua de bolso. Ela se debatia no chão, lutando por ar. Winston não se atreveu a mover a cabeça nem um milímetro, mas às vezes o rosto lívido e ofegante dela entrava em seu ângulo de visão. Mesmo em seu terror, era como se ele pudesse sentir a dor no próprio corpo, a dor mortal que apesar disso era menos urgente do que a luta para recuperar o fôlego. Ele sabia como era: a dor terrível e agonizante que estava presente o tempo todo, mas não podia ser sofrida ainda, porque antes de tudo era necessário ser capaz de respirar. Dois dos homens a suspenderam pelos joelhos e ombros e a carregaram para fora do quarto como um saco. Winston teve um vislumbre de seu rosto de ponta cabeça, pálido e disforme, com os olhos fechados e ainda com a marca do ruge nas bochechas; e essa foi a última vez que a viu.

Ele permaneceu imóvel como um cadáver. Ninguém o havia atingido ainda. Pensamentos que surgiram por vontade própria, mas totalmente fora de contexto começaram a passar por sua cabeça. Será que haviam pegado o senhor Charrington? O que teriam feito com a mulher do pátio? Percebeu que precisava urgentemente urinar e ficou um tanto surpreso, pois tinha urinado apenas duas ou três horas antes. Notou que o relógio na lareira mostrava nove, indicando vinte e uma horas. Mas a claridade parecia forte demais. A luz já não estaria mais baixa, às vinte e uma de uma noite de agosto? Talvez ele e Júlia tivessem se confundido, talvez houvessem dormido por doze horas, e pensado que eram vinte e trinta quando na verdade já eram oito e trinta da manhã seguinte. Mas não deu continuidade ao pensamento. Não fazia a menor diferença agora.

Houve outra passada, mais leve, no corredor. O senhor Charrington entrou no quarto. Os modos dos homens de uniforme preto se tornaram subitamente mais suaves. Alguma coisa tinha mudado também na aparência do senhor Charrington. O olhar dele pousou nos fragmentos do peso de vidro.

– Recolha estes cacos – disse asperamente.

Um homem se agachou para obedecer. O sotaque do extremo leste de Londres tinha desaparecido; Winston subitamente percebeu de quem era a voz que tinha ouvido poucos momentos atrás na teletela. O senhor Charrington ainda usava a velha jaqueta de veludo, mas o cabelo, que antes era quase todo branco, agora estava preto. E ele não mais portava os óculos. Lançou a Winston um único olhar afiado, como se para verificar sua identidade, e depois não prestou mais atenção a ele. O senhor Charrington, embora ainda reconhecível, já não era a mesma pessoa. Seu corpo tinha se endireitado e parecia ter crescido. O rosto passara por umas poucas mudanças sutis que, apesar disso, causaram uma transformação completa. As sobrancelhas pretas eram menos peludas, as rugas tinham sumido, traços inteiros do rosto pareciam alterados; até o nariz se mostrava mais curto. Era agora o rosto alerta e frio de um homem de cerca de 35 anos. Ocorreu a Winston que pela primeira vez na vida ele estava olhando, com conhecimento, para um membro da Polícia do Pensamento.

PARTE III

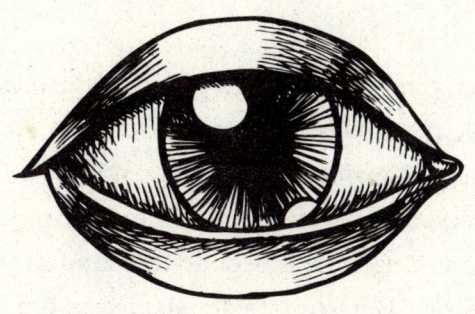

CAPÍTULO 1

Ele não sabia onde estava. Provavelmente, no Ministério do Amor; mas não havia como ter certeza.

Viu-se em uma cela de teto alto e sem janelas, com paredes de azulejos brancos reluzentes. Lâmpadas embutidas a inundavam de luz fria e havia um zumbido constante e baixo que ele imaginou estar relacionado ao fornecimento de ar. Um banco, ou prateleira, largo o bastante apenas para que alguém se sentasse, corria ao redor das paredes, só interrompido pela porta e, na ponta oposta à porta, por um vaso sanitário sem assento de madeira. Havia quatro teletelas, uma em cada parede.

Sentiu uma dor persistente na barriga. Estava ali desde que o atiraram para dentro do furgão fechado e o levaram embora. E tinha fome, um apetite corrosivo e doentio. Talvez tivesse comido há vinte e quatro horas, ou talvez há trinta e seis. Ainda não sabia, e provavelmente nem viria a saber, se tinha sido manhã ou noite quando o prenderam. Desde que fora preso, não se alimentara.

Estava sentado tão imóvel quanto conseguia no banco estreito, com as mãos cruzadas no joelho. Já tinha aprendido a se sentar assim. Se fizesse movimentos inesperados, eles gritariam na teletela. Mas a ânsia por comida aumentava. Desejava, acima de tudo, um pedaço de pão. Quem sabe encontrasse algumas migalhas no bolso do macacão. Era até possível, porque de vez em quando alguma coisa espetava sua perna, que houvesse um naco de crosta de tamanho razoável. No final, a tentação de descobrir venceu o medo; ele deslizou a mão para dentro do bolso.

– Smith! – gritou uma voz na teletela. – 6079 Smith W! Mãos fora dos bolsos na cela!

Ele se sentou imóvel de novo, as mãos cruzadas no joelho. Antes de ser jogado ali, tinha sido levado para outro lugar, talvez uma prisão comum ou uma detenção temporária usada pelas patrulhas. Não sabia por quanto tempo ficara lá; algumas horas, talvez; sem relógio e sem luz natural era difícil calcular o tempo. O outro lugar era barulhento, com um cheiro infernal. Eles o haviam colocado em uma cela semelhante àquela onde se encontrava agora, porém imunda e o tempo todo entupida por dez ou quinze pessoas. Eram na maioria criminosos comuns, mas havia alguns poucos prisioneiros políticos. Winston tinha se sentado em silêncio contra a parede, acotovelado pelos corpos sujos, preocupado demais com o medo e com a dor na barriga para ter muito interesse no que o rodeava, mas ainda assim notando a espantosa diferença de comportamento entre os prisioneiros do Partido e os outros. Os prisioneiros do Partido estavam sempre calados e aterrorizados, mas os criminosos comuns pareciam não se importar minimamente com ninguém. Berravam insultos para os guardas, revidavam ferozmente quando seus pertences eram confiscados, escreviam palavras obscenas no chão, comiam comida contrabandeada que tiravam de esconderijos misteriosos nas roupas e até gritavam de volta para a teletela quando ela tentava restaurar a ordem. Em contrapartida, alguns deles pareciam ter boas relações com os guardas, chamavam-nos por apelidos e tentavam por meio de bajulação conseguir que lhe passassem cigarros pelo olho mágico. Os guardas também tratavam os criminosos comuns com certa indulgência, mesmo quando precisavam tratá-los com brutalidade. Havia muita conversa sobre os campos de trabalhos forçados para os quais a maioria dos prisioneiros esperava ser enviada. Nos campos era "moleza", de acordo com o que entendeu, desde que você tivesse bons contatos e conhecesse os truques. Havia suborno, favoritismo e extorsão de todo tipo, havia homossexualidade e prostituição, havia até álcool ilícito destilado de batatas. Os cargos de confiança só eram confiados aos criminosos comuns, em especial os gângsteres e os assassinos, que constituíam uma espécie de aristocracia. Todos os serviços ilícitos eram feitos pelos criminosos políticos.

Havia um constante ir e vir de prisioneiros de todos os tipos: traficantes, ladrões, bandidos, comerciantes do mercado negro, bêbados, prostitutas. Alguns dos bêbados eram tão violentos que os outros prisioneiros precisavam se unir para contê-los. Uma mulher enorme e em frangalhos, de seus 60 anos, com grandes peitos caídos e grossos cachos de cabelo branco desfeitos na luta, foi levada para dentro, chutando e gritando, por quatro guardas, cada um segurando-a em uma ponta. Arrancaram as botas com as quais ela tentara atingi-los e a largaram de atravessado no colo de Winston, quase quebrando os ossos de suas coxas. A mulher se endireitou, ergueu-se e gritou:

– F___, seus malditos! – Depois, percebendo que estava sentada sobre alguma coisa irregular, deslizou dos joelhos de Winston para o banco. – Perdão, benzinho – disse. – Eu não teria sentado em você, foi só que os sacanas me botaram aí. Eles não sabem como tratar uma mulher, né? – Fez uma pausa, bateu de leve no peito e arrotou. – Perdão, não estou me sentindo grande coisa. – Curvou-se para a frente e vomitou copiosamente no chão. – Ah, agora sim – acrescentou, recostando-se, de olhos fechados. – Nunca tente segurar, é o que eu sempre digo. Põe pra fora enquanto está fresco no estômago, assim.

Voltou à vida, virou-se para dar outra olhadela em Winston e pareceu simpatizar imediatamente com ele. Pôs o longo braço em volta de seus ombros e o puxou para si, exalando cerveja e vômito.

– Qual seu nome, amor?

– Smith – disse Winston.

– Smith? Que engraçado. O meu é Smith também. Ora, eu até podia ser sua mãe! – ela acrescentou, sentimental.

"Ela até poderia ser minha mãe", pensou Winston. Tinha a idade e a constituição certas, e era provável que as pessoas mudassem um pouco depois de vinte anos em um campo de trabalhos forçados.

Ninguém mais falou com ele. Para sua surpresa, os criminosos comuns ignoravam os prisioneiros do Partido. "Os poli*titicas*", como os chamavam, com um desprezo indiferente. Os prisioneiros do Partido pareciam aterrorizados de falar com qualquer um e, acima de tudo, conversar entre si. Só uma vez, quando duas membras do Partido se espremeram uma contra a outra no banco, Winston entreouviu, no meio do alarido, umas poucas palavras cochichadas depressa; em particular, uma referência a algo chamado "sala um-zero-um", que ele não entendeu.

Talvez tivesse chegado umas duas ou três horas antes. A dor persistente na barriga não passava, mas algumas vezes melhorava, e outras, piorava. Seus pensamentos se expandiam ou contraíam de acordo. Quando a dor piorava, ele só pensava no sintoma propriamente dito e em sua ânsia por comida. Quando melhorava, o pânico tomava conta dele. Havia momentos em que antevia as coisas que lhe aconteceriam com tanta nitidez que seu coração galopava e o ar lhe faltava. Sentia o esmagar do cassetete nos cotovelos e as botas com acabamento metálico nas canelas; via a si mesmo rastejando no chão, implorando por piedade através dos dentes quebrados. Mal pensava em Júlia; não conseguia fixar sua mente nela. Ele a amava e não iria traí-la, mas aquilo era apenas um fato, tão exato como as regras da aritmética. Não sentia amor por ela e mal chegou a questionar o que lhe teria acontecido. Com mais frequência pensava em O'Brien, com uma fagulha de esperança. O'Brien deveria saber que ele fora preso. A Irmandade, lembrou-se, nunca tenta salvar seus membros. Mas havia a lâmina de barbear; eles mandariam uma lâmina, se pudessem. Haveria talvez cinco segundos antes que os guardas entrassem correndo na cela. A lâmina iria mordê-lo em uma espécie de queimação gelada, e até os dedos que a seguravam seriam cortados até o osso. Tudo se voltava contra seu corpo enfermo, que se encolhia tremendo diante da mais leve dor. Ele não tinha certeza de que usaria a lâmina, mesmo que tivesse a oportunidade. Era mais natural existir de um momento ao seguinte, aceitando mais dez minutos de vida mesmo sabendo que haveria tortura no final deles.

Algumas vezes, tentava calcular o número de azulejos nas paredes da cela. Deveria ser fácil, mas sempre perdia a conta em um ponto ou outro. Com mais frequência perguntava a si mesmo onde estaria e que horas seriam. Em certos momentos tinha certeza de que lá fora a luz do dia brilhava forte, e no seguinte tinha a mesma certeza de que estava em uma escuridão total. Naquele lugar, soube instintivamente, as luzes nunca seriam apagadas. Era o local onde não havia escuridão: ele entendia agora por que O'Brien parecera reconhecer a referência. No Ministério do Amor não havia janelas. A cela dele poderia estar no centro do edifício ou no limiar da parede externa; poderia estar dez andares abaixo do chão ou trinta acima. Winston se deslocou mentalmente de um lugar para outro e tentou determinar, pela sensação física, se estava empoleirado alto no ar ou enterrado fundo no solo.

Houve um som de botas marchando lá fora. A porta de aço se abriu com um estrondo. Um oficial jovem, impecável no uniforme preto, cujo couro lustroso parecia reluzir de cima a baixo, e cujo rosto pálido, de traços retos, parecia uma máscara de cera, passou pela porta com elegância. Gesticulou aos guardas lá fora, para que trouxessem o prisioneiro que estavam conduzindo. O poeta Ampleforth cambaleou para a cela. A porta se fechou de novo com estrondo.

Ampleforth fez um ou dois movimentos incertos de um lado para outro, como se pensando se haveria outra porta pela qual sair, e depois começou a andar a esmo pela cela. Ainda não havia notado a presença de Winston. Seus olhos perturbados miravam a parede cerca de um metro acima do nível da cabeça de Winston. Estava descalço; dedões largos e sujos saíam dos buracos em suas meias. Também fazia muitos dias que não se barbeava. Uma barba rala cobria seu rosto até as bochechas, dando-lhe um ar de valentão briguento que se opunha à constituição frágil e aos movimentos nervosos.

Winston se recuperou um pouco da letargia. Precisava falar com Ampleforth e correr o risco de a teletela gritar. Era até concebível que Ampleforth fosse o portador da lâmina.

– Ampleforth – chamou.

A teletela não gritou. Ampleforth parou, um pouco espantado. Seus olhos fitaram Winston lentamente.

– Ah, Smith! – ele disse. – Você também!

– Por que está aqui?

– Pra dizer a verdade... – Sentou-se estranhamente no banco em frente a Winston. – Existe apenas um crime, não é?

– E você cometeu?

– Aparentemente, sim.

Pôs uma das mãos na testa e pressionou as têmporas por um instante, como se tentasse se lembrar de algo.

– Essas coisas acontecem – começou, vagamente. – Eu consegui me lembrar de uma possível circunstância. Foi uma imprudência, com certeza. Estávamos produzindo uma edição definitiva dos poemas de Kipling. Permiti que a palavra "Deus" ficasse no final de um verso. Não consegui evitar! – acrescentou, quase indignado, elevando o rosto para fitar Winston. – Era impossível mudar o verso, existem bem poucas rimas com "ateus". Durante muitos dias quebrei a cabeça. Não encontrei alternativa.

A expressão em seu rosto se alterou. O aborrecimento passou e por um instante ele pareceu quase satisfeito. Um conforto intelectual, a alegria do pedante que descobre um fato inútil, brilhou através do cabelo sujo e desgrenhado.

– Alguma vez já lhe ocorreu que toda a história da poesia inglesa foi determinada pelo fato de que a língua inglesa carece de rimas?

Não, aquele raciocínio em particular nunca tinha ocorrido a Winston. E, nas atuais circunstâncias, aquilo não lhe pareceu nada importante ou interessante.

– Você sabe que horas são?

Ampleforth pareceu espantado de novo.

– Nem pensei nisso. Eles me prenderam, pode ter sido há uns dois dias, talvez três. – Seu olhar percorreu as paredes, como se esperasse encontrar uma janela em algum lugar. – Não existe diferença entre a noite e o dia aqui. Não vejo como alguém poderia calcular a hora.

Durante alguns minutos, a conversa saltou de um tema a outro e depois, sem razão aparente, um grito da teletela os mandou ficar em silêncio. Winston continuou sentado, imóvel, as mãos cruzadas. Ampleforth, grande demais para se sentar com conforto no banco estreito, remexeu-se inquieto, as mãos magras ao redor primeiro de um joelho, depois do outro. A teletela ordenou que ele parasse de se mover. O tempo passou. Vinte minutos, uma hora, era difícil julgar. Mais uma vez houve o som de botas do lado de fora. As entranhas de Winston se contraíram. Em breve, muito em breve, talvez em cinco minutos, talvez agora mesmo, o soar de botas significaria que sua vez tinha chegado.

A porta se abriu. O jovem oficial de rosto inexpressivo entrou na cela e indicou Ampleforth com um movimento curto da mão.

– Sala 101 – ele disse.

Ampleforth marchou claudicante entre os guardas, o rosto vagamente perturbado, mas sem compreender.

O que pareceu um longo tempo passou. A dor na barriga de Winston voltou. Sua mente percorria em círculos o mesmo caminho, como uma bola caindo toda hora na mesma série de buracos. Ele só tinha seis pensamentos. A dor na barriga; um pedaço de pão; o sangue e os gritos; O'Brien; Júlia; a lâmina. Ocorreu outra contração em suas entranhas; as pesadas botas se aproximavam. Quando a porta se abriu, a lufada de ar que se criou levou um cheiro forte de suor frio. Parsons entrou na cela. Usava bermuda cáqui e uma camisa esportiva.

Dessa vez, Winston se entregou ao assombro.

– *Você* aqui! – exclamou.

Parsons lançou-lhe um olhar apático, sem interesse nem surpresa, mas tão somente infelicidade. Começou a andar a esmo de um lado para outro, incapaz de ficar quieto. Toda vez que endireitava os joelhos gorduchos, ficava nítido que eles tremiam. Os olhos estavam arregalados e tinham uma expressão fixa, como se não conseguissem parar de encarar uma coisa a meia distância.

– Por que você está aqui? – perguntou Winston.

– Pensamentocrime! – disse Parsons, quase chorando.

Seu tom de voz denunciava uma completa admissão de culpa e uma espécie de horror incrédulo de que tal palavra pudesse se aplicar a ele. Parou em frente a Winston e começou a apelar, aflito:

– Você não acha que vão atirar em mim, acha, meu velho? Eles não atiram se você não fez nada de errado de verdade, só pensamentos, que ninguém tem como evitar, não é? Sei que eles concedem uma audição justa. Ah, confio que vão fazer isso! Vão ver meus registros, não vão? *Você* sabe que tipo de sujeito eu era. Não de todo mau, à minha moda. Não intelectual, é claro, mas esperto. Tentei fazer meu melhor pelo Partido, não tentei? Consigo sair em cinco anos, você não acha? Ou em dez? Um sujeito como eu podia ser útil em um campo de trabalho. Eles não vão atirar em mim por sair dos trilhos só uma vez, vão?

– Você é culpado?

– Claro que sou! – gritou Parsons com um olhar servil em direção à teletela. – Você não acha que o Partido iria prender um homem inocente, acha?

O rosto que lembrava um sapo se tornou mais calmo e até assumiu uma expressão ligeiramente fingida.

– Pensamentocrime é uma coisa horrível, meu velho – ele disse. – É insidioso. Domina sem você perceber. Sabe como foi comigo? No sono! Sim, é um fato. Lá estava eu cumprindo meu dever, tentando fazer minha parte, sem nunca desconfiar que tinha coisas podres na cabeça. Daí eu comecei a falar no sono. Sabe o que eles me ouviram dizer?

Ele baixou o tom de voz, como alguém obrigado por razões médicas a verbalizar uma obscenidade.

– "Abaixo o Grande Irmão"! Sim, eu disse isso! Disse várias e várias vezes, parece. Cá entre nós, meu velho, fico contente que me pegaram antes que eu fosse mais longe. Sabe o que vou dizer a eles quando estiver no tribunal? "Obrigado", é isso que vou dizer, "obrigado por me salvarem antes que fosse tarde demais".

– Quem denunciou você?

– Foi minha filhinha – respondeu Parsons com uma espécie de orgulho triste. – Ela ouviu pelo buraco da fechadura. Ouviu o que eu dizia e dedurou para a patrulha no dia seguinte. Bem espertinha para uma espiã de 7 anos, hein? Não guardo nenhum ressentimento por isso. Na verdade, estou orgulhoso dela. Isso mostra que eu a criei no espírito certo.

Ele fez mais alguns movimentos espasmódicos para cima e para baixo, diversas vezes lançando longos olhares na direção do vaso sanitário. De repente, baixou a bermuda.

– Desculpe, meu velho – falou. – Não consigo evitar. É a espera.

E afundou o traseiro enorme no vaso sanitário. Winston cobriu o rosto com as mãos.

– Smith! – gritou a voz da teletela. – 6079 Smith W! Descubra o rosto. Nada de rosto coberto na cela.

Winston descobriu o rosto. Parsons usou o vaso de maneira abundante e ruidosa. Eis que a descarga estava com defeito e a cela fedeu de modo abominável por muitas horas.

Parsons foi levado. Mais prisioneiros chegaram e partiram misteriosamente. Um, uma mulher, foi consignada à "sala 101" e, Winston notou, pareceu tremer e mudar de cor quando ouviu as palavras. Chegou um momento em que, se fosse manhã quando ele foi levado, já seria de tarde; ou, se tivesse sido de tarde, então já seria meia-noite. Havia seis prisioneiros na cela, homens e mulheres. Todos sentados, imóveis. Em frente a Winston havia um homem sem queixo, muito dentuço, exatamente como um roedor grande e inofensivo. As bochechas flácidas e sardentas estavam tão inchadas na parte de baixo que era difícil não acreditar que ele tivesse pequenos estoques de comida enfiados ali. Os olhos cinza-pálidos saltavam, temerosos, de um rosto a outro e desviavam depressa quando encontravam o olhar de alguém.

A porta se abriu e outro prisioneiro entrou. Sua aparência provocou um pequeno calafrio em Winston. Era um tipo comum, um homem de aparência má que poderia ter sido engenheiro ou técnico. Mas o que assustava era o rosto cadavérico. Era como um crânio. Por causa da magreza, a boca e os olhos ficavam desproporcionalmente grandes, e o olhar era repleto de um ódio assassino, implacável, contra alguém ou alguma coisa.

Ele se sentou no banco a pouca distância de Winston, que não voltou a fitá-lo. O rosto atormentado e esquelético continuou vívido em sua memória, como se o homem estivesse sentado bem à sua frente. De repente, Winston entendeu do que se tratava. O homem estava morrendo de fome. O mesmo pensamento pareceu ocorrer quase simultaneamente a todos na cela. Uma inquietação muito suave percorreu o banco. Os olhos do homem sem queixo voavam para o homem do rosto cadavérico, depois desviavam, culpados, depois eram arrastados de volta por uma atração irresistível. Em pouco tempo ele começou a se remexer no banco. Por fim se levantou, atravessou a cela tropeçando, mergulhou a mão no bolso do macacão e, com um ar envergonhado, estendeu um pedaço de pão sujo para o homem do rosto cadavérico.

Da teletela saiu um rugido furioso e ensurdecedor. O homem sem queixo deu um pulo de susto. O homem do rosto cadavérico logo colocou as mãos atrás das costas, como se demonstrando para o mundo que tinha recusado o presente.

– Bumstead! – rosnou a voz. – 2713 Bumstead J! Largue esse pedaço de pão.

O homem sem queixo o deixou cair.

– Fique parado onde está – prosseguiu a voz. – Vire-se para a porta. Não faça nenhum movimento.

O homem sem queixo obedeceu. Suas bochechas flácidas tremiam incontrolavelmente. A porta se abriu com um estrondo. O jovem oficial entrou, deu um passo para o lado e atrás dele surgiu um guarda baixo, roliço, com braços e ombros enormes. Ele se posicionou em frente ao homem sem queixo e, a um sinal do oficial, acertou um golpe terrível em sua boca, alavancado por todo o peso do corpo. A força do soco pareceu quase elevá-lo do chão. O corpo foi lançado através da cela e desabou contra a base do vaso sanitário. Por um momento ele ficou caído como que em choque, o sangue escuro escorrendo da boca e do nariz. Um gemido ou guincho muito baixo, que parecia inconsciente, saiu de sua garganta. Então ele rolou sobre si e se ergueu, cambaleante, sobre as mãos e os joelhos. Em meio a um fluxo de sangue e saliva, duas metades de uma prótese dentária caíram de sua boca.

Os prisioneiros permaneceram sentados, muito quietos, as mãos cruzadas sobre os joelhos. O homem sem queixo se arrastou até seu lugar. Na parte inferior de um lado do rosto, sua pele estava escurecendo. A boca inchada era agora uma massa disforme cor de cereja com um buraco preto no centro. De vez em quando, uma pequena gota de sangue pingava no peito do macacão. Os olhos cinzentos ainda voejavam de um rosto a outro, mais culpados do que nunca, como se ele tentasse descobrir quanto os demais o desprezavam por sua humilhação.

A porta se abriu. Com um gesto curto o oficial indicou o homem do rosto cadavérico.

– Sala 101 – comandou.

Houve um engasgo e uma agitação ao lado de Winston. O homem havia se atirado de joelhos no chão, com as mãos unidas.

– Camarada! Oficial! – ele gritou. – Você não precisa me levar para aquele lugar! Eu já não contei tudo? O que mais você quer saber? Não há nada que eu não vá confessar, nada! É só me dizer o quê, e eu confesso imediatamente. Escreva e eu assino, eu assino qualquer coisa! Não a Sala 101!

– Sala 101 – insistiu o oficial.

O rosto do homem, já muito pálido, assumiu uma cor que Winston não teria julgado possível. Era definitivamente, com certeza, um tom de verde.

– Faça qualquer coisa comigo! – ele gritou. – Vocês estão me matando de fome há várias semanas. Acabem o serviço e me deixem morrer. Atirem em mim, me enforquem, me condenem a vinte e cinco anos. Tem alguém mais que vocês querem que eu entregue? Basta apontar quem, e eu direi qualquer coisa. Não importa quem seja e não me interessa o que vocês vão fazer a ele. Eu tenho esposa e três filhos. O mais velho tem seis anos. Vocês podem pegar o bando todo e cortar as gargantas na minha frente e eu vou assistir sem piscar. Mas não a Sala 101!

– Sala 101 – repetiu o oficial.

O homem olhou freneticamente para os outros prisioneiros, como se imaginasse que poderia colocar outra vítima em seu lugar. Seus olhos pousaram no rosto esmagado do homem sem queixo. Ele esticou o braço magro.

– É *este* que vocês deveriam levar, não eu! – gritou. – Vocês não ouviram o que ele falou depois que amassaram a cara dele! Me deem uma chance e eu vou repetir tudo, cada palavra. *Ele* é contra o Partido, não eu! – Os guardas deram um passo à frente; a voz do homem subiu para um guincho. – Vocês não ouviram o que ele disse! Deu algum problema com a teletela. É *ele* que vocês querem, levem aquele ali, não eu!

Os dois guardas roliços se ajoelharam para pegá-lo pelos braços. Mas bem nesse momento ele se estendeu no chão da cela e agarrou uma das pernas de ferro que sustentavam o banco. Começou a uivar sem palavras, como um animal. Os guardas o seguraram para soltá-lo do banco, mas ele se prendia com uma força surpreendente. Lutaram com ele por talvez vinte segundos. Os prisioneiros permaneceram sentados, imóveis, com as mãos cruzadas sobre os joelhos, olhando fixamente em linha reta. O uivo cessou; o homem não tinha fôlego para nada além de se segurar. Então se ouviu um tipo diferente de grito. Um chute de uma das botas do guarda tinha quebrado os dedos de uma das mãos do prisioneiro. Eles o arrastaram pelos pés.

– Sala 101 – disse o oficial.

O homem foi levado para fora cambaleando, a cabeça caída, afagando a mão esmagada, esvaziado de força.

Um longo tempo se passou. Se fosse meia-noite quando o homem do rosto cadavérico foi levado, seria de manhã; se tivesse sido de manhã, então já seria tarde. Winston estava sozinho e assim continuou por muitas horas. A dor de ficar sentado no banco estreito era tanta que com frequência ele se levantava e andava um pouco, sem ser repreendido pela teletela. O pedaço de pão ainda estava onde o homem sem queixo o havia derrubado. No começo, foi necessário um grande esforço para não olhar para ele, mas, no momento, a fome tinha dado lugar à sede. Sua boca estava pegajosa e com um gosto ruim. O murmúrio contínuo e a luz branca invariável induziam a uma espécie de torpor, uma sensação de vazio na cabeça. Ele se levantava porque a dor nos ossos já era insuportável, e tornava a se sentar quase imediatamente porque estava zonzo demais para conseguir ficar de pé. Sempre que suas sensações físicas estavam minimamente sob controle, o terror voltava. Algumas vezes, com uma esperança remota, ele pensava em O'Brien e na lâmina de barbear. Talvez a lâmina chegasse escondida na comida, se é que ele seria alimentado. Meio confuso, pensava em Júlia. Em algum lugar ela sofria, talvez bem mais do que ele. Poderia estar gritando de dor naquele exato momento. "Se eu pudesse salvar Júlia duplicando a minha dor, eu faria isso? Sim, faria." Mas essa era apenas uma decisão racional, necessária, e não sentimental. Naquele lugar não se conseguia sentir nada exceto dor e sofrimento por antecipação. Além do mais, seria possível, quando se estava sofrendo assim, desejar, por algum motivo, que a dor aumentasse? Mas ainda não se podia responder a essa pergunta.

As botas se aproximaram de novo. A porta se abriu. O'Brien entrou.

Winston levantou de supetão. O choque da visão o despiu de toda cautela. Pela primeira vez, em muitos anos, esqueceu a presença da teletela.

– Eles pegaram você também! – gritou.

– Eles me pegaram há muito tempo – disse O'Brien com uma ironia sutil, quase pesarosa. Deu um passo para o lado. De trás dele surgiu um guarda de peito largo com um longo cassetete preto na mão.

– Você sabia disso, Winston – disse O'Brien. – Não engane a si próprio. Você sabia, você sempre soube.

Sim, ele percebia agora, ele sempre soubera. Mas não havia tempo para pensar nisso. Ele só tinha olhos para o cassetete na mão do guarda. Poderia cair em qualquer lugar: no topo da cabeça, na ponta da orelha, na parte de cima do braço, no cotovelo...

O cotovelo! Ele caiu de joelhos, quase paralisado, segurando o cotovelo atingido com a mão oposta. Tudo explodiu em uma luz amarela.

Não era possível que um único golpe causasse tamanha dor! O clarão passou e Winston conseguiu ver os outros dois olhando para baixo, na direção dele. O guarda ria de suas contorções. Uma pergunta, ao menos, teve resposta. Nunca, por nenhuma razão no mundo, você poderia desejar um aumento da dor. Da dor você só podia desejar uma coisa: que parasse. Nada no mundo era tão ruim quanto a dor física: diante dela não existem heróis. Não existem heróis, ele pensou de novo e de novo enquanto se revirava no chão, apertando inutilmente o braço esquerdo ferido.

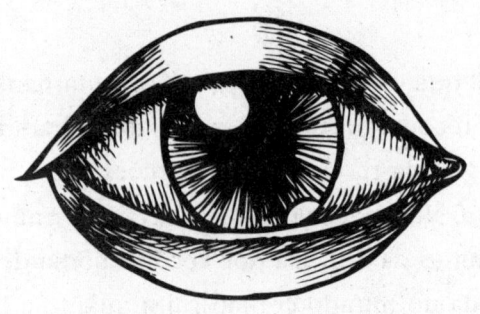

CAPÍTULO 2

Winston viu-se deitado em algo que parecia uma cama de armar, exceto por ficar mais distante do chão e por ele estar de alguma forma preso a ela de um modo que o impedia de se mexer. Uma claridade mais intensa do que o habitual atingia seu rosto. O'Brien, de pé a seu lado, observava-o fixamente. Na outra lateral, um homem de avental branco segurava uma seringa hipodérmica.

Seus olhos, embora abertos, captaram só uma parte do entorno. Ele tinha a impressão de nadar para o alto até aquele quarto, partindo de um outro mundo, um mundo subaquático longínquo, profundo. Quanto tempo estivera deitado ali? Não sabia. Desde o instante em que o prenderam, não vira escuridão nem luz natural. Além disso, suas lembranças eram fragmentadas. Havia momentos em que a consciência, mesmo a do sono, sumia totalmente e voltava mais tarde, após um intervalo em branco. Mas, se os intervalos eram de dias ou semanas ou apenas segundos, não havia como saber.

Com aquele primeiro golpe no cotovelo, o pesadelo tinha começado. Mais tarde, ele viria a perceber que tudo o que então acontecera era somente um interrogatório preliminar e de rotina, ao qual quase todos os prisioneiros eram submetidos. Havia uma ampla gama de crimes (espionagem, sabotagem e outros do tipo) que todos deveriam confessar por uma questão de protocolo. A confissão não passava de uma formalidade, embora a tortura fosse real. Quantas vezes fora espancado, ou quanto tempo o espancamento tinha durado, ele não conseguia lembrar. Sempre havia cinco ou seis homens de uniforme preto simultaneamente. Algumas vezes usavam os punhos, algumas cassetetes, outras varas de aço ou botas. Houve momentos em que ele rolou pelo chão, tão sem pudor quanto um animal, retorcendo o corpo para um lado e outro em um esforço sem fim e sem esperança de se desviar dos chutes e com isso simplesmente incentivando mais e ainda mais chutes nas costelas, na barriga, nos cotovelos, nas canelas, na virilha, nos testículos, no último osso da espinha. Houve momentos em que durou tanto que a coisa mais cruel, perversa e imperdoável não lhe parecia ser que os guardas continuassem a espancá-lo, mas que ele não conseguisse forçar-se a perder a consciência. Houve momentos em que seus nervos o abandonaram de tal forma que ele começou a gritar por misericórdia mesmo antes de o espancamento começar, quando a mera visão de um punho recuado na preparação para um soco bastava para fazê-lo despejar uma confissão de crimes reais e imaginários. Houve outros instantes em que no início ele tomou a decisão de não confessar nada, e então cada palavra precisava ser arrancada entre arquejos de dor, e houve momentos em que tentou fazer um acordo, dizendo a si mesmo: "Eu vou confessar, mas não ainda. Preciso aguentar até que a dor se torne insuportável. Mais três chutes, mais dois chutes, e então direi o que eles querem". Algumas vezes apanhou tanto que mal se sustentava de pé, e depois foi jogado como um saco de batatas no chão de pedra de uma cela, deixado para que se recuperasse por algumas horas, e em seguida levado para apanhar de novo. Houve também longos períodos de recuperação. Winston se lembrava disso sem clareza, porque eram gastos principalmente em um sono letárgico. Recordava de uma cama de tábuas, uma espécie de prateleira que se projetava da parede, de uma tina de água e de refeições de sopa quente e pão, e algumas vezes também café. Lembrava-se de um barbeiro rude chegando para raspar seu queixo e tosar seu cabelo e de homens antipáticos de aparência profissional tomando-lhe o pulso, testando seus reflexos, elevando suas pálpebras, passando com violência os dedos por seu corpo em busca de ossos quebrados e aplicando injeções em seu braço para que dormisse.

Os espancamentos se tornaram menos frequentes. Tornaram-se uma ameaça, um horror ao qual ele poderia ser submetido a qualquer momento, quando suas respostas fossem insatisfatórias. Os interrogadores agora não eram rufiões de uniforme preto, e sim intelectuais do Partido, homenzinhos rotundos de movimentos ágeis e óculos reluzentes, que trabalhavam nele, em rodízio, por períodos que duravam, achava, não podia ter certeza, dez ou doze horas de cada vez. Esses outros interrogadores faziam com que sofresse ininterruptamente alguma dor branda, mas não era na dor que eles confiavam. Esbofeteavam seu rosto, torciam suas orelhas, puxavam seu cabelo, faziam-no ficar sobre uma só perna, recusavam autorização para que urinasse, jogavam luz intensa em seu rosto até que os olhos lacrimejassem; mas o objetivo era simplesmente humilhá-lo e destruir sua capacidade de argumentar e raciocinar. A verdadeira arma deles era o interrogatório impiedoso que prosseguia por horas, que o confundia, montava armadilhas contra ele, distorcia tudo que dizia, condenava-o a cada passo por mentiras e contradições, até que ele começava a chorar de vergonha e de exaustão nervosa. Algumas vezes chorava meia dúzia de vezes em uma única sessão. Na maior parte do tempo, os homens gritavam insultos e a cada hesitação ameaçavam entregá-lo de novo aos guardas; mas outras vezes mudavam subitamente o tom, chamavam-no de camarada, apelavam a ele em nome do Socing e do Grande Irmão e perguntavam, pesarosos, se mesmo agora não sentia pelo Partido lealdade suficiente para desejar desfazer o mal que havia feito. Quando seus nervos estavam em farrapos depois de horas de interrogatório, até mesmo esse apelo conseguia reduzi-lo a fungadas e lágrimas. No fim, as vozes que o atormentavam o destruíam mais completamente do que as botas e os punhos dos guardas. Winston se tornou apenas uma boca que falava, uma mão que assinava qualquer coisa que lhe fosse exigida. Sua única preocupação era descobrir o que eles queriam saber, e então confessar logo, antes que a surra recomeçasse. Confessou o assassinato de membros importantes do Partido, a distribuição de panfletos que incentivavam motins, o desvio de recursos públicos, a venda de segredos militares, sabotagem de todos os tipos. Confessou ter sido um espião a soldo do governo da Lestásia desde 1968. Confessou ser um crente religioso, um admirador do capitalismo e um pervertido sexual. Confessou haver assassinado a esposa, embora soubesse, e os interrogadores também deviam saber, que ela ainda estava viva. Confessou que durante anos tivera contato pessoal com Goldstein e que fora membro de uma organização clandestina que incluía quase todos os seres humanos que conhecia. Era mais fácil confessar tudo e implicar todo mundo. Além disso, de certa forma, era tudo verdade. Era verdade que ele se tornara inimigo do Partido, e aos olhos do Partido não havia diferença entre pensamento e ação.

Havia também lembranças de outro tipo. Elas pairavam fora de sua mente, de uma forma desconectada, como imagens cercadas de escuridão.

Winston estava em uma cela que tanto poderia estar escura quanto iluminada, porque não conseguia enxergar nada além de um par de olhos. Ao alcance da mão, um tipo de instrumento tiquetaqueava devagar e regularmente. Os olhos cresceram e ficaram mais luminosos. De repente, ele flutuou acima do assento, mergulhou nos olhos e foi engolido.

Viu-se amarrado a uma cadeira cercada de mostradores, sob luzes ofuscantes. Um homem de avental branco os lia. De fora, chegou o som pesado de botas. A porta se abriu com um estalido. O oficial com o rosto de cera entrou marchando, seguido por dois guardas.

– Sala 101 – disse o oficial.

O homem do avental branco não se virou. Tampouco olhou para Winston; examinava apenas os mostradores.

Desceu um corredor imponente, com um quilômetro de largura, cheio de uma luz dourada, gloriosa, rugindo risadas e confessando a plenos pulmões. Confessava tudo, até as coisas que tinha conseguido reter sob tortura. Contou a história inteira de sua família para uma plateia que já a conhecia. Com ele estavam os guardas, os outros interrogadores, os homens de avental branco, O'Brien, Júlia, o senhor Charrington, todos descendo o corredor juntos, gritando e rindo. Alguma coisa assustadora que tinha estado à espera, guardada no futuro, havia de alguma forma sido esquecida e não concretizada. Estava tudo bem, não havia mais dor, até o último detalhe de sua vida fora exposto, compreendido, perdoado.

Levantou-se da cama de tábuas na meia certeza de ter ouvido a voz de O'Brien. Ao longo de todo o interrogatório, embora nunca o tivesse visto, veio a sensação de que O'Brien estava junto a seu cotovelo, fora da vista. Era O'Brien que comandava tudo. Era ele que mandava os guardas para cima de Winston e que os impedia de matá-lo. Era ele que decidia quando Winston deveria gritar de dor, quando deveria ter uma pausa, quando deveria ser alimentado, quando deveria dormir, quando drogas deveriam ser injetadas em seu braço. Era ele que fazia as perguntas e sugeria as respostas. Ele era o carrasco, o protetor, ele era o inquisidor, ele era o amigo. E uma vez, Winston não conseguia lembrar se aconteceu durante um sono regular ou induzido por drogas ou mesmo em um instante de vigília, uma voz murmurou em sua orelha:

– Não se preocupe, você está sob minha guarda. Faz sete anos que eu o observo. Agora o ponto de virada chegou. Vou salvá-lo, vou torná-lo perfeito.

Ele não tinha certeza de ter sido a voz de O'Brien, mas era a mesma voz que lhe dissera "Nós vamos nos encontrar no lugar onde não há escuridão", naquele outro sonho, sete anos antes.

Ele não se lembrava do final de nenhum dos interrogatórios. Havia um período de escuridão, e depois a cela, ou o quarto, onde estava agora, materializava-se lentamente a seu redor. Quase deitado de costas, sentia-se incapaz de se mover. Seu corpo estava imobilizado em todos os pontos essenciais. Até a parte de trás da cabeça fora presa. O'Brien o observava com gravidade e certa tristeza. Visto de baixo, o rosto de O'Brien parecia velho e cansado, com bolsas sob os olhos e linhas de expressão do nariz até o queixo. Era mais velho do que Winston tinha imaginado; teria talvez 48 ou 50 anos. Sob a mão pesada havia um mostrador com uma alavanca na parte de cima e números espalhados nas margens.

– Eu lhe disse que, se nos encontrássemos de novo, seria aqui.

– Sim – respondeu Winston.

Sem nenhum aviso exceto um ligeiro movimento da mão de O'Brien, uma onda de dor invadiu seu corpo. Era uma dor assustadora porque ele não conseguia ver o que estava acontecendo, e tinha a sensação de que algum dano mortal lhe fora infligido. Não sabia se estava realmente acontecendo ou se a eletricidade provocava o efeito, mas sentia o corpo deformado por estiramento, as articulações lentamente se afastando. Embora a dor tenha feito brotar suor em sua testa, o pior de tudo era o medo de que a coluna estivesse prestes a se romper. Ele cerrou os dentes e respirou pelo nariz, tentando se manter em silêncio pelo maior tempo possível.

– Você está com medo de que em mais um instante algo vá se quebrar – disse O'Brien, observando-lhe o rosto. – Seu medo específico é de que seja sua coluna. Você tem uma imagem mental vívida das vértebras se afastando e do liquor pingando delas. Isto é o que você está pensando, não é?

Winston não respondeu. O'Brien recuou a alavanca do mostrador. A onda de dor retrocedeu quase na mesma velocidade com que tinha surgido.

– Isto foi quarenta – disse O'Brien. – Você pode ver que os números neste mostrador vão até cem. Por favor lembre-se, durante toda a nossa conversa, de que tenho poder de infligir dor a você a qualquer momento e em qualquer intensidade que eu queira. Se me contar alguma mentira ou tentar alguma adulteração ou mesmo se cair abaixo do seu nível habitual de inteligência, você vai urrar de dor instantaneamente. Entendeu?

– Sim – respondeu Winston.

Os modos de O'Brien se tornaram menos severos. Ele arrumou os óculos de maneira pensativa e deu um ou dois passos de um lado para outro. Quando falou, sua voz soou gentil e paciente. Ele tinha a aparência de um médico ou professor, até de um padre, ansioso por explicar e persuadir, mais do que punir.

– Estou me dando ao trabalho com você, meu caro, porque você vale o trabalho. Sabe perfeitamente qual é seu problema. Conhece-o há anos, embora tenha lutado contra. Você é mentalmente perturbado. Sofre de uma memória deficiente. É incapaz de se lembrar de eventos reais e se convence de que se lembra de outros eventos, que nunca aconteceram. Felizmente, tem cura. Você nunca se curou disso porque escolheu não se tratar. Havia um pequeno esforço da vontade que você não estava pronto para fazer. Mesmo agora, estou bem ciente, está se agarrando à sua doença sob a impressão de que ela é uma virtude. Vejamos um exemplo. Neste momento, com qual potência a Oceania está em guerra?

– Quando fui preso, a Oceania estava em guerra com a Lestásia.

– Com a Lestásia. Bom. E a Oceania sempre esteve em guerra com a Lestásia, não é?

Winston prendeu a respiração. Abriu a boca para falar e não falou. Não conseguia afastar os olhos do mostrador.

– A verdade, por favor. A *sua* verdade. Diga-me o que acha que lembra.

– Eu me lembro que até uma semana antes da minha prisão nós não estávamos em guerra com a Lestásia, absolutamente. Éramos aliados deles. A guerra era contra a Eurásia. Essa guerra durou quatro anos. Antes disso...

O'Brien o interrompeu com um movimento da mão.

– Outro exemplo – ele disse. – Há alguns anos, você sofreu um delírio realmente muito grave. Achou que três homens, três antigos membros do Partido chamados Jones, Aaronson e Rutherford, executados por traição e sabotagem depois de uma confissão bem completa, a mais completa possível, não eram culpados dos crimes pelos quais foram acusados. Você acreditou ter visto uma evidência documental definitiva, que confirmava a falsidade das confissões deles. Houve uma determinada fotografia sobre a qual você teve sua alucinação. Acreditou que a tinha segurado nas mãos. Era uma fotografia parecida com esta.

Um pedaço oval de jornal apareceu entre os dedos de O'Brien. Por talvez cinco segundos, ficou no ângulo de visão de Winston. Era uma fotografia e não havia dúvida sobre sua identidade. Era *a* fotografia. Era outra cópia da fotografia de Jones, Aaronson e Rutherford na repartição de Nova Iorque do Partido, com a qual ele tinha trombado por acaso onze anos antes e prontamente destruído. Por apenas um instante estivera diante de seus olhos, e logo estava fora de vista de novo. Mas ele a tinha visto, com certeza! Fez um esforço desesperado, aflito, para liberar a metade superior do corpo. Era impossível mexer-se um centímetro que fosse em qualquer direção. Por ora, esqueceu-se até do mostrador. Só o que queria era segurar a fotografia entre os dedos mais uma vez, ou ao menos vê-la.

– Ela existe! – gritou.

– Não – disse O'Brien, cruzando a sala.

Havia um buraco da memória na parede oposta. O'Brien levantou a grade. Sem ser visto, o frágil pedacinho de papel foi embora rodopiando na corrente de ar quente; desapareceu em um clarão de chamas. O'Brien se afastou da parede.

– Cinzas. Nem mesmo cinzas identificáveis. Pó. Não existe. Nunca existiu.

– Mas existiu! Existe! Existe na memória. Eu me lembro dela. Você se lembra.

– Eu não me lembro – rebateu O'Brien.

Winston sentiu um aperto no peito. Aquilo era duplopensar. Tinha uma sensação mortal de desamparo. Se pudesse ter certeza de que O'Brien estava mentindo, não teria parecido importante. Mas era perfeitamente possível que O'Brien já tivesse de fato esquecido a fotografia. E, se fosse assim, então ele já teria apagado também a recusa em se lembrar, e o ato de esquecer. Como alguém poderia ter certeza de que era apenas um truque? Talvez aquele deslocamento insano da mente pudesse acontecer de verdade: e foi esse pensamento que o derrubou.

O'Brien o olhava de um jeito especulativo. Mais do que nunca, tinha o ar de um professor que sofria por uma criança rebelde, mas promissora.

– O Partido tem um lema que aborda o controle do passado – falou. – Repita para mim, por favor.

– Quem controla o passado controla o futuro; quem controla o presente controla o passado – Winston repetiu, obediente.

– Quem controla o presente controla o passado – disse O'Brien, assentindo com um gesto lento de cabeça. – Na sua opinião, o passado tem uma existência real?

Mais uma vez o sentimento de desamparo tomou conta de Winston. Seus olhos giraram na direção do mostrador. Ele não só duvidava se "sim" ou "não" era a resposta que o pouparia da dor; já não sabia qual resposta acreditava ser a verdadeira.

O'Brien sorriu, desanimado.

– Você não é um metafísico, Winston – disse. – Até este momento, nunca parou para considerar o significado de "existência". Vou reformular com mais precisão. O passado existe concretamente, no espaço? Existe, em um lugar ou outro, um mundo de objetos sólidos onde o passado ainda esteja acontecendo?

– Não.

– Então onde o passado existe, se é que existe?

– Nos registros. Está escrito.

– Nos registros. E...?

– Na mente. Nas memórias humanas.

– Na memória. Muito bem, então. Nós, o Partido, controlamos todos os registros e controlamos todas as memórias. Então, nós controlamos o passado, não?

– Mas como você pode impedir as pessoas de se lembrarem das coisas? – gritou Winston, de novo momentaneamente esquecido do mostrador. – É involuntário. Está fora do alcance. Como se pode controlar a memória? Você não controlou a minha!

Os modos de O'Brien se tornaram sérios de novo. Ele pousou a mão no mostrador.

– Ao contrário – disse. – *Você* não a controlou. Isso foi o que o trouxe para cá. Você está aqui porque falhou em humildade, em autodisciplina. Não aceitou a submissão, que é o preço da sanidade. Preferiu ser um lunático, uma minoria de um. Só a mente disciplinada consegue ver a realidade. Você acredita que a realidade é objetiva, externa e existe por conta própria. Também acredita que a natureza da realidade é autoevidente. Quando se ilude pensando que está vendo algo, você presume que todo mundo está vendo o mesmo que você. Mas eu lhe digo, Winston, que a realidade não é externa; ela existe na mente humana e em nenhum outro lugar. Não na mente individual, que pode cometer erros e logo perece; só na mente do Partido, que é coletiva e imortal.

Não importa o que o Partido considere ser a verdade, ela *é* a verdade. É impossível ver a realidade, exceto enxergando através dos olhos do Partido. Esse é o fato que você precisa reaprender, Winston. Precisa ser um ato de autodestruição, um esforço da vontade. Você precisa se humilhar antes de poder se tornar lúcido.

Interrompeu-se por alguns instantes, como para permitir que suas palavras fossem assimiladas.

– Você se lembra – O'Brien prosseguiu – de escrever em seu diário: "Liberdade é a liberdade de dizer que dois mais dois são quatro"?

– Sim – disse Winston.

O'Brien levantou a mão esquerda, o dorso virado para Winston, o polegar escondido e quatro dedos esticados.

– Quantos dedos estou estendendo?

– Quatro.

– E se o Partido disser que não são quatro, mas cinco; então, quantos?

– Quatro.

A palavra terminou com um arquejo de dor. A agulha do mostrador tinha atingido cinquenta e cinco. O suor brotou pelo corpo inteiro de Winston. O ar rasgou seus pulmões e saiu de novo em gemidos profundos, que ele não conseguiu evitar nem mesmo comprimindo com força os dentes. O'Brien o observava, com os quatro dedos ainda esticados. Recuou a alavanca. Dessa vez, a dor foi apenas ligeiramente suavizada.

– Quantos dedos, Winston?

– Quatro.

A agulha subiu a sessenta.

– Quantos dedos, Winston?

– Quatro! Quatro! O que mais eu posso dizer? Quatro!

A agulha devia ter subido de novo, mas ele não olhou. O rosto pesado e grave e os quatro dedos preenchiam sua visão. Os dedos estavam diante de seus olhos como pilares, enormes, borrados e parecendo vibrar, mas inequivocamente quatro.

– Quantos dedos, Winston?

– Quatro! Pare, pare com isso! Como você consegue continuar? Quatro! Quatro!

– Quantos dedos, Winston?

– Cinco! Cinco! Cinco!

– Não, Winston, assim não adianta. Você está mentindo. Ainda acha que são quatro. Quantos dedos, por favor?

– Quatro! Cinco! Quatro! Quantos você quiser, mas pare com isso!

Abruptamente, viu-se sentado, com o braço de O'Brien sobre os ombros. Talvez tivesse perdido a consciência por alguns segundos. As amarras que mantinham seu corpo preso estavam soltas. Ele sentia muito frio, tremia incontrolavelmente, seus dentes batiam, as lágrimas escorriam pelas bochechas. Por um momento agarrou-se a O'Brien como um bebê, curiosamente reconfortado pelo braço pesado em volta dos ombros. Tinha a sensação de que o homem era seu protetor, que a dor era algo que vinha de fora, de alguma outra fonte, e que O'Brien o salvaria dela.

– Você aprende devagar, Winston – disse O'Brien gentilmente.

– Como poderia ser de outro jeito? – ele choramingou. – Como posso evitar ver o que está bem diante dos meus olhos? Dois mais dois são quatro.

– Às vezes, Winston. Às vezes, são cinco. Às vezes, são três. Às vezes, são todos ao mesmo tempo. Você precisa se esforçar mais. Não é fácil se tornar lúcido.

Ele havia deitado Winston na cama. O aperto em seus membros estava forte de novo, mas a dor tinha diminuído e o tremor passou, deixando-o somente fraco e com frio. O'Brien moveu a cabeça em direção ao homem de avental branco, que permaneceu imóvel ao longo de todos os procedimentos. Então o homem se curvou e examinou de perto os olhos de Winston, sentiu sua pulsação, pousou a orelha contra seu peito, deu tapinhas aqui e ali; depois acenou para O'Brien.

– De novo – disse O'Brien.

A dor inundou o corpo de Winston. A agulha deveria estar em setenta, setenta e cinco. Ele fechou os olhos. Sabia que os dedos ainda estavam lá, e que eram quatro. Só o que importava agora era algum modo de continuar vivo até que o espasmo de dor passasse. Tinha deixado de notar se berrava ou não. A dor amainou de novo. Ele abriu os olhos. O'Brien tinha recuado a alavanca.

– Quantos dedos, Winston?

– Quatro. Acho que são quatro. Eu veria cinco, se pudesse. Estou tentando ver cinco.

– O que você deseja: me convencer de que vê cinco ou realmente ver cinco?

– Realmente ver cinco.

– De novo – disse O'Brien.

Talvez a agulha estivesse em oitenta, noventa. Winston só conseguia se lembrar por que a dor estava acontecendo. Atrás das pálpebras fechadas com força, uma floresta de dedos parecia se mexer em uma dança, volteando, desaparecendo uns atrás dos outros e reaparecendo em seguida. Ele tentava contá-los, mas não se lembrava por quê. Sabia apenas que era impossível contar e que isso tinha alguma coisa a ver com a identidade misteriosa entre cinco e quatro. A dor se atenuou outra vez. Quando ele abriu os olhos, descobriu que continuava vendo a mesma coisa. Dedos incontáveis, como árvores ambulantes, ainda passavam de um lado para outro, cruzando-se e se entrecruzando. Ele tornou a fechar os olhos.

– Quantos dedos estou estendendo, Winston?

– Eu não sei. Eu não sei. Você vai me matar se fizer isso de novo. Quatro, cinco, seis... Com toda a honestidade, eu não sei.

– Melhor – disse O'Brien.

Uma agulha penetrou no braço de Winston. Quase no mesmo instante, um calor abençoado e restaurador se espalhou por todo o seu corpo. A dor já estava semiesquecida. Ele abriu os olhos e encarou O'Brien com gratidão. Ao ver o rosto sério, enrugado, tão feio e tão inteligente, sentiu o coração revirar. Se pudesse se mexer, teria esticado a mão e tocado o braço de O'Brien. Nunca o amara tão profundamente como naquele instante, e não era só por ele ter interrompido a dor. O velho sentimento, de que no fundo não importava se O'Brien era um amigo ou um inimigo, voltou. Ele era alguém com quem podia conversar. Talvez uma pessoa não quisesse tanto ser amada quanto ser compreendida. O'Brien o havia torturado até quase levá-lo à loucura e dali a pouco, certamente, iria despachá-lo para a morte. Não fazia diferença. Em certo sentido, aquilo era mais profundo do que a amizade; eles eram íntimos: em um lugar ou outro, embora as palavras talvez nunca fossem ditas, havia um local onde eles podiam se encontrar e conversar. O'Brien olhava para baixo, observando Winston com uma expressão que sugeria a possibilidade de estar pensando a mesma coisa. Quando falou, foi em um tom amigável.

– Você sabe onde está, Winston?

– Não sei. Posso supor. No Ministério do Amor.

– Você sabe há quanto tempo está aqui?

– Não. Dias, semanas, meses; acho que há meses.

– E por que você acha que trazemos as pessoas para este lugar?

– Para fazê-las confessar.

– Não, a razão não é esta. Tente de novo.

– Para castigá-las.

– Não! – exclamou O'Brien. Sua voz havia se alterado de modo extraordinário, e o rosto de súbito se tornara ao mesmo tempo sério e furioso. – Não! Não só para arrancar sua confissão nem para castigar você. Será que preciso dizer por que o trouxemos para cá? Para curar você! Para torná-lo lúcido! Entenda, Winston: ninguém que trazemos para cá sai daqui sem estar curado. Não estamos interessados nesses crimes estúpidos que você cometeu. O Partido não se interessa pelos atos explícitos;

o pensamento é tudo com o que nos importamos. Nós não destruímos nossos inimigos: nós os modificamos. Você entende o que quero dizer com isso?

Ele estava curvado sobre Winston. Seu rosto parecia enorme por causa da proximidade, e hediondamente feio por ser visto de baixo. Mais que isso, transmitia uma exaltação, uma intensidade insana. O coração de Winston se encolheu. Se tivesse sido possível, ele teria se afundado mais na cama. Teve certeza de que O'Brien estava prestes a acionar a alavanca por pura crueldade, mas nesse momento, entretanto, ele lhe deu as costas. Andou um ou dois passos a esmo. Depois continuou, com menos veemência:

— A primeira coisa que você precisa entender é que neste lugar não ocorrem martírios. Você leu sobre as perseguições religiosas do passado. Na Idade Média, existiu a Inquisição. Foi um erro. Ela foi pensada para erradicar a heresia e acabou por perpetuá-la. Para cada herege que queimou na fogueira, milhares de outros surgiram. Por quê? Porque a Inquisição matava seus inimigos abertamente, e os matava antes que se arrependessem; na verdade, matava porque eles não se arrependiam. Os homens morriam porque não abandonavam suas verdadeiras crenças. Naturalmente, toda a glória pertencia à vítima e toda a vergonha, ao inquisidor que o queimava. Mais tarde, no século XX, surgiram os "totalitários", como eram chamados. Houve os nazistas alemães e os comunistas russos. Os russos perseguiram a heresia mais cruelmente do que a Inquisição tinha feito. Pensavam haver aprendido com os erros do passado; sabiam, pelo menos, que não se devem produzir mártires. Antes de expor suas vítimas ao julgamento público, eles deliberadamente se dedicavam a destruir a dignidade delas. Aniquilavam-nas pela tortura e pelo isolamento até que se tornassem desprezíveis, miseráveis e cheias de vergonha, prontas a confessar qualquer coisa que lhes enfiassem na boca, cobrindo a si mesmas de insultos, acusando-se mutuamente e se escondendo umas atrás das outras, ganindo por misericórdia. E mesmo assim, depois de uns poucos anos, a mesma coisa aconteceu de novo. Os homens mortos se tornavam mártires e a degradação deles era esquecida. Mais uma vez: por quê? Em primeiro lugar, porque as confissões eram obviamente forçadas e falsas. Nós não cometemos erros desse tipo. Todas as confissões verbalizadas são verdadeiras. Nós as tornamos verdadeiras. Acima de tudo, não permitimos que os mortos se levantem contra nós. Você precisa parar de fantasiar que a posteridade vai vingá-lo, Winston. A posteridade nunca vai ouvir falar a seu respeito. Você será totalmente apagado do fluxo da História. Nós o transformaremos em vapor e o lançaremos à estratosfera. Nada restará de você: nem um nome em um registro, nem uma lembrança em uma mente. Você será aniquilado no passado e no futuro. Você nunca terá existido.

"Então por que se dar ao trabalho de me torturar?", Winston pensou, com uma amargura momentânea. O'Brien interrompeu seus passos como se Winston tivesse revelado o pensamento em voz alta. O rosto grande e feio se aproximou, os olhos um pouco vesgos.

– Você está pensando que, se pretendemos destruí-lo totalmente, nada do que você diga ou faça tem o menor efeito. Assim sendo, por que nos damos ao trabalho de interrogá-lo, para começo de conversa? Era isso que você estava pensando, não era?

– Era.

O'Brien sorriu suavemente.

– Você é uma falha no padrão, Winston. É uma mancha que precisa sair. Não acabei de lhe dizer que somos diferentes dos perseguidores do passado? Nós não nos contentamos com a obediência negativa, nem mesmo com a mais abjeta submissão. Quando você finalmente se render a nós, terá de ser por sua livre vontade. Nós não destruímos o herege porque ele resiste; enquanto ele resistir, nós nunca o destruiremos. Nós o convertemos, capturamos sua mente mais profunda e a remodelamos. Arrancamos dele todo o mal e toda a ilusão; nós o trazemos para o nosso lado, não na aparência, mas genuinamente, de coração e alma. Nós o tornamos um dos nossos antes de matá-lo. É intolerável para nós que um pensamento errôneo exista em algum lugar do mundo, não importa quanto seja secreto ou inofensivo. Mesmo no momento da morte, não podemos permitir nenhum desvio. Nos velhos tempos, os hereges iam para a fogueira ainda como hereges, proclamando sua heresia, exultantes. Até as vítimas dos expurgos russos podiam levar a rebelião trancada em seu íntimo enquanto percorriam o corredor à espera da bala. Mas nós tornamos o cérebro perfeito antes de explodi-lo. A ordem dos antigos déspotas era "Tu não hás de". A ordem dos totalitários era "Tu hás de". O nosso é "Tu és". Ninguém que trazemos a este lugar jamais fica contra nós. Todos são completamente purificados. Até mesmo aqueles três traidores infelizes em cuja inocência você chegou a acreditar, Jones, Aaronson e Rutherford, no final nós os dobramos. Participei pessoalmente do interrogatório. Eu os vi ceder gradualmente, choramingando, rastejando, chorando; e no final não era de dor nem de medo, mas pura penitência. Quando terminamos, eles eram apenas homens ocos. Nada restava no interior, exceto arrependimento pelo que tinham feito e amor pelo Grande Irmão. Foi comovente ver como o amavam. Eles imploraram para ser fuzilados depressa, para morrer enquanto suas mentes ainda estavam limpas.

Sua voz tinha se tornado quase sonhadora. A exaltação e o entusiasmo insano ainda estavam em seu rosto. "Ele não está fingindo", pensou Winston, "ele não é um hipócrita, ele acredita em cada palavra do que está dizendo". O que mais o oprimia era a consciência da própria inferioridade intelectual. Observou a figura pesada, mas ainda assim acolhedora, andando de um lado para outro, para dentro e para fora de seu campo de visão. O'Brien era uma criatura, em todos os sentidos, maior que ele. Não havia nenhuma ideia que ele pudesse ter tido, ou viesse a ter, que O'Brien muito tempo antes já não houvesse pensado, examinado e rejeitado. A mente dele *continha* a mente de Winston.

Mas, nesse caso, como poderia ser verdade que O'Brien fosse louco? Devia ser ele, Winston, o louco. O'Brien parou e olhou para baixo, na direção dele. Sua voz voltou ao tom sério.

– Não imagine que você vai se salvar, mesmo que se renda completamente a nós. Ninguém que tenha saído dos trilhos é poupado, jamais. E, mesmo que nós decidíssemos deixá-lo viver até o fim de sua vida natural, ainda assim você nunca escaparia. O que lhe acontece aqui é para sempre. Entenda isso desde já. Nós vamos arrasar você a um ponto sem volta. Você passará por coisas das quais não poderia se recuperar nem que vivesse mil anos. Nunca mais será capaz de ter um sentimento humano comum. Tudo estará morto em seu interior. Nunca mais será capaz de sentir amor, amizade, alegria de viver; nunca mais poderá rir ou ter curiosidade, coragem ou integridade. Você estará oco. Nós vamos espremê-lo até que fique vazio, e então iremos preenchê-lo.

Fez uma pausa e gesticulou para o homem de avental branco. Winston teve consciência de um equipamento pesado ser encaixado em algum ponto atrás de sua cabeça. O'Brien tinha se sentado ao lado da cama e seu rosto estava quase na mesma altura do de Winston.

– Três mil – ele disse, falando por cima da cabeça de Winston para o homem de avental branco.

Duas almofadinhas macias e aparentemente úmidas foram presas por braçadeiras contra as têmporas de Winston. Ele estremeceu. A dor estava a caminho, um novo tipo de dor. De modo tranquilizador, quase gentil, O'Brien pousou a mão na dele.

– Desta vez não vai doer – ele disse. – Mantenha os olhos nos meus.

Nesse momento ocorreu uma explosão devastadora, ou algo que pareceu uma explosão, embora Winston não estivesse certo se tinha ocorrido algum barulho. Houve um clarão ofuscante. Ele não estava ferido, só prostrado. Apesar de já deitado, teve a sensação estranha de ter sido golpeado para aquela posição. Um golpe terrível e indolor o tinha achatado. Algo também ocorrera dentro de sua cabeça. Conforme os olhos reconquistaram o foco, ele lembrou quem era e onde estava, e reconheceu o rosto que o observava; mas em algum lugar havia um amplo espaço vazio, como se um pedaço tivesse sido removido de seu cérebro.

– Não vai durar – disse O'Brien. – Olhe nos meus olhos. Com que país a Oceania está em guerra?

Winston pensou. Sabia o que significava Oceania e que ele próprio era um cidadão da Oceania. Também se lembrava de Eurásia e Lestásia; mas quem estava em guerra com quem ele não sabia. Na verdade, nem sabia que havia uma guerra em curso.

– Não lembro.

– A Oceania está em guerra com a Lestásia. Você se lembra, agora?

– Sim.

– A Oceania sempre esteve em guerra com a Lestásia. Desde o início de sua vida, desde o início do Partido, desde o início da História, a guerra prossegue sem interrupção, sempre a mesma guerra. Você se lembra disso?

– Sim.

– Onze anos atrás, você inventou uma lenda sobre três homens que tinham sido condenados à morte por traição. Fingiu ter visto um pedaço de jornal que provava que eles eram inocentes. Esse pedaço de jornal nunca existiu. Você inventou isso e depois levou a si mesmo a acreditar. Você se lembra agora do preciso instante em que inventou isso?

– Sim.

– Agora há pouco, estiquei os dedos da minha mão e lhe mostrei. Você viu cinco dedos. Você se lembra disso?

– Sim.

O'Brien levantou os dedos da mão esquerda com o polegar escondido.

– Aqui tem cinco dedos. Você vê cinco dedos?

– Sim.

E ele os viu, por um segundo passageiro, antes que a imagem em sua mente mudasse. Ele viu cinco dedos e nada estava deformado. Depois tudo ficou normal de novo, e o velho medo, o ódio e a perplexidade foram retornando. Mas durante um momento, que ele não sabia quanto havia durado, trinta segundos, talvez, tinha havido uma certeza luminosa, quando cada nova sugestão de O'Brien preenchia um vazio e se tornava uma verdade absoluta, e dois mais dois poderiam ser três e com a mesma facilidade cinco, se fosse necessário. Tinha sumido antes que O'Brien baixasse a mão; porém, embora ele não conseguisse recapturar, conseguia lembrar, da mesma forma como alguém se lembra de uma experiência vívida em algum período remoto da vida, quando se era uma pessoa totalmente diferente.

– Você percebe agora – disse O'Brien – que isso é possível.

– Sim.

O'Brien se levantou com um ar satisfeito. À esquerda, Winston viu o homem de avental branco partir uma ampola e puxar o êmbolo de uma seringa. O'Brien se virou para Winston com um sorriso. Quase do velho modo, ele ajustou os óculos no nariz.

– Você se lembra de ter escrito em seu diário que não importava se eu fosse amigo ou inimigo, já que eu era, no mínimo, uma pessoa que entendia você, e com quem se poderia conversar? Você tinha razão. Eu gosto de conversar com você. Sua mente me atrai. É parecida com a minha, exceto que você por acaso é insano. Antes de encerrarmos a questão, você pode me fazer algumas perguntas, se quiser.

– Qualquer pergunta que eu escolher?

– Qualquer coisa. – Viu que os olhos de Winston estavam fixos no mostrador. – Está desligado. Qual é sua primeira pergunta?

– O que vocês fizeram com Júlia?

O'Brien sorriu de novo.

– Ela traiu você, Winston. Imediatamente. Sem reservas. Poucas vezes vi alguém aliar-se a nós tão prontamente. Você mal a reconheceria se a visse. Toda a rebeldia dela, aquele desprezo, a insensatez, a mente suja, tudo foi lavado. Uma conversão perfeita, um caso para os livros.

— Vocês a torturaram.

O'Brien não respondeu.

— Próxima pergunta — disse.

— O Grande Irmão existe?

— É claro que existe. O Partido existe e o Grande Irmão é a personificação do Partido.

— Ele existe do mesmo jeito que eu existo?

— Você não existe — disse O'Brien.

Mais uma vez a sensação de desamparo o assaltou. Ele sabia, ou conseguia imaginar, os argumentos que provavam sua inexistência; mas eram bobagens, meros jogos de palavras. A própria afirmação "Você não existe" já não continha um absurdo lógico? Mas de que adiantaria dizer isso? Sua mente se encolhia ao pensar nos argumentos sem lógica com os quais O'Brien iria destruí-lo.

— Acho que eu existo — ele disse, cansado. — Estou consciente da minha própria identidade. Eu nasci, eu vou morrer. Tenho braços e pernas. Ocupo um lugar específico no espaço. Nenhum outro objeto sólido pode ocupar o mesmo lugar ao mesmo tempo. Nesse sentido, o Grande Irmão existe?

— Isso não importa. Ele existe.

— O Grande Irmão vai morrer um dia?

— Claro que não. Como ele poderia morrer? Próxima pergunta.

— A Irmandade existe?

— Isso, Winston, você nunca saberá. Se nós decidirmos libertá-lo depois de acabar com você, e se você viver até os 90 anos, ainda assim jamais vai saber se a resposta a essa pergunta é sim ou não. Enquanto você viver, esse será um enigma sem solução na sua cabeça.

Winston ficou em silêncio. Seu peito subia e descia um pouco mais rápido. Ainda não tinha feito a pergunta que surgira em sua mente em primeiro lugar. Precisava fazê-la, mas era como se a língua não obedecesse. Havia um traço de divertimento no rosto de O'Brien. Até os óculos pareciam exibir um reflexo irônico. "Ele sabe", pensou Winston de repente, "ele sabe o que eu vou perguntar!" Quando pensou isso, as palavras irromperam:

– O que tem na Sala 101?

A expressão de O'Brien não se alterou. Ele respondeu secamente:

– Você sabe o que tem na Sala 101. Todo mundo sabe.

Ele levantou um dedo para o homem de avental branco. Evidentemente, a sessão estava encerrada. Uma agulha espetou o braço de Winston, que caiu quase imediatamente em sono profundo.

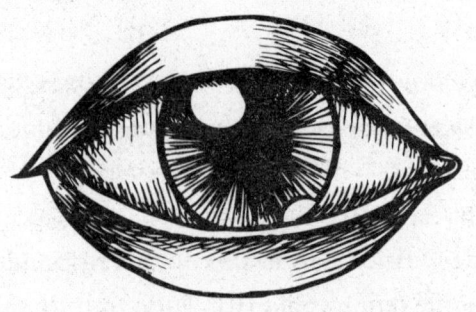

CAPÍTULO 3

– Há três estágios na sua reintegração – esclareceu O'Brien. – O aprendizado, o entendimento e a aceitação. Agora você vai entrar no segundo estágio.

Como sempre, Winston estava deitado de costas. Mas recentemente as amarras haviam ficado mais frouxas. Ainda o prendiam à cama, mas ele conseguia mexer um pouco os joelhos, virar a cabeça de um lado para outro e levantar o braço a partir do cotovelo. O mostrador não era mais um terror. Winston conseguia evitar o tormento, se fosse astuto o suficiente; era principalmente quando demonstrava estupidez que O'Brien empurrava a alavanca. Algumas vezes faziam uma sessão inteira sem usar o mostrador. Ele não lembrava por quantas sessões já tinha passado. O processo parecia se estender por um período longo, indefinido, semanas, talvez, e os intervalos entre as sessões podiam às vezes ser de dias ou de apenas uma ou duas horas.

– Enquanto você esteve deitado aí, muitas vezes deve ter questionado, pois até perguntou a mim, por que o Ministério do Amor gastaria tanto tempo e esforço com você. E, quando estava livre, ficava intrigado com a mesma questão. Conseguia entender o funcionamento da sociedade em que vivia, mas não a motivação básica. Você se lembra de ter escrito em seu diário: "Eu entendo *como*, não entendo *por quê*". E quando pensou no "porquê", duvidou da própria sanidade. Você leu o livro, o livro de Goldstein, ou partes dele, ao menos. Ele contou alguma coisa que você já não soubesse?

– Você o leu? – devolveu Winston.

– Eu o escrevi. Quer dizer, colaborei na redação dele. Você sabe que nenhum livro é produzido individualmente.

– E é verdade o que ele diz?

– Como descrição, sim. O encadeamento que ele propõe é bobagem. Acúmulo secreto de conhecimento, disseminação gradual do esclarecimento, em última instância uma rebelião proletária, a derrubada do Partido. Você mesmo previu que o livro ia dizer isso. É tudo bobagem. Os proletários nunca vão se rebelar, nem em mil anos ou um milhão. Eles não têm como. Não preciso lhe explicar o motivo, você já sabe. Se algum dia alimentou sonhos de uma insurreição violenta, deve abandoná-los. Não há modo pelo qual o Partido possa ser derrubado, o comando é para sempre. Faça disso o ponto de partida dos seus pensamentos. – Ele chegou mais perto da cama. – Para sempre –, repetiu.

– E agora vamos voltar às questões de como e por quê. Você entende bem *como* o Partido se mantém no poder. Agora me diga *por que* nos agarramos ao poder. Qual é a nossa motivação? Por que o queremos? Vamos, fale – acrescentou ao ver que Winston continuou quieto.

Ele nada falou por mais um instante. Uma sensação de cansaço o subjugou. O brilho de entusiasmo louco voltou ao rosto de O'Brien. Winston sabia de antemão o que o outro iria dizer: que o Partido não buscava o poder em interesse próprio, mas apenas pelo bem da maioria. Que buscava o poder porque os homens médios eram criaturas frágeis e covardes que não conseguiam suportar a liberdade nem encarar a verdade e precisavam ser comandados e sistematicamente iludidos por outros mais fortes do que eles. Que, para a humanidade, a escolha estava entre a liberdade e a felicidade e que, para a maioria, a felicidade era melhor. Que o Partido era o guardião eterno dos fracos, uma seita dedicada, que fazia o mal para que o bem pudesse surgir, sacrificando a própria felicidade em nome da felicidade de terceiros. O pior, Winston pensou, o pior era que, quando dissesse isso, O'Brien acreditaria. Você perceberia pelo rosto dele. O'Brien sabia tudo. Mil vezes melhor do que Winston, ele sabia como o mundo era de verdade, em que nível de degradação a massa de seres humanos vivia e com quais mentiras e barbaridades o Partido os mantinha ali. Ele havia entendido tudo, avaliado tudo, e não fazia diferença: sempre havia uma justificativa para o objetivo final. O que se pode fazer, Winston pensou, contra um louco que é mais inteligente do que você, que concede aos seus argumentos uma escuta atenta e depois simplesmente persiste na própria loucura?

– Vocês estão nos governando para o nosso próprio bem – ele respondeu debilmente. – Acreditam que os seres humanos não servem para governar a si mesmos, e portanto...

Winston se interrompeu e quase gritou. Uma dor aguda percorreu seu corpo. O'Brien tinha empurrado a alavanca do mostrador para trinta e cinco.

– Isso foi burrice, Winston, burrice! Você já deveria ter aprendido a não dizer uma coisa dessas. – Recuou a alavanca e continuou: – Agora vou lhe dizer a resposta à minha pergunta. É a seguinte: o Partido busca o poder inteiramente em benefício próprio. Nós não estamos interessados no bem dos outros; estamos interessados exclusivamente no poder. Não na riqueza ou no luxo, na vida longa ou na felicidade; só o poder, por si só, que você vai saber daqui a pouco o que é. Nós somos diferentes de todas as oligarquias do passado, pois sabemos o que estamos fazendo. Todos os outros, mesmo aqueles que se pareciam conosco, eram covardes e hipócritas. Os nazistas alemães e os comunistas russos chegaram bem perto de nós em seus métodos, mas nunca tiveram a coragem de reconhecer as próprias motivações. Eles fingiam, e talvez até acreditassem, que tinham tomado o poder involuntariamente e por tempo limitado, e que ao mero dobrar da esquina existia um paraíso onde os seres humanos seriam livres e iguais. Nós não somos assim. Sabemos que nunca alguém toma o poder com a intenção de renunciar a ele. O poder não é um meio, é um fim. Não se estabelece uma ditadura de modo a salvaguardar uma revolução; faz-se a revolução de modo a estabelecer a ditadura. O objetivo da perseguição é a perseguição. O objetivo da tortura é a tortura. O objetivo do poder é o poder. Agora você começa a me entender?

Winston mais uma vez se impressionou com a expressão de cansaço de O'Brien. Era um homem forte, carnudo e brutal, cheio de inteligência e de um certo furor controlado que o fazia sentir-se vulnerável; mas estava cansado. Havia bolsas sob os olhos, a pele era flácida nas maçãs do rosto. O'Brien se curvou sobre ele, aproximando cada vez mais a expressão fatigada.

– Você está pensando que meu rosto é velho e cansado. Está pensando que falo sobre poder e que apesar disso não sou capaz nem de evitar a decadência do meu próprio corpo. Você não consegue entender que o indivíduo é apenas uma célula? O desgaste da célula é o vigor do organismo. Você morre quando corta as unhas? – Deu as costas à cama e começou a andar de novo, com uma das mãos no bolso. – Nós somos os sacerdotes do poder. Deus é poder. Mas por ora "poder" é só uma palavra, no que diz respeito a você. É chegado o momento de você formar alguma ideia do que "poder" significa. A primeira coisa que precisa entender é que o poder é coletivo. O indivíduo só tem poder na medida em que cessa de ser um indivíduo. Você conhece o lema do Partido, "liberdade é escravidão". Já lhe ocorreu que ele é reversível? Escravidão é liberdade. Sozinho, ou seja, livre, o ser humano é sempre derrotado.

E assim deve ser, pois todo ser humano está condenado à morte, que é a maior de todas as falhas. Mas, se ele conseguir atingir a submissão completa, extrema, se conseguir escapar da própria identidade, pode se fundir ao Partido e assim *ser* o Partido, e então tornar-se todo-poderoso e imortal. A segunda coisa a ser entendida é que poder é poder sobre seres humanos. Sobre o corpo, mas sobretudo sobre a mente. O poder sobre a matéria, ou realidade externa, como você a chamaria, não importa. Nosso controle sobre a matéria já é absoluto.

Por um momento, Winston ignorou o mostrador. Fez um esforço violento para ficar sentado e só conseguiu uma compressão dolorosa no corpo.

– Mas como vocês podem controlar a matéria? – explodiu. – Não controlam nem o clima nem a lei da gravidade. E ainda existem a doença, a dor, a morte...

O'Brien o calou com um movimento da mão.

– Nós controlamos a matéria porque controlamos a mente. A realidade está dentro do crânio. Você aprenderá aos poucos, Winston. Não há nada que não sejamos capazes de fazer. Invisibilidade, levitação... Nada. Eu poderia sair flutuando deste piso como uma bolha de sabão, se quisesse. Eu não quero porque o Partido não quer. Você precisa se livrar dessas ideias do século XIX sobre as leis da natureza. Nós fazemos as leis da natureza.

– Não fazem! Vocês não são nem os mestres deste planeta. E quanto à Eurásia e à Lestásia? Até agora não conquistaram as duas.

– E daí? Nós as conquistaremos quando nos convier. E, se não acontecer, que diferença fará? Nós podemos trancá-las para fora da existência. A Oceania é o mundo.

– Mas o próprio mundo é em si mesmo só um grão de poeira. E o homem é ínfimo, vulnerável! Há quanto tempo ele existe? Por milhões de anos, a Terra foi desabitada.

– Bobagem. A Terra é tão velha quanto nós, não mais velha. Nada existe fora da consciência humana.

— Mas as rochas estão cheias de ossos de animais extintos, mamutes, mastodontes e répteis enormes que viveram aqui muito antes que se ouvisse falar do homem.

— Você já viu algum desses ossos? É claro que não. Os biólogos do século XIX os inventaram. Antes do homem não havia nada. Depois do homem, se ele for extinto, não haverá nada. Fora do homem não há nada.

— Mas o universo inteiro está fora de nós. Olhe para as estrelas! Algumas estão a milhões de anos-luz de distância, além do nosso alcance para sempre.

— O que são as estrelas? — disse O'Brien com indiferença. — Pedaços de fogo a alguns quilômetros de distância. Nós poderíamos alcançá-las se quiséssemos. Ou poderíamos escurecê-las. A Terra é o centro do universo. O Sol e as estrelas giram ao redor dela.

Winston fez outro movimento convulsivo. Dessa vez, não disse nada. O'Brien continuou, como se respondesse a uma objeção não verbalizada:

— Para certos objetivos, é claro, isso não é verdade. Quando navegamos o oceano ou prevemos um eclipse, com frequência julgamos conveniente assumir que a Terra gira em torno do Sol e que as estrelas estão a milhões e milhões de quilômetros. Mas e daí? Você acha que está além da nossa capacidade produzir um sistema duplo de astronomia? As estrelas podem estar perto ou longe, conforme seja a nossa necessidade. Acha que nossos matemáticos não estão aptos para isso? Já se esqueceu do duplopensar?

Winston se encolheu outra vez na cama. Não importava o que dissesse, a resposta ágil o esmagava como uma cacetada. E ainda assim ele sabia, *sabia*, que tinha razão. Haveria um modo de demonstrar que a crença de que nada existe fora da nossa mente era falsa? Já não tinha sido demonstrada como falácia muito tempo antes? Havia até um nome para isso, que ele tinha esquecido. Um sorriso discreto curvou os cantos da boca de O'Brien enquanto ele observava Winston.

– Eu lhe disse que a metafísica não é o seu ponto forte. A palavra que você está tentando pensar é solipsismo. Mas você está enganado. Isso não é um solipsismo. Solipsismo coletivo, se preferir. Essa, contudo, é outra coisa; na verdade, é o oposto. Tudo isso é uma digressão – acrescentou O'Brien, em um tom diferente. – O poder real, pelo qual nós temos de lutar dia e noite, não é o poder sobre as coisas, mas sobre os homens. – Fez uma pausa e, por um instante, assumiu de novo o ar de um professor questionando um pupilo: – Como um homem avalia o poder que tem sobre outro?

Winston pensou.

– Fazendo-o sofrer – respondeu.

– Exatamente. Fazendo-o sofrer. A obediência não basta. A menos que esteja sofrendo, como ter certeza de que ele está obedecendo à sua vontade e não à dele mesmo? O poder está em infligir dor e humilhação. O poder está em estilhaçar a mente humana e colar os cacos de volta de um jeito que você escolha. Começou a perceber, então, o tipo de mundo que estamos criando? É o oposto exato das utopias hedonistas estúpidas que os antigos reformadores imaginaram. Um mundo de medo, traição e tormento, um mundo oprimido e que oprime, um mundo que vai se tornar não menos, mas cada vez *mais* impiedoso conforme se refina. Em nosso mundo, o progresso caminhará em direção a mais dor. As antigas civilizações alegavam ser fundadas sobre o amor ou a justiça. A nossa se funda no ódio. No nosso mundo não haverá nenhuma emoção exceto medo, raiva, triunfo e auto-humilhação. Todo o resto nós vamos destruir: tudo. Já estamos desconstruindo os hábitos de pensamento que sobreviveram da época anterior à Revolução. Cortamos o vínculo entre filhos e pais, entre homem e homem e entre homem e mulher. Ninguém mais se atreve a confiar na esposa ou em um filho ou amigo. Mas, no futuro, já nem existirão esposas ou amigos. As crianças serão levadas de suas mães no nascimento, como se tira um ovo de uma galinha. O instinto sexual será erradicado. A procriação será uma formalidade anual como a renovação do cartão de alimentação. Vamos abolir o orgasmo. Nossos neurologistas estão trabalhando nisso neste momento. Não existirá lealdade, exceto a lealdade ao Partido. Não existirá amor, exceto o amor pelo Grande Irmão. Não existirá riso, exceto o riso de triunfo sobre um inimigo derrotado. Não existirão arte, literatura, ciência. Quando nós formos onipotentes, não teremos mais necessidade de ciência. Não haverá distinção entre beleza e feiura. Não haverá curiosidade nem encanto com o processo da vida. Todos os prazeres afins serão destruídos. Mas sempre, e não se esqueça disso, sempre existirá a intoxicação pelo prazer, crescendo e se tornando cada vez mais sutil. Sempre, a cada momento, haverá o *frisson* pela vitória, a sensação de pisotear um inimigo vulnerável. Se você quer uma imagem do futuro, pense em uma bota prensando um rosto humano; para sempre.

O'Brien fez uma pausa, como se esperasse alguma fala de Winston, que tentava de novo se encolher na superfície da cama, sem conseguir dizer nada. Seu coração parecia congelado. O'Brien continuou:

– E lembre-se de que é para sempre. O rosto estará sempre lá para ser prensado. O herege, o inimigo da sociedade estará sempre lá, para ser derrotado e humilhado outra vez. Tudo o que você passou desde que está em nossas mãos vai continuar, e piorar. A espionagem, as traições, as prisões, as torturas, as execuções, os desaparecimentos nunca cessarão. Será um mundo tanto de terror como de triunfo. Quanto mais poder tiver o Partido, menos tolerante ele será; quanto mais fraca a oposição, mais rígido o despotismo. Goldstein e suas heresias viverão para sempre. Todos os dias, a todo momento, eles serão vencidos, desacreditados, ridicularizados, cuspidos; e ainda assim irão sobreviver. Este drama que encenei com você durante sete anos será encenado de novo e de novo, geração após geração, de formas cada vez mais sutis. Nós sempre teremos os hereges aqui à nossa disposição, gritando de dor, arrebentados, desprezíveis; e, no final, completamente arrependidos, salvos de si mesmos, rastejando em nossa direção por vontade própria.

Este é o mundo que estamos preparando. Um mundo de vitória após vitória, triunfo após triunfo: um interminável pressionar, pressionar, pressionar o nervo do poder. Vejo que você está começando a perceber como esse mundo será. Mas no final fará mais do que entender: você vai aceitar e acolher esse mundo, será parte dele.

Winston se recuperou o suficiente para falar.

– Você não consegue! – disse debilmente.

– O que quer dizer essa observação?

– Você não poderia criar um mundo como esse que descreveu. É um sonho. É impossível.

– Por quê?

– É impossível fundar uma civilização com base no medo, no ódio e na crueldade. Nunca duraria.

– Por que não?

– Não teria vitalidade. Acabaria se desintegrando. Cometeria suicídio.

– Bobagem. Você está sob a impressão de que o ódio cansa mais do que o amor. Por que seria assim? E, se fosse, que diferença faria? Suponha que nós decidimos nos desgastar mais rápido. Imagine que aceleramos a velocidade da vida humana até que os homens fossem senis aos 30 anos. Mesmo assim, que diferença faria? Você não consegue entender que a morte do indivíduo não é morte? O Partido é imortal.

Como sempre, a voz lançou Winston ao desamparo. Além disso, ele temia que, se persistisse em sua discordância, O'Brien acionaria a alavanca do mostrador de novo. Apesar disso, não conseguiu se manter calado. Debilitado, sem argumentos, com nada a apoiá-lo exceto o horror inarticulado diante do que O'Brien dissera, ele voltou ao ataque.

– Não sei. Não me importo. De algum modo, vão falhar. A vida vai derrotar vocês.

– Nós controlamos a vida, em todos os aspectos. Você está imaginando que existe uma coisa chamada natureza humana, que ela vai se indignar com nossas atitudes e se voltar contra nós. Mas nós a criamos. O homem é infinitamente maleável. Ou talvez você tenha retomado sua velha ideia de que os proletários ou os escravos vão se levantar e nos derrubar. Tire isso da cabeça. Eles estão perdidos, como os animais. A humanidade é o Partido. Os outros estão fora. São irrelevantes.

– Não importa. No final eles vão vencer vocês. Mais cedo ou mais tarde eles vão enxergar quem vocês realmente são e destruí-los.

– Você vê alguma evidência de que isso esteja acontecendo? Ou algum motivo para que venha a acontecer?

– Não. Eu só acredito. Eu *sei* que vocês vão fracassar. Existe algo no universo, não sei, algum espírito, algum princípio, que vocês nunca vão dominar.

– Você acredita em Deus, Winston?

– Não.

– Então o que seria isso, esse princípio que vai nos derrotar?

– Eu não sei. O Espírito do Homem.

– E você se considera um homem?

– Sim.

– Se você é um homem, é o último homem. Sua espécie está extinta; nós somos os herdeiros. Você compreende que está *sozinho*? Está fora da História, é inexistente. – O humor de O'Brien se alterou e ele falou com mais aspereza: – Você se considera moralmente superior a nós, com nossas mentiras e crueldade?

– Sim, eu me considero superior.

O'Brien se calou. Duas outras vozes falaram. Depois de um momento, Winston reconheceu uma delas como a sua própria voz. Era uma reprodução da conversa que ele havia tido com O'Brien na noite em que se alistara na Irmandade. Ele ouviu a si mesmo prometendo mentir, roubar, forjar, assassinar, encorajar o consumo de drogas e a prostituição, disseminar doenças venéreas, jogar ácido sulfúrico no rosto de uma criança. O'Brien fez um pequeno gesto de impaciência, como que para dizer que não valia a pena fazer a demonstração. Girou um botão e as vozes pararam.

– Levante-se dessa cama – ordenou.

As amarras se soltaram. Winston baixou as pernas e se pôs de pé, sem muito equilíbrio.

– Você é o último homem – disse O'Brien. – É o guardião do espírito humano. Verá como é. Tire a roupa.

Winston desfez o laço que mantinha o macacão preso. O zíper fora arrancado muito tempo antes. Ele não lembrava se em algum momento, desde a prisão, havia tirado todas as roupas de uma vez. Sob o macacão, grudavam-se a seu corpo trapos amarelados imundos, irreconhecíveis como resquícios de roupa íntima. Quando os deslizou para baixo, viu que na extremidade mais distante da sala havia um espelho de três faces. Aproximou-se e parou. Um grito involuntário irrompeu.

– Vá em frente – disse O'Brien. – Ponha-se entre as abas do espelho. Assim você verá as laterais também.

Winston parou porque ficou com medo. Uma coisa curvada, cinzenta e esquelética se aproximava dele. Sua aparência atual era assustadora, e não apenas porque sabia tratar-se de si mesmo. Ele se aproximou do espelho. O rosto da criatura parecia saliente em função da curvatura. Um rosto miserável, como de um passarinho engaiolado, com uma testa longa que se unia a uma cabeça também lisa, um nariz torto e maçãs do rosto caídas, acima das quais os olhos eram ferozes e alertas. As bochechas estavam sulcadas, e a boca parecia sugada para dentro. Certamente o rosto era dele, mas pareceu-lhe que tinha se alterado mais do que seu interior. As emoções que o rosto registrara eram diferentes das que ele sentira. Estava parcialmente calvo. No primeiro momento, achou que tinha ficado cinza também, mas só o couro cabeludo era cinza. Exceto pelas mãos e o círculo do rosto, o corpo inteiro estava cinzento, de uma sujeira antiga, impregnada. Aqui e ali, sob a imundície, havia cicatrizes vermelhas das feridas e perto do tornozelo a úlcera varicosa era uma massa infeccionada com cascas de pele se soltando. Mas a coisa mais assustadora era a magreza. A caixa torácica era estreita como a de um esqueleto; as pernas haviam definhado de um modo que os joelhos pareciam mais grossos do que as coxas. Ele entendia agora o que O'Brien quisera dizer sobre enxergar as laterais. O arqueamento da coluna assombrava. Os ombros magros, curvados para a frente, faziam o peito encovar, e o pescoço fino parecia dobrar-se sob o peso do crânio. Se fosse para arriscar um palpite, ele diria que aquele era o corpo de um homem de 60 anos que sofria de uma doença maligna.

– Você algumas vezes pensou – disse O'Brien – que o meu rosto, o rosto de um membro do Núcleo do Partido, tem uma aparência velha e cansada. O que acha do seu próprio rosto? – Tomou Winston pelos ombros e o girou de modo que ficassem frente a frente. – Veja em que condição você está! Olhe para essa crosta encardida espalhada por seu corpo todo; a sujeira entre seus dedos dos pés; a nojeira que escorre da sua ferida na perna. Você sabia que está fedendo como um bode? Provavelmente, nem sente mais. Olhe para a sua magreza. Veja como consigo fechar o polegar e o indicador ao redor do seu bíceps. Eu poderia partir seu pescoço como uma cenoura. Você sabia que perdeu vinte e cinco quilos desde que está em nossas mãos? Até seu cabelo está caindo em punhados. Veja! – Pegou a cabeça de Winston e tirou um tufo. – Abra a boca. Nove, dez, onze dentes restantes. Quantos você tinha quando veio para cá? E os poucos que lhe sobram estão caindo. Olhe aqui!

Segurou um dos dentes frontais remanescentes entre o polegar e o indicador. Uma pontada de dor percorreu o maxilar de Winston. O'Brien havia arrancado pela raiz o dente amolecido. E o atirou para o lado oposto da cela.

– Você está apodrecendo – ele disse. – Está caindo aos pedaços. O que você é? Um saco de imundície. Agora, gire outra vez para o espelho. Vê esta coisa o encarando? Isto é o último homem. Se você é humano, isto é humanidade. Agora vista-se de novo.

Winston começou a se vestir, com movimentos vagarosos e rígidos. Até agora, não havia notado como estava magro e fraco. Um único pensamento ocupava sua mente: que se encontrava naquele lugar fazia mais tempo do que tinha imaginado. De repente, enquanto se ajeitava nos trapos, um sentimento de piedade por seu corpo arruinado tomou conta dele. Antes de se dar conta do que estava fazendo, tombou sobre uma pequena banqueta ao lado da cama e irrompeu em lágrimas. Tinha ciência de sua feiura, sua deselegância, um punhado de ossos em roupas imundas sentado chorando sob a luz branca intensa; mas não pôde evitar. O'Brien pousou a mão em seu ombro, quase gentilmente.

– Não vai durar para sempre. Você pode escapar quando quiser. Tudo depende de você mesmo.

– Você fez isso! Você me reduziu a esse estado.

– Não, Winston, você se reduziu a isso. Foi o que aceitou quando se posicionou contra o Partido. Tudo isto estava contido naquele primeiro gesto. Não aconteceu nada que você mesmo não tivesse previsto.

Fez uma pausa e então retomou:

– Nós o derrotamos, Winston. Nós o quebramos. Você viu como o seu corpo está. Sua mente está na mesma condição. Não creio que lhe reste muito orgulho. Você foi chutado, açoitado e xingado, você berrou de dor, rolou no chão em meio ao próprio sangue e vômito. Implorou por misericórdia, traiu tudo e todos. Consegue citar uma única humilhação que não lhe tenha sido imposta?

Winston tinha parado de chorar, embora as lágrimas ainda vazassem de seus olhos. Olhou para cima, em direção a O'Brien.

– Eu não traí Júlia.

O'Brien olhou para baixo.

– Não – ele disse. – Não, isso é perfeitamente verdadeiro. Você não traiu Júlia.

A reverência peculiar por O'Brien, que nada parecia capaz de destruir, inundou o coração de Winston de novo. "Que inteligente", pensou, "que inteligente!" O'Brien nunca falhava em entender o que lhe era dito. Qualquer pessoa no mundo teria respondido imediatamente que ele *tinha* traído Júlia. Pois o que os torturadores não tinham conseguido arrancar dele, sob tortura? Winston contara tudo o que sabia sobre ela, seus hábitos, seu caráter, sua vida passada; confessara os detalhes mais triviais do que ocorrera durante seus encontros, o que conversaram, as comidas do mercado negro, o adultério, os vagos complôs contra o Partido, tudo. E ainda assim, no sentido que ele dava à palavra, não a havia traído. Não tinha deixado de amá-la; seus sentimentos em relação a ela permaneciam. O'Brien havia entendido o que ele queria dizer, sem a necessidade de explicações.

– Diga-me, em quanto tempo eles vão me fuzilar?

– Talvez ainda demore bastante – disse O'Brien. – Você é um caso difícil. Mas não desista. Todo mundo se cura, mais cedo ou mais tarde. No fim, nós o fuzilaremos.

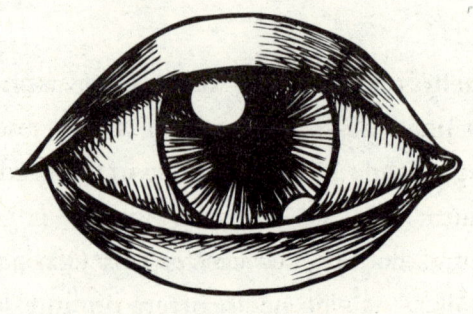

CAPÍTULO 4

Winston estava bem melhor. Ganhava peso e ficava mais forte a cada dia, se é que fosse possível falar em dias.

A luz branca e o zumbido eram os mesmos de sempre, mas a cela era um pouco mais confortável do que aquelas em que esteve antes. Havia um travesseiro e um colchão na cama de tábuas, e um banquinho para se sentar. Eles lhe tinham dado um banho e permitiam que se lavasse com razoável frequência em uma tina; forneceram até água quente, roupas de baixo novas e um macacão limpo. Haviam enfaixado a úlcera varicosa com unguento calmante, arrancaram os dentes restantes e lhe deram um conjunto de dentaduras.

Semanas ou meses deviam ter transcorrido. Agora seria possível calcular a passagem do tempo, se tivesse interesse em fazer isso, uma vez que era alimentado ao que pareciam ser intervalos regulares. Recebia, estimou, três refeições a cada vinte e quatro horas; de vez em quando, questionava vagamente se as estava recebendo à noite ou de dia. A comida era surpreendentemente boa, com carne uma vez a cada três refeições. Em certa ocasião, veio até um maço de cigarros. Ele não tinha fósforos, mas o guarda que trazia a comida e nunca falava deu-lhe um isqueiro. Da primeira vez que tentou fumar, ficou enjoado, mas insistiu e prolongou o maço por muito tempo, fumando meio cigarro após cada refeição.

Eles lhe haviam dado uma lousa branca com um toco de lápis preso à quina. No início Winston não a usou. Mesmo quando acordado, sentia-se completamente entorpecido. Com frequência, permanecia deitado entre uma refeição e a seguinte, quase sem se mexer, às vezes dormindo, às vezes despertando em devaneios confusos nos quais era trabalhoso demais abrir os olhos. Há muito tempo se acostumara a dormir com a luz forte contra o rosto. Parecia não fazer diferença, exceto que os sonhos faziam mais sentido. Sonhou bastante durante esse período, e eram sempre sonhos felizes. Via-se na Terra Dourada, ou sentado entre ruínas enormes, imponentes, ensolaradas, com a mãe, com Júlia, com O'Brien; sem fazer nada, apenas sentado ao sol falando de coisas tranquilas. Os pensamentos que tinha quando acordado eram principalmente sobre os sonhos. Ele parecia ter perdido a capacidade de fazer esforço intelectual, agora que o estímulo da dor tinha sido retirado. Não estava entediado; não tinha desejo de conversar nem de se distrair. Apenas estar sozinho, não ser surrado nem interrogado, ter o suficiente para comer e estar limpo era completamente satisfatório.

Aos poucos, começou a passar menos tempo dormindo, mas ainda não sentia nenhum impulso de sair da cama. A única coisa com a qual se importava era ficar deitado, quieto, sentindo a força voltar ao corpo. Tateava-se aqui e ali, tentando se certificar de que não era uma ilusão que seus músculos se avolumavam e a pele se esticava. Afinal, ficou claro, para além de qualquer dúvida, que estava engordando; as coxas se mostravam definitivamente mais grossas do que os joelhos. Depois disso, e no começo com relutância, ele começou a se exercitar regularmente. Em pouco tempo, conseguia andar três quilômetros, medidos pelos passos na cela, e os ombros encurvados endireitavam.

Arriscou-se em exercícios mais elaborados; ficou surpreso e humilhado ao descobrir as coisas que não conseguia fazer. Era incapaz de tudo, exceto de andar. Não conseguia segurar o banquinho à distância de um braço, nem ficar sobre uma só perna sem cair. Agachou-se sobre os calcanhares e descobriu que, com dores agudas nas coxas e panturrilhas, mal conseguia se levantar até ficar de pé. Deitou-se de bruços e tentou elevar o próprio peso com as mãos. Era inútil; não conseguia se erguer nem um centímetro. Mas após mais uns poucos dias, umas poucas refeições, esse feito foi alcançado. Chegou um momento em que era capaz de fazer aquilo seis vezes consecutivas. Começou a sentir orgulho de seu corpo e a acalentar uma crença intermitente de que o rosto também estaria voltando ao normal. Apenas quando por acaso punha a mão na careca ele se lembrava do rosto vincado, arruinado, que o tinha encarado no espelho.

Sua mente se tornou mais ativa. Sentava-se na cama de tábuas, costas apoiadas na parede e lousa nos joelhos, e se punha a trabalhar deliberadamente na tarefa de se reeducar.

Enfim, rendeu-se. Na realidade, conforme percebia agora, estivera pronto para isso desde muito antes de ter tomado a decisão. A partir do momento em que entrara no Ministério do Amor e, sim, mesmo durante aqueles minutos quando ele e Júlia tinham estado de pé, vulneráveis, enquanto a voz rascante da teletela lhes dizia o que fazer, ele havia se dado conta de sua frivolidade, da superficialidade de sua tentativa de levantar-se contra o poder do Partido. Sabia agora que durante sete anos a Polícia do Pensamento o tinha observado como a um inseto sob a lupa. Não havia ato físico ou palavra verbalizada que eles não houvessem percebido, nenhuma linha de raciocínio em que não tivessem sido capazes de interferir. Até os grãos de poeira branca na capa de seu diário eles haviam cuidadosamente recolocado. Tocaram-lhe música e lhe mostraram fotografias. Algumas eram fotos de Júlia e dele mesmo. Sim, até... Ele não podia mais lutar contra o Partido. Além do mais, o Partido estava certo. Deveria ser assim: como o cérebro coletivo e imortal poderia estar enganado? Por quais padrões externos você poderia avaliar os julgamentos dele? A sanidade era estatística. A questão se reduzia a aprender a pensar como eles. E só!

O lápis era grosso e estranho entre seus dedos. Ele começou a anotar os pensamentos que lhe vinham à mente. Escreveu primeiro em letras maiúsculas desajeitadas:

LIBERDADE É ESCRAVIDÃO

Depois, quase sem pausa, escreveu abaixo:

DOIS E DOIS SÃO CINCO

Mas então veio uma espécie de imobilidade. Sua mente, como se tentasse se afastar de algo, pareceu incapaz de se concentrar. Ele sabia o que vinha a seguir, mas no momento não conseguia lembrar. Quando afinal lembrou, foi apenas por refletir conscientemente sobre o que deveria ser; não surgiu por vontade própria. Então escreveu:

DEUS É PODER

Ele aceitava tudo. O passado era alterável. O passado nunca tinha sido alterado. A Oceania estava em guerra com a Lestásia. A Oceania sempre tinha estado em guerra com a Lestásia. Jones, Aaronson e Rutherford eram culpados pelos crimes de que foram acusados. Ele nunca tinha visto a fotografia que refutava a culpa deles. A foto nunca existira; ele a tinha inventado. Lembrava-se de coisas opostas, mas eram memórias falsas, produto de autoengano. Como era fácil! Bastava se render, e todo o resto se seguia. Parecia com nadar contra uma corrente que o empurrava para trás independentemente do esforço com que lutasse, e depois, de repente, virar-se e seguir a corrente em vez de se opor a ela. Nada havia se alterado exceto sua própria atitude; as coisas predestinadas aconteciam em qualquer caso. Ele mal sabia por que havia em algum momento se rebelado. Tudo era fácil, exceto...

Qualquer coisa podia ser verdade. As chamadas leis da natureza eram bobagens. A lei da gravidade era bobagem. "Se eu quisesse", O'Brien dissera, "poderia sair flutuando deste piso como uma bolha de sabão". Winston refletiu: "Se ele *acha* que pode flutuar e se eu ao mesmo tempo *acho* que o vejo flutuando, então a coisa acontece". De repente, como o destroço submerso que irrompe na superfície da água, o pensamento explodiu em sua mente: "Não acontece de verdade. Nós imaginamos. É alucinação!". Sufocou o pensamento imediatamente. A falácia era óbvia, pressupunha que em um ponto ou outro, externo à pessoa, existisse um mundo "real" onde coisas "reais" aconteciam. Mas como tal mundo poderia existir? Que conhecimento nós temos de qualquer coisa que não seja através da nossa própria mente? Todos os acontecimentos estão na mente. Não importa o que aconteça na mente, acontece de verdade.

Ele não teve dificuldade em descartar a falácia e não corria o risco de sucumbir a ela. Mesmo assim, entendeu que ela nunca deveria ter nem mesmo lhe ocorrido. A mente deveria desenvolver um ponto cego sempre que uma ideia perigosa se apresentasse. O processo deveria ser automático, instintivo. *Pararcrime*, eles chamavam em Novidioma.

Começou a treinar o pararcrime. Apresentou a si mesmo certas proposições, "o Partido diz que a Terra é plana", "o Partido diz que o gelo é mais pesado do que a água" e treinou para não ver nem entender os argumentos que as refutavam. Não era fácil. Exigia grandes habilidades de raciocínio e improviso. Os problemas aritméticos que surgiam, por exemplo, de afirmações tais como "dois e dois são cinco" estavam além de seu alcance intelectual. Aquilo requeria uma espécie de atletismo mental, uma habilidade para, em um momento, fazer uso mais refinado da lógica e, no seguinte, ignorar os erros lógicos mais toscos. A estupidez era tão necessária quanto a inteligência, e tão difícil de obter quanto ela.

Durante todo o tempo, com uma parte de sua mente, Winston tentava adivinhar quando eles o fuzilariam. "Tudo depende de você mesmo", O'Brien tinha dito; mas ele sabia que não havia ato consciente pelo qual pudesse apressar as coisas. Talvez acontecesse dali a dez minutos ou em dez anos. Eles poderiam mantê-lo por muito tempo em confinamento solitário, enviá-lo para um campo de trabalhos forçados ou libertá-lo por um período, como às vezes faziam. Era perfeitamente possível que, antes de ser fuzilado, todo o drama de sua prisão e dos interrogatórios fosse reencenado do início ao fim. A única coisa certa era que a morte nunca vinha quando se esperava. A tradição, aquela não mencionada: de alguma forma você simplesmente sabia, embora nunca lhe fosse dito, que eles atiravam pelas costas, sempre na parte de trás da cabeça, sem aviso, enquanto você percorria um corredor indo de uma cela a outra.

Um dia... Mas "um dia" não era a expressão certa; com a mesma probabilidade, poderia ser no meio da noite: uma vez, ele caiu em um devaneio estranho e abençoado. Seguia por um corredor, à espera do tiro. Sabia estar a caminho. Tudo havia sido arranjado, silencioso, tranquilo. Não existiam mais dúvidas, discussões, não havia dor nem medo. Seu corpo estava saudável e forte. Ele andava com facilidade, com alegria nos movimentos e uma sensação de caminhar ao sol. Não estava mais nos corredores estreitos e brancos do Ministério do Amor; estava em uma passagem enorme e ensolarada, com um quilômetro de largura, que parecia percorrer em um delírio induzido por drogas. Estava na Terra Dourada, andando pela trilha que cruzava o pasto carcomido por coelhos. Conseguia sentir a relva baixa e viçosa sob os pés e o sol morno no rosto. No limite do terreno havia olmos balançando suavemente, e em algum lugar além ficava um riacho onde trutas nadavam em piscinas esverdeadas sob os salgueiros.

De repente, ele deu um pulo, com um choque de horror. O suor brotou em sua coluna. Ouviu a si próprio chorando alto:

– Júlia! Júlia! Júlia, meu amor! Júlia!

Por um momento, teve uma alucinação quase real da presença de Júlia. Ela estava não só com ele, mas dentro dele. Como se tivesse entrado na tessitura da pele. Naquele momento, amou-a muito mais até do que quando estavam juntos e livres. Soube também que em algum lugar ela ainda estava viva e precisando da ajuda dele.

Deitou-se de costas na cama e tentou se recompor. O que tinha feito? Quantos anos tinha acrescentado à sua servidão por aquele instante de fraqueza?

A qualquer momento ouviria passadas de botas do lado de fora. Eles não deixariam tal explosão passar impune. Saberiam agora, se já não soubessem antes, que ele rompera o acordo que tinha feito. Obedecia ao Partido, mas ainda o odiava. Nos velhos tempos, escondera uma mente herética sob uma aparência de conformidade. Agora tinha recuado mais um passo: havia se rendido em pensamento, mas esperava manter o coração inviolado. Sabia que cometera um erro, mas preferia assim. Eles entenderiam, O'Brien entenderia. Tudo foi confessado naquele único grito tolo.

Precisaria começar tudo de novo. Poderia levar anos. Passou a mão no rosto, tentando se familiarizar com o novo formato. Havia sulcos profundos nas bochechas, as maçãs do rosto estavam pontudas, o nariz, achatado. Além disso, desde a última vez em que se vira no espelho, tinham-lhe dado um conjunto completo de dentes. Não era fácil manter o rosto indecifrável sem lhe conhecer a aparência. De todo modo, o mero controle das expressões não bastava. Pela primeira vez, percebeu que, para guardar um segredo, você deve escondê-lo de si mesmo. Precisa saber o tempo todo que ele está ali, mas, até que seja necessário, você nunca pode permitir que venha a sua consciência de uma forma que possa ser nomeada. Daquele momento em diante precisava não apenas pensar certo, mas sentir certo, sonhar certo. E durante o tempo todo precisava manter o ódio trancado dentro de si como um cisto, que fosse parte dele e ao mesmo tempo desconectado.

Um dia, eles resolveriam atirar. Não se podia dizer quando, mas deveria ser possível adivinhar, uns poucos segundos antes. Era sempre pelas costas, percorrendo um corredor. Dez segundos bastariam. Naquele momento, seu mundo interior poderia emergir. Então, de repente, sem uma palavra pronunciada, sem uma hesitação no passo, sem uma alteração no rosto: subitamente, a camuflagem cairia e *pá!* seria disparada a artilharia de seu ódio, que iria preenchê-lo como uma enorme chama vociferante. E quase no mesmo instante, *pá!* seria disparada a bala, tarde ou cedo demais. Eles explodiriam seu cérebro em pedacinhos antes que pudessem requisitá-lo. O pensamento herético escaparia impune, sem culpa, fora do alcance deles para sempre. Eles abririam um buraco na própria perfeição. Morrer odiando-os, isto era liberdade.

Fechou os olhos. Aquilo era mais difícil do que a disciplina intelectual. Era uma questão de se degradar, de se mutilar. Ele teria de mergulhar na imundície mais suja. O que era o mais horrível, o mais asqueroso de tudo? Pensou no Grande Irmão. O rosto enorme (por constantemente vê-lo em cartazes, sempre pensava nele como tendo um metro de largura), com o bigode preto grosso e os olhos que o seguiam de um lado a outro, parecia pairar em sua mente por vontade própria. Quais eram seus verdadeiros sentimentos em relação ao Grande Irmão?

Passos pesados de botas soaram lá fora. A porta de aço se escancarou com um estrondo. O'Brien entrou na cela. Atrás dele estavam o oficial com rosto de cera e os guardas de uniforme preto.

– Levante-se – disse O'Brien. – Venha aqui.

Winston ficou de pé na frente dele. O'Brien tomou os ombros de Winston entre suas mãos fortes e o encarou de perto.

– Você teve pensamentos de me enganar. Foi um vacilo. Endireite--se. Olhe para mim. – Fez uma pausa e prosseguiu em um tom mais gentil: – Você está melhorando. Intelectualmente, resta-lhe muito pouco de errado. Falhou em progredir apenas emocionalmente. Diga-me, Winston, e lembre-se: nada de mentiras. Sabe que sou capaz de identificá-las. Diga-me, quais são seus verdadeiros sentimentos em relação ao Grande Irmão?

– Eu o odeio.

– Você o odeia. Bom. Então chegou a hora de dar o último passo. Você precisa amar o Grande Irmão; não basta obedecer-lhe, você precisa amá-lo.

Soltou Winston e empurrou-o de leve na direção dos guardas.

– Sala 101 – disse.

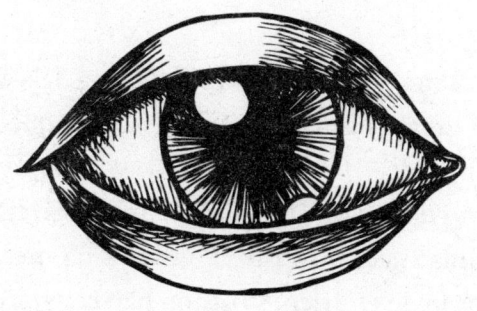

CAPÍTULO 5

Em cada estágio de sua prisão ele soubera, ou parecera saber, em que lugar estava do edifício sem janela. Talvez a pressão do ar fosse um pouco diferente. As celas onde os guardas o espancaram ficavam abaixo do nível do chão. A sala onde foi interrogado por O'Brien ficava no alto, perto do telhado. E o lugar onde se encontrava naquele instante ficava em um subterrâneo muito profundo, tão fundo quanto se poderia chegar.

Era maior do que a maioria das celas em que estivera. Mas ele mal reparou no entorno. Observou apenas que havia duas pequenas mesas bem à sua frente, cada uma coberta por um tecido verde. Uma estava a apenas um metro ou dois dele; a outra ficava mais distante, perto da porta. Tinham-no amarrado muito ereto em uma cadeira, tão apertado que não conseguia mexer nada, nem a cabeça. Uma espécie de almofada prendia a nuca e o forçava a olhar reto para a frente.

Por um momento ele ficou sozinho; depois a porta se abriu e O'Brien entrou.

– Uma vez você me perguntou o que havia na Sala 101. Eu lhe disse que você já sabia a resposta. Todo mundo sabe. O que tem na Sala 101 é a pior coisa do mundo.

A porta se abriu de novo. Um guarda entrou carregando uma coisa feita de arame, uma caixa ou cesto. Pousou-a na mesa mais distante. Por causa da posição de O'Brien, Winston não conseguia ver o que era.

– A pior coisa do mundo varia para cada um – disse O'Brien. – Ser enterrado vivo, morrer queimado ou afogado ou empalado ou cinquenta outras mortes. Em certos casos é algo bem corriqueiro, que nem chega a ser mortal.

Ele se moveu um pouco para o lado, de modo que Winston teve uma visão melhor do que estava sobre a mesa. Era uma gaiola oblonga de arame com uma alça no topo, para ser carregada. Na parte da frente havia uma coisa parecida com uma máscara de esgrima, com a parte côncava para fora. Embora estivesse a três ou quatro metros, ele conseguiu ver que a gaiola era dividida, no sentido do comprimento, em dois compartimentos, e que havia algum tipo de criatura em cada. Eram ratos.

– No seu caso – continuou O'Brien –, a pior coisa do mundo por acaso são ratos.

Uma espécie de tremor premonitório, um medo que ele não sabia ao certo do quê, cruzou sua mente assim que teve o primeiro vislumbre da gaiola. Mas apenas agora o significado do anexo frontal semelhante à máscara se tornou, subitamente, claro. Suas entranhas pareceram virar água.

– Você não pode fazer isso! – gritou com voz esganiçada. – Você não faria isso, não faria, é impossível!

– Você se lembra do momento de pânico que costumava acontecer nos seus sonhos? Havia um muro de escuridão à sua frente e um barulho em seus ouvidos. Havia alguma coisa terrível do outro lado do muro. Você sabia que sabia o que era, mas não se atrevia a arrastar para a luz. Eram ratos.

– O'Brien – disse Winston, fazendo um esforço para controlar a voz –, você sabe que isso não é necessário. O que quer que eu faça?

O'Brien não deu uma resposta direta. Quando falou, foi do modo professoral que às vezes adotava. Olhou ao longe, pensativo, como se estivesse se dirigindo a uma plateia em algum ponto atrás das costas de Winston.

– Por si mesma – começou –, a dor nem sempre é suficiente. Há ocasiões em que um ser humano resiste à dor, mesmo ao ponto de morrer. Mas para todo mundo existe um limite, algo fora de cogitação. Coragem e covardia não estão envolvidas. Se você está caindo de uma grande altura, não é covardia agarrar-se a uma corda. Se você está emergindo de uma grande profundidade, não é covardia encher os pulmões de ar. É somente um instinto, não pode ser desobedecido. Acontece o mesmo com os ratos. Para você, eles são insuportáveis, uma forma de pressão intolerável. Você vai fazer o que lhe for exigido.

– Mas o que é, afinal? Como posso fazer uma coisa se não sei qual é?

O'Brien pegou a gaiola e a trouxe para a mesa mais próxima. Então a pousou cuidadosamente sobre o tecido verde. Winston conseguia ouvir o sangue correr nos próprios ouvidos. Tinha a sensação de estar sentado em solidão completa. Estava no centro de uma vasta planície vazia, um deserto mergulhado na luz do sol, através da qual todos os sons lhe chegavam de distâncias imensas. Ainda assim, a gaiola dos ratos não estava nem a dois metros dele. Os bichos eram enormes. Estavam naquela idade em que o focinho fica grosso e feroz, e o pelo, castanho, em vez de cinza.

– O rato – disse O'Brien, ainda se dirigindo à plateia invisível –, embora seja um roedor, é carnívoro. Você sabe disso. Já ouviu dizer o que acontece nos bairros pobres dessa cidade. Em certas ruas, uma mulher não ousa deixar seu bebê sozinho em casa nem por cinco minutos. É certo que os ratos vão atacá-lo. Em pouco tempo eles roem tudo, até os ossos, e também atacam pessoas doentes ou moribundas.

Têm uma inteligência surpreendente para saber quando um ser humano está vulnerável.

Houve uma explosão de guinchos na gaiola. Pareceu atingir Winston como se viesse de muito longe. Os ratos estavam lutando, tentando alcançar um ao outro através da divisão. Ouviu também um gemido profundo de desespero. Aquilo, igualmente, pareceu vir de fora dele.

O'Brien pegou a gaiola e, ao fazer isso, pressionou algo nela. Ouviu-se um estalido agudo. Winston fez um esforço frenético para se soltar da cadeira. Era inútil: cada parte dele, até a cabeça, estava imobilizada. O'Brien moveu a gaiola para mais perto. Estava a menos de um metro do rosto de Winston.

– Eu pressionei a primeira alavanca – comunicou. – Você entende a construção desta gaiola. A máscara vai se encaixar na sua cabeça, sem deixar saída. Quando eu pressionar a outra alavanca, a portinhola vai deslizar para cima. Estas bestas famintas partirão como balas para cima de você. Já viu um rato saltar no ar? Eles vão pular no seu rosto e começar a comê-lo. Algumas vezes, atacam primeiro os olhos. Algumas vezes, escavam as bochechas e comem a língua.

A gaiola estava mais perto, ia se aproximando. Winston ouviu uma sequência de gritos estridentes que pareciam ocorrer no ar acima de sua cabeça. Mas lutou furiosamente contra o pânico. Pensar, pensar, mesmo com um mísero segundo restante, pensar era a única esperança. De repente, o choque do fedor de mofo dos bichos atingiu suas narinas. Houve em seu interior uma convulsão violenta de náusea e ele quase perdeu a consciência. Tudo ficou escuro. Por um instante enlouqueceu, parecia um animal que urrava. Apesar disso, voltou do apagão agarrado a uma ideia. Havia um único jeito de se salvar. Precisava interpor outro ser humano, o *corpo* de outro ser humano, entre si e os ratos.

O círculo da máscara era grande o suficiente para tapar a visão de qualquer outra coisa. A portinhola de arame estava a poucos palmos de distância de seu rosto. Os ratos sabiam o que ia acontecer. Um deles pulava para cima e para baixo; o outro, um ancião dos esgotos e cheio de escamas, ficou de pé, as patas rosadas contra as barras, farejando ferozmente o ar. Winston conseguia ver os bigodes e os dentes amarelos. Mais uma vez, o pânico escuro tomou conta dele. Estava cego, vulnerável e desequilibrado.

– Era um castigo comum na China imperial – disse O'Brien, didático como sempre.

A máscara se aproximava de seu rosto. O arame já roçava sua bochecha. E então... Não, não foi um alívio, apenas esperança, um minúsculo fiapo de esperança. Tarde demais, talvez tarde demais. Mas ele havia subitamente entendido que em todo o mundo existia *uma* única pessoa a quem poderia transferir a punição, *um* corpo que poderia enfiar entre si e os ratos. Passou a gritar freneticamente, de novo e de novo.

– Façam isso com a Júlia! Façam isso com a Júlia! Não comigo! Com a Júlia! Não me importa o que vocês façam com ela. Rasguem a cara, arranquem tudo até os ossos. Não comigo! Com a Júlia! Não comigo!

Sentiu que caía para trás a profundidades enormes, para longe dos ratos. Ainda amarrado à cadeira, tinha caído através do chão, através das paredes do edifício, através da Terra, através dos oceanos, através da atmosfera, no espaço sideral, nos golfos entre as estrelas: para longe, longe, longe, longe dos ratos. Sentia-se a anos-luz de distância, mas O'Brien ainda estava de pé a seu lado. Ainda havia o toque frio do arame em sua bochecha. Mas através da escuridão que o envolvia ele ouviu outro estalo metálico e soube que a porta da gaiola tinha sido fechada, não aberta.

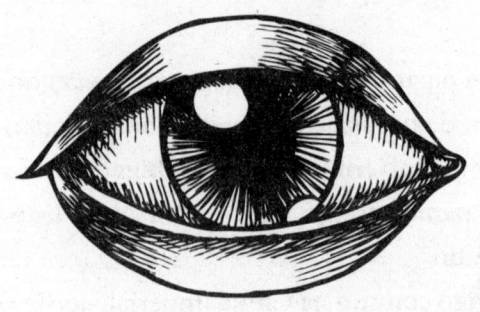

CAPÍTULO 6

O Café Castanheira estava quase vazio. Um raio de sol diagonal atravessou a janela e cobriu de amarelo o tampo empoeirado das mesas. Era o horário solitário das quinze. Uma musiquinha suave saía das teletelas.

Winston estava sentado em seu canto habitual, observando um copo vazio. De vez em quando lançava um olhar para o rosto amplo que o encarava da parede oposta. O GRANDE IRMÃO ESTÁ VIGIANDO VOCÊ, dizia a legenda. Sem ser solicitado, um garçom se aproximou e completou seu copo com Gim Vitória, sacudindo para dentro dele umas poucas gotas de outra garrafa, com um caninho atravessado na cortiça. Era sacarina aromatizada com cravos, a especialidade da cafeteria.

Winston ouvia a teletela. No momento, só havia música, mas era possível que a qualquer momento houvesse um boletim especial do Ministério da Paz. As notícias do *front* africano eram inquietantes ao extremo. Ele passara o dia todo preocupado com aquilo. O exército eurasiano (a Oceania estava em guerra com a Eurásia; a Oceania tinha sempre estado em guerra com a Eurásia) se movia para o sul a uma velocidade aterradora. O boletim do meio-dia não tinha mencionado nenhuma área específica, mas era provável que a foz do Rio Congo já fosse um campo de batalha. Brazzaville e Leopoldville estavam em perigo. Não precisava olhar um mapa para saber o que aquilo significava. Não era meramente uma questão de perder a África Central; pela primeira vez em toda a guerra, o território da Oceania estava ameaçado.

Uma emoção violenta, não exatamente medo, mas uma espécie de excitação, inflamou-se nele e sumiu de novo. Parou de pensar na guerra. Ultimamente, não conseguia fixar a mente em um assunto por mais do que uns poucos minutos a cada vez. Pegou o copo e o enxugou de um gole só. Como sempre, o gim o fez estremecer e até sentir uma ânsia leve. Aquilo era horrível. O cravo e a sacarina, já repugnantes por serem tão enjoativos, não conseguiam disfarçar o cheiro oleoso; e o pior de tudo era que o aroma de gim, que o cercava noite e dia, estava em sua mente misturado de maneira intrínseca ao cheiro daqueles...

Ele nunca os nomeava, nem mesmo em pensamento, e, sempre que possível, nunca os visualizava. Tinha uma consciência apenas parcial disso, algo pairando perto de seu rosto, um cheiro que se prendia às narinas. O gim voltou, e através dos lábios arroxeados ele soltou um arroto. Engordara desde que fora solto e havia recuperado a antiga cor; na verdade, mais do que recuperado. Seus traços estavam mais grosseiros, e a pele do nariz e das bochechas, áspera e vermelha, e até o crânio calvo tinha um tom rosado profundo. Um garçom, de novo sem ser solicitado, trouxe o tabuleiro de xadrez e o exemplar atual do *Times*, com a página aberta no desafio de xadrez. Então, vendo que o copo de Winston estava vazio, pegou a garrafa de gim e o encheu. Não havia necessidade de dar ordens. Eles conheciam seus hábitos. O tabuleiro de xadrez estava sempre à sua espera, sua mesa no canto estava sempre reservada; mesmo quando o lugar ficava cheio, Winston a ocupava, e ninguém se interessava em sentar muito perto dele. Nem se dava ao trabalho de contar as doses. A intervalos irregulares, os funcionários o presenteavam com um pedaço sujo de papel que diziam ser a conta, mas ele tinha a impressão de que sempre cobravam menos do que deveriam. Não teria feito diferença se fosse o contrário: Winston sempre dispunha de bastante dinheiro. Tinha até um emprego, para não dizer mamata, que pagava mais do que o trabalho anterior.

A música da teletela parou, e uma voz entrou em seu lugar. Ele levantou a cabeça para escutar. Nada de boletins do *front*, porém. Era só um anúncio do Ministério da Fartura. No trimestre anterior, aparentemente, a cota de produção de cadarços do Décimo Plano Trienal tinha sido superada em noventa e oito por cento.

Ele analisou o desafio de xadrez e posicionou as peças. Era um final capcioso, envolvendo dois cavalos. "As brancas começam e dão xeque-mate em duas jogadas." Winston olhou para o retrato do Grande Irmão. "As brancas sempre dão xeque-mate", pensou com um certo misticismo nebuloso. Sempre, sem exceção, é assim. Em nenhum desafio de xadrez, desde o início do mundo, as pretas jamais ganharam. Isso não simbolizava o triunfo eterno e invariável do Bem contra o Mal? O rosto imenso o encarava de volta, tomado por uma força tranquila. As brancas sempre vencem.

A voz da teletela fez uma pausa e acrescentou, em um tom diferente e bem mais sério: "Estejam avisados de que devem estar atentos a um importante anúncio às quinze e trinta. Quinze e trinta! Trata-se de uma notícia da máxima importância. Não se esqueçam. Quinze e trinta!", e depois a musiquinha recomeçou.

O coração de Winston se agitou. Seria o boletim do *front*; o instinto lhe dizia que más notícias estavam a caminho. Durante todo o dia, com breves momentos de ansiedade, a ideia de uma derrota esmagadora na África ia e voltava em sua mente. Ele parecia quase ver o exército da Eurásia marchar como um enxame por cima da fronteira jamais rompida e tomando a ponta da África como uma fileira de formigas. Por que não fora possível superá-los por fora de algum jeito? O contorno da África Ocidental estava nítido em sua mente. Pegou o cavalo branco e o moveu pelo tabuleiro. *Aquele* era o lugar apropriado. Mesmo enquanto via a horda preta correr para o sul, ele enxergava outra força, misteriosamente reunida, de repente posicionada atrás das pretas, interrompendo a comunicação por terra e mar. Sentia que, apenas por desejar, trazia à existência aquela outra força. Mas era preciso agir rápido. Se eles cotrolassem a África inteira, se tivessem campos aéreos e bases submarinas no Cabo, isso partiria a Oceania em duas. Isso poderia significar qualquer coisa: derrota, ruína, a reconfiguração do mundo, a destruição do Partido! Winston inspirou profundamente. Uma mistura extraordinária de sentimentos, ou melhor, uma sucessão de camadas de sentimento, em que não se podia identificar qual era a mais profunda, lutava dentro dele.

O espasmo tinha passado. Ele colocou o cavalo branco no devido lugar, mas por ora não conseguia se concentrar no desafio de xadrez. Seus pensamentos vagaram de novo. Quase inconscientemente, ele traçou com o dedo, na poeira da mesa:

$$2 + 2 = 5$$

"Eles não têm como entrar em você", ela dissera. Mas, sim, eles tinham como fazer isso. "O que lhe acontece aqui *é para sempre*", O'Brien avisara. Era verdade. Havia coisas, suas próprias atitudes, das quais não se conseguia recuperar. Uma parte de você estava morta, explodida, cauterizada.

Ele a tinha visto; tinha até mesmo falado com ela. Não havia perigo nisso. Sabia, como que por instinto, que eles agora mal tinham interesse no que fazia. Poderia ter combinado de encontrá-la uma segunda vez, se algum dos dois tivesse desejado. Na verdade, encontraram-se por acidente. Foi no Parque, em um dia frio e cortante de março, quando a terra estava dura como ferro e a grama parecia morta; não havia um broto em lugar nenhum, exceto um ou outro açafrão que se empurrava para cima para ser desmembrado pelo vento. Ele andava depressa, com as mãos congelando e os olhos lacrimejando quando a viu a menos de dez metros. Ocorreu-lhe que ela estava diferente, mas não sabia dizer por quê. Quase passaram um pelo outro sem nenhum sinal; então Winston se virou e a seguiu, não com muita pressa. Sabia que não havia perigo, ninguém teria o menor interesse neles. Ela não falou. Desviou pelo gramado como que tentando livrar-se dele, depois pareceu resignar-se a andar a seu lado. Pouco depois ambos estavam entre um punhado irregular de arbustos sem folhas, tão inúteis como esconderijo quanto como proteção contra o vento. Pararam. Estava frio demais. O vento assoviava entre os gravetos e agitava as flores de açafrão, poucas e de aspecto sujo. Winston pôs o braço ao redor da cintura dela.

Não havia teletela, mas devia haver microfones escondidos; além do mais, eles podiam ser vistos. Isso não tinha importância, nada mais tinha importância. Os dois poderiam ter deitado na grama e feito *aquilo*, se quisessem. O corpo dele congelou de horror diante dessa ideia. Ela não teve nenhuma reação ao abraço, nem tentou se soltar. E então ele reparou no que tinha mudado nela. O rosto estava mais cheio e havia uma longa cicatriz, parcialmente escondida pelo cabelo, que ia da testa à têmpora; mas a mudança não era essa. Era a cintura mais grossa e que, de um modo surpreendente, tinha enrijecido. Ele se lembrou de certa vez, depois da explosão de uma bomba, quando ajudara a arrastar um cadáver para fora de uns escombros, e tinha se espantado não só com o peso inacreditável, mas com sua rigidez e estranheza de manuseio, que o fazia parecer mais pedra do que carne. O corpo dela era como aquilo. Ocorreu-lhe que a textura da pele feminina estaria bastante diferente do que antes.

Não tentou beijá-la. Nem mesmo conversaram. Enquanto andavam de volta cruzando o gramado, ela o fitou pela primeira vez. Foi apenas um lance momentâneo, cheio de desprezo e desgosto. Ele questionou se seria um desgosto que vinha apenas do passado ou se era inspirado também por seu rosto inchado e pela água que o vento continuava arrancando de seus olhos. Sentaram em duas cadeiras de ferro, lado a lado, mas não próximos demais. Ela parecia prestes a falar. Moveu o sapato grosseiro alguns centímetros e esmagou um graveto. Ele reparou que aqueles pés pareciam ter crescido.

– Eu traí você – ela disse, sem preâmbulos.

– Eu traí você – ele falou.

Ela lhe lançou outro olhar de desgosto.

– Algumas vezes eles ameaçam você com uma coisa que você não consegue suportar nem imagina. E daí você diz: "Não façam isso comigo, façam com outra pessoa, façam com Fulano". E talvez você finja, depois, que foi só um truque, que você só declarou aquilo pra eles pararem, que não estava falando sério. Mas não é verdade. Na hora em que está acontecendo, você está levando a sério. Acha que não tem outro jeito de se salvar e está mais do que disposto a salvar a si mesmo daquela maneira. Você *quer* que aquilo aconteça à outra pessoa e não dá a mínima para o que ela vai sofrer. Só pensa em si mesmo.

– Só pensa em si mesmo – ele ecoou.

– E, depois disso, você não sente mais a mesma coisa em relação àquela pessoa.

– Não – ele disse. – Você não sente mais a mesma coisa.

Os dois pareciam não ter mais nada a dizer. O vento grudava os macacões finos contra seus corpos. Quase de repente, tornou-se embaraçoso ficar sentado ali em silêncio; além disso, estava frio demais para ficar parado. Ela disse algo sobre apanhar o metrô e se levantou para partir.

– Precisamos nos encontrar de novo – ele sugeriu.

– Sim – ela concordou –, precisamos nos encontrar de novo.

Ele a seguiu com hesitação por uma pequena distância, meio passo atrás. E não voltaram a falar. Ela não tentou afastá-lo, mas andou à velocidade exata que o impediria de acompanhá-la. Ele decidira que a acompanharia até a estação do metrô, mas de repente o processo de segui-la no frio pareceu sem sentido e insuportável. Foi tomado por um desejo não tanto de se afastar de Júlia, mas de voltar para o Café Castanheira, que nunca tinha parecido tão convidativo quanto naquele momento. Teve uma visão nostálgica de sua mesa no canto, com o jornal, o tabuleiro de xadrez e o fluxo constante de gim. Acima de tudo, ali estaria quente. No instante seguinte, não totalmente por acidente, permitiu-se ficar separado dela por um pequeno grupo de pessoas. Fez uma tentativa desanimada de alcançá-la, depois desacelerou, virou e partiu na direção oposta. Quando tinha avançado cinquenta metros, olhou para trás. A rua não estava cheia, mas ele já não conseguia distingui-la. Qualquer uma das doze figuras que se apressavam poderia ter sido ela. Talvez seu corpo enrijecido e volumoso já não pudesse ser reconhecido pelas costas.

"Na hora em que está acontecendo", ela dissera, "você está falando sério". Ele falara muito sério. Não apenas dissera aquilo, como havia desejado que acontecesse. Queria que ela, e não ele, fosse entregue aos...

Alguma coisa tinha mudado na música que saía da teletela. Uma nota rachada e cômica, uma nota baixa, soou. E depois, talvez não estivesse ocorrendo, talvez fosse só uma lembrança assumindo a forma de um som, uma voz começou a cantar:

Sob a castanheira frondosa
Eu vendi você e você me vendeu

As lágrimas inundaram seus olhos. Um garçom que passava notou que o copo dele estava vazio e voltou com a garrafa de gim.

Winston pegou o copo e o cheirou. Não melhorava; piorava a cada gole que ele tomava. Mas havia se tornado o elemento onde ele mergulhava. Era sua vida, sua morte e sua ressurreição. Era o gim que o afundava no estupor toda noite e o acordava toda manhã. Quando despertava, raramente antes das onze, com as pálpebras coladas, a boca queimando e costas que pareciam quebradas, seria impossível levantar-se da horizontal se não fosse pela garrafa e pelo copo colocados ao lado da cama na noite anterior. No meio do dia, ficava sentado com a expressão vidrada, a garrafa à mão, escutando a teletela. Das quinze até a hora de fechar, era parte da mobília do Café Castanheira. Ninguém se importava mais com ele, nenhum assovio o acordava, nenhuma teletela o perturbava. Ocasionalmente, talvez duas vezes por semana, Winston se dirigia a um escritório empoeirado e com ar de abandono no Ministério da Verdade e fazia algum trabalho, ou o que chamava assim. Fora indicado para o setor de um subcomitê que brotara de um dos incontáveis comitês que lidavam com pequenas dificuldades surgidas na compilação da décima primeira edição do dicionário de Novidioma. Estavam envolvidos na produção de um arquivo chamado Relatório Provisório, mas ele nunca descobriu ao certo o que estavam reportando. Tinha algo a ver com a questão de as vírgulas serem posicionadas dentro ou fora das aspas. Havia outros quatro membros no comitê. Em certos dias, eles se reuniam e prontamente se dispersavam de novo, admitindo com franqueza que não havia nada a fazer. Mas em algumas ocasiões punham-se a trabalhar quase com ansiedade, fazendo uma demonstração tremenda de suas minutas e rascunhando longos memorandos que nunca eram terminados; a discussão sobre determinado assunto se tornava extraordinariamente complexa e obscura, com divergências sutis sobre definições, digressões enormes, brigas e até ameaças de recorrer a instâncias superiores de autoridade. Então, de repente, a vida se esvaía, e eles ficavam sentados em volta da mesa encarando-se mutuamente com olhos opacos, como fantasmas desvanecendo na madrugada.

A teletela ficou em silêncio por um instante. Winston levantou a cabeça de novo. O boletim! Mas não, eles só estavam trocando a música. Ele tinha o mapa da África bem claro em sua cabeça. A movimentação dos exércitos era um diagrama: uma flecha preta cortando verticalmente na direção sul e uma flecha branca cortando horizontalmente na direção leste, por cima da cauda da primeira. Como que em busca de reafirmação, levantou o olhar para o rosto imperturbável no retrato. Seria concebível que a segunda flecha nem mesmo existisse?

Seu interesse voltou à estaca zero. Ele tomou mais um grande gole de gim, apanhou o cavalo branco e tentou um movimento. Xeque. Mas evidentemente não era a jogada certa, porque...

Sem ser chamada, uma lembrança veio à sua mente. Ele viu um quarto iluminado por velas, com uma cama grande e uma colcha branca, e ele mesmo, um menino de 9 ou 10 anos, sentado no chão, sacudindo uma caixa de dados e rindo, animado. Sua mãe estava sentada à sua frente e também ria.

Devia ser um mês antes do desaparecimento dela. Era um momento de reconciliação, quando a fome teimosa em seu estômago estava esquecida e o antigo afeto por ela, temporariamente reavivado. Ele se lembrava bem desse dia, com uma chuva forte, quando a água escorria pela janela e a luz do lado de dentro era fraca demais para permitir a leitura. O tédio das duas crianças no quarto escuro e entulhado se tornou insuportável. Winston chorou e resmungou, fez exigências fúteis por comida, percorreu o quarto tirando tudo do lugar e chutando o lambril até que os vizinhos bateram na parede, enquanto a criança mais nova gemia de forma intermitente. No final, a mãe disse: "Agora seja bonzinho que eu vou comprar um brinquedo. Um brinquedo ótimo que você vai adorar" e depois partiu na chuva até uma lojinha de bugigangas ali perto, que ainda abria esporadicamente, e voltou com uma caixa de papelão contendo um conjunto do jogo Cobras e Escadas. Ele ainda conseguia se lembrar do cheiro do papelão molhado. Era um jogo muito ruim. O tabuleiro estava rachado, e os pequenos dados de madeira eram cortados tão toscamente que mal paravam de lado. Emburrado e indiferente, Winston olhou para o brinquedo. Mas então sua mãe acendeu um toco de vela e eles se sentaram no chão para jogar. Logo ele estava animado, gritando de rir conforme as fichas, esperançosas, subiam as escadas, para depois despencarem deslizando pelas cobras, quase de volta ao ponto de partida. Jogaram oito partidas, ganhando quatro cada um. A irmãzinha, jovem demais para entender o jogo, ficou sentada, encostada em um apoio, rindo porque os outros riam. Por uma tarde inteira, foram felizes juntos, como no início de sua infância.

Winston expulsou a cena de sua mente. Era uma falsa memória. De vez em quando falsas memórias o perturbavam. Não tinha importância, desde que a pessoa as reconhecesse como eram. Algumas coisas tinham acontecido; outras, não. Ele se concentrou no tabuleiro e apanhou o cavalo branco de novo. Quase no mesmo instante, deixou-o cair na mesa com um estalo. Havia dado um pulo como se um alfinete o tivesse espetado.

Uma trombeta estridente perfurou o ar. Era o boletim! Vitória! Era sempre vitória quando uma trombeta precedia as notícias. Uma vibração cruzou a cafeteria. Até os garçons pararam e ficaram atentos.

O toque da trombeta aumentou o volume. Logo uma voz empolgada estava tagarelando na teletela, mas ao começar já foi quase abafada pelo grito de alegria vindo de fora. As notícias tinham corrido pelas ruas como vento. Ele conseguia ouvir apenas o suficiente do que saía da teletela para perceber que tudo tinha acontecido conforme previra: uma vasta armada naval reunida secretamente, uma explosão súbita na retaguarda inimiga, a flecha branca cortando a cauda da preta. Fragmentos de frases triunfais venciam o ruído: "Vasta manobra estratégica, coordenação perfeita, derrota absoluta, meio milhão de prisioneiros, completa desmoralização, controle da África inteira, trazer a guerra a uma distância visível de seu fim, vitória, a maior vitória da História humana, vitória, vitória, vitória!".

Sob a mesa, os pés de Winston faziam movimentos convulsivos. Ele não tinha se mexido de seu assento, mas em sua mente estava correndo, correndo muito depressa, estava com as multidões lá fora, celebrando aos berros até ficar sem voz. Olhou para cima de novo, para o retrato do Grande Irmão. O colosso que sustentava o mundo! A rocha contra a qual as hordas da Ásia se batiam em vão! Pensou como dez minutos antes, sim, apenas dez minutos, ainda existiam equívocos em seu coração, enquanto ele perguntava a si mesmo se as notícias do *front* seriam de vitória ou de derrota. Ah, o que havia perecido era bem maior do que o exército eurasiano! Muito tinha mudado nele desde aquele primeiro dia no Ministério do Amor, mas a cura final, decisiva, nunca acontecera, até aquele momento.

A voz na teletela ainda despejava seu relato sobre prisioneiros, pilhagens e massacres, mas os gritos externos tinham diminuído um pouco. Os garçons voltavam ao trabalho. Um deles se aproximou com a garrafa de gim. Winston, sentado em um devaneio abençoado, não prestou atenção enquanto o copo era abastecido. Não mais corria nem celebrava. Estava de volta ao Ministério do Amor, com tudo perdoado, sua alma branca como neve; no banco dos réus confessando tudo, incriminando todos. Percorrendo o corredor de azulejos brancos com a sensação de andar à luz do sol, e um guarda armado às suas costas. A tão aguardada bala estava penetrando em seu cérebro.

Olhou para o rosto enorme. Precisara de quarenta anos para entender que tipo de sorriso se escondia sob o bigode preto. Ah, engano cruel e desnecessário! Ah, exílio teimoso e autoimposto para longe do peito amado! Duas lágrimas com aroma de gengibre pingaram das laterais de seu nariz. Mas estava tudo bem, tudo bem, a luta estava encerrada. Ele tinha conquistado a vitória sobre si mesmo. Amava o Grande Irmão.

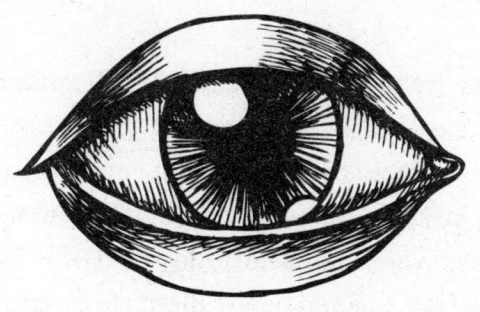

APÊNDICE

OS PRINCÍPIOS DO NOVIDIOMA

Novidioma era a língua oficial da Oceania e foi criada para atender às necessidades ideológicas do Socing, ou Socialismo Inglês. Em 1984, ainda não havia ninguém que usasse o Novidioma como única forma de comunicação, oralmente ou por escrito. Os principais artigos do *Times* eram redigidos nele, mas tratava-se de uma proeza ao alcance apenas de um especialista. Esperava-se que o Novidioma finalmente suplantasse o Velhidioma (ou deveríamos dizer: Inglês Padrão) por volta do ano 2050. Enquanto isso, ele ganharia cada vez mais terreno, com todos os membros do Partido tendendo a usar cada vez mais as palavras e a gramática do Novidioma em suas comunicações do dia a dia. A versão em uso em 1984, e incluída na nona e na décima edições do dicionário de Novidioma, era provisória e continha muitas palavras supérfluas e formações arcaicas que seriam excluídas mais tarde. Aqui, nós trataremos da décima primeira edição do dicionário, a versão final e aperfeiçoada.

O propósito do Novidioma não era apenas fornecer um meio de expressão para a visão de mundo e os hábitos mentais adequados aos devotos do Socing, e sim bloquear todos os outros modos de pensamento. A intenção era, quando o Novidioma fosse adotado de uma vez por todas e o Velhidioma caísse no ostracismo, tornar um pensamento herético, ou seja, que divergisse dos princípios do Socing, literalmente impensável, pelo menos na medida em que o pensar depende das palavras. Seu vocabulário foi construído de modo a dar uma expressão exata, e com frequência muito sutil, a todos os significados que um membro do Partido poderia querer expressar adequadamente, ao mesmo tempo em que excluía todos os outros sentidos e a possibilidade de se chegar a eles por meios indiretos. Em parte, isso foi feito pela criação de novas palavras, mas principalmente pela eliminação de palavras indesejáveis e por tirar das que restassem os significados inortodoxos e, tanto quanto possível, todos os significados secundários. Para dar um único exemplo: a palavra *livre* existia em Novidioma, mas só poderia ser aplicada a afirmações como: "O cão está livre de pulgas" ou "Este campo está livre de pragas". Não poderia ser usada no velho sentido de "politicamente livre" ou "intelectualmente livre", uma vez que a liberdade política e a liberdade intelectual já não existiam nem mesmo como conceitos e, portanto, não tinham nomes. Em uma perspectiva à parte da supressão das palavras definitivamente heréticas, a redução do vocabulário era considerada um objetivo em si mesmo, e nenhuma palavra que pudesse ser dispensada deveria sobreviver. O Novidioma foi planejado não para ampliar, mas para *diminuir* o alcance do pensamento, e esse objetivo foi indiretamente ajudado pela redução, ao máximo, das palavras alternativas.

O Novidioma foi fundado sobre a língua inglesa tal como a conhecemos hoje. No entanto, muitas frases em Novidioma, mesmo as que não contêm palavras inventadas, mal seriam inteligíveis a um falante de inglês dos nossos tempos. As palavras em Novidioma foram divididas em três classes distintas, conhecidas como vocabulário A, vocabulário B (também conhecido como palavras compostas) e vocabulário C. É mais simples discutir cada classe em separado, mas as peculiaridades gramaticais da língua podem ser tratadas na seção dedicada ao vocabulário A, já que as mesmas regras se aplicam às três categorias.

Vocabulário A

O vocabulário A consistia das palavras necessárias aos assuntos cotidianos, para coisas como comer, beber, trabalhar, vestir-se, subir e descer escadas, dirigir veículos, jardinar, cozinhar e outras do tipo. Foi composto quase inteiramente de palavras já conhecidas, como *impacto, corrida, cachorro, árvore, açúcar, casa, campo*, mas em comparação ao vocabulário inglês atual a quantidade era extremamente pequena, ao mesmo tempo em que os significados eram definidos com muitíssimo mais rigidez. Todas as ambiguidades e nuances de significado foram expurgadas. Na máxima medida possível, uma palavra dessa classe em Novidioma era apenas a articulação de um som que expressava *um* conceito claramente compreendido. Teria sido impossível usar o vocabulário A com finalidades literárias ou para algum debate político ou filosófico. A intenção era expressar pensamentos simples e úteis, em geral incluindo objetos concretos ou ações físicas.

A gramática do Novidioma tinha duas particularidades dignas de nota. A primeira era um intercâmbio quase absoluto entre diferentes partes do discurso. Qualquer palavra da língua (em princípio, isso se aplicava até a palavras abstratas, como *se* ou *quando*) poderia ser usada como verbo, substantivo, adjetivo ou advérbio. Quando a forma verbal e a forma nominal tinham a mesma raiz, não existia nenhuma variação entre elas, e essa regra por si só já levara muitas formas arcaicas à destruição. A palavra *pensamento*, por exemplo, não existia em Novidioma. Seu lugar foi ocupado por *pense*, que cumpria a função tanto de substantivo quanto de verbo. Nenhum princípio etimológico foi seguido: em alguns casos, o que era escolhido para ficar era o substantivo; em outros casos, o verbo. Mesmo quando um substantivo e um verbo com significado correlato não eram etimologicamente conectados, ou um ou outro era com frequência suprimido. Não existia, por exemplo, a palavra *corte*, sendo seu sentido suficientemente abrangido pelo substantivo-verbo *faca*. Os adjetivos eram formados pelo acréscimo do sufixo *ante* ao substantivo-verbo, e os advérbios, pelo acréscimo de *mente*. Assim, por exemplo, *rapidante* significava "veloz" e *rapimente* significava "depressa". Certos adjetivos que temos hoje em dia, como *bom*, *forte*, *grande*, *preto* e *macio*, foram preservados, mas a quantidade total era muito pequena. Havia pouca necessidade deles, uma vez que qualquer significado adjetivo poderia ser obtido pelo acréscimo de *ante* a um substantivo-verbo. Nenhum dos advérbios que existem atualmente foi mantido, exceto os que terminam em *mente*, porque essa terminação é invariável. A palavra *bem*, por exemplo, foi substituída por *bomente*.

Além disso, qualquer palavra, e isso mais uma vez se aplicava, por princípio, a qualquer palavra da língua, poderia ser negativada pelo acréscimo do prefixo *des*, ou reforçada pelo prefixo *mais* ou, para uma ênfase ainda maior, *duplomais*. Assim, por exemplo, *desfrio* significava "quente"; *maisfrio* e *duplomaisfrio* significavam, respectivamente, "muito frio" e "superlativamente frio". Também era possível, como no inglês atual, modificar o significado de quase toda palavra pela prefixação de preposições como *pré*, *pós*, *pró*, *contra*, etc. Por meio desses métodos, descobriu-se ser possível diminuir muito o vocabulário. Dada, por exemplo, a palavra *bom*, não havia necessidade da palavra *mau*, já que o significado desejado era igualmente expresso, e de fato até melhor, por *desbom*. Em qualquer caso em que duas palavras formassem um par natural de opostos, a única coisa necessária era resolver qual delas suprimir. *Escuridão*, por exemplo, poderia ser substituída por *desluz* ou *luz* poderia ceder lugar a *desescuridão*, conforme a preferência.

A segunda marca distinta da gramática do Novidioma era sua regularidade. A não ser pelas poucas exceções que mencionaremos a seguir, todas as flexões seguiam as mesmas regras. Assim, todos os verbos no pretérito e no particípio passado tinham a mesma terminação, em *aram*. O pretérito de *comer* era *comaram*, o de *partir* era *partaram*, e assim por diante, abrangendo a totalidade da língua, tendo sido abolidas todas as formas como *beberam*, *dormiram* e *compuseram*. Todos os plurais eram formados pela adição de *s* ou de *es*, conforme o caso. Os plurais de *pincel*, *homem* e *ação* eram *pincels*, *homenes* e *açãos*. Os adjetivos comparativos eram invariavelmente formados pelo acréscimo de *mais* e *menos*, e as formas irregulares como *maior*, *menor*, *melhor*, *pior* e as terminações em *íssimo* foram eliminadas.

As únicas classes de palavras que ainda podiam ser flexionadas de forma irregular eram os pronomes relativos e demonstrativos e os verbos auxiliares. Todos eles seguiam a regra antiga, exceto *quem*, que foi excluído por ser desnecessário, e *poder*, *poderia*, pois seu uso era abrangido por *dever*, *deveria*. Existiam também irregularidades na formação de palavras que surgiram por causa da necessidade de um discurso fácil e rápido. Uma palavra que fosse difícil de pronunciar, ou que adquirisse um sentido ambíguo quando escutada, era logo considerada uma palavra ruim; ocasionalmente, portanto, em nome da eufonia, letras extras eram inseridas em uma palavra ou a forma antiga era preservada. Mas essa necessidade ocorria principalmente em relação ao vocabulário B. A *razão* pela qual se dava tanta importância à facilidade de pronúncia será explicada adiante neste artigo.

Vocabulário B

O vocabulário B consistia de palavras deliberadamente formadas por razões políticas, ou seja, que não apenas tinham uma implicação política em todos os casos, mas cuja intenção era impor sobre a pessoa que as empregava a atitude mental desejada. Sem uma compreensão completa dos princípios do Socing, era difícil usar essas palavras corretamente. Em alguns casos, elas podiam ser traduzidas para o Velhidioma ou mesmo para palavras retiradas do vocabulário A, mas isso em geral exigia uma longa paráfrase e sempre resultava em certa perda de harmonia. As palavras B eram um tipo de taquigrafia verbal que frequentemente englobava um amplo escopo de ideias em umas poucas sílabas, ao mesmo tempo mais exatas e mais forçadas do que a língua corrente.

As palavras B eram em todos os casos palavras compostas[2]. Consistiam de duas ou mais palavras ou sílabas, aglutinadas de forma a serem facilmente pronunciadas. O amálgama resultante era sempre um substantivo-verbo, e a flexão se dava conforme as regras comuns. Para dar um único exemplo: a palavra *bempensar*, que significava grosseiramente "ortodoxia", ou, se alguém quisesse empregá-la como verbo, "pensar de maneira ortodoxa". As flexões eram as seguintes: substantivo-verbo, *bempensar*; pretérito e particípio passado, *bempensado*; particípio presente, *bempensente*; adjetivo, *bempensante*; advérbio, *bempensamente*; substantivo, *bempensador*.

As palavras B não eram construídas com base em nenhum plano etimológico. As palavras das quais elas derivavam podiam ser qualquer parte da linguagem, e elas podiam ser colocadas em qualquer ordem e cortadas de qualquer forma que tornasse sua pronúncia mais fácil, ao mesmo tempo em que indicasse sua derivação. Na palavra *pensamentocrime* (crimedepensar), por exemplo, o *pensa* vem em primeiro lugar,

---

[2] Palavras compostas, como *falaescreve*, eram evidentemente encontradas no vocabulário A, mas eram simples abreviações práticas e não tinham um significado ideológico especial.

ao passo que em Polícia do Pensamento vem em segundo, e em sua última versão a palavra perdeu sílabas: *poldopensa*. Em razão da grande dificuldade de garantir a eufonia, as formações irregulares eram mais comuns no vocabulário B do que no vocabulário A. Por exemplo, as formas adjetivas de *Miniver, Minipaz* e *Miniamor* eram, respectivamente, *Miniverdadeiro, Minipacífico* e *Miniamoroso*, simplesmente porque *verdadante, pacificante* e *amorante* eram de pronúncia ligeiramente estranha. Em princípio, porém, todas as palavras da classe B podiam ser flexionadas, e todas flexionavam do mesmo modo.

Algumas das palavras B tinham significados muito sutis, dificilmente inteligíveis para aquele que não dominasse o idioma como um todo. Vejamos como exemplo uma frase típica de um artigo de destaque do *Times*, como *Pensantigos destocaâmago Socing*. Em Velhidioma, a interpretação mais curta que se pode fazer disso seria: "Aqueles cujas ideias foram formadas antes da Revolução não conseguem ter uma compreensão emocional completa dos princípios do Socialismo Inglês". Mas essa tradução não é adequada. Logo de início, para captar o sentido pleno da frase em Novidioma citada, a pessoa precisaria ter uma ideia clara do que significa *Socing*. Além disso, apenas alguém familiarizado com o Socing conseguiria apreciar totalmente a força da palavra *tocaâmago*, que implicava uma aceitação cega e entusiasmada difícil de imaginar hoje em dia; ou da palavra *pensantigo*, que estava intrinsecamente misturada à ideia de maldade e decadência. Mas a função específica de certas palavras em Novidioma, dentre as quais *pensantigo*, não era tanto expressar significados, mas antes destruí-los. Essas palavras, necessariamente poucas, haviam tido seus significados ampliados até o ponto de conter em si grupos enormes de palavras, que então, estando suficientemente cobertas por um termo único e abrangente, poderiam ser riscadas e esquecidas. A maior dificuldade enfrentada pelos compiladores do dicionário de Novidioma não era inventar novas palavras, e sim, depois de criá-las, garantir que elas significassem o que eles pretendiam, ou seja, definir quais grupos de palavras eles estavam cancelando por meio daquelas invenções.

Conforme já vimos no caso da palavra *livre*, palavras que no passado haviam tido um significado herético eram algumas vezes mantidas, em nome da conveniência, mas sem os significados indesejados. Incontáveis outras palavras, como *honra, justiça, moralidade, internacionalismo, democracia, ciência* e *religião* tinham simplesmente deixado de existir. Algumas palavras funcionavam como cobertores e as acobertavam, abolindo-as. Todas as palavras que se agrupavam ao redor dos conceitos de liberdade e igualdade, por exemplo, estavam contidas na palavra única *pensamentocrime*, enquanto todas as palavras que se agrupavam ao redor dos conceitos de objetividade e racionalismo foram contidas na palavra única *pensantigo*. Mais precisão do que isso teria sido perigoso. O que se exigia de um membro do Partido era uma perspectiva parecida com a do antigo hebreu, que sabia, sem saber muito mais do que isso, que todas as nações, exceto a sua, adoravam "falsos deuses". Ele não precisava saber como esses deuses eram chamados, Baal, Osíris, Moloch, Astarte e assim por diante; provavelmente, quanto menos soubesse sobre eles, melhor para sua própria ortodoxia. Ele conhecia Jeová e os seus mandamentos; sabia, portanto, que todos os deuses com outros nomes ou outros atributos eram falsos. Quase da mesma forma, o membro do Partido entendia a conduta correta e, em termos extremamente vagos e gerais, sabia que tipo de afastamento dela era possível. Sua vida sexual, por exemplo, era inteiramente regulada por duas palavras em Novidioma: *sexocrime* (imoralidade sexual) e *sexobom* (castidade). *Sexocrime* cobria rigorosamente todos os desvios. Incluía fornicação, adultério, homossexualidade e outras perversões e, fora isso, também o intercurso comum praticado apenas por si mesmo. Não havia necessidade de enumerá-los separadamente, uma vez que todos eram igualmente condenáveis e, em princípio, puníveis com a morte. No vocabulário C, que consistia de palavras científicas e técnicas, poderá ser necessário dar nomes específicos a certas aberrações sexuais, mas o cidadão comum não tinha necessidade deles. Sabia o que significava *sexobom*, ou seja, intercurso normal entre homem e mulher, com o propósito único de gerar filhos, e sem prazer físico por parte da mulher; todo o resto era *sexocrime*. Em Novidioma, raramente era possível avançar em um pensamento herético além do ponto em que se sabia que ele *era* herético; daí em diante, as palavras necessárias eram inexistentes.

Nenhuma palavra do vocabulário B era ideologicamente neutra. Grande parte era de eufemismos. Palavras como *campalegre* (campo de trabalhos forçados) e *Minipaz* (Ministério da Paz, isto é, Ministério da Guerra) significavam quase o exato oposto do que aparentavam ser. Em contrapartida, algumas palavras demonstravam uma compreensão franca e desdenhosa da real natureza da sociedade da Oceania. Um exemplo seria *rangoproleta*, significando o entretenimento de má qualidade e as notícias espúrias que o Partido oferecia às massas. Por um terceiro aspecto, outras palavras eram ambíguas, tendo uma conotação boa quando aplicadas ao Partido e ruim quando aplicadas aos inimigos. Para completar, havia ainda muitas palavras que aparentavam ser meras abreviações e que extraíam sua essência ideológica não de seu significado, mas de sua estrutura.

Tanto quanto se conseguiu, tudo que tinha ou pudesse ter um significado político qualquer foi encaixado no vocabulário B. O nome de cada organização ou grupo de pessoas ou país ou instituição ou edifício público era invariavelmente reduzido à forma conhecida, ou seja, uma palavra única, de pronúncia fácil, com o menor número possível de sílabas capaz de preservar a raiz original. No Ministério da Verdade, por exemplo, o Departamento de Registros, no qual Winston Smith trabalhava, era chamado de *Dereg*; o Departamento de Ficção era chamado de *Defic*; o Departamento de Teleprogramas era chamado de *Detel*, e assim por diante. Isso não foi feito com o objetivo único de poupar tempo. Mesmo nas primeiras décadas do século XX, contrações de palavras e frases eram um dos atributos característicos da linguagem política; já então se notava que a tendência ao uso de abreviações desse tipo era mais acentuada em países e organizações totalitários. Palavras que exemplificam isso: nazismo, Gestapo, Comintern, Agitprop. No começo, a prática foi adotada como se fosse instintiva, mas em Novidioma era usada com uma finalidade consciente. Percebeu-se que, ao abreviar assim um nome, uma pessoa o limitava e sutilmente alterava seu significado, ao eliminar a maior parte das associações que, do contrário, permaneceriam ligadas a ele. As palavras Internacional Comunista, por exemplo, evocam uma imagem composta de fraternidade humana universal, bandeiras vermelhas, barricadas, Karl Marx e a Comuna de Paris. A palavra *Comintern*, por sua vez, sugere apenas uma organização muito unida e um corpo doutrinário bem definido. Refere-se a algo quase tão facilmente reconhecido, e igualmente limitado em seu propósito, quanto "cadeira" ou "mesa". *Comintern* é uma palavra que pode ser verbalizada quase sem reflexão prévia, ao passo que Internacional Comunista é uma construção sobre a qual se deve pensar, mesmo que só por um momento. Do mesmo modo, as associações chamadas por uma palavra como *Miniver* são menos numerosas e mais controláveis do que aquelas chamadas por palavras como *Ministério da Verdade*. Isso explicava não apenas o hábito de abreviar sempre que possível, mas também o cuidado quase exagerado que se tomava para tornar todas as palavras facilmente pronunciáveis.

Em Novidioma, a eufonia suplantava toda consideração, menos a exatidão de significado. A regularidade da gramática era sacrificada a ela sempre que necessário. E com razão, uma vez que se exigia, acima de tudo por motivos políticos, palavras encurtadas, de significado definido, que pudessem ser verbalizadas depressa e despertassem o mínimo de lembranças na mente do falante. As palavras do vocabulário B até ganhavam força pelo fato de todas serem bastante parecidas.

Quase invariavelmente, essas palavras (*bempensar, Minipaz, sexocrime, despessoa, campalegre, poldopensa* e inúmeras outras) tinham três ou quatro sílabas, com a sílaba tônica distribuída igualmente entre a penúltima e a última. Seu uso incentivava um estilo corrido de discurso, ao mesmo tempo marcado e monótono. E esse era exatamente o objetivo. A intenção era tornar o discurso, em especial sobre algum tema não neutro ideologicamente, o mais independente possível da consciência. Para as questões cotidianas era sem dúvida necessário, ou algumas vezes necessário, refletir antes de falar, mas um membro do Partido convocado a fazer um julgamento político ou ético deveria ser capaz de descarregar as opiniões certas tão automaticamente quanto uma metralhadora descarrega munição. O treinamento o capacitava a isso, a linguagem lhe fornecia um instrumento quase à prova de enganos, e a textura das palavras, com sua sonoridade áspera e feiura quase intencional, ajustada ao espírito do Socing, dava ainda mais suporte ao processo.

O mesmo aconteceu com o fato de existirem poucas palavras entre as quais escolher. Em relação ao nosso, o vocabulário em Novidioma era minúsculo, e novos modos de reduzi-lo estavam sendo constantemente criados. O Novidioma, de fato, diferia de quase todas as demais línguas no fato de seu vocabulário se reduzir, em vez de se ampliar, ano a ano. Cada redução era um ganho, visto que, quanto menor a possibilidade de escolha, menor a tentação de parar para pensar. Em última instância, esperava-se que o discurso articulado fosse emitido a partir da laringe, sem envolver em absoluto as estruturas superiores do cérebro. Esse objetivo foi abertamente admitido na palavra em Novidioma *grasnafala*, significando "grasnar como um pato". Como diversas outras palavras no vocabulário B, *grasnafala* era ambígua. Se as opiniões grasnadas fossem ortodoxas, não significava nada além de elogio, e quando o *Times* se referia a um dos oradores do Partido como um *duplomaisbom grasnafalador*, estava fazendo um cumprimento caloroso e valorizado.

Vocabulário C

O vocabulário C era suplementar aos demais e consistia inteiramente de termos científicos e técnicos parecidos com os que empregamos hoje e foram construídos a partir das mesmas raízes, mas tomou-se o cuidado habitual para defini-los rigidamente e limpar seus significados indesejados. Eles seguiam as mesmas regras gramaticais que as palavras dos outros dois vocabulários. Bem poucas palavras C tinham valor na comunicação cotidiana ou nos discursos políticos. Qualquer trabalhador ou técnico da área científica encontraria todas as palavras de que precisasse na lista dedicada à sua própria especialidade, mas raramente dispunha de mais do que o básico das palavras pertencentes às outras listas. Poucas eram comuns às três listas e, fora de cada área, não havia vocabulário geral para expressar o papel da Ciência como um hábito da mente ou como um método de pensamento. Na verdade, não existia uma palavra para "Ciência": qualquer significado que ela pudesse porventura ter já estava incluído na palavra Socing.

Com base no que acabamos de expor, veremos a seguir que, em Novidioma, acima de um nível muito básico, expressar uma opinião inortodoxa era quase impossível. Claro que era possível verbalizar heresias de um tipo bastante primário, como uma blasfêmia. Por exemplo, teria sido possível dizer *O Grande Irmão é desbom*. Essa afirmação, que para um ouvido ortodoxo transmitia somente um absurdo, não poderia ser sustentada pela argumentação racional, porque as palavras necessárias não estavam disponíveis. Ideias contrárias ao Socing só podiam ser cogitadas de forma vaga, indefinida, e nomeadas em termos muito amplos, aglutinados, que censuravam grupos inteiros de heresias sem defini-las ao fazer isso. De fato, uma pessoa poderia usar o Novidioma com objetivos inortodoxos ao traduzir artificialmente algumas palavras de volta para o Velhidioma. Por exemplo, *Todos os homens são iguais* era uma sentença possível em Novidioma, mas apenas no mesmo sentido em que "Todos os homens são ruivos" é uma sentença possível em Velhidioma. Não há um erro gramatical, mas expressa uma verdade palpável, isto é, que todos os homens são de igual altura, peso ou força. O conceito de igualdade política não existia mais, e esse segundo significado tinha sido expurgado da palavra *igual*. Em 1984, quando o Velhidioma ainda era o meio comum de comunicação, existia teoricamente o risco de que, ao usar palavras em Novidioma, uma pessoa se lembrasse de suas acepções originais. Na prática, não era difícil, para uma pessoa bem familiarizada com o *duplopensar*, evitar isso, mas no intervalo de umas poucas gerações até a possibilidade de um lapso desses teria desaparecido. Uma pessoa que crescesse tendo o Novidioma como única língua não saberia que *igual* havia antes tido o significado secundário de "politicamente igual", ou que *livre* um dia já significara "intelectualmente livre", da mesma forma como uma pessoa que nunca tenha ouvido falar de xadrez não entenderá os significados secundários associados a *rainha* ou *torre*. Haveria muitos crimes e erros que estariam além do que essa pessoa poderia cometer, simplesmente porque eles não tinham nomes e eram, portanto, inimagináveis. Previa-se que, conforme o tempo passasse, as características distintivas do Novidioma se tornariam mais e mais acentuadas: a quantidade de palavras cada vez menor, seu significado cada vez mais limitado, e a chance de usá-las de modo inadequado sempre diminuindo.

Quando o Velhidioma fosse superado de uma vez por todas, o último vínculo com o passado teria sido cortado. A História já tinha sido reescrita, mas ainda sobreviviam aqui e ali fragmentos da antiga literatura, censurada de um modo falho, e, se uma pessoa preservasse o conhecimento que tinha do Velhidioma, conseguiria ler. No futuro, tais fragmentos, mesmo que sobrevivessem, seriam incompreensíveis e intraduzíveis. Era impossível traduzir qualquer trecho de Velhidioma em Novidioma a menos que ele ou fizesse referência a um processo técnico, ou abordasse uma ação cotidiana muito simples, ou se já fosse ortodoxo (*bempensante* seria a expressão em Novidioma) em sua tendência. Na prática, isso significava que nenhum livro escrito antes de 1960, aproximadamente, poderia ser traduzido como um todo. A literatura pré-revolucionária só seria passível de tradução ideológica, ou seja, de alteração do sentido, além de alteração da língua. Vejamos, por exemplo, essa famosa passagem da Declaração de Independência:

> Consideramos estas verdades autoevidentes, que todos os homens são criados iguais, que são dotados pelo Criador de certos direitos inalienáveis, que entre eles estão a vida, a liberdade e a busca da felicidade. Que, para assegurar esses direitos, Governos são instituídos entre os homens e alcançam seu poder graças ao consentimento dos governados. Que, quando qualquer forma de Governo se torna destruidora de tais finalidades, é direito do Povo alterar ou abolir este Governo, e instituir um novo...

Teria sido impossível transpor esse trecho para Novidioma mantendo o sentido original. O mais perto que se poderia chegar nessa direção seria reduzir a passagem inteira em uma única palavra, *pensamentocrime*. Uma tradução completa só poderia ser uma tradução ideológica, pela qual as palavras de Jefferson seriam transformadas em um elogio ao governo absolutista.

Uma boa quantidade da literatura do passado já vinha sendo transformada desse modo. Considerações de prestígio tornavam desejável preservar a memória de certas figuras históricas ao mesmo tempo em que as conquistas delas eram postas em linha com a filosofia do Socing. Assim, vários escritores, como Shakespeare, Milton, Swift, Byron, Dickens e alguns outros estavam em processo de tradução; quando a tarefa fosse concluída, seus textos originais, com todo o resto da literatura do passado que houvesse sobrevivido, seriam destruídos. Essas traduções resultavam de um trabalho lento e difícil, e não se esperava que fosse terminado antes da primeira ou da segunda década do século XXI. Havia também grandes quantidades de literatura meramente utilitária, como manuais técnicos indispensáveis e coisas afins, que precisavam passar pelo mesmo processo. Foi principalmente para dar tempo ao trabalho preliminar de tradução que a adoção final do Novidioma foi estabelecida para uma data tão tardia como 2050.